Triggerwarnung:

Dieses Buch konfrontiert Leser*innen mit Themen, die eventuell triggern könnten.
Eine Auflistung findest du auf Seite 298.

WREADERS

MADELEINE
HOLD

VON
RABEN
UND
PRINZEN

WREADERS TASCHENBUCH
Band 240

Dieser Titel ist auch als E-Book erschienen

Copyright © 2024 by Wreaders Verlag, Sassenberg
Verlagsleitung: Lena Weinert
Bestellung und Vertrieb: Nova MD GmbH, Vachendor
Umschlaggestaltung: Miriam Schwardt
Lektorat: Hannah Dornseiff, Sina Kleber, Kristina Butz
Satz: Ryvie Fux

www.wreaders.de

Für all diejenigen, die mit dem Herzen sehen.
Schönheit zu fühlen, ist ein Geschenk.

1

Mit geübtem Griff nahm Elayne das letzte Kleid von der Leine. Wie die übrigen, die sie in einem Flechtkorb im Gras neben ihren Füßen aufgetürmt hatte, legte sie es sorgfältig zusammen. Es war aus einem hauchzarten Stoff gefertigt, so blau, wie sie sich das Meer vorstellte, und ein Geschenk aus Kree für die Prinzessin von Balezan. Seit einigen Monaten brachten Boten immer wieder teure Geschenke aus dem Land im Westen und sie alle sandte Prinz Alesander, der jüngste Sohn des Königs von Kree.

Die Farbe wird Nia schmeicheln, dachte Elayne und hievte den Korb vom Boden auf. Grashalme kitzelten sie an den Knöcheln und kalte Luft streichelte ihr Gesicht, während sie ihn zurückschleppte.

Bald schon würde sich der Frühling für sie nicht mehr so kühl anfühlen wie jetzt. Nie wieder würde er das. In Kree wurde es zum Ende des Winters bereits so warm wie hier in Balezan zu Beginn der Sommertage. Zumindest behauptete das Gondrick, und der war schon ein paar Mal dort gewesen.

Bevor Elayne das schmale Plateau des Vorhofs hinter sich ließ und die getrockneten Kleider zurück ins Schloss trug, hielt sie einen Moment inne. Den Korb gegen ihre Hüfte gestemmt blieb sie im Gras stehen und schloss die Augen. Wenn sie Nia in ein paar Tagen auf deren Reise in ein fremdes Land begleitete, würden der Duft des Windes und die Geräusche, die er zu ihr trug, niemals mehr dieselben sein. Darum reckte sie die Nase in den Himmel, um die ersten aufgegangenen Blumen und die frisch aufgewühlte Erde in den Beeten ringsum richtig wahrzunehmen. Ihr honigblondes Haar wehte um ihre Schultern, streichelte ihre Arme. Sie lauschte, in der Hoffnung, sich das Pfeifen der Winde, die den Tafelberg und das Schloss darauf umströmten, und auch die gewohnten Stimmen seiner Bewohner einzuprägen. Obwohl sie all das mit ganzer Seele vermissen würde, trübte der bevorstehende Abschied ihre Vorfreude kein bisschen.

Nicht nur ein fremdes Land lag vor ihr, sondern ein ganz neues Leben. Außerdem würde Nia bei ihr sein und eine Zeit lang sogar Gondrick. Ihm Lebewohl zu sagen, wenn auch nicht für immer, das würde schwerer werden, als ihre Heimat zu verlassen.

»Tut dir der Kopf weh, Mädchen?« Wie gerufen tauchte der General neben ihr auf. »Oder blendet dich die Sonne? Hat sich ja lange nicht blicken lassen, da wundert's mich kaum.«

Elayne blinzelte gegen das Licht, dann wandte sie sich ihm zu. Ihn zu sehen hob ihre Laune noch weiter an. »Weder noch. Ich genieße bloß den Moment.«

Darauf antwortete Gondrick mit einem Lächeln. Die Falten neben seinen Augen und um seinen Mund gruben sich tiefer in seine von zahllosen Kämpfen gegerbte Haut. Strähnen seines silbergrauen Haars bewegten sich, vom Frühlingswind getrieben, auf seiner Stirn hin und her.

»Du warst schon immer lieber hier draußen«, sagte er irgendwann und es klang ein wenig danach, als schwelgte er in Erinnerungen.

Davon teilten sie beide eine Menge. Da sie ihren Vater früh verloren hatte und auch ihre Mutter nicht lang genug am Leben geblieben war, um sie aufwachsen zu sehen, war der General wohl das, was für sie einer Familie am nächsten kam. Vielleicht war es für ihn ganz natürlich gewesen, nach ihr zu sehen und dafür zu sorgen, dass sie möglichst behütet aufwuchs. Schließlich hatte er ihre Mutter gekannt und gerngehabt. Aber für Elayne würde das große Herz des Generals immer einem Wunder gleichkommen. Dank ihm mangelte es ihr an nichts. Die Arbeit im Schloss bereitete ihr Freude und als einziges Mädchen im Alter der Prinzessin hatte König Seremon sie bereits als kleines Kind zu Nias Spielgefährtin auserkoren. Sie genoss also nicht nur die Gunst der Königsfamilie, sondern hatte auch immer eine Freundin an ihrer Seite.

»Ich halte dich von deinen Pflichten ab«, stellte Gondrick fest und hob seine raue Hand an ihre Wange, um sie zu tätscheln. »Außerdem ist es kalt und du läufst herum, als wären wir schon in Kree.«

Elayne folgte seinem Blick hinunter zu ihren Füßen, die von den halbhohen Schuhen, in denen sie steckten, kaum bedeckt wurden. Normalerweise trug sie Strümpfe dazu, aber als die Sonne heute Morgen endlich durch die hartnäckige Wolkendecke gebrochen war, hatte sie sich hinreißen lassen. Jetzt fror sie an den Knöcheln, doch wenn sie ganz still stehenblieb, wärmten Sonnenstrahlen sie für einen kurzen Moment wieder auf. Einer der vielen Zauber des Frühlings.

»Rein mit dir, sonst erkältest du dich noch vor unserer Reise.«

Sie nickte und schenkte ihm ein breites Lächeln, bevor sie tat, wie ihr geheißen.

Auf dem Weg zu Nia machte sie einen Abstecher in die Küche, wo sie jemanden antraf, der offenbar dieselbe Idee gehabt hatte wie sie.

Millys Rotschopf blitzte hinter der geöffneten Tür eines Vorratsschranks hervor. Ihre kurzen wilden Locken baumelten, nicht annähernd von dem weißen Diensthäubchen auf ihrem Kopf verdeckt, hin und her, während sie in dem Schrank nach etwas kramte.

»Die Zimttaschen sind ganz unten, gleich hinter dem Mehl.« Elayne trat näher und lugte an der Schranktür vorbei ins Innere der mit Zutaten gefüllten Schatzkammer. Der Duft von Mehl und Zucker schlug ihr entgegen und, für ihre feine Nase nicht zu überriechen, auch der von Zimt. »Aletta versucht immer, sie zu verstecken, aber so wird das nichts.«

Sie grinste Milly an, die in der Bewegung innehielt und sich ertappt zu ihr umdrehte. Sofort bereute Elayne ihre Worte. Bisher hatte sie zwar noch nicht viel Gelegenheit gehabt, das neue Dienstmädchen kennenzulernen, doch offensichtlich ließ es sich nicht gern beim Essen beobachten.

Elayne besaß ebenfalls keine so schlanke Taille wie die anderen Mädchen im Schloss. Bislang machte sie sich keine Gedanken darüber, ob sie für andere gierig aussah, wenn sie in einem Schrank nach Süßem wühlte. Dennoch verstand sie sehr wohl, was es wahrscheinlich in der wenig jüngeren Milly auslösen musste, deren Gesicht nun von einer Wolke aus Scham verdunkelt wurde.

»Tut mir leid«, entschuldigte Elayne sich aufrichtig. »Ich bin wegen der Zimttaschen hier. Darum dachte ich, du seist es auch. Gibst du mir zwei?«

Ohne etwas zu sagen, schob Milly den Sack mit Mehl beiseite und holte die Platte mit dem Gebäck hervor, das Aletta, die Königin der Küche, dort in Sicherheit glaubte. Sie reichte Elayne zwei der Taschen. Sich selbst nahm sie keine einzige, schob das Tablett aber auch nicht gleich wieder zurück ins

Versteck. Es würde wohl noch etwas Zeit brauchen, bis sie Elayne gegenüber auftaute.

Diese nahm sich vor, mehr dafür zu tun. Schließlich teilten sie eine Zukunft in Kree, würden beide die Prinzessin als persönliche Dienstmädchen begleiten. Sie sollten auf jeden Fall Freundinnen werden.

»Danke.« Elayne wickelte die Ausbeute in ein sauberes Tuch aus dem Regal neben den Vorratsschränken und ließ sie in ihrer Rocktasche verschwinden. »Sehen wir uns später noch?«

Bei Millys verunsichertem Blick, die tiefblauen Augen aufgerissen wie ein erschrockenes Reh, erwartete sie keine Antwort. Darum verabschiedete sie sich mit einem letzten Lächeln. Dann machte sie sich mit dem Wäschekorb, den sie auf dem Küchenboden abgestellt hatte, auf zu Nia.

Die Räumlichkeiten von Balezans Prinzessin waren die schönsten und hellsten im ganzen Schloss. Da dieses insgesamt aber eher durch Bescheidenheit bestach und mehr darauf ausgelegt war, Menschen draußen zu halten als sie einzuladen, würden Nias wenige Habseligkeiten ihre neuen Räume in Kree wahrscheinlich leer aussehen lassen. Leer wirkte es jetzt auch hier, denn Nia und ihre strahlende Präsenz fehlten. Stattdessen gab es einen klitzekleinen Gast. Im Gegenlicht zuerst nur ein schwarzer Punkt vor den großen Bogenfenstern, erkannte Elayne beim Eintreten eine Biene. Das Insekt musste sich ins Schloss verirrt haben.

»Du bist ja früh dran«, bemerkte sie.

Schließlich hatte der Frühling gerade erst den Winter verabschiedet. Bestimmt war die Biene vor dem Wind nach drinnen geflohen und suchte zwischen bunt gemusterten Möbelpolstern, Bettwäsche und Vorhängen nach einer wahrhaftigen Blume. Sie würde keine finden.

Elayne betrat das angrenzende Ankleidezimmer. Da sie Nias Abwesenheit so deutlich spürte, sah sie sich in dem ebenso hell erleuchteten Raum gar nicht erst nach ihr um. Stattdessen sortierte sie die Wäsche in den massiven Schrank und die Truhen aus Kiefernholz, bevor sie ins Schlafzimmer zurückkehrte. Dort öffnete sie ein Fenster, damit es für das kleine Wesen, das noch immer summend herumirrte, einen Weg nach draußen gab. Statt hinauszufliegen, suchte es sich allerdings einen weniger frühlingshaften Platz auf Nias Nachttisch aus. Es landete auf einem Stück Papier und krabbelte mit winzigen Beinchen darauf herum.

»Da wirst du keinen Blütenstaub finden«, prophezeite Elayne mit einem nachsichtigen Lächeln. »Nur die höflichen Worte eines Prinzen.«

Um die Biene nicht aufzuscheuchen, fasste sie den Brief nicht an, aber das musste sie auch nicht. Die schön geschwungene Handschrift Alesanders stach sofort ins Auge. So konnte wahrlich nur jemand schreiben, der Stunden um Stunden mit Tinte und Feder zubrachte. Von plötzlicher Neugier gepackt überflog sie ein paar Zeilen.

Verehrte Prinzessin, da Eure Reise bevorsteht … gutes Vorankommen … erwarte Euch mit Freude … In Eurem letzten Brief … Verzeiht, dass ich Euch so lange auf eine Antwort warten ließ … fühle mich nun besser …

War er krank gewesen? Davon hatte Nia gar nichts erzählt.

Ein flaues Gefühl breitete sich in Elaynes Bauch aus und sie trat einen Schritt zurück. Obwohl sie schon am Bett der Prinzessin gesessen hatte, als diese gegen eine Grippe kämpfte, ihr Medizin angerührt und ihre Stirn mit einem nassen Tuch gekühlt hatte, vergaß sie allzu leicht, dass auch die Kinder von Königen nicht gegen Krankheit gefeit waren. Niemand war das.

Nicht umsonst sog sie begierig all das Wissen über Heilpflanzen auf, das sie in die Finger bekam. Jedes Mal, wenn Gondrick ihr von seinen Reisen ein Buch über Pflanzen– und Kräuterkunde mitbrachte, saß sie ganze Nächte lang damit vor seinem Kamin oder in ihrem Bett und prägte es sich Seite für Seite ein. Es gab ihr natürlich keine Garantie, aber wenigstens eine reale Chance, jemandem das Leben zu retten. Ihre eigene Familie konnte ihr niemand zurückgeben, doch wenn es darauf ankam, würde sie vielleicht dafür sorgen können, dass jemand anderes seine behalten durfte.

Beklommen blickte sie auf das Insekt, das über die Schrift des Prinzen krabbelte, zum Bett und wieder zurück. Bilder einer hustenden Nia, die sich damals unter dieser Decke gekrümmt hatte, bedrängten sie in Gedanken und machten sie unruhig.

Kein Grund, jetzt daran zu denken!, wehrte sie sich gegen das unangenehme Bauchgefühl. Nia ging es gut und der Prinz erfreute sich offenbar auch wieder bester Gesundheit.

Einen Augenblick später ging hinter ihr die Tür auf und sie schob alle unliebsamen Erinnerungen beiseite.

Prinzessin Ophenia von Balezan machte mit ihrem Auftreten nicht nur ihrem Titel alle Ehre. Sie vermochte es auch, ein jedes Herz unmittelbar für sich zu gewinnen. Trotz der Schlichtheit ihres hellgrünen Kleides und selbst ohne Krone – bloß eine Kette mit einem unscheinbaren Glasanhänger schmückte ihren schmalen Hals – strahlte sie schöner als ein Himmel voller Sterne. Das aschblonde Haar trug sie zu einem hohen geflochtenen Zopf gebunden und ihre blaugrünen Augen leuchteten auf, sobald sie ihre Freundin erspähte.

»Hast du lange gewartet?« Mit eleganten, aber schnellen Schritten kam sie herüber und drückte zur Begrüßung Elaynes Hand. »Marbe wollte nicht aufhören, über den Ursprung von Nadeln zu lamentieren. Ich hatte meine Stickerei bestimmt seit einer Stunde fertig, da sprach sie immer noch davon.« Sie kicherte. »Mögen die Götter mir vergeben, aber einen Moment länger und ich hätte mir wahrscheinlich absichtlich in den Finger gestochen. Nur damit sie mich gehen lässt.«

Elayne stieg in ihr Kichern mit ein, das in einem sentimentalen Seufzer abebbte. Die königliche Erzieherin hielt zu gern langweilige Monologe, doch selbst die würde sie in Zukunft vermissen. Ein wenig zumindest.

»Keine Sorge, ich warte noch nicht lang. Bitte jag der Armen keinen Schrecken ein.«

Nias Augen blitzten verschwörerisch – ein Ausdruck, den sie niemandem sonst auf der Welt zeigte. »Wäre ja nicht das erste Mal. Weißt du noch, wie wir als Kinder so getan haben, als hätte ich die Nadel geschluckt?«

Natürlich erinnerte sich Elayne. Die schon damals ergraute und strenge Marbe war kreischend hinausgerannt, um Hilfe zu holen, und hatte das gesamte Schloss in Aufruhr versetzt. »Ich habe bis heute ein schlechtes Gewissen deshalb.«

»Ich nicht.« Das Lächeln auf Nias Gesicht blieb unverändert. »An dem Tag sind du und ich Freundinnen geworden.«

Ihre Täuschung war zwar schnell aufgeflogen, aber da hatten sie sich schon fortgeschlichen und in der Vorratskammer versteckt. Marbe hatte das gesamte Schlosspersonal aufgescheucht und auf der Suche nach ihnen alles auf den Kopf gestellt.

»Da hast du wohl recht.« Elayne erwiderte das Lächeln der Prinzessin im Wissen darum, welche Erinnerungen ihr gerade durch den Kopf gingen.

Im Dunkeln, zwischen Mehl- und Kartoffelsäcken, waren die Mädchen damals unentdeckt geblieben und hatten stundenlang geredet. Mehr noch:

Sie hatten sich an diesem Tag in der Kammer geschworen, so sehr füreinander da zu sein, dass keine von ihnen je wieder die eigene Mutter vermissen musste. Bis heute hielten sie sich an dieses Versprechen.

Darum hoffte Elayne, dass Nia nicht heimlich in Sorge um Prinz Alesanders Gesundheit gewesen war. »Das Kleid, das aus Kree gekommen ist, passt gut zu dir«, lenkte sie deshalb das Thema auf den Prinzen. »Ihr scheint euch inzwischen gut zu kennen.«

»Gar nicht«, widersprach Nia leise. »Wir schreiben uns viel, aber im Grunde weiß ich nichts über ihn. Nur dass er mich endlich treffen möchte und sich sehr um mich bemüht. Was er wirklich über die Hochzeit denkt oder wie er sich fühlt, werde ich wohl erst herausfinden, wenn wir dort sind. Bis dahin ...« Ihre Stimme wurde fester, als sie unerwartet ein neues Versprechen vorschlug: »Wir sollten uns etwas schwören!«

»Und was wäre das?«

»Dass wir glücklich sein werden. Egal was kommt.«

Egal was kommen würde? Wahrscheinlich ein naiver Gedanke, denn vor ihnen lag so viel Ungewisses. Gerade als Elayne antworten wollte, schüttelte sich Nia plötzlich.

Bibbernd rieb sich die Prinzessin über die Arme. »Es ist kalt. Frierst du nicht?«

»Oh, das Fenster.« Elayne schaute hinunter auf den Brief des Prinzen, auf dem die Biene gesessen hatte. »Wo ist sie hin?«

»Wer?«

»Eine Biene. Bestimmt ist sie rausgeflogen, als ich nicht hingesehen habe.«

»Eine Biene?« Kaum zu überhören, für wie unwahrscheinlich sie das hielt. »Du hast wohl wieder Tagträume. Gondrick erzählt dir zu viele Geschichten, Elayne.« Sie verstellte die Stimme, sodass sie wie Marbe klang, wenn sie die beiden belehrte. »Hier gibt es keine Berglöwen, keine Eidechsen und keine Ameisenbären, gutes Kind. Ein Amseisenbär – wie soll ich mir eine derartige Kreatur überhaupt vorstellen?« Um nicht lachend aus der Rolle zu fallen, presste sie kurz die Lippen aufeinander. »Und nun willst du eine Biene gesehen haben. Mitten im Winter. Wenn du dich etwas mehr deinen Pflichten widmen und nicht ständig die Nase in irgendein Buch stecken würdest, würden deine Augen es dir danken.«

Elayne tat aufgebracht. »Frechheit! Wir haben Frühling, du Frostbeule, und ja, sie war genau hier.« Sie deutete auf den Brief. »Auf der Liebesbotschaft deines sehnsüchtig wartenden Prinzen.«

»Wa–? Wie redest du mit mir?«, empörte sich Nia, doch ihre Mundwinkel zuckten verdächtig. »Und die Sehnsüchte meines Prinzen sind ja wohl eine Sache allein zwischen uns!«

Lachend schloss Elayne das Fenster. Dass Nias Wangen ein sanftes Rot annahmen, beflügelte ihre Vorfreude auf die Reise. Ihre Freundin steckte inmitten einer Liebesgeschichte und sie durfte das Glück der beiden aus nächster Nähe miterleben. Was, wenn sie selbst in Kree auch jemanden kennenlernte, der in ihr einmal solche Gefühle auslösen würde? Bei der Vorstellung spürte sie, wie auch ihr eigenes Gesicht heiß wurde.

Sie betrachtete Nia und die erwiderte ihren Blick mit leuchtenden Augen. Ja, so viel Ungewisses lag vor ihnen. Aber sie würden alles gemeinsam erleben, darum hatte Elayne keine Angst.

»Ich schwöre«, sagte sie deshalb, »dass ich glücklich sein werde.«

»Ich schwöre, dass ich glücklich sein werde«, wiederholte Nia mit Bestimmtheit.

Und Elayne *war* glücklich. Genau in diesem Moment.

Auch, als endlich der Tag kam, an dem sie hinter Nia in die Kutsche stieg.

Sogar, als ihr Zuhause in der Ferne langsam kleiner und schließlich zu einer Erinnerung wurde.

Als sie die Grenze von Balezan hinter sich ließen und bereits nach wenigen Wochen nichts in ihrer Umgebung mehr nach Heimat aussah.

Doch ihr Glück sollte bald der Angst weichen. Sie kam plötzlich und unerwartet. Obwohl Elayne der Gedanke nicht losließ, dass sie das Unheil hätte vorhersehen können.

»Geht es dir besser?«, fragte sie in dem Moment, in dem sie das Zelt betrat.

Neben dem Meer aus Kissen, in dem Nia lag, stand eine Laterne auf dem Boden. Sie spendete schwaches Licht und warf große Schatten an die Zeltwände. Wie hungrige Monster beugten sie sich über Elaynes Freundin auf dem provisorischen Bett und schienen bei jedem Zucken und Winden der Flamme nach ihr greifen zu wollen.

»Du bist zu klug, um mir diese Frage zu stellen«, erwiderte Nia kraftlos. Ihre Lippen bewegten sich kaum.

Mit bedachten Schritten trat Elayne näher. Sie ließ sich vor den Kissen auf dem Seidenteppich, eines von Alesanders vielen Geschenken, nieder. Wie in Kree üblich waren viele strahlende Farben in den Stoff eingearbeitet, aber die Nacht verschluckte sie genauso wie das blasse Gesicht der Prinzessin.

Natürlich war sie nicht so dumm zu glauben, das Fieber könne innerhalb der letzten Stunde einfach verschwunden sein. Der Arzt, der sie begleitete, hatte sich die Niederlage längst eingestanden und versuchte nur noch, die Übelkeit und die Gliederschmerzen im Zaum zu halten. Elayne wusste, dass er sein Bestes gab. Dennoch hoffte ein kleiner, kindlich naiver Teil von ihr jedes Mal auf ein Wunder, wenn sie den Vorhang vor Nias Zelt beiseiteschob.

»Schlimmer?«, fragte sie weiter und auch diesmal war im Grunde keine Antwort nötig.

Nasse Haare klebten an Nias Stirn, die im schwindenden Laternenschein vor Schweiß glänzte. Ihr Atem kam stoßweise. König Seremons einziges Kind, Prinzessin Ophenia von Balezan, lag im Sterben.

Noch nie in den neunzehn Jahren ihres Lebens hatte Elayne sich so machtlos gefühlt. All die Stunden mit der Nase in Büchern über Heilpflanzen waren umsonst gewesen. Die gesamte Umgebung hatte sie abgesucht und doch nichts gefunden, was ihrer Freundin hätte helfen können. Sie konnte das Fieber nicht bekämpfen; konnte ihr Versprechen, für sie da zu sein, nicht halten. Sie konnte sie nicht retten – die Freundin, die ihr wie eine Schwester war.

»Es ist nicht deine Schuld«, waren die geflüsterten letzten Worte, die sie Nia jemals sagen hörte.

2

Elayne schwieg. Sie alle schwiegen. Gondrick, Milly, die anderen Männer und Frauen des Geleitzuges – niemand hatte den Mut oder die Kraft, den Schleier der Stille zu durchbrechen, der sich mit dem Tod ihrer Prinzessin über sie gelegt hatte.

Nias Körper hatten sie auf einem Floß den Flusslauf entlang geschickt, auf die Reise zu ihren Ahnen. Ihre Hand war noch warm gewesen und feucht vom Fieber, als Elayne sie an ihre Brust gedrückt hatte, um sich zu verabschieden. Sie hatte ihre Wärme noch lange gespürt. Während man das von grünen und roten Fäden durchzogene Tuch über das Mädchen im weißen Kleid gelegt hatte und auch, während Flammen und Rauch mit dem Horizont verschwommen waren. Innerlich hielt sie noch immer diese Hand. Sie war nicht bereit, ihre Freundin loszulassen.

Dass sie nicht mehr da sein sollte, war so unwirklich. Schließlich mussten sie doch weiter nach Kree. Das Volk erwartete eine Prinzessin und der zweite Sohn von König Phelius seine Verlobte. Das Paar hatte noch kein einziges Mal die Gelegenheit gehabt, sich zu sehen, und nun sollte Nia für den Prinzen nur eine vage Vorstellung bleiben?

Vor vier Nächten hatte sie das Fieber geweckt. Es war so schnell gegangen. Zu schnell, um Hilfe zu holen. Zu schnell, um die Götter zu besänftigen, die hin und wieder ein königliches Leben forderten. Gerade noch hatten sie über Nias bevorstehende Hochzeit gesprochen, sich gefragt, wie atemberaubend wohl das Kleid aussehen würde, in dem sie mit Prinz Alesander zum Altar schreiten sollte, sobald der nächste Frühling wieder Blätter an die Bäume zauberte.

Nun hatte sie früher das Weiß angelegt, als eine von ihnen es je für möglich gehalten hätte.

»Weiß für die Liebe und Weiß für den Tod«, murmelte Elayne in sich hinein. Es waren die ersten Worte, die irgendjemand seit der Feuerbestattung von sich gab, und da war es nur natürlich, dass sich alle Augen auf sie richteten. Gondrick, der wie alle anderen im großen Zelt keinen Bissen des Abendessens runterbekam, bedachte sie mitfühlend. Sein Gesicht, das trotz der vielen Narben schon immer zu weich für das eines Generals aussah, wirkte ausgezerrt und alt. Unter seinen dunklen Augen lagen Schatten. Für gewöhnlich fühlte sich Elayne geborgen in seiner Nähe. Obwohl die Kriegsführung sein Handwerk war, kannte sie niemanden, der besser darin wäre, einen väterlichen Rat zu geben. Doch jetzt konnte selbst er nicht den Schock vertreiben, der ihr tief in den Knochen saß und ihr Herz umklammerte.

»Mädchen.« Er streckte den Arm aus, strich über ihre Schulter. Ganz vorsichtig, als könnte sie sonst zerbrechen. »*Es ist nicht deine Schuld.*«

Es ist nicht deine Schuld.

Nias Lippen waren in der Bewegung stehengeblieben.

Es ist nicht deine Schuld.

Ihr Blick war ins Leere gegangen.

Mehr brauchte es nicht, um den Klammergriff des Schocks zu lösen. Elayne konnte ihr Herz wieder spüren, und jeder Schlag schmerzte. Der Kummer überrollte sie wie eine Flutwelle, und um nicht zu ertrinken, begann sie, hemmungslos zu weinen. Heiße Tränen strömten über ihre Wangen, Gondricks Gesicht verschwamm vor ihr, bis sie nichts mehr sehen konnte außer Nia auf ihrem Krankenbett aus Kissen. Auf dem Floß. Unter dem Tuch. Im Rauch in der Ferne.

Sie war tot. *Tot. Tot. Tot.*

Wieder legte sich eine Hand auf ihre Schulter, die vom Schluchzen auf und ab zuckte. Diesmal war es nicht der General, sondern jemand anderes, der sie trösten wollte. Aber sie drehte sich nicht um, wollte gar nicht wissen, wer es war. Alles rückte weit weg von ihr in den Hintergrund. Stimmen, Lichter, alles verschwand, während die vier schlaflosen Nächte an Nias Seite Elayne einholten und das Bewusstsein ihr entglitt.

Nia trug ein weißes Kleid – ein Unterkleid, an den Ärmeln und am Saum nachträglich mit Rüschen aus dem Stoff anderer Kleidungsstücke verziert, um es einer Prinzessin würdig erscheinen zu lassen. Es war das Kleid, in dem man sie bestattet hatte. Doch in diesem Augenblick sah Elayne sie ganz deutlich vor sich, aufrecht sitzend und die nackten Beine vom Rand einer Klippe baumelnd. Nebel kroch aus dem Abgrund des Steinbruchs, umspielte Nias zierliche Gestalt. Das ungekämmte Haar verdeckte Teile ihres Gesichts, aber sie war es ganz sicher.

»Was tust du da? Weg von der Klippe, das ist viel zu gefährlich!«, rief Elayne, lief auf ihre Freundin zu, die wie gebannt in den Abgrund starrte.

Jedoch schien die Prinzessin ihre Rufe nicht zu hören. Nias nackte Füße schaukelten vor und zurück, immer wilder, als wäre es ihr egal, sollte sie fallen. Als wollte sie es sogar.

Panik strömte durch Elaynes Glieder, ließ sie schneller laufen. Als sie schon fast bei ihr war und ihre Finger nach ihr ausstreckte, hob die Prinzessin den Kopf und drehte ihn in ihre Richtung. Der Schweiß der letzten Tage war von ihrer makellosen Haut verschwunden und ihre blaugrünen Augen strahlten wieder. Sie öffnete den Mund und sagte etwas, das aus der Ferne nicht zu hören war. Ein Lächeln lag auf ihren schmalen Lippen, machte sie so schön wie eh und je.

Das Lächeln verschwand nicht, als sie sich vom Fels abstieß und vom Nebel verschluckt wurde, der die Schlucht füllte.

Elayne erwachte schreiend. Ihre Hände vor sich, wild in die Luft greifend, riss sie die Augen auf, nur um sofort geblendet zu werden. Grelles Tageslicht flutete das Schlafzelt durch den geöffneten Eingang.

»Shhh.« Millys rundes und von roten Locken eingerahmtes Gesicht tauchte in ihrem Sichtfeld auf. »Du hast nur schlecht geträumt.«

»Nia! Da war Nia! Sie ist –«

»Tot, ja.« Sie machte eine lange Pause. »Die Männer beraten sich gerade drüben im Zelt des Generals. Niemand weiß, wie es weitergehen soll. Keine Hochzeit ohne ... Braut.«

Der Albtraum zerrte noch an Elayne, genau wie die bittere Wahrheit. Dennoch schlug sie die Decke beiseite, mit der sie jemand – wahrscheinlich Gondrick – zugedeckt hatte.

»He, warte! Du bist noch zu schwach!«, protestierte Milly sofort. Bei der hektischen Bewegung ihres Kopfes verrutschte das Häubchen, das alle Mägde im Dienst der königlichen Familie trugen.

Im Moment kümmerte Elayne sich allerdings nicht darum, ihr eigenes aufzusetzen. Viel wichtiger war es, Gondrick zu finden. Wenn die Männer über Nia sprachen, wollte sie dabei sein. Ohne ein weiteres Wort hievte sie sich hoch und stürmte aus dem Zelt. Draußen stellte sich ihr jedoch jemand in den Weg.

»Langsam, langsam.« Der General schob sie zurück ins Zelt. »Hab ich Milly nicht gesagt, sie soll aufpassen, dass du das Bett hütest, während ich weg bin?« Er warf erst Milly einen matten Blick zu, dann Elayne. »Setz dich. Da du wach bist, können wir auch jetzt gleich alles besprechen.«

Elayne folgte der Anweisung stumm. So aufgewühlt war ihr nicht nach Sitzen zumute, doch sein müder Tonfall machte ihr Widerworte schwer.

Alles besprechen. Was gab es da überhaupt zu besprechen? Eine Hochzeit würde es nicht mehr geben. Ebenso wenig das erhoffte Bündnis mit Kree, ihre einzige Chance auf Widerstand gegen Vedenne. Ihnen blieb nur der Weg zurück. Sie würden König Seremon gegenübertreten und ihm gestehen müssen, dass sein einziges Kind nicht mehr lebte. Auch Nias sehnsüchtig wartender Prinz würde einen letzten Brief erhalten.

Gondrick bat Milly hinaus, bevor er ebenfalls auf der Pritsche Platz nahm. Darauf folgte gedehntes Schweigen. Er starrte ins Leere, rang offensichtlich mit sich. Derart hilflos kannte Elayne ihn nicht, und diesmal war sie es, die ihm eine Hand auf die Schulter legte.

So saßen sie einen Moment lang da und teilten ihre Unsicherheit miteinander, bis sich Gondrick schließlich zu einem tiefen Seufzer durchrang. »Mädchen, es tut mir so leid. Ich wünschte ... Glaub mir, ich habe mir den Kopf zerbrochen. Gäbe es eine andere Möglichkeit, würde ich dich nicht ... Mir wäre es lieber, dich nicht noch mehr zu belasten.«

»Gondrick?« Was versuchte er zu sagen?

Endlich sah er sie an. Doch die Verzweiflung in seinen Augen riss an der frischen Wunde in Elaynes Herz.

»Ohne die Unterstützung von Kree können wir Vedenne nicht viel länger standhalten.« Der General der balezanischen Königsgarde, der schon sein halbes Leben lang Männer in den Kampf führte, um ihr Land zu beschützen, klang hoffnungslos. »Ich bin es leid, Söhne, Brüder und Väter in den sicheren Tod zu schicken. Die Gier der Vedenier auf unsere Erde kennt keine Grenzen, aber wir werden immer weniger. Ohne Kree ... Ohne dieses Bündnis ...«

Atemlos beobachtete Elayne, wie Tränen Gondricks vernarbte Wangen hinabliefen. Niemals zuvor hatte der General vor ihr geweint oder auch nur zugelassen, dass sie seine Angst erkannte. Trotz all der Schlachten, die er geschlagen, und Toten, die er beklagt hatte, war er ihr immer mit einem Lächeln begegnet. Sie bemühte sich gar nicht erst, ihre eigenen Tränen zurückzuhalten.

»Der Tod der Prinzessin hat uns alle tief erschüttert«, fuhr er mit belegter Stimme fort. »Du hast eine Freundin verloren. Doch die Zeit ist mitleidlos. Sie wird nicht auf uns warten, damit wir in Ruhe trauern können. Darum müssen wir hier und heute eine Entscheidung treffen.«

Elayne schniefte. »Welche Entscheidung?«

»Ich will dich nicht darum bitten. Wenn ich nur irgendwie könnte, würde ich es vermeiden. Die ganze Idee ist riskant, wahnwitzig sogar. Allein darüber zu sprechen, grenzt an Hochverrat.«

»Welche Entscheidung?«, wiederholte sie.

Er betrachtete sie so innig, als sähe er sie zum allerletzten Mal. »Nicht nur dein eigenes Leben steht auf dem Spiel, sollte der Schwindel auffliegen. Aber falls wir damit durchkommen, bist du diejenige, die für immer eine Lüge leben muss. Darum entscheidest nur du, was du tun wirst.« Seine Worte hingen bedeutungsvoll zwischen ihnen in der Luft. »Deshalb wollte ich mit dir sprechen, bevor es jemand anderes tut. Meine Männer werden sich nicht einig. Manche sagen, das Risiko wäre zu groß, und wahrscheinlich stimmt das. Ich möchte nur, dass du weißt, du hast eine Wahl, wenn ich dich jetzt darum bitte.«

Noch immer konnte Elayne nicht ganz folgen. Aber als sich der General plötzlich von der Pritsche erhob, um vor ihr auf die Knie zu gehen, geriet ihre Welt endgültig aus den Fugen.

»Im Namen unserer Heimat Balezan bitte ich dich. Gib dich als Prinzessin Ophenia aus und heirate Prinz Alesander von Kree.«

3

Mir ist so heiß, dachte Elayne bereits zum zweiten Mal, seit sie aus der Kutsche gestiegen war.

Strahlen der Mittagssonne fielen in den Hof innerhalb der Mauern um den sandsteinernen Palast und ließen kaum ein schattiges Plätzchen übrig.

Sie blickte sich um. Kleine Palmen in Krügen säumten den Weg vom Tor bis zum Eingang in den Palast, vor dem sie eine Traube adrett gekleideter Leute und mehrere bewaffnete Wachmänner bereits erwarteten. Ob Prinz Alesander wohl unter ihnen war? Elayne wusste nicht viel über ihn. Nur dass er sehr höfliche Briefe verfasste. Außerdem sagte man ihm nach, dass er klug war ... und sehr gutaussehend. Aus der Ferne konnte sie leider nicht erkennen, ob Letzteres auf einen der Wartenden zutraf, darum ließ sie den Blick weiter schweifen.

An dem Sandstein, der hinter der Menschentraube emporragte, rankten sich hier und da grüne Pflanzen hinauf bis zu der Kuppel, die das Dach bildete. Eine von vielen, denn jedem der sieben Türme – Elayne hatte sie von Weitem schon gezählt – war eine solche Kuppel aufgesetzt. Deren hellblaue Kacheln gingen in die Farbe des Himmels über, schienen dort oben eins mit ihm zu werden. Ein Anblick, der Elayne in Staunen versetzte. Das sollte also ihr neues Zuhause werden: dieser Ort, der auf Anhieb so gar nichts mit Balezan gemein hatte.

Der Gedanke verpasste ihr einen Stich. Kurz kniff sie die Augen zusammen, schob es aber auf einen blendenden Sonnenstrahl. Ihre Handflächen waren schweißnass, sodass die seidenen Handschuhe an ihr klebten. Die feinen honigblonden Härchen, zu kurz für ihre elegante Flechtfrisur, kräuselten sich aufgrund der Feuchtigkeit rings um ihre Stirn und in ihrem Nacken.

Leider konnte die Luft, die Milly ihr müde mit dem Fächer zuwehte, dem nur wenig entgegenwirken. Elayne wollte das Ding nehmen und es selbst machen, aber Gondrick hatte es ihr verboten.

Du spielst ab heute die Rolle einer Hochgeborenen. Bedienstete übernehmen diese Dinge für dich. Alles andere würde unsere Gastgeber argwöhnisch machen, erinnerte sie sich an seine Ermahnung.

Dasselbe hatte er gesagt, nachdem sie an dem Versuch gescheitert war, sich ohne Hilfe in die drei Lagen edler Stoffe zu zwängen, die von nun an zu ihrer Alltagskleidung zählten. Ihren Körper zeichneten deutlichere Kurven als den von Nia und keines ihrer hinterlassenen Kleider passte richtig. Aber in eben diesen Stoffen schwitzte sie nun unter der prallen Sonne, die ins Reich Kree gehörte wie das Salz ins Meer.

Vielleicht lag es nicht nur an der Hitze des Westlandes. Vielleicht legte ihr ebenso sehr die Nervosität die Schweißperlen an. Schließlich war sie drauf und dran, ein ganzes Volk zu belügen, dessen Königsfamilie, einschließlich ihres zukünftigen Ehemanns. Bisher hatte sie immer die Hoffnung gehegt, einmal aus Liebe zu heiraten. Noch etwas, das der Tod ihr genommen hatte.

Die Entscheidung war allein Elayne überlassen worden. Niemand zwang sie dazu, ein so hohes Risiko einzugehen. Dennoch fühlte es sich nicht an, als hätte sie tatsächlich eine Wahl gehabt. Nias Verantwortung, mit ihrer Verlobung ein dringend benötigtes Bündnis einzugehen, lastete plötzlich auf ihren eigenen Schultern. Ohne Krees militärische Stärke war Balezan seinen Feinden im Süden und im Norden schutzlos ausgeliefert. Ganz zu schweigen davon, dass auch die Armee von Kree genug Männer zählte, um den balezanischen Thron zu erobern. Ihr Heimatland lag eingekesselt mitten auf dem Kontinent Hydea. Durch großzügige Handelsabkommen hielt Seremon ihre Nachbarn bisweilen davon ab, für ihre wertvolle Erde in einen offenen Krieg zu ziehen. Es blieb bei Überfällen auf die Grenzgebiete, von denen sich die Herrscher arglistig freisprachen. Niemand machte dem König von Balezan öffentlich den Thron streitig. Doch wie lange würde dieser Zustand andauern – bis es keine Männer mehr gab, die Seremon an die Grenzen seines Reiches entsenden konnte?

Eine Hochzeit mit dem jüngeren Prinzen von Kree war nicht bloß strategisch klug – sie war eine Rettungsleine. Eine, die nur Prinzessin Ophenia ergreifen und damit Menschenleben retten konnte. Oder eben ein Mädchen, das den nötigen Wahnsinn besaß, sich unrechtmäßig ihre Krone aufzusetzen. Elayne hatte an diesem Morgen ihr Häubchen gegen diese Krone ausgetauscht. Und seitdem fragte sie sich ununterbrochen, ob sie es bald schon bereuen würde.

Zu beiden Seiten des Weges zum Palasteingang hatten sich Schaulustige aufgereiht. Sensationsgier lag in ihren Augen oder ... Misstrauen. Sämtliche Augenpaare waren auf die vermeintliche Prinzessin gerichtet. Einem dieser Menschen musste doch auffallen, dass sie rein gar nichts Königliches an sich hatte. Kein teures Kleid und keine Krone dieser Welt konnten diesen Umstand verbergen.

Würde sie überhaupt einen einzigen Tag hier überleben? Einen König zu täuschen war Hochverrat – würde man ihr wenigstens die Gnade einer Anhörung erweisen oder wäre ihr Leben sofort verspielt? War es in Kree üblich, Gefangene zu foltern?

Als sei das Schwitzen nicht genug, wurde ihr zu allem Übel auch noch schwindelig.

Sowie sie an ihnen vorbeischritt, neigten die Umstehenden respektvoll die Köpfe. Doch gleich danach konnte sie wieder ihre Blicke auf sich spüren. Als Bedienstete kannte sie diese Art der Aufmerksamkeit nicht, hatte nie erfahren müssen, wie es war, unter ständiger Beobachtung zu stehen. Das würde sich ab heute ändern.

»Wenn ich diese Bürde jemandem zutraue, dann dir«, raunte Gondrick ihr im Gehen zu. Hinter ihnen wurden die Pferde zu den Palaststallungen gebracht und das Reisegepäck abgeladen. »Außerdem werde ich dir nicht von der Seite weichen, solange du mich brauchst.«

Auch ein General würde sie nicht vor dem Strick bewahren können, wenn der Vorhang erst einmal gefallen war. Dennoch half es ihr ungemein, ihn in ihrer Nähe zu wissen. Die Ruhe, die der grauhaarige Krieger ausstrahlte, schenkte ihr Kraft, und darüber hinaus gab es niemanden, dem sie mehr vertraute. Zumindest jetzt nicht mehr.

Ein unsichtbares Gewicht legte sich auf ihre Brust.

»Solltest nicht lieber du dich als Nia ausgeben? Das wäre bestimmt weniger auffällig«, versuchte sie, ihre Beklemmung mit einem Scherz abzuschütteln.

Leider ohne Erfolg. Wenigstens Milly rang sie damit ein unterdrücktes Kichern ab. Es erstarb allerdings, sobald sie sich dem Empfang näherten.

»Willkommen in Kree, verehrte Prinzessin!« Ein runder, älterer Herr in einer moosgrünen, blumig verzierten Robe trat auf sie zu, die Arme einladend ausgebreitet. Direkt vor ihr verbeugte er sich. »Wie ich sehe, reist Ihr in großer Gesellschaft. Ich werde umgehend einige Zimmer mehr herrichten lassen. Aber nun will ich Euch erst einmal bitten, mich zu begleiten. Meine Wenigkeit hört übrigens auf den Namen Borgwen.«

Die Geschwindigkeit seiner Worte überrumpelte Elayne, die nur mühsam ein Lächeln hervorbrachte.

Verstohlen musterte sie die übrigen Menschen, die zu ihrer Begrüßung gekommen waren. Adelige in schönen Gewändern, auch einige Männer unter ihnen, aber auf niemanden unter ihnen passte die Beschreibung des Prinzen. Zunächst erleichterte sie das, denn es verschaffte ihr noch ein wenig mehr Zeit, bevor das wahre Spiel begann. Doch wenn sie ganz ehrlich war, enttäuschte es sie auch ein wenig. Immerhin ging es um den Mann, den sie heiraten sollte. Sie kam fast um vor Aufregung, und er schickte jemanden vor, um sie in Empfang zu nehmen.

»Sehr erfreut«, gab sie leise zurück und spähte zu Gondrick, der aufmunternd nickte.

Zum Glück schien diesem Borgwen ihre Unsicherheit nicht aufzufallen. Er bedeutete ihnen ohne weitere Umschweife, ihm zu folgen.

Ein mit Wandteppichen gesäumter Gang führte sie vor eine Flügeltür. Als die Tür geöffnet wurde und Elayne den ersten Schritt in den dahinterliegenden Saal tat, erstarrte sie.

Durch zwei Reihen meterhoher Fenster zu beiden Seiten erhellte das Tageslicht den Raum, dessen bemalte Decke rund zusammenlief. Vor ihr, am Ende eines langen Teppichs, standen vier Throne, angefertigt aus demselben Sandstein des Mauerwerks. Auf den beiden mittigen hatten eindeutig König Phelius und Königin Jamalie Platz genommen. Das bedeutete, der junge Mann, der links von ihnen saß ... Nein, möglicherweise war er es gar nicht. Kree hatte zwei Prinzen. *Zwei.* Der Mann auf dem dritten Thron musste einer von ihnen sein und somit vielleicht ihr zukünftiger Ehemann. Der vierte Thron war leer.

Ein sanfter Stoß aus Gondricks Richtung traf Elayne in den Rücken und erst da bemerkte sie, dass sie stehengeblieben war. Zittrig atmete sie ein, bevor sie sich wieder in Bewegung setzte, darum bemüht, gerade und selbstbewusst zu gehen. *Rücken durchstrecken, Kinn nach oben, gleichmäßige Schritte*, wiederholte sie innerlich, was Marbe früher Nia eingebläut hatte. Sie fragte sich, ob sie auch nur annähernd so elegant wirkte wie die echte Prinzessin, während ihre Füße sie auf die drei Gestalten zutrugen.

Aus der Nähe fiel ihr die schöne, schwarzhaarige Königin als Erstes auf. Im Licht schienen ihre Augen wie geschmolzenes Gold – eine Farbe, die eigentlich Wärme ausstrahlen sollte. Doch der Ausdruck darin, so kalt und hart, sorgte dafür, dass sich Elayne noch mehr versteifte.

Phelius dagegen wirkte gleichmütig. Zornes–, aber auch Lachfalten zeigten deutlich das Alter des Königs, wobei beim ersten Hinschauen nur wenige graue Strähnen in seinem sonst braunen und noch immer vollen Haar auffielen. Mit den breiten Schultern und der braunen Haut saß er neben seiner Frau wie ihr genaues Gegenstück.

Endlich überwand sich Elayne und linste zur Linken des Königs. Der Prinz war, wenn überhaupt, nicht viel älter als sie selbst und auffallend attraktiv. Sobald sich ihre Blicke trafen, leuchteten seine Augen auf, und Elayne konnte spüren, wie ihr die Röte ins Gesicht stieg. Gleich darauf fühlte sie sich schuldig. In diesem Moment kam es ihr vor, als würde sie Nia etwas wegnehmen. Die erste Begegnung mit ihrem Prinzen. Das Leben, das für sie bestimmt gewesen war. Ihr mögliches Glück, das sie zu finden geschworen hatte.

Vielleicht ist er es nicht, erinnerte sie sich in dem Versuch, die Schuldgefühle loszuwerden.

Aber ihr Bauch sagte ihr, dass sie sich etwas vormachte. Es hieß, Alesander sei *schön*, und dieser Prinz war es ganz sicher. Seine Schultern wirkten nicht so stark wie die seines Vaters und sein Gesicht weniger kantig. Vielmehr haftete ihm eine nahezu verwundbare Schönheit an. Mit den vollen Lippen, der geraden Nase und den von dichten Wimpern umrahmten Augen aus Gold hatte er Jamalies schönste Merkmale geerbt. Sein Hautton und die dichten, bronzefarbenen Haare erinnerten eher an die Herkunft des Königs.

»Prinzessin Ophenia, seid willkommen«, riss eine selbstbewusste Männerstimme Elayne aus ihrem Starren. »Ich hoffe, Eure Reise verlief ohne Beschwerlichkeiten?«

Phelius' rein höfliche Frage traf sie wie ein Splitter in die Brust. Nichts an ihrer Reise hierher war auch nur ansatzweise so verlaufen, wie erwartet. Doch nun stand sie hier und musste um des Lebens willen diese Rolle spielen.

»Es ist mir eine Ehre, hier sein zu dürfen«, sprach sie die auswendig gelernte Begrüßung und neigte den Kopf. »Euer Heim ist wahrlich beeindruckend und die Strapazen einer Kutschfahrt sind nicht der Rede wert.«

Wie von Gondrick vorhergesagt, breitete sich ein Lächeln auf dem Gesicht des Königs aus. »Ihr seid charmant, genau wie es mir zugetragen wurde. Wohlan. Darf ich Euch meine Königin vorstellen?«

Er wies auf Jamalie, deren Züge wie versteinert blieben. Für eine Frau über vierzig sah sie erstaunlich jung aus. Nur die Falten zwischen ihren Augenbrauen, die sie wahrscheinlich oft zusammenschob, gruben sich tiefer in ihre helle Haut. Sie trug viel Schmuck und ein freizügiges Kleid, beides dominiert von dem roten Funkeln dicker Rubine.

»Ich sehe, Ihr seid ebenso ansehnlich, wie man es Euch nachsagt, Prinzessin.« Was ein Kompliment hätte sein können, klang nicht wie eines. Jamalie tränkte jedes Wort mit ihrer Eiseskälte.

Am liebsten wäre Elayne umgedreht und hinausgerannt. Egal wohin, nur weg. »Ich danke Euch. Aber niemals würde ich es wagen, mich mit Euch zu vergleichen.«

Die richtigen Worte zu finden, fiel ihr leicht, dank der vielen Jahre so dicht an Nias Seite. Sie hatte in ihrem Leben schon mehr Adeligen Honig ums Maul geschmiert, als sie zählen konnte. Trotzdem kam die Antwort nur schwer über ihre Lippen. Ihr Mund fühlte sich trocken an, ihre Zunge wie Papier. Außerdem fürchtete sie, jemand könnte hören, mit welcher Wucht ihr Herz gegen ihre Brust hämmerte.

Womit hatte sie die Königin gegen sich aufgebracht – ahnte sie, dass man ihr eine falsche Braut für ihren Sohn vorführte?

Jamalie lächelte und überraschenderweise wirkte es echt. »In der Tat sehr charmant. Alesander, was hältst du von unserem Gast?«

Ruckartig schaute Elayne zu dem bisher schweigsamen Prinzen.

Er ist es!, überschlug sich ihre innere Stimme. *Er ist Nias ... Mein Verlobter.*

Der Blick, mit dem Alesander sie ansah, verwirrte sie. Darin lag Freundlichkeit, aber auch noch etwas anderes. Vielleicht täuschte sie sich, doch es wirkte wie ... Begeisterung. Freute er sich tatsächlich über eine Ehe mit jemandem, den er gerade zum ersten Mal sah?

Kurz erwischte sie sich bei dem Gedanken, dass die Männer in Kree womöglich mehrere Frauen heirateten. In dem Fall müsste ihn eine Ehe mehr oder weniger natürlich nicht kümmern. Aber sie verwarf diese Überlegung schnell, schließlich hätte ihr davon jemand erzählt.

Oder?

»Ophenia.« Nias Namen aus seinem Mund zu hören, während er sie derart intensiv ansah, bereitete ihr Unbehagen. Dennoch konnte sie nicht leugnen, dass die Sanftheit in seiner Stimme ihrer Nervosität entgegenwirkte. »Die Erzählungen werden Euch nicht gerecht.« Zu allem Überfluss deutete er mit dem Kopf auch noch eine Verneigung an.

Verlegen spielte Elayne mit einer Locke in ihrem Nacken, bevor ihr einfiel, dass sie sich zusammenreißen musste. Hastig nahm sie ihre Hand wieder runter. »Ich ... Ihr seid zu freundlich, Hoheit.«

»Nennt mich bitte Alesander.«

»*Alesander*. Ich bin ... Ophenia.«

Mit einem Lächeln entblößte er eine Reihe gerader, weißer Zähne. »Ich weiß.«

König Phelius räusperte sich und Elayne streckte den Rücken durch, als sei sie bei etwas Verbotenem ertappt worden. Hatte sie den Prinzen schon wieder angestarrt?

»Wie mir scheint, finden die beiden bereits Gefallen aneinander«, stellte Phelius zufrieden fest. »Sehr schön, sehr schön.« Er machte eine weite Geste mit seiner Hand. »Prinzessin, Ihr seid weit gereist. Macht Euch mit Euren neuen Räumlichkeiten vertraut und ruht Euch aus. Heute Abend sehen wir uns zum Willkommensbankett wieder.«

Bankett. Bei dem Wort wurden Elaynes Beine weich wie Pudding. Alle Augen des kreeschen Adels würden heute Abend auf sie gerichtet sein – die balezanische Prinzessin, die zukünftige Braut des Prinzen.

»Es wird mir eine Freude sein«, verabschiedete sie sich und die erste Prüfung ihrer Lüge war überstanden.

HYDEAS LIED

Die wahre Schönheit der Welt liegt nicht in dem, was wir mit den Augen sehen.

Die wahre Geschichte des Lebens erzählen nicht wir Menschen allein.

Dies ist ein geeintes Land, doch seine Grenzen lagen mal hier, mal dort und waren niemals mehr als Linien auf einem Papier. Sogar der Boden selbst, den wir als den unseren beanspruchen, ist nicht das, wofür wir ihn halten. Seine Beschaffenheit und seine Form bleiben nie dieselbe und zeigen uns nicht, woraus das Land besteht.

Nur wenige von uns sehen wirklich. Nur wenige hören der Geschichte zu. Nur wenige verstehen Hydeas Lied.

– Aus *Wissen aus dem alten Land*

4

Warmer Wind umspielte Elaynes bloßen Hals, nicht stark genug, um diese elende Hitze zu vertreiben. Sie brauchte dringend passendere Kleider, wenn sie noch länger als einen Tag aufrecht gehen wollte. In dem Kleid, das sie jetzt trug, schnürte sich ihr die Brust zu. Es gehörte Nia, roch sogar noch nach ihr. So blumig und leicht wie die besseren Tage des Lebens, das sie mit Balezan hinter sich gelassen hatte. Sofort füllten sich Elaynes Augen mit Tränen. Das hier war Nias Kleid, Nias Bestimmung, Nias Glück!

»Du hast dich gut geschlagen, Mädchen.«

Als Gondrick hinter ihr auftauchte, zuckte sie überrascht zusammen. Wie konnte er sich nur so leise bewegen? Aber vielleicht war sie auch nur zu sehr in Gedanken gewesen.

Er trat neben sie ans Balkongeländer und ließ den Blick über den Garten schweifen. Zwar war dessen Boden überwiegend steinig und trocken, doch in unzähligen Vasen und Krügen, die so aufgereiht standen, dass sie Durchgänge bildeten, wuchs allerlei heran. Die Menschen, die dort entlang flanierten, hielten sich vorwiegend unter den schattenspendenden Palmen auf. Nicht weit entfernt, hinter einer Mauer, die wie fast alles hier aus Sandstein bestand, begann ein Wald aus Olivenbäumen. Viel weiter reichte die Aussicht von hier allerdings nicht. Von heute an würde dies ein täglicher Anblick für Elayne sein, begleitet vom Geruch warmer Erde. Jeden Morgen, wenn sie sich aus den seidenen Laken ihres Himmelbettes schälen und auf den Balkon vor ihrem Schlafzimmer hinaustreten würde. Bestimmt sah der Sonnenaufgang über all dem wunderschön aus. Dennoch konnte der Ausblick ihre Laune nicht heben. Gondrick stand direkt neben ihr und doch fühlte sie sich so einsam wie nie zuvor. Sie gehörte nicht an diesen Ort. Nicht ohne ihre

Freundin. Bisher hatte sie immer geglaubt, ein gebrochenes Herz sei eine poetische Umschreibung für den Kummer der Menschen. Doch nun wusste sie es besser. Ihr Herz tat wahrhaftig weh. Mit jedem Schlag erinnerte sie der Schmerz einmal mehr daran, dass sie Nia für immer verloren hatte. Es war schwer genug gewesen, ihr Zuhause zurückzulassen. Aber zurückgelassen zu werden, bedeutete eine ganz andere Art der Sehnsucht.

Ihre Gedanken wurden jäh unterbrochen. Aus den Bäumen des Waldrandes löste sich etwas Schwarzes. Ein Rabe. Er zog einen Bogen am Himmel, flog dann geradewegs auf sie zu. Elayne beobachtete, wie er sich auf dem Geländer ihres Balkons niederließ. So nah, sie hätte nur die Hand ausstrecken brauchen, um ihn zu berühren. Doch sie bewegte sich kein Stück, um das Tier nicht zu verschrecken. Erstaunt über seine Zutraulichkeit, sah sie dabei zu, wie es den Kopf schieflegte, sein ihr zugewandtes Auge direkt auf sie gerichtet.

»Na, bist du auch hier, um die falsche Prinzessin zu begrüßen?«

Der Vogel reagierte, indem er den Kopf auf die andere Seite legte. Das interpretierte sie als Zustimmung.

»Dich begrüßen?«, wunderte sich Gondrick. »Ich habe dich hergebracht, Mädchen. Und bezeichne dich nicht so. Du weißt nie, wessen Ohren in der Nähe sind.«

»Verstanden. Aber ich habe nicht mit dir gesprochen, sondern mi–«

Von dem Raben fehlte jede Spur. Dabei hatte sie nur einen Moment nicht hingesehen.

Gondrick tätschelte ihr den Rücken. »Dein Leben ist zurzeit nicht einfach. Ruh dich aus. Heute Abend werden wir beim Bankett erwartet. Prinzessin Ophenias ...« Er seufzte, wischte sich übers Gesicht. »Deine Kleider wurden bereits hergebracht.«

Noch immer verwirrt, starrte Elayne auf die Stelle, an der eben noch der Vogel gesessen hatte. »Die passen mir nicht.«

Ich ertrage sie nicht.

»Dann sollte ich mich schleunigst um eine Lösung für dieses Problem bemühen. Und du solltest ...«

»Mich ausruhen. Ich weiß.«

Er nickte, und kurze Zeit später blieb sie allein zurück.

5

Es waren mehrere Stunden vergangen, doch Elayne hatte kein Auge zubekommen. Unruhig hatte sie sich in dem großen, grausam weichen Himmelbett hin und her gewälzt, in das sie einfach nicht gehörte. Der Grund für ihre Schlaflosigkeit war, dass sie gar nicht hatte einschlafen wollen. Vielmehr wollte sie aufwachen, aus diesem wirren Traum, der ihr ganzes Leben auf den Kopf stellte.

Nia müsste in diesem Augenblick auf einem Hocker vor dem Spiegeltisch sitzen und die Haare frisiert bekommen, nicht sie. Doch so sehr Elayne sich auch bemühte, endlich aufzuwachen, sie blieb die falsche Prinzessin. Nia blieb tot.

»Was würde ich dafür geben, deine Haare zu haben.« Milly, die sie fertig gekämmt hatte und nun an Elaynes Frisur tüftelte, beugte sich vor, sodass ihr Gesicht neben ihrem im Spiegel auftauchte. »So viele Möglichkeiten. Bei mir sind die eher begrenzt.« Die kurzen roten Locken lugten unter ihrem Häubchen hervor und standen in sämtliche Richtungen ab. »Deine sind wie seidiges Gold.« Sie seufzte und widmete sich wieder ihrer Aufgabe.

»Mir gefällt deine wilde Mähne. Du siehst furchtlos aus. Wie ein Feuer, das niemand löschen kann.«

»Das kann nur jemand sagen, der keine Ahnung hat.«

Ein paar Mal ziepte es, aber bald schon konnte sich das Werk sehen lassen.

Elayne erhob sich dankend und trat hinüber zum größeren Spiegel, in dessen Holzrahmen schöne Ornamente eingeschnitzt waren. Widerstrebend betrachtete sie sich darin.

Die Schatten unter ihren braunen Augen sprachen Bände über die furchtbaren Tage und schlaflosen Nächte, die hinter ihr lagen. Mit dem Puder, das Milly ihr reichte, versuchte sie ihr Möglichstes, sie zu verstecken. Dazu verteilte sie dunkle Farbe auf ihren Lidern, die zu dem dunkelgrünen Kleid passte, das man für sie vorbereitet hatte. Der leichte Stoff umhüllte sie in luftigen Wogen. Nur an der Taille wurde er durch eine Kordel, deren kupferner Farbton sich in Verzierungen am Dekolleté und an den kurzen Ärmeln wiederfand, eng an ihrem Körper gehalten. Es sah zu edel, zu fein gearbeitet für die Person aus, die sie in Wirklichkeit war. Aber wenigstens haftete ihm nicht der vertraute Duft ihrer Freundin an.

Um das Puder unter ihren Augen nicht mit aufsteigenden Tränen zu verwischen, richtete sie ihren Blick schnell auf Millys Werk. Ein Teil von Elaynes Haaren lag zu einem Kranz geflochten um ihren Kopf, während sich der Rest in langen Wellen über ihre Schultern ergoss. Sie umrahmten ihr Gesicht, auf das sich seit ihrer Anreise bereits erste Sommersprossen gesetzt hatten. Die fröhlichen Tupfer lenkten davon ab, dass ihren Wangen das übliche gesunde Rosa fehlte.

»Du bist bildschön«, versicherte ihr Milly, die unbemerkt neben sie getreten war. »Der Prinz ist dir wahrscheinlich längst verfallen.«

Wenig überzeugt wandte sich Elayne von ihrem Spiegelbild ab. Der starke Geruch ihres eigenen Parfüms stieg ihr in die Nase und sie musste schnauben. »Danke, dass du mir Mut machen möchtest. Aber es fühlt sich nun mal falsch an. Nia ist diejenige, die hier stehen und sich auf ein Bankett vorbereiten sollte. Wenn Prinz Alesander der Unterschied zwischen einer echten Prinzessin und mir nicht auffällt, ist er blind.« Und bisher schien es ihm wirklich nicht aufzufallen. Mit welcher Zufriedenheit, welcher Intensität er sie angesehen hatte, wühlte noch immer ihre Gedanken auf.

Ich werde ihn heiraten und mich für immer so fühlen wie jetzt.

Milly erwiderte irgendetwas, doch sie hörte ihr nicht länger zu. Viel zu stark war der Druck, der sich auf ihre Brust legte und ihr das Atmen schwer machte.

Heiraten.

In ein paar Monaten, noch vor dem Winter, würde sie Alesander heiraten. Einen völlig Fremden. Sie würde für den Rest ihres Lebens dieses gewaltige Geheimnis vor ihm hüten und gleichzeitig alles andere mit ihm teilen.

Das Bett, schoss es ihr siedend heiß durch den Kopf.

Nicht, dass sie noch keine Erfahrung gemacht hätte. Tatsächlich hatte es in der Vergangenheit mehrere verstohlene Begegnungen mit dem Küchen-

32

gehilfen Lewin gegeben. Aber zwischen der Neugierde zwei junger Menschen und den Verpflichtungen einer Ehe lagen Welten. Bald musste sie sich einem Mann für immer versprechen, ihre Lüge für alle Zeit aufrechterhalten.

»Ich kann das nicht«, stieß Elayne gebrochen hervor. Ihre Hand wanderte an ihre Kehle, dorthin, wo ein unsichtbares Band ihr die Luft abschnürte. »Ich kann nicht.«

»Wovon redest du?« Milly wurde sofort aufgescheucht.

Er wird mich durchschauen. Sie alle werden das. Besser, wir verschwinden gleich! Das wollte Elayne antworten.

Jedoch blieb ihr jedes einzelne Wort im Hals stecken. Hektisch rang sie nach Atem.

Da klopfte jemand von außen gegen die Tür und einen Augenblick später trat Gondrick ein. Als sein Blick auf Elayne fiel, weiteten sich seine Augen.

»Was ist mit dir?«

Er eilte zu ihr, um sie zu stützen. Keinen Moment zu früh, denn schon wich ihr alle Kraft aus den Gliedern. Millys überfordertes »Ist sie in Ordnung?« ignorierend, sank Gondrick mit ihr auf den steinernen Boden und zwang sie, ihn anzusehen. Die Wärme und die Sorge in seinem Ausdruck fingen sie ebenso auf wie seine Arme.

Noch immer wollte einfach nicht genügend Luft ihre Lungen füllen. Es war zu viel, die Bürde zu groß. Wie sollte jemand so Machtloses wie sie eine solche Aufgabe bewältigen? Wie lange würde sie mit einem Betrug dieser Größenordnung durchkommen, und welche Strafe erwartete sie, sobald man sie überführte?

Alles drehte sich. Die Wände rückten näher und näher.

»Natürlich fürchtest du dich.« Gondrick sprach ruhig, seine Stimme füllte ihren Kopf, glättete langsam die Wogen. »Vergib mir. Ich verlange dir so viel ab. Wenn du nicht zu dem Bankett gehen willst, brauchst du jetzt nur mit dem Kopf zu schütteln. Bestimmt hat der hübsche Prinz noch nie ein Nein gehört und fände die Abwechslung sogar erfrischend.« Wie durch ein Wunder spürte Elayne, wie sich ihre Lippen für einen Moment zu einem Lächeln verzogen. Die Vorstellung, für Alesanders erste Zurückweisung verantwortlich zu sein, amüsierte sie selbst in dieser Verfassung. »Wenn dir das alles zu viel ist, brauchst du auch morgen nicht mehr hier zu sein. Ich sage dem König, wir hätten es uns anders überlegt, und dann reisen wir so schnell wie möglich ab. Ich meine es ernst. Nur ein Kopfschütteln von dir und wir satteln die Pferde. Wir werden über alle Berge sein, ehe jemand unser Verschwinden bemerkt.«

Selbstverständlich lag nichts von alldem im Bereich ihrer Möglichkeiten. Kree derart vor den Kopf zu stoßen, würde sie nicht nur das Bündnis kosten, sondern ihnen einen weiteren Feind bescheren. Dennoch löste sich nach und nach die Schlinge um Elaynes Kehle, der Druck auf ihrer Brust nahm ab.

Nein, niemand forderte von ihr, dieses gefährliche Spiel zu spielen. Sie tat es, weil sie es wollte. Die Menschen in Balezan verdienten es, dass sie ihr Bestes gab, um für das Land ein Bündnis zu schaffen. Im Vergleich zu dem, was ein Krieg anrichten würde, war eine Hochzeit mit einem Fremden wohl ein kleines Opfer. Balezan brauchte militärische Stärke, Alesander eine Braut und Elayne nur einen letzten tiefen Atemzug, bevor sie sich endlich wieder zusammenraufte.

Dankbar drückte sie Gondricks raue Hand. »Hilfst du mir auf? Prinzessin Ophenia wird bei einem Bankett erwartet.«

6

Der Geruch von geräuchertem Fisch hing in der Luft, vermischte sich mit dem blumigen Duft vieler verschiedener Parfüms und füllte den gesamten Saal. Musik und Stimmen verschmolzen miteinander, rückten in den Hintergrund, denn Alesander interessierte sich nicht für die Harfenklänge oder die theaterreif höflichen Gespräche unter Adeligen. Ebenso wenig für die jungen Damen unter ihnen, die immer wieder kokette Blicke in seine Richtung warfen. Mit einem noch vollen Kelch Wein in der Hand saß er auf seinem Stuhl und hielt in der Menge nach einer ganz bestimmten Person Ausschau. Dass sie seine Eltern und ihn warten ließ, verstimmte ihn und gleichzeitig befeuerte es seine Freude darauf, sie wiederzusehen.

Ophenia.

Irgendetwas an ihr hob sie so ganz und gar von allen anderen Hochgeborenen ab, mit denen er es je zu tun gehabt hatte. Womöglich lag es an ihrer balezanischen Herkunft, doch seine innere Stimme sagte ihm, dass mehr dahintersteckte. Was immer es sein mochte, ihm blieb der Rest ihres gemeinsamen Lebens, um es herauszufinden. Seit ihrer Begegnung im Thronsaal waren seine letzten Zweifel einer arrangierten Ehe gegenüber wie von einer Sturmbö davongetragen. Die Neugierde in ihrem Blick, diese schier außergewöhnliche Ausstrahlung hatten ihm seine Antwort gegeben. Er wollte seine Pflicht tun und sie zur Frau nehmen, sie kennen– und eines Tages vielleicht sogar lieben lernen.

Unruhig nahm er den ersten Schluck aus seinem Kelch. Ob die Prinzessin im Gegenzug romantische Gefühle für ihn entwickeln würde, blieb abzuwarten. An seiner Zuwendung, die er sich ihr zu schenken vornahm, sollte es zumindest nicht scheitern.

»Unhöflich.« Die messerscharfe Stimme seiner Mutter schnitt durch die Geräusche der Feierlichkeiten.

Mit erhobenem Kinn saß sie auf dem Platz zu Alesanders Rechten und beobachtete die vielen Gäste, die an ihren reich gedeckten Tischen aßen, tranken und einander mit Worten schmeichelten.

Es dauerte ein wenig, ehe er begriff, was sie meinte. Gern hätte er seine Verlobte verteidigt, bloß gab er sich selbst nicht weniger ungeduldig.

Zum Glück hatte das Warten schon kurz darauf ein Ende, denn Borgwen verschaffte sich mit erhobener Stimme Gehör unter den Gästen.

»Prinzessin Ophenia von Balezan ist eingetroffen.« Der Mann verneigte sich tief. »Willkommen! Dieses Bankett gilt Euch und Eurer Verlobung mit unserem Prinzen.«

Ohne es zu bemerken, hielt Alesander den Atem an. Ophenia stand dort im Eingang des Saals. Seine Augen wanderten entlang ihrer Gestalt in dem grünen Kleid und er musste feststellen, dass sie zurechtgemacht und in kreescher Mode noch schöner aussah als bei ihrer ersten Begegnung. Obwohl sie verloren wirkte, dicht an der Seite ihres Generals, hin- und herschauend, als suchte sie nach einem Ausweg. Wie ein schöner Vogel, der nur die Freiheit kannte und sich nunmehr in einem goldenen Käfig wiederfand.

Das Bedürfnis, diesem Vögelchen Schutz zu gewähren, übermannte ihn. Bevor er wusste, was er tat, war er schon bei ihr und deutete eine Verbeugung an. »Ophenia.«

Als er ihre Hand ergriff, die ein kleines bisschen rauer war als erwartet, zuckte sie zunächst zurück und entriss sich seiner Berührung. Überraschung stand in ihren nussbraunen Augen. Doch sie blinzelte sie fort und legte ihre Finger wieder in die Hand, die er ihr weiterhin bot.

»Eure Hoh... Alesander«, begrüßte sie ihn, ein zögerliches Lächeln auf den Lippen. »Ich hoffe, Ihr ... du verzeihst meine Verspätung.«

Wie könnte er nicht? Völlig eingenommen von ihrem Antlitz, konnte er nicht anders, als zu lächeln. Er nickte und führte seine Verlobte zurück zum Tisch, wo sie vom Königspaar in Empfang genommen wurde. Dass ihnen die Aufmerksamkeit aller im Raum gehörte, verstärkte nur den Stolz, mit dem er sich an ihrer Seite bewegte. Seit der Hochzeit seiner Eltern hatte es in diesem Land keine königliche Vermählung mehr gegeben, und sowohl das Fest als auch seine Braut würden Hunderte Gäste in Staunen versetzen.

»Wie erfreulich, dass Ihr Euch entschlossen habt, unsere Einladung anzunehmen.« Die Königin hatte ihre bezeichnend undurchschaubare Miene aufgesetzt. »Hoffentlich mögt Ihr Fisch.«

»Und wie! Ist er aus dem Westmeer? Bis heute habe ich nur Süßwasserfisch probiert«, reagierte Ophenia überschwänglich. Gleich darauf nahm sie sich wieder zurück, denn Alesanders Mutter hatte offensichtlich nur aus Höflichkeit gefragt.

Die Züge noch immer wie versteinert, überging sie die Antwort der Prinzessin. »Ich muss mich für die Abwesenheit des Kronprinzen entschuldigen.«

Während die Teller vor ihnen mit Essen gefüllt wurden, nahm Ophenia den einzigen leeren Stuhl in ihrer Reihe in Augenschein. »Wo ist er?«

Sofort verhärtete sich Alesanders Kiefer. Er wollte jetzt nicht über seinen Bruder sprechen.

»Der vergnügt sich bestimmt mit leichten Mädchen und erfreut sich seiner Privilegien, ohne einen Gedanken an Verantwortung zu verschwenden«, erwiderte er lauter als beabsichtigt.

Natürlich hatte Phelius jedes Wort verstanden und zögerte nicht, in selber Lautstärke zu widersprechen. »Sprich nicht so über deinen Bruder! Mein Sohn scheut keine Verantwortung.«

Als habe man ihn geschlagen, zuckte Alesander zusammen und verfluchte sogleich sich selbst dafür, Schwäche zu zeigen. Weshalb nur holte sein Vater wieder und wieder das Kind in ihm hervor?

Wie so oft schluckte er mühsam seine Wut hinunter und senkte den Kopf. »Verzeiht mir, Vater. Der Wein hat aus mir gesprochen.«

Statt des erwarteten Schweigens hörte er darauf ein Schnauben. Die Königin starrte ihren Gatten mit hochgezogener Braue an. »Alesanders Sorge ist mehr als berechtigt, findest du nicht? Darian versäumt es, die Verlobte seines Bruders zu begrüßen. Gerade er als Thronerbe sollte den Respekt besitzen, uns beim Essen Gesellschaft zu leisten.«

Den Namen des älteren Prinzen spie sie beinahe aus und zog damit die Aufmerksamkeit einiger nahesitzender Gäste auf sich. Alesander wünschte, er hätte sein Urteil einfach für sich behalten. Er registrierte Ophenias gequälten Gesichtsausdruck und deutete daraus ihr Unbehagen. Dennoch dankte er seiner Mutter im Stillen für ihren Einspruch. Seit jeher war sie der einzige

Mensch, der sich für ihn einsetzte und seinen Vater immer wieder daran erinnerte, mit welcher Ungerechtigkeit er zwischen seinen beiden Kindern unterschied.

Der König setzte dem bloß ein Grummeln entgegen und widmete sich wieder seinem Wein. Offensichtlicher hätte er nicht zeigen können, dass er Darian keinen Vorwurf machte und bloß nachgab, weil er nicht mit seiner Frau streiten wollte.

Gegen die Enttäuschung ankämpfend betrachtete Alesander ihn. Einmal mehr fragte er sich, womit sein Bruder dieses unerschütterliche Wohlwollen verdient hatte, während er selbst vergeblich darum kämpfte.

Als plötzlich eine Hand seinen Arm berührte, blickte er zur Seite in die mitfühlenden Augen Ophenias. Niemand außer seiner Mutter wusste, wie sehr er im Schatten seines Bruders fror. Trotzdem sagte ihm der gutmütige und so unverwandte Blick der Prinzessin von Balezan, dass sie ihn verstand.

»In jeder Familie, die ich kenne, gibt es Streit. Mit Liebe kommt eben auch Bitterkeit«, raunte sie ihm sanft und leise zu, sodass nur er sie hören konnte. »Wir können nur unser Bestes tun, diejenigen, die wir lieben, gut zu behandeln«, sie blickte nachdenklich zum König, bevor sie wieder nur ihn ansah, »und ihnen zu verzeihen.«

Ein paar Herzschläge lang vermochte Alesander darauf nichts zu erwidern. Noch nie im Leben hatte er sich so gesehen gefühlt wie jetzt. Unfähig, seine Lippen zu bewegen, musterte er die weichen Züge ihres Gesichts, ließ ihre Vollkommenheit auf sich wirken.

In diesen wenigen Augenblicken sickerte eine Erkenntnis zu ihm durch, die ihn ganz und gar berauschte. Auf dem Thron würde er niemals sitzen, aber dieses wunderschöne, verständnisvolle Mädchen würde nur ihm gehören.

»Du hast recht«, fand er schließlich seine Stimme wieder. »In unserer Verbindung aber soll es keine Bitterkeit geben. Niemals.«

Sie sahen einander in die Augen, da fiel ihm auf, wie Ophenia leicht errötete. Genau wie zuvor im Thronsaal. Nur für ihn.

»Gefallen dir deine neuen Räume?«, bemühte er sich, die Konversation am Laufen zu halten.

»Ja, natürlich«, erwiderte sie schüchtern. »Alles hier ist noch beeindruckender, als ich es mir vorgestellt habe.«

»Du wirst dich bald daran gewöhnen.«

»Mhm.«

Erst als er es schaffte, sich von ihrem Anblick loszureißen, bemerkte er, wie die Königin sie beide beobachtete. Eine Falte grub sich in ihre blasse Stirn und wurde tiefer, sobald sich ihre Blicke trafen.

Sowie sie zu sprechen begann, richteten sich ihre Worte allerdings nicht an ihn, sondern an seine Verlobte. »Wirklich seltsam. Man beschrieb uns Eure Gestalt als weniger«, sie machte eine Pause, um mit den Fingerspitzen die Wölbung ihres Kelches nachzufahren, »üppig.«

Ophenia, Alesander und auch Phelius keuchten gleichzeitig erschrocken auf, wobei sich der König offenbar am Wein verschluckte. Während er sich hustend auf die Brust klopfte, eilten zwei Dienerinnen in schlichten Leinenkleidern herbei, um ihn zu beruhigen.

Völlig unbeeindruckt davon fuhr die Königin fort. »Wie ich sehe, musstet Ihr während der langen Reise keinen Hunger leiden. Wie beruhigend.«

Erschüttert über die Forschheit seiner Mutter linste Alesander hinüber zur Prinzessin, deren Gesicht jedes liebliche Rot verloren hatte.

»Ich ...«, stammelte sie. »Während ... Ich meine, als ...«

Fast hätte er für sie das Reden übernommen, da kam Jamalie ihm zuvor. »Oh, Ihr braucht nicht peinlich berührt zu sein. Der weibliche Körper ist in ständigem Wandel. Besonders dann, wenn er so jung ist wie Eurer.« Sie lachte freudlos. »Keine Sorge. Unserem Hofschneider wird es eine Freude sein, Euch weitere Kleider wie dieses zu fertigen.«

Mit gesenktem Kopf strich Ophenia über ihren Rock. Die Bewegung ihrer Hände schien so flüchtig, dass sie wahrscheinlich unbewusst war.

»Vielen Dank«, murmelte sie.

Alesanders Eltern wandten sich wieder anderen Gästen zu und das unliebsame Gespräch blieb vorerst ihr letztes. Dennoch wirkte die Prinzessin für den Rest des Abends aufgewühlt. Weder vom Hauptgang noch von den süßen Teigbällchen, die es als Nachspeise gab, aß sie mehr als ein paar Bissen.

Hatte die Bemerkung der Königin sie wirklich derart getroffen, dass sie nicht mehr essen wollte? Oder beschäftigte sie etwas anderes? Er konnte sich nicht überwinden, sie nach ihren Gedanken zu fragen. Aber er wollte kein weiteres Mal zulassen, dass jemand seine künftige Braut in Verlegenheit brachte.

HYDEAS GEBURT

Als das vierte Kind ihrer Eltern in einer windigen Herbstnacht geboren, erlebte Hydea die Welt schon bei ihrem ersten Atemzug in all ihrer Unstetigkeit. Später erzählten ihre Geschwister, das neugeborene Mädchen habe keinen Laut von sich gegeben. Statt das Leben mit einem Schrei zu beginnen, habe es dem Rütteln des Windes an den Fensterläden gelauscht. Dem Jubel und dem freudigen Weinen seiner Familie. Den Anweisungen der Amme an die herumtollenden Kinder. Dem wilden Herzen seiner Mutter, an deren Brust es gelegt wurde.

Hydea sollte nicht das letzte Kind ihrer Eltern bleiben, doch unter all ihren Geschwistern ist sie die Einzige, an deren Namen sich die Welt noch erinnert:

Hydea, die lauschte, fühlte und verstand.

Hydea, die alle Reiche eines Kontinents zu einem einzigen Land einte, indem sie die Stimme statt einer Waffe erhob.

Hydea, die dem alten Land, das über die Jahrhunderte wieder in die Hände von Königen zerfiel, ihren Namen gab.

Der Name bleibt, das Mädchen ist lange fort. So fort, wie eine Seele sein kann.

– Aus *Wissen aus dem alten Land*

7

In Kree roch alles anders. Das Salz des nahegelegenen Westmeers stieg Elayne aber nicht nur in die Nase, sie glaubte, es auch auf der Zunge schmecken zu können. Vielleicht würde es ihr sogar in den Augen brennen, müsste sie diese nicht ständig zukneifen, um nicht von der Sonne geblendet zu werden. Außerdem fühlte sich die Luft anders an als zuhause. Statt sie in Form einer frischen Brise zu streifen, klebte sie an ihr, schmiegte sich schwer und feucht an ihre Haut.

Allein dadurch hätte Elayne sich schon erschöpft gefühlt, wäre da nicht noch der Umstand, dass ihr Leben sich in ein Maskenspiel verwandelt hatte.

Ihre Nervosität hätte sie während des Banketts gestern Abend fast um den Verstand gebracht. Im Mittelpunkt zu stehen, der Königsfamilie so nah zu sein, kostete sie noch mehr Überwindung als geahnt. Eine einzige Bemerkung der Königin hatte ausgereicht, ihr die wenige Fassung auszutreiben, mit der sie der Einladung dorthin gefolgt war.

Dazu kam noch die Art, wie der Prinz sie ansah. Sie nahm sich heraus, seinen unverhohlenen Blickkontakt als Interesse zu verstehen, und spürte bei der Erinnerung daran wieder ihre Wangen glühen. Dennoch vergaß sie nicht, dass genau diese Beachtung gefährlich für sie werden konnte. Je mehr er sich für sie interessierte, desto schwieriger würde es sein, die Wahrheit vor ihm zu verbergen.

Genau wie vergangenen Abend dachte Elayne an Gondricks Zureden zurück, drehte und wendete jedes seiner Wörter.

Einfach davonlaufen und das alles hinter sich lassen.

Zurück nach Balezan.

Nachhause.

Dort gab es keine eiskalten Königinnen, keine intensiven Blicke von

Prinzen, keinen Grund, sich auf ewig zu verstellen. Fast hätte sie laut losgelacht. Nichts davon wartete in Balezan auf sie, doch das Zuhause, nach dem sie sich schmerzhaft sehnte, ebenso wenig. Ohne Nia konnte es für sie nie mehr derselbe glückliche Ort werden, und ohne den Schutz eines Verbündeten würde er das bald für niemanden mehr sein.

Gondrick hatte das alles nur gesagt, um sie zu beruhigen. Dafür war sie ihm dankbar, aber im Nachhinein kam es ihr zu sehr vor wie ein grausamer Scherz, um sich weiter damit zu trösten. Sie war hier gefangen. So etwas wie eine Wahl hatte sie nie gehabt. Je eher sie damit ihren Frieden schloss, umso besser.

Als Zeichen ihrer Entschlossenheit atmete sie kräftig aus. Wenigstens durfte sie hier draußen im Schlossgarten ungestört spazieren, fern von prüfenden Blicken und verhängnisvoller Konversation. Hier zwischen Oliven, Zypressen, Weinreben und Palmen begegnete sie nur Insekten und Vögeln. Keinen dieser Beobachter musste sie von ihrer königlichen Herkunft überzeugen, und so konnte sie ganz sie selbst sein. Einfach nur *Elayne*.

Mit einem erleichterten Seufzer schleppte sie sich den Pfad aus kleinen Steinen entlang. Sie bog um die Ecke eines weinbehangenen Pavillons, als ein Schatten ihren Weg kreuzte. Abrupt blieb sie stehen, den Mund bereits geöffnet. Doch bevor ein Schreckenslaut herauskam, erkannte sie, dass der Schatten nur ein Rabe war. Er landete vor ihr auf dem Boden und spreizte sein schwarzes Gefieder, als wollte er sichergehen, dass ihre Aufmerksamkeit ihm galt. Dieser Vogel hätte einer von vielen sein können, jedoch wusste Elayne mit Gewissheit, dass es derselbe wie gestern war. Dasselbe Tier, das sie auf ihrem Balkon gesehen hatte. Zwischen ihnen lag eine gewisse Vertrautheit in der Luft.

»Hallo, Rabe.« Obwohl sie einen Schritt auf ihn zutrat, scheuchte sie ihn damit nicht auf. »Kommst du, um zu sehen, wie es mir geht? Noch darf ich meinen Kopf behalten und die Finger sind auch noch alle dran.« Sie wedelte mit den Fingern und trotzdem blieb der Vogel ruhig, verfolgte mit nachtschwarzen Augen jede ihrer Bewegungen. »Ich schätze, das ist ein Erfolg. Von jetzt an werde ich wohl jeden Tag, an dem ich nicht hingerichtet werde, als einen guten Tag hinnehmen.«

Es sollte ein Scherz sein, nur konnte sie in den Worten nichts Lustiges mehr finden, sobald sie gesagt waren. Zu sehr ängstigte sie die Wahrheit dahinter. Ein wehmütiges Lächeln trat auf ihr Gesicht.

»Keine Sorge, Rabe, mir geht's gut. Manchmal gibt es eben Dinge, die sind wichtiger als man selbst, verstehst du?«

Darauf reagierte der Vogel mit einem Flügelschlag.

»Bestimmt tust du das.« Nun wurde ihr Lächeln echt. »Hast du ein Nest in der Nähe? Eine Familie, um die du dich kümmerst?«

Wie auf Kommando erhob sich ihr neuer Freund *Rabe* vom Boden, umkreise sie einmal und flog ein Stück weiter den Weg entlang, um dort wieder zu landen. Mit einem Krächzen in ihre Richtung schien er nach wie vor auf ihre Aufmerksamkeit aus zu sein.

Sie ging schmunzelnd darauf ein, freute sich über diese seltsame Begegnung. »Sag bloß, du möchtest mir etwas zeigen!«

Wieder schlug er wild mit den Flügeln, entfernte sich noch weiter und drehte sich mit einem Krächzen zu ihr um, sobald er gelandet war.

»Ist dein Nest da drüben? Darf ich etwa deine Familie kennenlernen?«

So unwahrscheinlich es auch sein mochte, dass ein Tier ihr tatsächlich etwas zu zeigen versuchte – sie konnte nicht anders, als ihm zu folgen und es herauszufinden. Gondrick sagte immer, dass die Neugierde zu oft mit ihr durchging. Aber sie wusste, in Wahrheit verbarg sich kein Tadel dahinter. Das erkannte sie daran, *wie* er es sagte: voller Stolz. Für eine Prinzessin schickte es sich natürlich nicht, einem Vogel durch den Palastgarten hinterherzujagen. Aber das gewöhnliche Mädchen, das sie immer noch war, gab seinem ersten Impuls nach und lief los.

Diese kurze Verfolgungsjagd führte sie vorbei an von Bienen besetzten Blüten, unter einem Bogen aus duftenden Ranken hindurch in einen vom Schloss aus nicht einsehbaren Teil des Gartens. Bäume und Sträucher reihten sich hier eher ungeordnet aneinander, und das so dicht, dass der Weg vollkommen im Schatten lag.

»Warte auf mich!«, rief Elayne, wischte sich den Schweiß von der Stirn.

Bei dieser Hitze zu rennen war viel anstrengender als zuhause. Hinzu kam, dass der harte, unebene Boden durch ihr zartes Schuhwerk hindurch ihre Füße pikste.

Natürlich hörte Rabe nicht auf sie. Um eine letzte Ecke jagte sie ihm noch nach, dann verlor sie ihn aus den Augen. Stattdessen fand sie vor sich etwas Unerwartetes. Eingerahmt von Gestrüpp und so schmutzig, als sei es schon vor langer Zeit in Vergessenheit geraten; gleichzeitig so schön wie aus einem

Märchen und dazu einladend groß: ein Gewächshaus. Den Gedanken, dass Rabe ihr genau diesen Ort statt eines Nests hatte zeigen wollen, schob sie beiseite und trat geradewegs durch den offenen Eingang. Drinnen empfing sie ein angenehm frischer Kräuterduft. Das Grün sprenkelte mehrere scheinbar willkürlich verteilte Beete, umgeben von verschiedenen hohen Gewächsen. Die Ausläufer der größeren Pflanzen streiften ihre Arme, als sie an ihnen vorbeiging. Hier drinnen wuchs alles wild durcheinander, von der Ordnung des Hofes keine Spur mehr. Auch die Hitze fand hier keinen Einzug, die Luft fühlte sich leichter an, und Elayne erlaubte sich einen tiefen Atemzug.

»Wer ist da?«

Von der tiefen Stimme aufgeschreckt, sprang sie zur Seite, presste sich zwischen zwei mannshohe Sträucher, um sich zu verstecken. Nur um gleich darauf zu realisieren, dass es dazu eigentlich keinen Grund gab. Wer immer gerade gesprochen hatte, war vermutlich bloß ein Bediensteter, der Kräuter für die Palastküche erntete. Außerdem hatte ihr niemand verboten, sich ein wenig umzusehen. Plötzlich kam sie sich dumm vor.

Bevor noch jemand die balezanische Prinzessin von Blättern verdeckt und halb in einem Beet stehend vorfand, kam sie schnell wieder aus ihrer Deckung hervor. Hastig klopfte sie sich die Kleidung ab. Im selben Moment tauchte vor ihr eine Männergestalt auf. Sie hoffte inständig, nicht verdächtig auszusehen, selbst vor einem Küchengehilfen nicht, doch dann nahmen sie die Augen ihres Gegenübers ein. Noch nie hatte sie so grüne Augen gesehen. Wie die Essenz alles wachsenden Lebens um sie herum. Sie passten fast unwirklich gut hierher und hätten gleichzeitig im Einklang mit seinen kurzen bronzenen Locken und der braunen Haut nicht natürlicher wirken können.

»E–Entschuldigung«, stammelte Elayne und bereute es sofort. Sie war jetzt eine Prinzessin und hatte jedes Recht, hier zu sein.

Was den Fremden anging: Jemand, der in einer Küche arbeitete, trug für gewöhnlich kein Schwert bei sich. An der Hüfte dieses jungen Mannes entdeckte sie jedoch eines. Der mit Edelsteinen besetzte Griff zeigte trotz des unscheinbaren Leinenhemds und der verdreckten Hose seines Trägers unmissverständlich, dass dieser kein Bediensteter war.

»Nein, ich muss mich entschuldigen. Offensichtlich habe ich Euch erschreckt.«

Warm war das erste Wort, das Elayne beim erneuten Klang seiner Stimme in den Sinn kam. Sie sah wieder hinauf in sein Gesicht, auf dem ein ebenso warmer Ausdruck lag. Warm und neugierig.

Mit einem schiefen Lächeln auf den von Bartstoppeln umringten Lippen fügte er hinzu: »Zu meiner Verteidigung sollte ich erwähnen, dass um diese Zeit sonst keine Menschenseele in der Nähe ist. Euch hätte ich sogar am wenigsten erwartet.«

Wie meinte er das? Es hörte sich ganz danach an, als wüsste er, wer sie war.

»Ihr seid die Verlobte meines Bruders, nicht wahr?«

Tatsächlich, er wusste es. Dann sollte sie besser ...

Moment.

»Eures *Bruders*?«, wiederholte Elayne unter Schock.

Mit dem Küchengehilfen hatte sie bereits weit genug gefehlt, aber ein Prinz? Da war sie eigens deshalb in den Garten gegangen, um ihre Rolle für einen Augenblick ablegen zu können, und nun lief sie einem weiteren Mitglied der Königsfamilie in die Arme. Ausgerechnet!

Doch jetzt, wo er es sagte, fiel ihr die Ähnlichkeit zu Phelius auf. Der kantige Kiefer, die leicht gebogene Nase, die breiten Schultern. Bis auf die Haarfarbe ganz anders als Alesander und dennoch auf eine Weise attraktiv, die ein nervöses Kribbeln durch ihren Bauch schickte.

»Dann seid Ihr also Prinz Darian«, schlussfolgerte sie und bemühte sich, die Nervosität abzuschütteln. »Mein Name ist Ophenia.«

Während sie sich ihm vorstellte, veränderte sich sein Blick, wurde prüfend. Seine Augen wurden zu Schlitzen, während das Lächeln blieb. »Ihr fühlt Euch unwohl.«

Sie erstarrte. »Unwohl? Nicht doch! Weshalb sollte ich?«

»Sagt Ihr's mir. Mir Euren Namen zu verraten, scheint Euch Unbehagen zu bereiten. Er kam Euch schwer über die Lippen.«

Was? Benahm sie sich tatsächlich so auffällig? So oder so verfügte der Kronprinz anscheinend über eine stärkere Auffassungsgabe, als gut für sie war. Am besten blieb sie ihm gegenüber besonders wachsam. Mit einem höflichen Lachen schüttelte Elayne den Kopf, tat so, als beunruhigte seine Feststellung sie kein bisschen. »Verzeiht meine Befangenheit. Es ist bloß eine neue Erfahrung für mich, in so kurzer Zeit derart viele Bekanntschaften zu machen. Im Gegensatz zu Kree ist der balezanische Hof recht klein, und, ehrlich gesagt, war ich bis eben auf der Suche nach einem Rückzugsort.«

Damit schien Darian sich fürs Erste zufriedenzugeben. Seine Miene hellte sich auf und sie bemerkte ein einzelnes Grübchen, das sich in seine linke Wange grub.

Wieder das Kribbeln. *Wie unangenehm.*

»So ist das also. Dann wundert es mich nicht, dass es Euch hierher verschlagen hat«, erwiderte er. »Zufällig befinden wir uns hier in meinem liebsten Versteck von allen. Jeden Morgen kommt jemand, um die Kräuter zu gießen und einige für die Küche zu besorgen. Für den Rest des Tages verirrt sich niemand mehr hierher.« Er grinste sie vielsagend an. »Üblicherweise.«

Um nicht zu viel über sein Grübchen nachzudenken, wandte sich Elayne ab. »Wenn Ihr Euch versteckt, sollte ich wohl besser nicht stören. Sicher gibt es noch einen anderen ruhigen Ort für mich.«

Dabei gefiel ihr genau dieser wirklich gut.

»Nein, so war das nicht gemeint!« Mit einem Schritt zur Seite stand er wieder direkt vor ihr. »Menschen wie wir bekommen selten die Gelegenheit, zwanglos zu sprechen. Ich würde diese unerwartete Begegnung gern nutzen, um die zukünftige Frau meines Bruders kennenzulernen.«

Oh. Mit dieser Aussage hatte sie nicht gerechnet.

Erstaunt ließ sie ihren Blick über den Kronprinzen schweifen, seine einfache Kleidung, seine wirren Locken, den Schmutz, der ihm überall anhaftete. Auch über die Blutspritzer hier und da, derer sie sich erst jetzt bewusst wurde.

»Seid Ihr verletzt?«, keuchte sie.

Sie wusste nicht recht, ob sie näherkommen oder zurückweichen sollte. Deshalb regte sie sich kein Stück, starrte geschockt auf die roten Sprenkel.

Irritiert blickte Darian an sich herunter. »Ach, das Blut? Keine Sorge, es ist nicht meins.«

Falls sie das beruhigen sollte, funktionierte es nicht. »Und wessen Blut ist es dann?«

»Banditen. Wir haben sie ein paar Tage lang verfolgt, nachdem mehrere Bauern westlich von hier überfallen worden sind. Jetzt ... Nun ja, wir haben sie überzeugt, in Zukunft weder zu rauben noch zu morden, so viel ist sicher.«

Elayne schluckte, ihren Fokus noch immer auf die roten Abdrücke des Todes gerichtet.

Da stieß Darian geräuschvoll die Luft aus. »Nun habe ich Euch wieder erschreckt.«

Da so viel Bedauern in seinen Worten mitschwang, raufte sie sich zusammen und riss sich von dem Anblick seines Hemdes los. »Keinesfalls. Schließlich habt Ihr, wie Ihr sagt, für Sicherheit gesorgt.«

»Ja, aber nur dank der guten Männer an meiner Seite. Meine –«

Auf einmal zuckte er so heftig zusammen, dass seine Stimme wegblieb. Die Augen fest zusammengekniffen und die Hände zu Fäusten geballt atmete er kräftig durch die Nase ein und aus.

»Was ist los? Habt Ihr Schmerzen?«

Ohne zu zögern, überbrückte Elayne die Distanz zwischen ihnen, griff nach der Schulter des Prinzen, um ihn zu stützen. Dabei berührten ihre Finger nassen Stoff. Sie riss die Hand zurück und starrte auf das frische Blut, das daran klebte.

Darian war verwundet.

8

Wie schlimm ist es?«

Seinen Schmerzen nach zu urteilen, sollte Darian eigentlich wissen, dass es nicht bloß ein Kratzer war, der seine Schulter zeichnete. Trotzdem versuchte Elayne nicht ganz so beunruhigt zu klingen, wie sie sich beim Anblick der unverheilten Wunde fühlte.

»Sie hat sich entzündet«, erklärte sie und betrachtete das gerötete, mit altem Blut und Wundflüssigkeit verschmierte Fleisch. »Nicht stark, aber das kann sich schnell ändern. Ihr solltet nicht hier sein, sondern bei einem Arzt.«

Darian, der mit seinem Hemd und einem Knäul durchgebluteter Bandagen in der Hand zusammen mit ihr auf dem Boden saß, brummte. »Mir war noch nicht danach, meine Familie zu begrüßen.«

Zwar war ihr in diesem Moment bewusst, dass sie sich anmaßte, dem Sohn eines Königs Vorwürfe zu machen, jedoch konnte sie sich nicht zurückhalten. »Weil Ihr Eure Ruhe wolltet, seid Ihr erst hierhergekommen, statt Euch verarzten zu lassen? Das ist ...«

»Nicht nachvollziehbar für jemanden, der nicht mein Leben führt.«

»Aber Ihr wisst, dass sich die Wunde verschlimmern und Euch umbringen könnte?«

Er warf ihr einen Blick über seine nackte Schulter zu. Unwillkürlich lehnte sie sich ein Stück zurück, damit ihre Gesichter sich nicht zu nah kamen.

»Ehrlich, hätte ich gewusst, dass der kleine Schnitt sich entzündet, wäre ich nicht so leichtsinnig gewesen«, behauptete er.

»Leichtsinnig bleibt es trotzdem.«

Ein Lächeln erhellte sein Gesicht, erstarb allerdings wieder, sobald eine neue Welle Schmerz ihn erfasste. Sofort wandte er sich ab, doch Elayne konnte sehen, wie sein Körper sich verkrampfte.

Dass er sofort versorgt werden musste, stand außer Frage. Doch sie konnte ihn schlecht einfach das schmutzige Hemd wieder überziehen lassen. Frische Bandagen gab es hier natürlich keine, dafür möglicherweise etwas anderes. An verschiedenen Kräutern mangelte es in den Beeten ringsum nicht und mit denen kannte sie sich schließlich aus. Für Nia war ihr Wissen keine Rettung gewesen, aber Darian würde es vielleicht helfen.

Fieberhaft schaute sie sich um, entdeckte alles, was das Herz eines Kochs begehrte, allerdings auch einige ihr vollkommen unbekannte Pflanzen. Ihr Herzschlag beschleunigte sich und auf einmal war es wieder wie an dem Tag, an dem sie die Umgebung des Zeltlagers für Nia abgesucht hatte. Ihre Hoffnung war eine ganz bestimmte Pflanze gewesen, die fast überall auf dem Kontinent Hydea wuchs: Schneekraut. Denn aus den weißen Blüten ließ sich ein Tee zubereiten, der nicht nur wunderbar süß schmeckte, sondern auch Fieber senkte. Aber nicht nur das: Die Flüssigkeit in Stiel und Blättern hemmte Entzündungen. So verzweifelt hatte Elayne zu den Göttern gebetet, weiße Blüten zu erspähen, um ihrer Freundin das Leben retten zu können. Wie besessen war sie stundenlang auf der Suche gewesen, das Bild aus ihrem Buch immer vor Augen.

Auch jetzt sah sie es vor ihrem inneren Auge. Bis ihr Blick tatsächlich an etwas Weißem hängenblieb. Kaum sichtbar lugten die kleinen runden Blütenblätter ein wenig entfernt zwischen den anderen Kräutern hervor.

Ist das wirklich ...?

Ungehalten sprang Elayne auf und eilte hinüber zum Beet, ging dort in die Hocke. Aus der Nähe betrachtet waren keine Zweifel mehr möglich: Schneekraut. Hier wuchs wahrhaftiges Schneekraut.

Ein Lachen, aus Freude und ein wenig aus Wehmut, entfuhr ihr. Mit mehreren fingerlangen Stängeln kehrte sie zu Darian zurück. Hinter ihm ließ sie sich wieder in den Staub sinken. Mit ihrem sauberen Ärmel wischte sie das alte Blut weg, dann tat sie, was sie gern für Nia getan hätte, und setzte ihr angelesenes Wissen in die Tat um.

Nacheinander steckte sie sich die Stängel samt Blättern in den Mund und zerkaute sie, bis nur noch eine matschige, grüne Masse übrigblieb. Die sammelte sie in ihrer Hand.

»Was habt Ihr vor?«

Darian wollte sich zu ihr umdrehen, aber sie hielt ihn fest. »Stillhalten.«

Vorsichtig, um ihm nicht noch mehr Leid zu bescheren, verteilte sie die Schneekrautmasse auf der Wunde. Obwohl sie aufpasste, ging ein Zucken durch seinen Oberkörper und er gab ein gepresstes Stöhnen von sich.

»Entschuldigt. Gleich ist es vorbei«, beschwichtigte Elayne ihn, als sie den letzten Rest des Heilkrauts auftrug.

»Der Schmerz ist erträglich. Ich hoffe bloß, dass Ihr wisst, was Ihr da tut.«

Darüber musste sie leise lachen. »Nun ja. Gemacht habe ich das hier noch nie.«

Sie wusste nicht, weshalb ihr die Gegenwart des Prinzen mit einem Mal viel weniger einschüchternd vorkam. Vielleicht lag es daran, dass sie die Wärme seines Körpers unter ihren Fingerspitzen spürte und sein erdiger Duft ihr dabei in die Nase stieg.

Oder daran, dass er völlig schutzlos vor ihr saß. So dicht, dass sie die vielen feinen Narben auf seiner Haut erkannte, die von älteren Auseinandersetzungen mit Banditen oder ähnlichem stammen mussten. Aber vor allem vertraute er blind auf ihre Hilfe. Einfach so.

Nachdem sie die Wunde vollständig bedeckt hatte, riss sie kurzerhand einen langen Streifen ihres Rocks ab und begann, Darian damit neu zu verbinden. Ihre Finger streiften seine unverletzte *nackte* Haut und sofort kehrte die Nervosität zurück.

Hastig verknotete sie beide Enden des Stoffs, erhob sich und klopfte den Dreck von ihrem Kleid. »Fertig. Die Entzündung sollte zurückgehen. Einen Arzt braucht Ihr natürlich trotzdem. Soll ich jemanden aus dem Palast für Euch holen?«

»Nein, es geht schon.« Auch Darian stand auf, ließ sich dabei von ihr stützen. Er blickte sie an, als habe sie soeben Steine in Diamanten verwandelt. »Danke. Wirklich. Ich muss zugeben, ich bin beeindruckt.«

Elaynes Kopf wurde heiß. Direkt vor ihr stand der Thronerbe Krees mit einem Stofffetzen ihres Kleids um den entblößten Oberkörper und bedachte sie mit einem Funkeln in den Augen. Was für eine absurde Situation.

Sein Blick wanderte von ihrem Gesicht über das Blut an ihrem Ärmel und die besudelten Hände bis hin zu ihrem übel zugerichteten Rock. »Ich bin noch nie zuvor von einer Prinzessin verarztet worden.« Das Grübchen tauchte wieder auf seiner linken Wange auf. »Woher kennt Ihr Euch mit Heilkräutern aus?«

»Wer sagt, dass ich mich auskenne? Ich könnte Euch mit Petersilie einge-
rieben haben.«

Die Antwort kam ihr zwar eher kleinlaut über die Lippen, doch sie konnte
sie sich nicht verkneifen. Darian reagierte mit einem rauen, herzhaften
Lachen. Jedoch nicht, ohne kurz zu den weißen Blütenblättern hinabzu-
schauen, die zu ihren Füßen verstreut lagen.

»Schneekraut«, erklärte sie. »Davon habe ich in einem Buch gelesen. Für
die meisten ist es nur ein schmackhafter Tee. Seine heilende Wirkung kennen
nur die Küstennomaden im Osten.«

»Und Ihr.«

»Scheint so.«

Sie sahen einander an und Elayne wurde bewusst, dass sie lediglich ihren
Arm ausstrecken bräuchte, um ihn erneut zu berühren. Das war eindeutig viel
zu nah, nun, da sie nichts mehr für ihn tun konnte. Mit einem Schritt nach
hinten brachte sie mehr Abstand zwischen sich und den Prinzen.

Da erst bemerkte sie die lange, schlecht verheilte Narbe, die sich quer über
die Seite seines Bauchs zog. Welches Unheil ihn damit auch gezeichnet haben
mochte – er hatte Glück, es überlebt zu haben.

Offenbar verriet ihr Gesicht, was in ihr vorging, denn Darian zog schnell
sein Hemd wieder an, sodass die Narbe verdeckt wurde. Den Mund hatte er
zu einer schmalen Linie geformt und auch sonst wirkte er weniger an einer
Unterhaltung interessiert als eben noch.

»Danke. Mein Versteck gehört Euch. Ich werde Eurem Rat folgen und
einen Arzt aufsuchen, bevor ich meine Familie begrüße. Auf Wiedersehen«,
verabschiedete er sich und ihre denkwürdige erste Begegnung endete so überstürzt, wie sie begonnen hatte.

Elayne war nicht lang im Gewächshaus geblieben. Nach ihrem Zusammentreffen mit Darian hatte sich der geheime Garten zwischen den Glaswänden
seltsam leer angefühlt. Darum war sie für den Rest des Tages in ihre Gemächer
zurückgekehrt. Nun lief sie neben Gondrick den Korridor entlang, der zum
königlichen Speisesaal führte. Heute aßen ausschließlich die Königsfamilie,
sie selbst und der General gemeinsam. Deshalb fand das Abendessen dort
und nicht wie am Tag zuvor im großen Festsaal statt. Milly hatte sich für sie
nach dem Weg erkundigt, der von ihren Gemächern aus etwas komplizierter

war. Gondrick erklärte gerade zuversichtlich, dass Elayne sich bald ganz allein im Palast zurechtfinden würde.

Nur mit halbem Ohr hörte sie ihm zu. Die Aussicht, sich an all dies zu gewöhnen, löste in ihr mehr Unbehagen als Freude aus, doch das wollte sie ihm nicht sagen. Ihr Entschluss, Ophenia zu spielen, stand fest, und von hier aus gab es kein Zurück mehr. Viel mehr als ihr eigenes Wohlergehen hing schließlich davon ab. Stattdessen nickte sie also und bereitete sich innerlich darauf vor, das Königspaar und seine beiden Söhne wiederzutreffen.

Dann war es auch schon so weit.

»Prinzessin, wie erfreulich. Bitte setzt Euch. Ihr auch, General«, begrüßte Phelius sie beide, sobald die Flügeltür hinter ihnen geschlossen wurde.

Er saß an einem Ende der großzügig gedeckten Tafel und wirkte zufrieden. Ihm gegenüber führte Jamalie sich gerade einen Kelch Wein an die roten Lippen, nicht um eine Begrüßung bemüht. An der langen Seite des Tisches und zur Linken des Königs erwartete Alesander sie freudestrahlend. Er deutete auf den freien Stuhl neben sich, was Elayne rührte. Sie antwortete ihm mit einem Lächeln.

Bevor sie auf den Tisch zutrat, konnte sie jedoch nicht umhin, auch die vierte Person der Runde auszumachen: Darian, frisch und königlich eingekleidet, mit dem Rücken zu ihr. Wieder einmal. Aus irgendeinem Grund hoffte sie, er würde sich zu ihr umdrehen.

Doch er tat es nicht, deshalb blickte sie wieder zu Phelius und erwiderte seine Einladung mit einer leichten Verbeugung. »Ich danke Euch.«

»Ach, lassen wir die Höflichkeiten. Im nächsten Frühling heiratet Ihr meinen Sohn. Dann sind wir eine Familie«, reagierte dieser mit einer wedelnden Handbewegung. »Und nun esst mit uns!«

Gondrick verbeugte sich ebenfalls und geleitete Elayne zu ihrem Stuhl neben Alesander, ehe er selbst ihr gegenüber neben Darian Platz nahm.

Schon beflügelten Gewürze und Gebäck ihren Geruchssinn und für einen flüchtigen Moment legte sich vollkommene Ruhe über sie. Kree mochte heiß und schwül und sogar gefährlich für sie sein, aber in der Küche konnte sich Balezan nicht mit dem Westland messen. Selbst zu Tisch mit Nia hatte sie niemals so gutes Essen vorgesetzt bekommen.

Leider verstrich der Moment schnell, denn etwas anderes lenkte ihre Aufmerksamkeit auf sich. Sie sah zwar nicht gleich auf, dennoch konnte sie

Darians Blick deutlich spüren. Und da tauchte es wieder auf, überdeckte sogar ihren Appetit – das verräterische Kribbeln.

9

Wie ein Wasserfall aus Honig ergoss sich Ophenias Haar über ihre rechte Schulter. Auf der anderen Seite war es vom Ansatz bis zum Hinterkopf geflochten. Eine typisch kreesche Frisur, wie Darian auffiel, die im Kontrast zu ihrer hellen Haut mit den vereinzelten Sommersprossen stand.

Aber nicht ihre äußere Erscheinung, die ihr beim gestrigen Bankett mit Sicherheit einige Aufmerksamkeit beschert hatte, verlieh ihr Besonderheit. Es war die Freiheit, die an ihr haftete wie Parfüm, sie wie ein verlockender Duft umhüllte. All die Zwänge und die Unnahbarkeit des Adels schienen ihrem Wesen nicht anzugehören. Daran lag es auch, dass er beim besten Willen nicht den Blick von ihr abwenden konnte. Während des gesamten Essens vermied sie es ganz offensichtlich, ihn zu lang zu erwidern. Doch er spürte jedes Mal die Freude in seiner Brust kitzeln, wenn sie die Gabel in ihren Mund schob und dabei verstohlen über den Tisch zu ihm linste. Sie beide würden Freunde werden, das wusste er. Ihre Ausstrahlung lud dazu ein, offen mit ihr zu sprechen – das hatte er im Gewächshaus gelernt – und bei der allgegenwärtigen Oberflächlichkeit am Hof nahm er diese Einladung nur allzu gern an.

»Ich hatte gehofft, dich heute in deinen Gemächern anzutreffen«, suchte Alesander das Gespräch mit Ophenia, während Bedienstete den Nachtisch reichten. »Aber du warst nicht dort.«

Darian lächelte stumm in sich hinein. Dass die Prinzessin den Palast verlassen hatte, war zu seinem Glück geschehen. Dank ihrer unerwarteten Begegnung spürte er die Verletzung an seiner Schulter inzwischen kaum noch. Der Arzt, den er anschließend aufgesucht hatte, ließ wahrscheinlich in diesem Moment mehr von dem wirkungsvollen Schneekraut anpflanzen.

Indessen strich sich Ophenia, die bisher überwiegend schweigsam gewesen war, eine goldene Strähne aus der Stirn. »Verzeih mir. Da ich die Umgebung noch nicht kenne, sah ich mich heute etwas um. Außerdem saß ich auf meiner Reise hierher so viel, dass ich meine Beine gar nicht genug bewegen kann.«

Das tiefe Lachen des Königs schallte durch den Raum, wurde von den hohen Decken zurückgeworfen. So klang sein Vater nur, wenn alles zu seiner Zufriedenheit verlief.

Alesander lachte ebenfalls höflich und hob dabei seinen Kelch. »Dann feiern wir heute, dass deine Reise dich wohlbehalten zu mir führte.«

Auch Ophenia griff nach ihrem Wein, prostete ihm zu.

Darian hielt ebenfalls seinen Kelch in die Höhe. »Ja, das sollten wir feiern.«

Dass sich etwas an Alesanders Haltung veränderte, nahm er nur beiläufig wahr, denn sein Augenmerk galt der Prinzessin. »Eine bemerkenswert kluge Frau wird in unsere Familie einheiraten«, sagte er und wandte sich dann an Phelius. »Vater, wusstet Ihr, dass Schneekraut nicht bloß einen guten Tee, sondern ein noch besseres Heilmittel abgibt?«

Der König machte ein verblüfftes Gesicht. »Wüsste ich nur alle Kräuter beim Namen, wäre in meinem Kopf kein Platz mehr für Regierungsangelegenheiten, Sohn. Wie kommst du ausgerechnet jetzt darauf?«

»Heute liefen die Prinzessin und ich uns zufällig über den Weg«, erklärte er, wobei er die Wahrheit ein wenig verdrehte, um weder sein Versteck noch die tollkühne Banditenjagd mit seinem Freund Taz und den anderen Männern preiszugeben. »Wir unterhielten uns über Pflanzen und sie stellte mich mit ihrem Wissen in den Schatten. Vielleicht sollten auch wir unsere Bibliothek um ein paar nomadische Schriften erweitern.«

»Nomaden!«, johlte Phelius. »Wer vor dem Leben davonläuft, kann uns ganz sicher nichts beibringen. Aber über eine kluge Schwiegertochter will ich mich nicht beschweren.«

Mit trunkener Miene nickte er Ophenia zu, bevor er einen großen Schluck Wein hinunterstürzte. Danach legte sich Schweigen über ihre Runde. Jamalie bedachte Darian strafend und ihm war nur zu deutlich bewusst weshalb. Die Härte in Phelius' Gelächter über die nomadischen Völker war ihm nicht entgangen und er hätte es besser wissen müssen, als die Unterhaltung auf sie zu lenken.

Doch natürlich trank der König und tat es mit gespielter Ungerührtheit ab wie sonst auch. Schon seit Darians Kindheit hatten sie nicht mehr über sie gesprochen.

»Ihr gebt uns also Euren Segen, Vater?«, brach Alesander die Stille.

Damit brachte er die Zufriedenheit zurück in den Ausdruck des Königs. »Selbstverständlich. Wie könnte ich dem nicht zustimmen? Seremon von Balezan hat uns eine bezaubernde junge Dame geschickt. Unsere Länder zu vereinen, wird mir eine Freude sein.«

Neugierig beobachtete Darian, wie Ophenia die Schultern sinken ließ und für einen Moment die Augen schloss. Die Worte seines Vaters mussten ihr eine große Last nehmen. Blieb nur die Frage, ob ihre Erleichterung von ihrem Ehewunsch oder von der Aussicht auf ein militärisches Bündnis ihrer Länder herrührte. Er nahm sich vor, herauszufinden, wie sie über die Verlobung dachte. Eine Heirat aus Liebe blieb denen, die mit einem Adelstitel geboren wurden, ohnehin ein Tagtraum. Doch eine Frau, so dachte er, musste dabei noch einiges mehr aufgeben. Ihr Zuhause. Ihre Familie. Ihr gewohntes Leben. Welcher Antrieb Ophenia dazu veranlasste, sich dem Wunsch ihres Vaters zu beugen und dabei sogar erleichtert zu wirken, würde das Nächste sein, worüber er mit ihr sprach. Sobald Phelius das Abendessen für beendet erklärt und alle den Raum verlassen hatten, beschloss Darian, Tazriel einen Besuch abzustatten. Sein gleichaltriger Freund und Sohn des Schatzmeisters lebte im Westflügel des Schlosses, in den er sich nach ihrem heimlichen Abenteuer zurückgeschlichen hatte. Nur selten bemerkte Taz' Vater dessen Abwesenheit, denn in den kreeschen Schatzkammern gab es reichlich zu verwalten. Doch seiner wenig jüngeren Schwester Keira entging nichts. Sollte sie ihrem Bruder soeben die Hölle heißmachen, wollte er wenigstens einen Teil der Schuld auf sich nehmen. Immerhin war die Verfolgung seine Idee gewesen, nachdem ihnen bei einem Ausflug in die Taverne ein aufgebrachter Bauer sein Leid geklagt hatte.

Als er gegen die massive Holztür am Ende des Korridors klopfte, hoffte er inständig, dass er nicht zu spät kam. Gleichzeitig setzte ihm die Vorstellung, wie Keira – hitzköpfig wie sie war – Taz die Ohren langzog, ein Lächeln auf. Diese Innigkeit zwischen Geschwistern kannte er selbst nicht. Weder den Streit noch die liebevolle Sorge, aus der ein Streit oft erst entstand.

Ehe er in Gedanken über die Beziehung zu seinem eigenen Bruder verfallen konnte, wurde die Tür von innen aufgerissen.

»Hab ich's mir doch gedacht. Seine *ideenreiche* Hoheit beehrt uns«, begrüßte ihn Keira, die Stimme so spitz wie ein Pfeil.

Hätte er sie nicht besser gekannt, wäre er zurückgewichen. Nach Jahren der Freundschaft wusste er jedoch, dass sich hinter den ständig zusammengeschobenen Brauen und den gekräuselten Lippen nichts als reine Herzensgüte befand. Deshalb verlor er seinen Mut selbst dann nicht, als sie die langen dunklen Zöpfe schwungvoll nach hinten warf und ihn am Kragen zu sich in den Salon zog.

»Wenn du dein Leben aufs Spiel setzen möchtest, ist das allein deine Entscheidung«, schimpfte sie. »Aber zieh nicht jedes Mal Taz mit rein! Der ist nämlich ein Trottel und denkt nicht nach, bevor er irgendwelchen Halsabschneidern hinterherreitet!«

»Ey!«, beschwerte sich Taz, den Darian nun auf einem Sessel in der Ecke bemerkte.

Doch Keira schenkte ihm keine Beachtung. Sie hatte Darians Kragen losgelassen und stemmte jetzt beide Hände in die Hüften. »Du bist doch eigentlich der Klügere von euch beiden. Kannst du nicht wenigstens zwei, drei Männer mehr mitnehmen, wenn du schon den Helden spielen musst? Euch hätte ernsthaft etwas zustoßen können.«

»Ist es aber nicht.« Taz war aus dem Sessel aufgestanden und ging, die Arme zu einer versöhnlichen Geste ausgebreitet, auf seine Schwester zu.

Dabei war das Blut am Ärmel seines Hemds, das er offenbar noch nicht gewechselt hatte, wunderbar zu erkennen. Ein paar braune Strähnen lugten aus seinem sonst immer ordentlichen Haarknoten hervor und fielen über die kurzgeschnittenen Seiten. Auf sein typisch charmantes Grinsen, das trotz oder gerade wegen der Narbe auf seiner Oberlippe den Damen in Kree die Herzen stahl, würde Keira sicher nicht hereinfallen. Allerdings zuckten ihre Mundwinkel etwas.

»Oh, liebste Schwester. Wir können uns so glücklich schätzen, dass du dich um uns beide sorgst«, versuchte er ganz unverblümt, sie um den Finger zu wickeln. »Dabei sind deine Befürchtungen unbegründet. Darian und ich vereinen Verstand und Geschick. Wir waren nie wirklich in Gefahr.«

Womöglich etwas zu dick aufgetragen. Und Darians eigene Stichwunde blieb nun besser ein Geheimnis. Trotzdem schien Taz' Taktik zu funktionieren, denn Keiras Gesichtszüge entspannten sich.

Bis Geräusche von der Tür zu ihnen drangen. Jemand war im Begriff einzutreten.

»Das ist Vater!« Keira reagierte als Erste, packte erneut Darian und diesmal auch Taz am Hemd.

In Windeseile zog sie beide zu einem Wandteppich, auf dem ein schlecht getroffenes Portrait der Familie prangte.

»Verschwindet lieber, bevor er davon Wind bekommt«, mahnte sie und wies auf das Blut an Taz' Ärmel.

Dann hob sie den Teppich an, und die Tür zu einem der vielen dunklen Geheimgänge des Schlosses kam zum Vorschein. Dieser hier sollte dem Schatzmeister im Fall einer Attacke zur Flucht verhelfen. Oder eben seinem Sohn, käme dieser wie jetzt in die Bredouille, einer Bestrafung ins Auge zu sehen.

Darian betrat ohne Einwände den Gang, dicht gefolgt von Taz, und hinter ihnen ließ Keira den Wandteppich zurück an seinen Platz fallen. Gerade rechtzeitig, denn im nächsten Augenblick, in vollständiger Dunkelheit lauernd, hörten sie Schatzmeister Aurel seine Familiengemächer betreten.

Zwar konnte Darian den kleingewachsenen, glatzköpfigen Mann nicht sehen – nicht einmal die eigene Hand vor Augen – doch kannte er seine geschäftige Art recht gut. Er wusste, dass er Keira kaum richtig ansah, als er sie begrüßte, aber auch, dass er es nicht versäumte, seiner Tochter einen flüchtigen Kuss auf die Wange zu drücken. Aurel war ein guter Mensch. Bloß erwartete er von seiner Sippe ein zu vorzeigbares Benehmen, während er selbst seiner Arbeit nachging, um ihnen ein gutes Leben zu ermöglichen. Keira hatte sich schon immer mehr bemüht als ihr Bruder und zeigte ihre ausgelassene Ader nur den Menschen, denen sie voll und ganz vertraute. Doch auch sie konnte nicht lange stillsitzen, musizieren oder gute Tischmanieren üben. Darian glaubte, dass daher die tiefen Sorgenfalten auf Aurels Stirn stammten. Mit der finanziellen Situation des Königreichs konnten sie jedenfalls nichts zu tun haben, so viel stand fest.

»Pssst. Lass uns abhauen«, flüsterte Taz so dicht an Darians Ohr, dass dieser beinahe einen Schreckenslaut von sich gegeben hätte.

Sein Freund hatte recht. Solange der Schatzmeister da war, würden sie ihr Versteck nicht mehr ohne Weiteres verlassen können. Besser, sie fanden eine Gelegenheit für Taz, sich umzuziehen, bevor er seinem Vater noch das letzte bisschen Hoffnung nahm. Also gingen sie, tasteten sich mit beiden Handflächen an den dichten Wänden entlangstreichend voran, bis sie wieder sehen konnten. Zumindest schemenhaft, durch das Licht, das durch einen Schlitz zwischen Wand und Decke des Geheimgangs fiel. Ob dieser nun für Belichtung oder Belüftung dort war, noch etwas anderes erreichte sie durch den Spalt: Stimmen. Lediglich ein Murmeln. Eine bedachte Konversation, deren Inhalt wohl für niemanden außerhalb des Raumes bestimmt war, der über ihnen lag.

Die männliche Stimme klang gesenkt, dennoch aufgebracht, und Darian wollte weitergehen. Jemanden zu belauschen, wäre falsch, und abgesehen davon interessierte ihn der Tratsch am Hof nicht im Geringsten.

Dann jedoch ließ ihn die weibliche Stimme aufhorchen und er blieb unmittelbar stehen, sodass Taz gegen ihn stieß. Ausgerechnet gegen die gerade erst verarztete und noch alles andere als verheilte Schulter. Ein Schmerzenslaut stieg in seiner Kehle auf und ließ sich nicht zurückhalten. Verzweifelt schlug er sich eine Hand vor den Mund und stöhnte hinein.

»He! Wieso bleibst du stehen?«, beschwerte sein Freund sich im Flüsterton.

Darian antwortete nicht, sondern atmete angestrengt den Schmerz fort.

So ein Trottel, bediente er sich innerlich Keiras Lieblingsbezeichnung für ihren Bruder.

Sobald der Schmerz einigermaßen abgeklungen war, spitzte er die Ohren. Die Stimmen waren noch immer zu hören, also hatten sie sich nicht verraten.

Glück gehabt.

Mit einem bösen Blick zu Taz rieb er sich über die geschundene Schulter, zeigte dann mit dem Finger nach oben. Wenn sie ganz still blieben, würde er sich vergewissern können, ob sie es wirklich war: Ophenia. Weshalb sein Verdacht ihn davon abhielt, weiterzugehen, war ihm selbst ein Rätsel. Lauschen wollte er bestimmt nicht. Nur sichergehen, dass er sie nicht verwechselte.

Sein Puls stieg an, als er sie sagen hörte: »Ich habe ihm keine schönen Augen gemacht. Ich habe ihm geholfen, weil er verletzt war!« Kein Zweifel übrig. Diese eindringliche Stimme gehörte zu Ophenia.

Verletzt? Sprach sie etwa von ihm? Spätestens nun beschloss er, tatsächlich zu lauschen.

Von dem Mann, mit dem sie sich unterhielt – er hielt ihn für den balezanischen General – kam ein tiefes Brummen. »Mädchen, ich konnte von meinem Stuhl aus sehr genau beobachten, wie dein Blick immer wieder zu dem Prinzen zurückging, der *nicht* dein Verlobter ist. Das Letzte, was ich will, ist, dir vorzuschreiben, wen du zu mögen hast. Aber in unserer Situation bleibt mir leider keine Wahl.«

Darian nahm eine Sekunde lang bewusst wahr, wie er den Atem anhielt. Eine Sekunde, die ihm quälend lang vorkam, denn Ophenia schwieg zunächst.

»Dann kann ich dich beruhigen. Es gibt niemanden, den ich *mag*«, sagte sie dann mit einem harten Unterton. »Glaubst du, ich amüsiere mich hier?«

Der General ließ allerdings nicht locker. »In deinem Alter ist es manchmal schwer, Versuchung von echten Gefühlen zu unterscheiden.«

»Jetzt hör mir doch zu! Ich bin heute weder in Versuchung geführt noch vom Blitz der Gefühle getroffen worden! Ehrlich gesagt, bin ich einfach nur froh, dass mich bisher niemand *exekutieren* möchte. Könntest du also bitte mit den Anschuldigungen aufhören? Außerdem bin ich müde und Milly wartet schon, um mir beim Umkleiden zu helfen.«

Bei dem Wort *exekutieren* wechselte Darian einen Blick mit Taz. Die Prinzessin war eine Spur dramatischer, als er sie eingeschätzt hatte.

Daraufhin seufzte der General ergeben. »Versprich mir, dass du versuchst, dich ganz auf deine Verlobung zu konzentrieren. Vielleicht wirst du dich nicht in Prinz Alesander verlieben, aber trotzdem solltest du das Beste hieraus machen. Ich wünsche mir wirklich, dass du glücklich wirst.«

»*Glücklich*«, wiederholte Ophenia und jegliche Härte war aus ihrer Stimme verflogen. »Ich bin nicht hier, um mein Glück zu finden, sondern für die Menschen in Balezan, die sich auf Nia verlassen.«

»Pssst, du solltest nicht ...«

»Ich sollte eigentlich gar nicht hier sein – nicht so! Dieses Leben ist nicht meins, also wie könnte ich glücklich sein? *Wie?*« Ihre Verzweiflung war unüberhörbar.

Nicht alles an der Konversation ergab für Darian einen Sinn. Aber eines war klar: Die Prinzessin wollte nicht hier sein. Sofort überkam ihn ein schlechtes Gewissen. Sicher hätte sie nicht gewollt, dass er davon wusste.

Mit einem Stupser gegen Taz' Arm bedeutete er diesem, dass sie besser weitergingen. Die nächsten Worte des Generals erreichten ihn trotzdem.

»Dies ist das letzte Mal, dass ich dich so nennen kann: *Elayne*. Für mich wirst du das immer sein, versprochen. Aber wenn du hierbleibst, musst du die Vergangenheit loslassen. *Du* bist jetzt Ophenia und ihr hätte ich ebenfalls geraten, diese Hochzeit als etwas Schönes zu betrachten. Als die Gelegenheit, eine gute Ehe zu führen. Bald muss ich zurück nach Balezan und wenn es so weit ist, möchte ich nicht in Sorge um dich gehen. Versteh das doch.«

Falls sie darauf etwas erwiderte, hörte Darian es nicht mehr. Bis auf das Rauschen in seinen Ohren nahm er nur noch die Worte des Generals wahr, die er in seinem Kopf hin– und herschob, sie auseinandernahm und wieder zusammensetzte. Es musste eine andere Bedeutung hinter ihnen geben als die einzige, die ihm schlüssig erschien.

Aber was könnte anderes gemeint gewesen sein, als dass es sich bei der Prinzessin nicht um die echte Tochter König Seremons handelte?

Und sollte sie wirklich Ophenia sein, weshalb nannte der General sie dann *Elayne?*

Irgendetwas wurde hier gespielt und das Mädchen aus dem Osten war wohl noch weitaus interessanter, als er geglaubt hatte.

10

Die Hauptstraße führte vom Palast direkt in die Stadt. Mit jedem Ruckeln der Kutsche wurde Elayne unruhiger, mit jedem Blick auf ihre beiden Begleiter noch ein ganzes Stück mehr. Auf der Polsterbank ihr gegenüber saßen die Prinzen mit dem größtmöglichen Abstand zueinander, während sich die Augenpaare beider immer mal wieder auf sie richteten. Das Gefühl, unter Beobachtung zu stehen, erdrückte sie die gesamte Fahrt über.

Draußen zogen lichter werdendes Grün und geschäftige Leute zu Fuß, zu Pferd oder in Kutschen vorbei. Obwohl beide Fenster geöffnet und die Vorhänge beiseitegeschoben waren, schien die Luft hier drinnen zu stehen. Es roch nach altem Polster und Baumrinde. Wenn sie wenigstens tief durchatmen könnte, nähme Elaynes Rastlosigkeit vielleicht ab.

Gleichzeitig freute sie sich aber auf ihre Ankunft in der Palaststadt. Mehr noch, sie verging fast vor Neugier auf das Zentrum ihrer neuen Heimat. Ein Ort, über den sie nach der Übereinkunft zu Nias Verlobung Geschichten gehört und den sich die Freundinnen in den schillerndsten Farben ausgemalt hatten. Es hieß, dass allein dort so viele Menschen auf einem Haufen lebten wie in ganz Balezan zusammengenommen.

Elayne linste zu Darian hinüber, der jetzt entspannt auf seinem Platz lehnte, durchs Fenster in die Ferne blickte und dennoch eine unglaubliche Präsenz ausstrahlte. Im Gegensatz zu Alesanders mit funkelnden Steinen bestickter Jacke trug er fein gearbeitete, aber schlichte Kleider. Dennoch sah man ihm an, dass seine Entscheidungen eines Tages das Leben all dieser Menschen da draußen beeinflussen würden.

»Ophenia, sieh nur.«

Trotz oder gerade wegen ihrer eigenen Aufgabe konnte sie nicht anders, als ihn für diese unvorstellbar große Bürde zu bewundern, die schon seit seiner Geburt über ihm baumelte wie ein Beil über einem Verurteilten. Sie wusste nicht viel über ihn. Nur dass er oft lächelte. Entweder machte ihm die Verantwortung schlichtweg nichts aus oder er gab sein Bestes, sich davon nicht entmutigen zu lassen. Ein Gefühl sagte ihr, dass es ein bisschen von beidem war.

»Ophenia?«

Auch jetzt lag ein Lächeln auf seinen Lippen, während er schweigend Landschaft und Leute beobachtete. Kein Lächeln, das sein einzelnes Grübchen zum Vorschein brachte, und doch ansteckend genug, um Elayne ebenfalls eines abzuringen.

Umso peinlicher rührte es sie, als er den Kopf plötzlich wieder in ihre Richtung drehte. Schnell wandte sie sich ab und tat besonders interessiert an den Verzierungen des Sitzpolsters.

»Was habt Ihr, *Prinzessin*?«, fragte Darian und obwohl sie nicht wagte ihn anzusehen, spürte sie, wie er sie aufmerksam musterte. Wahrscheinlich bildete sie es sich bloß ein, aber dem Wort *Prinzessin* verlieh er einen eigenartigen Klang. »Mein Bruder versucht, Euch etwas zu zeigen.«

»Oh?« Verwundert sah sie zu Prinz Alesander hinüber, dessen Wangen eine leichte Röte angenommen hatten.

Ophenia. Sie hatte ihn Nias Namen sagen hören, aber nicht darauf reagiert. *Oh nein! Was wird er jetzt denken?*

Ihre Hände wurden feucht. Sie musste sich schnell eine gute Erklärung überlegen, bevor die Prinzen anfingen, an ihrer Identität zu zweifeln.

»Sie scheint geträumt zu haben«, richtete sich Darian an seinen Bruder und beendete unerwartet ihre Not. »Bei Kutschfahrten versinke auch ich oft in Gedanken. Das Schaukeln hat etwas Beruhigendes, findest du nicht?«

Glück gehabt, dachte Elayne, nickte eifrig und ließ ihren Blick noch etwas länger auf dem Kronprinzen ruhen, der ihr gerade unwissentlich den Hals gerettet hatte.

Alesander reagierte nicht auf die willkommene Ausrede, sondern schenkte seine Aufmerksamkeit weiterhin voll und ganz ihr. »Die Palaststadt.« Er zeigte aus dem Fenster, ohne sich von ihr abzuwenden. »Man kann sie von hier sehen.«

Da konnte ihre Glaubwürdigkeit noch so gefährdet sein – den Anblick des Dächermeeres der Palaststadt wollte sie sich nicht entgehen lassen. Rote Ziegel reflektierten das Sonnenlicht und verwandelten die Stadt in einen schimmernden Abendhorizont, obwohl der Mittag gerade erst angebrochen war. Daraus empor ragte ein großes kuppelförmiges Gebäude, dessen Dachzinnen dasselbe Blau wie die des Palasts hatten.

»Die Markthalle«, erklärte Darian, der offenbar ihrem Blick gefolgt war. »Unser ganzer Stolz. Händler kommen sogar von Übersee, um dort ihre Waren zu verkaufen. Nirgends findet man raffinierteres Essen, besseres Werkzeug oder schöneren Schmuck als dort.«

Elayne staunte, konnte sich nicht vom Anblick der Kuppel losreißen, die von innen bestimmt nicht weniger beeindruckend aussah. »Gehen wir hinein?«

»Wenn du das möchtest«, erwiderte Alesander. »Aber es könnte hektisch werden. Vielleicht sollte Darian besser allein gehen und uns etwas zum Essen besorgen. Ich zeige dir derweil mehr von der Stadt.«

Kam gar nicht infrage. Sie schüttelte energisch den Kopf, nur um dann zu realisieren, dass sie auf lange Sicht wohl größere Überlebenschancen hatte, wenn sie sich stets nach den Wünschen des Prinzen richtete.

»In Ordnung. Ich würde mich freuen«, schob sie also hinterher. Irgendwann würde sie schon die Gelegenheit bekommen, die Markthalle von innen zu bestaunen.

Auf ein leicht irritiertes Lächeln von Alesander folgte das amüsierte Glucksen seines Bruders. Darian hielt sich die Hand vor den Mund, als müsste er sich zusammenreißen, um nicht loszuprusten.

»Ich glaube, Prinzessin *Ophenia* würde sich lieber selbst etwas aussuchen und ist nur zu schüchtern, es dir zu sagen.«

Schon wieder diese seltsame Betonung. Dabei lief es ihr eiskalt den Rücken herunter. Er konnte sie unmöglich enttarnt haben. Aber warum kam es ihr so vor, als spielte er mit ihr? Sollte er vorhaben, ihr zu drohen, gab es nichts, das sie ihm entgegenbringen konnte.

»Stimmt das?«, wollte Alesander wissen.

Sie nickte zurückhaltend.

»Also dann.« Er wirkte etwas enttäuscht, doch womöglich bildete sie sich das nur ein. »Wir gehen gemeinsam.«

Dass ihm ihre Wünsche derart wichtig waren, hätte sie mehr gerührt, hätte sie nicht solche Angst vor dem, was womöglich im Kopf seines Bruders vor sich ging.

Schon bevor sie die meterhohen Stadttore passierten, scharten sich die ersten Schaulustigen um ihre Kutsche. Sie reckten die Hälse, um einen Blick in die Kutsche zu erhaschen, oder liefen ein Stück neben ihnen her und riefen ihnen begeistert zu. Elaynes Herz begann wie wild zu klopfen. Auch an der Seite von Nia war sie schon von Leuten umringt gewesen, die sich geehrt zeigten, vor einem Mitglied der Königsfamilie zu stehen. Aber seit sie denken konnte, trieben über den Gemütern der balezanischen Bürger graue Regenwolken. In ihrer Heimat waren die Leute freundlich, zuvorkommend und teilten gern, doch die Angst vor der Bedrohung an den Grenzen des Landes blieb überall greifbar. Und Elayne war nie umhingekommen zu bemerken, dass sich Nia in der Schuld dieser Menschen sah. Ihnen gegenüber hatte sie in jedem Moment Hoffnung und Hingabe ausstrahlen wollen. Sich unters Volk zu mischen, hatte dadurch immer auch etwas Bedrückendes und geradezu Anstrengendes an sich gehabt.

Der Besuch heute verlief ganz anders, war weder bedrückend noch anstrengend, sondern durch und durch aufregend. In den Gesichtern ringsum leuchtete Freude, in ihren Rufen schallte Begeisterung. Obwohl die Wände der Kutsche Elayne und die Prinzen von ihnen trennten, warfen die Leute die Arme in die Luft und beschleunigten ihre Schritte. Sie hörte sie euphorisch »Willkommen!« und »Hurra!« rufen, während sie vorbeifuhren und der Kutscher die vorgespannten Pferde durch das Geflecht aus belebten Straßen im Inneren der Mauern lenkte.

Sie hielten direkt vor der Markthalle im Schatten ihrer Mauern. Das Gebäude wirkte aus nächster Nähe tatsächlich noch eindrucksvoller und Elayne wusste gar nicht, wo sie zuerst hinsehen sollte. Von den untersten Steinen bis hinauf zur Kuppel verliehen ihm ausgeblichene Malereien etwas Märchenhaftes. Bilder von Frauen und Männern in den unterschiedlichsten Erscheinungen wechselten sich mit gewöhnlichen und exotischen Tieren, sogar mit Fabelwesen ab. Alle abgebildeten Figuren wirkten miteinander vertraut und schienen willkommen zu sein. Willkommen fühlte sich auch Elayne.

Ohne auf Alesander zu warten, der sich nach dem Aussteigen aus der Kutsche umdrehte, um ihr die Hand zu reichen, schlüpfte sie an ihm vorbei ins Freie. Mit beiden Füßen auf dem staubigen Boden ließ sie sich ganz und gar von dem Anblick einnehmen.

Hinter ihr stieg auch Darian aus und gab dem Kutscher zu verstehen, dass er ihnen Zeit geben und sich um die Pferde kümmern sollte. Sie bekam das Gespräch nur am Rande mit, denn alles, was sie jetzt wollte, war, das Innere des Marktes zu entdecken. Aufgeregt wie ein kleines Kind ging sie voran. Mit den beiden Prinzen im Schlepptau betrat sie durch einen breiten Bogen die Halle.

Sie war überwältigend: die schiere Masse an Leuten, Ständen, Waren, einfach allem. Händler boten Schmuck, Kleider, Werkzeug, Musikinstrumente, Gewürze, Kräuter, Blumen, Hausmittel und noch so vieles mehr. Kein Stand in Elaynes Sichtweite glich dem anderen. Gerüche, Farben und Stimmen strömten aus allen Richtungen auf sie ein. Kein Markt, den sie in Balezan jemals betreten hatte, ließ sich auch nur ansatzweise hiermit vergleichen.

Am liebsten wäre sie gleich zum ersten Stand hinübergelaufen, doch heute war sie nicht nur in königlicher Begleitung, sondern selbst eine Sensation. Beobachtet zu werden war etwas, an das sie sich noch nicht gewöhnt hatte und vielleicht niemals gewöhnen würde. Sie spürte deutlich den Blick jedes einzelnen Menschen, der ihnen hineinfolgte oder drinnen ihre Anwesenheit bemerkte. Bereits im Eingangsbereich der Halle drängten die Leute so dicht wie nur möglich an die drei königlichen Besucher heran. Wie sie es von Nia kannte, drückte Elayne freundlich die Hände, die Fremde ihr entgegenstreckten, und verschenkte großzügig ihre Aufmerksamkeit.

»Gibt es Schnee in Balezan?«

»Stimmt es, dass die Hochzeit schon heimlich stattgefunden hat?«

»Die kreesche Frisur steht Euch!«

»Werdet Ihr nach kreeschem oder balezanischem Brauch heiraten?«

Die Leute überhäuften sie mit Komplimenten, mit Fragen über ihre Heimat und die Hochzeit natürlich. Sie beantwortete sie mit Geduld. In lächelnde Gesichter zu sehen, mit all der ehrlichen Begeisterung um sie herum, schob ihre Ängste vorerst in den Hintergrund.

Zwischendurch zog Darian mit seinem Lachen ihren Blick auf sich. Vielleicht hatte sie sich die merkwürdige Betonung seiner Bemerkungen in der Kutsche nur eingebildet. Jetzt ging er jedenfalls ganz und gar in seiner Rolle als Kronprinz auf, von Argwohn gegenüber Elayne keine Spur mehr. Er strahlte geradezu, ließ sich auf ein Gespräch nach dem anderen ein.

Im Gegensatz zu ihm erweckte Alesander eher den Eindruck, als wäre er lieber in der Kutsche geblieben. Er lächelte höflich in die Menge und machte sich klein, wollte wohl unauffällig sein, was für den schönen Prinzen allerdings ein unmögliches Unterfangen darstellte. Elayne bekam ein schlechtes Gewissen. Schließlich war er nur ihr zuliebe hier.

Mit einer freundlichen Verabschiedung löste sie sich von zwei jungen Mädchen, die wie verzaubert zu ihr aufschauten, und bahnte sich einen Weg zu ihrem Verlobten. Er sah überrascht aus, als sie sich dicht neben ihn stellte, um ihm beizustehen.

»Wollen wir da drüben untertauchen?«, fragte sie ihn mit gesenkter Stimme und wies unauffällig ins Gedränge zwischen den Marktständen. Als er nicht gleich antwortete, fügte sie hinzu: »Wir können auch wieder gehen, falls du – «

»Nein, das ist eine gute Idee. Du wolltest dich umsehen. Darian kommt sicher allein klar.«

Erleichtert lächelte sie Alesander an. Er blinzelte, bevor er das Lächeln erwiderte. Mit ihm an ihrer Seite trat sie ein paar Schritte zurück, sodass sie sich von Darian und dem Andrang entfernen konnten. So voll, wie die Markthalle war, konnten sie leicht in der Masse untergehen.

Elayne schob alle Gedanken beiseite und ließ sich einfach in den Strom hineinziehen. Mitten im Gedränge und unter dem Schutz der gigantischen Kuppel nahmen sie sich den ersten Stand vor. Die gerade in ein Gespräch vertiefte Händlerin – eine drahtige Frau mit abstehendem ergrauten Haar und tiefen Furchen in den Mundwinkeln – verkaufte hier Schriften und Bücher. Alte wie neue, vergilbte wie kaum berührte Bücher.

Alesander widmete sich mehrere Schritte entfernt von Elayne einem Stapel Schriftrollen und sie selbst beugte sich vor, um die Inschriften auf den Einbänden besser lesen zu können. *Wie man einen Schild richtig führt, Der Mann und der Goldschatz, Vielfalt der weltlichen Architektur* und *Wissen aus dem alten Land.* Das waren nur ein paar der Titel, die ihr ins Auge sprangen. Neugierig griff sie nach dem letzten davon, einem von der Zeit gezeichneten Buch in grünem Leder. Der Einband sah aus, als sei er schon durch viele Hände gereicht worden. Allerdings hatte er wohl von Anfang an nicht viel hergemacht. Er war schlicht und bot bis auf den eingestanzten Titel nichts, das nach Aufmerksamkeit verlangte.

Zu Elaynes Überraschung waren die Seiten nicht bedruckt, sondern per Hand beschrieben. Entweder hielt sie ein kostbares Originalwerk in den Händen oder, noch kostbarer, ein Einzelstück. Im Gegensatz zum schlecht gealterten Äußeren war das Papier im Inneren gut erhalten und die Schrift größtenteils lesbar. Schon beim Überfliegen stellte sich heraus, dass mit dem *alten Land* der gesamte Kontinent Hydea gemeint war. Laut Gondrick hatte es mal eine Zeit gegeben, in der die Menschen weder Ländergrenzen in Karten eingezeichnet hatten noch für diese Grenzen in die Schlacht gezogen waren. Kein Balezan, Kree oder Vedenne. Nur Hydea. Wie anders Elaynes Leben in einer solchen Welt verlaufen wäre.

Fasziniert strich sie mit den Fingern über die Überschrift des ersten Kapitels: *Hydeas Lied.*

»Ihr habt ein sagenhaftes Gespür, *Neema.*«

Sie riss sich von der uralten Schrift los und schaute in das Gesicht der Buchhändlerin. In den dunklen Augen der Frau lag ein durchdringender Glanz.

»Neema?«, wiederholte Elayne etwas verwirrt. Vermutlich eine Verwechslung. So viele Menschen, wie hier ein und aus gingen und aus allen Teilen der Welt zu kommen schienen, konnte das schon mal vorkommen. »Ophenia«, kam ihr zum Glück der falsche Name in den Sinn, bevor sie sich aus Gewohnheit beinahe mit richtigem vorgestellt hätte.

Die Augen der Händlerin weiteten sich. »Es ist mir eine Freude, Euch gegenüberzustehen.« Im Zuge einer Verneigung beugte sie sich über den Tisch etwas näher. »Wer hätte gedacht, dass der blinde, alte Mann da oben auf dem Thron seinem Sohn eine Braut wählt, die wirklich etwas taugt? Ich hoffe, Ihr lasst Euch nicht die Flügel stutzen, sondern nutzt, was Euch gegeben wurde.«

Wie um ihre Worte zu unterstreichen, griff sie nach Elaynes Hand und schloss sie um die Kante des Buches, das diese nach wie vor festhielt. Die Finger der Händlerin waren rau und warm. »Behaltet es. Bei Euch ist es, wo es sein sollte.«

Elayne nahm die Berührung widerstandslos hin, denn obwohl sie einander nicht kannten, lag eine angenehme Vertrautheit darin. Aber ein Geschenk konnte sie nicht einfach so annehmen.

»Danke«, meinte sie ehrlich. »Aber das ist zu viel. Ich möchte dafür bezahlen. Außerdem ist seine Majestät ...«

»... im vollständigen Besitz seiner Sehkraft. Ich wusste nicht, dass man meinem Vater etwas anderes nachsagt.« Alesander, der unbemerkt neben sie getreten war, holte ein paar Münzen hervor und hielt sie der Frau hin. »Ist das genug?«

Nichts im Gesicht der Buchhändlerin deutete darauf hin, dass sie sich ertappt fühlte. Mit einer erneuten Verneigung und einem Lächeln nahm sie das Geld entgegen. »Danke, Hoheit.«

Alesander betrachtete das Buch in Elaynes Händen. »Gefallen dir schlichte Dinge«, er machte eine Pause, »und Bücher?«

Oh. Würde ein Ja sie verdächtig machen? Nia hatte das Theater geliebt, Musik und auch Malerei. All die schönen Künste, die auf ihre eigene Weise Geschichten erzählten. Bücher hingegen waren ihr oftmals zu mühselig gewesen, es sei denn, Elayne las ihr daraus vor. Etwas, das sie gern getan hatte und nun nie wieder für sie würde tun können. Sie versuchte, sich ihre düsteren Gedanken nicht anmerken zu lassen, und rang um eine Antwort. Falls Nia ihm in ihren Briefen auf dieselbe Frage schon eine andere Antwort gegeben haben sollte, schürte sie Verdacht, wenn sie bejahte. Andererseits wusste es ihr zweiter Begleiter nach ihrem Kennenlernen im Gewächshaus bereits besser.

»Ja, sehr«, gab sie deshalb zurück und ging sicherheitshalber schnell auf den ersten Teil der Frage ein. »Manchmal sind Schönheit und Schlichtheit dasselbe. Es kommt ganz auf das Gefühl an, das uns beim Hinsehen überkommt.«

Wachsam wartete sie seine Reaktion ab. *Bestimmt ist er nur neugierig*, beschwichtigte sie sich selbst. *Du sorgst dich umsonst.*

Tatsächlich verwandelte sich seine unergründliche Miene kurz darauf in ein schüchternes Lächeln. Es machte ihn noch hübscher, als er es ohnehin schon war. Außerdem nahm es ihm jegliche Ähnlichkeit zu seiner Mutter, was zu Elaynes unmittelbarer Erleichterung beitrug.

»Dann möchte ich dir bei Gelegenheit etwas zeigen«, erklärte er und sie konnte kaum erwarten, herauszufinden, was das war.

Sie verstaute das Buch in einem Beutel, den sie für ihren Stadtausflug mitgebracht hatte – eine ihrer wenigen eigenen Habseligkeiten, die sie hatte behalten dürfen. Als sie ihn gerade wieder zuzog, berührte jemand zögerlich ihren Arm. »Verzeiht meine Aufdringlichkeit.« Eine Greisin stand mit gebeugtem Rücken neben ihr und blickte sie voller Erwartung an. »Seid Ihr die Prinzessin aus dem Osten? Seid Ihr auf einen Besuch zu uns in die Stadt gekommen?«

Gerührt von ihrer Annäherung, stellte sich Elayne ihr als Prinzessin Ophenia vor. Weitere Köpfe drehten sich zu ihnen um und plötzlich ergriff Elayne wieder Hände, die ihr gereicht wurden, teilte gute Wünsche und Eindrücke ihrer Ankunft im warmen und eindrucksvollen Kree. Immer mehr Menschen scharten sich dazu und bald war der Stand der Buchhändlerin der bestbesuchteste in der gesamten Markthalle.

Auf diese Weise fand auch Darian wieder zu ihnen. Die beiden Prinzen unterhielten sich in sämtliche Richtungen, dennoch spürte sie unentwegt Alesanders Blick auf sich. Erwidern konnte sie diesen kaum, denn selbst als sie den Rest der Halle erkundeten, um sich durch das üppige Angebot an deftigem und süßem Essen zu probieren, blieben sie umringt.

Schon lange hatte Elayne nicht mehr so viele Worte in so kurzer Zeit sprechen müssen. Am Ende des Tages sank sie froh, aber ebenso erschöpft auf die Bank in der Kutsche. Alesander und Darian nahmen wieder ihr gegenüber Platz und lehnten sich ähnlich kraftlos zurück.

»Sie mögen Euch. Die Leute, meine ich.« Darian stützte den Hinterkopf an der Rückenlehne ab und sah durch ein Paar müder Augen zu ihr herüber.

»Bemerkenswert, wie leicht du dich unter das Volk mischst«, ergänzte sein Bruder mit Nachdruck.

»Ja«, stimmte Darian zu, sein Blick unverändert auf Elayne gerichtet. »*Bemerkenswert.*«

Ihr ganzer Körper versteifte sich, auf der Bank wurde es schlagartig unbequem. Etwas an seinem Ton gefiel ihr ganz und gar nicht. Sie hätte schwören können, dass er sie provozierte. Genau wie bei ihrer Hinfahrt. Doch weshalb sollte er? Er konnte unmöglich etwas ahnen.

Oder? »Danke für das Kompliment.«

Alesander erwiderte: »Ich meine es so.«

Der ältere Prinz schwieg.

Ja, er provozierte sie eindeutig. Hätte sie das nicht so geängstigt, wäre sie verärgert gewesen. Sie brauchte eine plausible Erklärung und zum Glück fiel ihr eine ein.

»Zuhause in Balezan war ich oft außerhalb des Schlosses. Keine unserer Städte ist so groß oder lebendig wie diese, aber die Menschen dort haben mich immer willkommen geheißen.«

»Wie häufig, würdet Ihr behaupten, wart Ihr draußen?«, fuhr Darian fort, sie herauszufordern. »Verbrachtet Ihr vielleicht mehr Zeit außerhalb als innerhalb der Schlossmauern?«

Das ging zu weit. Sie verhielt sich für seinen Geschmack zu bürgerlich? Als sie im Gewächshaus seine Rettung in der Not gewesen war, hatte er sich noch nicht daran gestört. Unweigerlich wich ihre Angst, er könnte Verdacht schöpfen, ein Stück weit ihrem Ärger über sein Benehmen. Vielleicht musste sie ihm vormachen, dass sie seine Provokation nicht bemerkte, damit er Ruhe gab.

Sie quittierte daher seine Frage mit einem Kichern hinter vorgehaltener Hand, das sie viel Mühe kostete. Weniger beherrscht verhielt sich ihr Verlobter. »Sprich nicht so mit ihr«, forderte er mit solch eiserner Härte in der Stimme, sodass selbst Elayne unwohl dabei wurde.

Aber Darian wirkte unbeeindruckt. »Ich bin nur neugierig.« Sein Blick lag weiterhin nur auf sie gerichtet. »Verzeiht mir bitte. Euch in Verlegenheit zu bringen, war nie meine Absicht.«

Wahrscheinlich lag es in seiner Natur, anderer Leute Nerven zu kitzeln, ob nun bewusst oder unbewusst. Dass ihn Alesanders Tonfall kaltließ, verärgerte diesen nämlich nur noch mehr.

Ganz offensichtlich suchte der jüngere Bruder vergebens die richtigen Worte, um sich Respekt zu verschaffen. Elayne spürte, wie sehr er mit sich rang.

Was sie als Nächstes tat, war nicht ihr klügster Schachzug, das wusste sie. Dennoch überließ sie dem plötzlichen Bedürfnis, für Alesander einzustehen, wie er es eben für sie getan hatte, die Oberhand. »Wenn ich richtig verstanden habe, seid Ihr selbst gern außerhalb des Palasts.«

Darian konnte allem Anschein nach nicht folgen und kurz überlegte sie, einen Rückzieher zu machen. Doch die Erinnerung an ihren gekränkten und von seiner Familie enttäuschten Verlobten am Abend des Willkommensbanketts genügte, um ihrem Ärger neues Brennholz zu geben.

»Die vielen Damen, die ein Ort wie die Palaststadt zu bieten hat, müssen verlockend sein.«

71

Dass er während des Banketts keine *leichten Mädchen*, wie von Alesander bezeichnet, im Arm gehalten, sondern ein Dorf vor einem Überfall bewahrt hatte, war ihr klar. Doch das bedeutete nicht, dass diese Andeutung an einem anderen Tag nicht zugetroffen hätte. So ungeniert, wie er sich gab, und mit diesem Lächeln, seinem Grübchen ... Wahrscheinlich lagen ihm reihenweise Frauen und Männer zu Füßen.

Darians Gesichtsausdruck wandelte sich von Verwirrung zu Überraschung und schließlich zu Belustigung. Viele kleine Lachfältchen bildeten sich in den Winkeln seiner Augen, bevor in ihnen der Schalk aufblitzte.

»Ist dem so?«, fragte er amüsiert. »Nun, ich muss gestehen, dieser Verlockung war ich mir gar nicht bewusst. Hat heute etwa die eine oder andere Dame Eure Aufmerksamkeit erregt, Prinzessin? Traut Euch beim nächsten Mal und sprecht sie an.«

Alesander setzte an, etwas zu erwidern, doch Elayne war schneller. Ihre Wangen glühten.

»So meinte ich das nicht.«

»Ich weiß.«

Sie atmete fassungslos aus. Ihr Gesicht blieb heiß. Dann, gegen ihren Willen, schmunzelte sie.

»Ihr haltet mich für einen Schwerenöter«, fuhr er fort, von Ernst keine Spur. »Dann solltet Ihr an Eurer Menschenkenntnis arbeiten, denn vor Euch sitzt ein hoffnungsloser Romantiker.«

»Ach?« Irgendwie war es ihm gelungen, ihre Stimmung vollkommen zu verändern. Statt sich weiter über seine Provokation zu ärgern, spielte sie mit. »Heißt das, Ihr liebt jede Eurer Frauen hingebungsvoll?«

Er gluckste. »Das würde ich mit Sicherheit, gäbe es auch nur eine einzige von ihnen wirklich. Leider begehe ich immer wieder den Fehler, die Gesellschaft meines geschätzten Freundes Tazriel der weiblichen vorzuziehen. Ich fürchte, es gibt bereits Gerüchte über uns. Bitte glaubt ihnen nicht, sollten sie Euch zu Ohren kommen.«

»Das entscheide ich, sobald ich Euch in Gegenwart Eures Freundes erlebt habe. Aber falls Ihr die Wahrheit sagt, freut es mich für Eure Zukünftige, dass Ihr noch nichts überstürzt habt.«

Sie erinnerte sich an ihre eigene Erfahrung, einen Moment der Neugierde, den sie im vergangenen Sommer mit Lewin aus der Schlossküche geteilt hatte, und die Handvoll heimlicher Treffen danach. Liebe war es nie gewesen, obwohl sie zwischendurch daran gedacht hatte, ob es möglich wäre. Nun bereute sie ihre Sorglosigkeit. Bisher vermied sie es, an ihre bevorstehende Hochzeitsnacht zu denken. Allerdings würde sie nicht darum herumkommen, die Unerfahrene zu spielen. Schließlich wurde genau das von einer königlichen Braut erwartet. Für den Beweis gab es Möglichkeiten, darüber hatte sie einmal gelesen. Trotzdem war es ein weiteres Geheimnis, das sie für den Rest ihres Lebens mit sich herumtragen musste.

»Aber weshalb denn?«, holte Darian sie zurück in den Moment. »Es wäre doch nichts dabei, würde ich diese Art von Nähe schon kennen. Für meine Zukünftige gilt natürlich dasselbe.« Er schien über seine nächsten Worte nachzudenken, bevor er ein wenig ernster hinzufügte: »Wichtig ist nur, was wir fühlen, wenn wir beieinander sind.«

Darauf fiel Elayne keine Erwiderung ein. Es überraschte sie, dass ausgerechnet jemand in seiner Position so redete. Jemand, der irgendwann eine Frau heiraten würde, von der die Welt erwartete, dass sie sich aufgespart hatte.

Außerdem tat er ihr leid. Denn obwohl er auf Liebe wartete, würde diese Frau höchstwahrscheinlich eine Unbekannte sein und ihre Ehe zu einem politischen Zweck arrangiert. Daraus konnte sich zwar eine echte Bindung entwickeln, doch wie wahrscheinlich war das schon? Eine reine Eventualität wurde zur einzigen Chance auf Liebesglück. Dieses Schicksal hatten sie und Darian gemeinsam.

Sie wandte sich Alesander zu, der angespannt dasaß und seinen älteren Bruder taxierte.

Stimmt ja. Alle drei von ihnen teilten diese Gemeinsamkeit.

Wie war es für Nia gewesen, sich mit demselben Schicksal abzufinden? Ihre Freundin hatte stets voller Hoffnung in die Zukunft geblickt. Falls die Verlobung mit jemandem, den sie nur aus Briefen kannte, für sie beängstigend gewesen war, hatte sie sich davon nichts anmerken lassen. Außerdem hatte sie geschworen, glücklich zu werden. Nia war nie jemand gewesen, der Versprechen auf die leichte Schulter nahm. Also musste sie daran geglaubt haben.

Elayne schluckte die aufkommende Traurigkeit hinunter.

Ich vermisse dich, dachte sie und schloss für einen Moment die Augen. *So sehr.*

11

Welches Instrument spielst du am liebsten?«
Bereits die zweite Frage von Alesander, mit der er Elayne zu einer Notlüge zwang. Nervös rutschte sie auf ihrem Stuhl in eine andere Position.

Das Gesellschaftszimmer mit einem riesigen Fenster zum Garten und königsblauen Teppichen auf schnörkelverzierten Fliesen war gut besucht. An fast jedem Tisch und auf den meisten Sofas und Sesseln im Raum saßen Adelige in ihren besten Kleidern. Stoffe schillerten, Edelsteine funkelten und eine Parfümwolke überdeckte die andere. Elayne fragte sich, ob sich immer so viele Menschen hier aufhielten oder nur heute. Nur ihretwegen.

»Nun, die Harfe klingt wunderschön, finde ich«, wich sie der Frage aus – keine direkte Lüge also. »Du nicht auch?«

Nia hatte viele Instrumente beherrscht, gern und oft musiziert. Für Elayne waren diese Momente immer vollkommen gewesen. Sie hatte ihrer Freundin ergriffen zugehört, nach Lust und Laune getanzt und oftmals noch Stunden danach die Melodien gesummt. Nur selbst zu spielen hatte sie nie gelernt. Nie hätte sie geahnt, dass ihr das einmal zum Verhängnis werden könnte.

Noch einmal rutschte sie auf ihrem Stuhl herum. Jede Position fühlte sich falsch an. Bemerkte Alesander ihre Unsicherheit? Tat es einer der übrigen Anwesenden? Aus dem Augenwinkel nahm sie wahr, wie die feinen Damen und Höflinge, die ihnen Gesellschaft leisteten, interessiert ihr Gespräch verfolgten. Stickarbeiten, Bücher und Gebäck lagen mehr wie Dekoration vor ihnen herum. Wesentlich spannender schien zu sein, was sich das verlobte Paar bei dieser ersten offiziellen Verabredung zu sagen hatte.

Ihr Zusammentreffen war arrangiert, vom König angeordnet sogar, und würde nur eines von vielen bleiben, damit der Prinz genug Gelegenheit bekam, seine Braut vor der Hochzeit kennenzulernen. Nach der Meinung der Braut fragte niemand, doch natürlich war Elayne froh darüber, mehr über den Menschen herausfinden zu können, mit dem sie ihr restliches Leben verbringen sollte.

Nur auf Publikum kann ich dabei verzichten!, rebellierte sie.

Ihre Unterhaltung fühlte sich steif und gezwungen an. Falls man denn die Floskeln und höflichen Fragen, mit denen sie gelegentlich das Schweigen unterbrachen, eine Unterhaltung nennen wollte. Viel länger würde sie das nicht aushalten!

»Wollen wir gemeinsam auf einen Spaziergang in den Garten gehen?«, schlug sie vor.

Eine brillante Idee. Ihre Beobachter würden ihnen folgen, aber unmöglich mehr jedes Wort verstehen können, wenn die beiden vorausgingen.

»Draußen quält uns nur die Hitze. Bleiben wir lieber hier im Kühlen«, winkte Alesander jedoch ab. »Probiertest du schon den Kuchen?«

Enttäuscht schüttelte Elayne den Kopf, bevor sie sich daran erinnerte, dass sie sich besser zusammenreißen sollte. Für den Prinzen musste das alles ebenso unangenehm sein. Auch er hatte Erwartungen zu erfüllen und nicht die Freiheit, über seine eigene Zukunft zu bestimmen. Er stand in diesem Moment so sehr unter Beobachtung wie sie selbst.

Aufmerksam, ihr Unbehagen beiseitegeschoben, studierte sie sein Gesicht. Erst jetzt fiel ihr auf, wie angespannt er aussah. Sein Kiefer trat leicht hervor und die Brauen hingen tief über seine Augen, wodurch diese um einiges dunkler wirkten.

Ohne nachzudenken legte sie ihre Hand auf seine, die vor ihm auf dem Tisch ruhte. Die Haut seines Handrückens war weich. »Bitte. Erzähl mir mehr von deinem Leben«, bat sie ihn. »Alles hier ist noch neu für mich, aber du könntest mir zeigen, was ich noch nicht kenne. Wie war es, im Palast aufzuwachsen?« Sie dachte an seinen Bruder, an das Gewächshaus und fügte im Flüsterton an: »Hast du ein Geheimversteck?«

Als sein Blick erst zu ihrer Hand und dann hastig durch den Raum ging, dachte Elayne schon, sie sei zu forsch gewesen. Doch sobald Alesander sie wieder ansah, wusste sie, dass sie einen Schritt nach vorn getan hatten.

Der goldene Schimmer war in seine Augen zurückgekehrt. »Es wird mir ein Vergnügen sein, dich mit allem vertraut zu machen.«

Die ungenierten Zuschauer konnten sie zwar nicht ausblenden und der Prinz gab auch keine Geheimverstecke preis, aber das restliche Treffen verlief zumindest etwas weniger förmlich. Elayne erfuhr, dass sich ihr Verlobter gern dem Studium widmete, Zusammenhänge erforschte, Sprachen lernte und alte Schriften entzifferte. Er verbrachte viel Zeit allein, aber hatte sich als Kind mit der Tochter einer Adeligen am Hof angefreundet und zusammen mit dem Mädchen jeden Winkel des Palasts erkundet. Die regnerischen Tage des Jahres mochte er am liebsten, denn die machten das Leben auf unerklärliche Weise ruhiger.

Die Stunden nach der Verabredung im Gesellschaftszimmer zogen sich elendig lang. Zuerst erwartete sie eine Unterrichtsstunde in kreeschen Gebräuchen. Es war mehr eine Abfrage ihres Wissens, bei der sie dank ihrer Vorbereitungen mit Nia überraschend gut abschnitt. Darauf folgten eine Überhäufung mit Willkommensgeschenken aus den Adelsriegen – wohl um sich gleich mit der neuen Prinzessin gutzustellen – und ein einsames Essen in ihren Gemächern. Mehr als alles andere wollte sich Elayne mit Gondrick oder auch mit Milly darüber unterhalten, wie ihre erste offizielle Zusammenkunft mit dem Prinzen gelaufen war. Doch beide hatten zu tun. Der General, der auf der Reise die größte Sicherheit der Prinzessin gewesen war, erfüllte nun seine Rolle als Botschafter und tauschte sich über die politische Lage Hydeas aus. Milly wurde schon jetzt gänzlich von ihren neuen Aufgaben als Bedienstete der zukünftigen Prinzgemahlin eingenommen.

Kaum mit dem Essen fertig schnappte sich Elayne deshalb das Buch, das sie von der Händlerin in der Markthalle geschenkt bekommen hatte, und suchte das Weite. Der Abend war bereits hereingebrochen und sie wollte das verbleibende Licht nutzen. Mit *Wissen aus dem alten Land* streifte sie durch den ruhigeren Teil des Gartens und suchte sich schließlich eine steinerne Bank mit Blick auf einen schmalen Wasserlauf als perfekten Leseplatz aus.

Die wahre Schönheit der Welt liegt nicht in dem, was wir mit den Augen sehen.

So lautete der erste Satz in dem Buch.

Die wahre Geschichte des Lebens erzählen nicht wir Menschen allein.

Dies ist ein geeintes Land, doch seine Grenzen lagen mal hier, mal dort und waren niemals mehr als Linien auf einem Papier. Sogar der Boden selbst, den wir als den unseren beanspruchen, ist nicht das, wofür wir ihn halten. Seine Beschaffenheit und seine Form bleiben nie dieselbe und zeigen uns nicht, woraus das Land besteht.

Nur wenige von uns sehen wirklich. Nur wenige hören der Geschichte zu. Nur wenige verstehen Hydeas Lied.

Selbst jetzt, unter einem blaugrauen Himmel kurz nach dem Sonnenuntergang, blieb die Luft schwer und warm. Dennoch überzog eine Gänsehaut Elaynes Arme und ihren Nacken, während sie die Zeilen las.

Vor ihr plätscherte sanft das Wasser vor sich hin. In einer der jungen Zypressen hinter ihr zwitscherte ein Vogel sein Abendlied. Irgendwo in der Nähe unterhielten sich leise zwei Palastbewohner miteinander, außer Sichtweite und entfernt genug, um sie überhören zu können. Ansonsten war es still.

Bis sich Schritte einer einzelnen Person auf dem Kiesweg näherten. Elayne blätterte gerade zur zweiten Seite um, als sie Gesellschaft bekam.

12

»Taz? Bist du hier? Also ehrlich, du kannst dich nicht jedes Mal verstecken, wenn es etwas zu tun gibt! Immer bleibt die ganze Arbeit an mir hä–!«

Eine junge Dame, die nicht viel jünger sein konnte als Elayne, tauchte vor ihr auf. Lange dunkelbraune Zöpfe fielen ihr über die Schultern. Ihr Gesicht wirkte ernst und sehr hübsch. Und es veränderte sich schlagartig, als ihre Blicke sich trafen. Es gab Botschafter, feine Leute und einige Bedienstete mit blondem Haar am Hof. Dennoch hatte Elayne bisher vor niemandem hier verstecken können, wer sie war. Oder zu sein vorgab. Auch diesmal, so schien es, wurde sie sofort erkannt. Die Augen der Dame wurden groß, ihr Mund öffnete sich einen Spalt. Dann warf sie sich in eine tiefe Verneigung.

»Prinzessin! Dass ich Euch hier treffen würde ... Bitte verzeiht, dass ich so laut war. Es war bestimmt nicht meine Absicht, Euch zu stören. Wisst Ihr, mein Bruder treibt mich glatt in den Wahnsinn!« Wieder weiteten sich ihre Augen. »Aber das interessiert Euch natürlich nicht. Ich muss Euch wieder um Verzeihung bitten!«

Unwillkürlich lächelte Elayne. »Du warst nicht zu laut, überhaupt nicht. Du suchst deinen Bruder?«

Die Fremde bejahte und stellte sich als Keira, Tochter des Schatzmeisters, vor. Ihr Bruder sei charmant und gutaussehend, bis man ihn besser kenne.

»So jemanden habe ich nicht gesehen, fürchte ich«, gestand Elayne lachend. »Aber ich helfe dir gern bei der Suche.«

Kurzentschlossen klappte sie das Buch zu und klemmte es sich unter den Arm.

Keira wirkte überrumpelt, aber erfreut. »Das ist viel zu nett von Euch, Prinzessin!«

»Ach was! Zwei Augenpaare sehen besser als eins.« Mit einer wegwerfenden Handbewegung gesellte sich Elayne an die Seite der Schatzmeisterstochter. Das Buch würde sie später weiterlesen.

Für eine kurze Weile gingen sie nebeneinanderher durch den Garten. Den Teil, der am nächsten zum Palast lag, hatte Keira bereits erfolglos durchkämmt. Elayne fragte sich, ob sie dort weitersuchen wollte, wo sich das Gewächshaus verbarg. Der Garten erstreckte sich weit und bot viele Möglichkeiten, sich zu verlaufen. Doch natürlich konnte es trotzdem sein, dass Darians Versteck gar nicht so geheim war, wie er behauptete. Durch Rabe hatte sie, ein Neuankömmling, es schließlich auch gefunden.

Als sie eine andere Richtung einschlugen, konnte Elayne nicht sagen, wo ihre Erleichterung herrührte.

Die Wege, die sie nahmen, waren gesäumt von Weinreben und Obstbäumen. Ein erdiger und leicht süßer Duft ging von ihnen aus. Überall gab es Bänke, hin und wieder auch einen mit Kacheln und anderen Verzierungen geschmückten Pavillon. An überdachten Tischen genossen Menschen in feinen Kleidern die leichte Abkühlung, die der Abend endlich brachte, aßen Trauben, tranken Wein, lachten und spielten Karten. Keinen von ihnen erkannte Keira als ihren Bruder.

Sich den neugierigen Blicken der Leute zu stellen, ängstigte Elayne hier um einiges mehr als draußen in der Palaststadt. Sie war dankbar dafür, neben Keira so beschäftigt auszusehen, dass niemand sie an seinen Tisch bat.

Um beim Vorbeigehen die königlichste Version ihrer selbst zu präsentieren, achtete sie auf ein durchgestrecktes Kreuz. Sanft, als schwebte sie wie Nebel über den Feldern in Balezan, setzte sie einen Fuß vor den anderen. Bei jedem Schritt, den sie verpatzte – und sie hoffte flehentlich, niemand bekam etwas davon mit –, dachte sie an Nia. Bei der echten Prinzessin hatte es selbst in den fülligsten Röcken immer leicht ausgesehen.

Unerwartet wurde die Herausforderung noch größer. Unter dem mit Abstand prächtigsten Pavillon – eine von perlmuttschimmernden Säulen umfasste Holzempore mit einem über und über von Weinblättern bedeckten Dach – erspähte sie eine Frau in einem roten Kleid.

Königin Jamalie nippte an einem Silberkelch und verfolgte die Unterhaltung ihrer Hofdamen mit unverschleiertem Desinteresse. Weder sie noch eine der Damen bemerkten Elayne, die nicht vorhatte, näherzukommen und daran etwas zu ändern. Dem wachsamen Blick einer anderen Person war sie jedoch nicht entgangen. Regungslos wie eine Puppe und aufmerksam wie ein Wolf auf der Jagd fixierte sie der Mann in Schwarz. Er stand dicht bei der Königin und den anderen Frauen, ohne sich am Gespräch zu beteiligen. Sein Haar war genauso dunkel wie Jamalies und seine Haut ähnlich hell, nur deutlich weniger zart. Sogar aus der Entfernung fielen die Narben auf, die seine Stirn, die rechte Wange und den sichtbaren Teil seines Halses zeichneten. Die Narben in Gondricks Gesicht gaben Elayne ein Gefühl der Vertrautheit, der Sicherheit sogar. Doch dieser Mann wirkte wie ein wildes Tier, um das man besser einen großen Bogen machte.

»Wer ist das?« Eingefroren unter seinem Blick, brachte sie die Frage nur als Flüstern über die Lippen.

Keira verstand trotzdem. »Der Mann, der hierrüber sieht? Das ist Veron. Der Wachhund der Königin. Man sagt, er habe schon für sie getötet, bevor sie als königliche Braut hierherkam. Ob das stimmt, weiß ich nicht. Aber als ich mit zehn Jahren mal mit ihr zusammenstieß, drohte er, mich beim nächsten Mal unauffällig verschwinden zu lassen.« Sie zuckte mit den Schultern, aber die Geste wirkte steif. »Manchmal ist es besser, das Schicksal nicht herauszufordern.«

Elayne schauderte. Das war es wohl, was mit ihr geschehen würde, sobald ihre Lüge aufflog. Hielt sie gerade Blickkontakt mit ihrem Ende?

Dieser Gedanke rüttelte sie wach. Ein höfliches Nicken in Verons Richtung, als beunruhigte seine Gegenwart sie kein bisschen. Dann hakte sie sich an Keiras Arm unter. Die Schatzmeisterstochter gab einen peinlich berührten Laut von sich, ließ sich aber von ihr mitziehen.

»Entschuldige.« Erst als sie weit genug vom Pavillon der Königin entfernt waren und Elayne sich weniger ausgeliefert vorkam, ließ sie los. »Ich fand, wir sollten hier weitersuchen.«

Keiras gerötetes Gesicht zeigte Unverständnis, bevor sie dazu überging, sich engagiert zu verneigen. »Aber ja, Prinzessin!«

Am liebsten hätte Elayne sie in der Bewegung gestoppt. Stattdessen mimte sie ein wohlwollendes Lächeln und fing im Gehen ein Gespräch an, um schnellstmöglich für ungezwungenere Stimmung zu sorgen. Bei Alesander hatte es heute Morgen schließlich auch geklappt.

»Was kannst du mir über das Leben und die Menschen am Hof erzählen?

Ich bin gerade erst angekommen und weiß nicht viel – du würdest mir sehr helfen. Wenn du als Zehnjährige einen Zusammenstoß mit Königin Jamalie hattest, bist du hier aufgewachsen, nehme ich an.«

»Richtig, ich lag noch in der Wiege und mein Bruder war sehr klein, als wir herkamen. Was wollt Ihr wissen?«

»Die Prinzen«, fiel ihr darauf schnell eine Antwort ein. Einen von ihnen sollte sie in einigen Monaten ehelichen, und der andere war ihr ein vollkommenes Rätsel, Freund oder Feind. »Kennst du sie gut?«

»Das kommt auf den Prinzen an.« Keira schaute zum Blau des Himmels hinauf, dann wieder zu ihr. »Verständlich, dass Ihr neugierig seid. Aber vertraut mir, wenn ich sage: Prinz Alesander werdet Ihr vielleicht schon jetzt besser kennen als jeder andere hier. Ich hoffe, ich lehne mich nicht zu weit vor, wenn ich so offen spreche.«

Elayne schüttelte entschieden den Kopf. »Ich bitte dich darum.«

»Hm.« Zwischen ihren Brauen entstand eine Falte, während sie nach den richtigen Worten suchte. »Ich behaupte nicht, er sei scheu. Nur ist da immer diese Mauer, die er zwischen sich und andere stellt. Ich kenne ihn schon mein ganzes Leben, habe aber noch nie wirklich mit ihm gesprochen.«

Eine Mauer. Darüber dachte Elayne nach und befand, dass es Sinn ergab. Er hatte zwar von einer Kindheitsfreundin gesprochen, doch gedanklich erlebte sie noch einmal ihre bisherigen Gespräche und konnte die Mauer fast bildlich vor sich sehen. Zurückhaltung, Höflichkeit und den Anschein von Genügsamkeit hatte er Stein für Stein vor sich aufgebaut und sich dahinter versteckt. Das konnte sie ihm kaum vorwerfen.

Schließlich spielte sie ebenfalls Verstecken. Dennoch beschloss sie, zu ihrem Verlobten durchzudringen. Durch jeden einzelnen Stein. Wenn sie lernten, einander zu vertrauen, konnte sie ihn eines Tages möglicherweise sogar hinter ihre eigene Fassade schauen lassen. Wahrscheinlich eine falsche Hoffnung und doch eine tröstliche Vorstellung.

»Und ich bin nicht die Einzige, der es so geht«, fügte Keira hinzu. »Selbst vor seinem eigenen Bruder bleibt er verschlossen.«

Sofort wurde Elayne hellhörig. »Darian?«

»Ja. Ihr Verhältnis ist … schwierig zu beschreiben.«

»Versuch es. Bitte.«

Dass sie eigentlich jemanden suchten, war inzwischen nebensächlich.

Erneut verneigte sich Keira vor ihr, zum Glück nur leicht. »Was auch immer Ihr wünscht.«

Schuldgefühle brachten Elayne kurz ins Wanken. Dieses Mädchen verhielt sich ihr gegenüber so folgsam, weil es sie für jemanden hielt, der sie gar nicht war. Und sie nutzte das rücksichtslos aus. Trotzdem musste sie einfach mehr erfahren. »Ich bin dir dankbarer, als du ahnst.«

Aufs Neue färbten sich Keiras Wangen rötlich. »Ihr ehrt mich, Prinzessin. Also zu Darian ... Ich meine *Prinz* Darian. Verzeiht.«

»Niemand hat dich gehört.«

»Danke. Ich wollte sagen, dass ich ihn durchaus gut kenne. Mein Bruder und er sind Freunde, wir drei verbringen oft Zeit zusammen.«

»Und was ist er für ein Mensch?« *Ist er jemand, der Lügen durchschaut und dann Spielchen spielt, bis man gesteht?*

Diesmal zögerte sie kaum. »Er wird einmal ein gerechter König sein, da bin ich sicher. Seit ich ihn kenne, ist er immer darauf bedacht, das Richtige zu tun.« Auf ein sentimentales Seufzen folgte ihr Lachen, als erinnerte sie sich an etwas. »Leider vergisst er gern, wie schwierig Entscheidungen sein können. Für ihn ist alles entweder schwarz oder weiß, versteht Ihr? Dabei gibt es mehr als nur Gut und Böse, Richtig und Falsch.«

Elayne verstand heute besser als je zu vor, wie viel Wahrheit in dieser Aussage steckte. In Kree und vor den Augen der Götter fühlte sie sich wie eine Verräterin. Um zu schützen, was ihr teuer war, musste sie das jedoch in Kauf nehmen. Seit dem Tag, an dem sie Nias Namen angenommen hatte, um das Richtige zu tun, plagten sie Gewissensbisse. Zu glauben, sie könne sich dabei je rechtschaffen vorkommen, wäre naiv gewesen.

»Naiv«, sprach sie einen Gedankenfetzen laut aus. Eigentlich zu sich selbst, aber das konnte Keira schließlich nicht ahnen.

Diese wedelte mit den Händen. »Das wollte ich nicht sagen! Wie könnte ich – über unseren zukünftigen König und vor Euch? Bitte denkt nicht schlecht von mir. Habe ich schon erwähnt, wie sehr ich Eure Hilfe schätze?«

Für die Nervosität des Mädchens verantwortlich zu sein, fand Elayne schrecklich. Außerdem hatte ihre Anwesenheit bei der Suche bisher nicht wirklich einen Unterschied gemacht. Bis gerade hatte sie sogar vergessen, überhaupt Ausschau zu halten.

Das wollte sie sofort ändern. »Weshalb sollte ich schlecht von dir denken?«, beruhigte sie Keira. »Du bist sehr liebenswert und hilfst mir mehr als andersherum.« Lächelnd blickte sie in ihr überraschtes Gesicht, bevor sie ihre Konzentration auf die Umgebung richtete.

Vor ihnen war niemand auszumachen. Keine Abzweigung zwischen Bäumen, Blumen und Grün versprach mehr Erfolg als die übrigen. Aber in ihrer Entschlossenheit ließ sie sich dadurch nicht erschüttern, sie beschleunigte ihre Schritte.

Nicht lange, bis vor ihnen etwas auftauchte. Kein verlorener Bruder, dafür ein Bekannter in schwarzem Federkleid.

Rabe. Ihr Bauchgefühl flüsterte ihr zu, dass es sich abermals um denselben Vogel handelte. Beim letzten Mal hatte er sie zu Darian geführt. *Zeigst du mir diesmal den Weg zu Keiras Bruder?*

Dankbar trat sie auf ihn zu. Als er aufgescheucht ein Stück weiter hüpfte und dann ein kleines Stück flog, folgte sie ihm mit Keira im Schlepptau. Sie mussten nicht hetzen. Rabe flog von Kübel zu Kübel, von Ast zu Ast und wartete, sodass sie ihn mühelos immer wieder einholten.

Dann verschwand er ganz plötzlich in der Krone eines der wenigen größeren Bäume ganz in der Nähe. An seinem Fuß, angelehnt an den Stamm und mit dem Rücken zu ihnen, saß jemand. Elayne erkannte nicht viel, bloß eine Schulter und einen braunen Haarknoten.

»Taz!« Keira lief vor, besann sich aber und drehte sich wieder zu ihr um. »Danke, Prinzessin. Ich muss mich verabschieden, unser Vater wartet.«

»Nichts zu danken.« *Der Rabe hat ihn für uns gefunden.* Sie blickte hinauf in die Baumkrone, konnte im Dämmerlicht jedoch Blätter und Geäst nicht mehr von Federn unterscheiden.

Elayne sah der Schatzmeisterstochter kurz nach, ehe sie sich auf den Rückweg in den Palast begab. Es war ein langer, aufregender Tag gewesen und sie wollte noch ein paar Seiten in dem Buch unter ihrem Arm lesen, bevor die Müdigkeit sie einholte.

Eben noch hatte sie in ihrem neuen Bett gelegen und in Wissen aus dem alten Land geblättert. Heldinnen und Helden erlebten darin in kurzen Erzählungen, manchmal nur wenigen Sätzen, unglaubliche Dinge. Vorahnungen spielten immer wieder eine Rolle sowie seltsame Lebewesen und unerklärliche Kräfte. Einmal ging es um einen kleinen Jungen, der den Wind lenkte, um das Boot seiner Eltern in einen sicheren Hafen zu bringen. In einer anderen Geschichte konnte eine alte Dame die Ausbreitung einer ansteckenden Krankheit verhindern, indem sie spürte, ob jemand befallen war. Elayne hatte jede Zeile aufgesogen, bis spät in die Nacht hinein. Die Fantasie hatte die unruhigen Gedanken ferngehalten.

Nun lag plötzlich wieder der Steinbruch vor ihr. Der, den sie schon in ihrem Traum kurz nach Nias Tod gesehen hatte. Nebelschwaden krochen daraus empor, legten sich über den Rand der Klippe, auf dem ihre Freundin saß – ihr Kleid weißer als der Nebel, die nackten Füße über dem Abgrund baumelnd. Sie sah in Elaynes Richtung und bewegte die Lippen, als würde sie mit ihr sprechen, doch zu hören war kein Ton.

Es ist nicht deine Schuld, hatte Nia vor ihrem Ende gesagt. Aber stimmte das? Elayne war nicht in der Lage gewesen, ihre Freundin zu retten, obwohl sie ihr versprochen hatte, für sie da zu sein. Trotz all der Stunden des Bücherwälzens in ihrem Leben, trotz ihrer Freundschaft war sie ihr keine Hilfe gewesen.

Auch jetzt, Nia direkt vor ihren Augen, als habe es das Fieber nie gegeben, lähmte sie ihre eigene Machtlosigkeit. So sehr sie es auch wollte, ihre Füße bewegten sich einfach nicht von der Stelle.

»Nein, bitte!«, rief Elayne zu sich selbst, zu Nia, zum Geist ihrer Träume.

Ohne Effekt. Ihre Beine blieben wie angewurzelt, als Nias helles Lachen erklang. Es hallte von den Wänden der Schlucht wider und ließ Elayne erschaudern.

»Bitte.« Verzweifelt schloss sie die Augen, eine Träne rollte ihre Wange hinab. »Es tut mir so leid.«

Sie wusste, was gleich geschehen würde. Sie wusste es, und sie konnte nichts dagegen tun.

Als sie wieder zur Klippe sah, war Nia verschwunden. Hinabgestürzt in einen Abgrund, aus dem sie niemals auftauchen würde. Über dem Fleck, auf dem sie eben noch gesessen hatte, zog nun Rabe seine Kreise. Schluchzend beobachtete sie ihn, bis sich der Nebel verdichtete und alles verdeckte.

Elayne wachte auf. Frühes Tageslicht schien ins Zimmer hinein. Bevor sie ihre Umgebung richtig erkennen konnte, musste sie allerdings die Tränen wegblinzeln. Schniefend lag sie da, die Angst um Nia noch in ihren Knochen.

An einem anderen Tag wäre sie einfach im Bett geblieben, hätte sich die

Zeit genommen, ihre Gedanken zu sortieren. Jedoch blieb ihr heute dafür keine Minute langer, denn schon im nächsten Augenblick wurde die Tür aufgerissen und ein feuriger Lockenkopf kam hineingestürmt.

»Wach auf! Los, wach auf!« Milly klang atemlos.

Als ihr Gesicht über Elayne auftauchte, erkannte sie den blanken Horror darin.

Sofort richtete sie sich auf, ignorierte den Schwindel, der sie dabei überkam.

»Was ist los?«

»Balezan wird angegriffen!«

Der wissende Bruder

In einem Dorf inmitten eines Tals lebte ein Geschwisterpaar. Das Mädchen und der Junge waren immer zusammen, ihr Band nicht durchzuschneiden. Vom Morgen bis zum Abend spielten sie ausgelassen, ohne Streit oder Missverständnisse. Sie verstanden einander ohne Worte. Das mussten sie, schließlich vermochte das Mädchen von Geburt an weder seine Ohren noch seine Stimme zu nutzen. Andere Kinder im Dorf, sogar die Eltern der beiden, fragten den Jungen stets, wie er seine Schwester hören konnte. Wie er wissen konnte, was sie brauchte oder mit Blicken zu sagen versuchte.

Ich weiß es eben, lautete seine Antwort jedes einzelne Mal, denn so und nicht anders erging es ihm.

Die Wahrheit seiner Schwester offenbarte sich ihm nie durch Worte. Er lauschte einzig und allein seiner Intuition.

– Aus *Wissen aus dem alten Land*

13

Die Fransen am Saum ihres Morgenmantels kitzelten ihre nackten Beine, als Elayne mit großen Schritten durch die Königshalle hastete. In der Eile hatte sie einfach nach dem Mantel gegriffen und ihn im Laufschritt über ihr Nachtkleid geworfen.

Die Blicke der Wachen und des Schlosspersonals, ebenso die Rufe von Milly in ihrem Rücken gingen spurlos an ihr vorbei. Jetzt zählte nur, dass sie mit Gondrick sprach. Mit dem General, der gerade am anderen Ende der Halle vor den Herrschern von Kree kniete – wahrscheinlich um sie um ihre Hilfe zu bitten. Ihr Herz hämmerte so wild wie in ihrem Albtraum, aus dem sie sich noch nicht ganz gerettet fühlte. Die balezanische Grenze war überrannt worden, hatte Milly gestammelt. An keinem der Grenzposten gab es Überlebende mehr.

Elayne konnte sich nur ausmalen, was das bedeutete. Die anliegenden Dörfer lagen den Angreifern schutzlos ausgeliefert, solange sich nicht genug Männer für einen Rückschlag sammelten. Nur konnten die übrigen Posten keine Männer entbehren, denn Balezan hatte mehr als nur einen Feind und kaum genug ausgebildete Soldaten. Menschen starben in dieser Sekunde und in jeder weiteren, die verstrich. Geschah das alles wirklich oder schlief sie noch immer?

»Pr-Prinzessin Ophenia ist eingetroffen!«, kündigte Borgwen sie überrascht an und alle Köpfe wandten sich zu ihr.

Phelius und die wenigen Bediensteten am Rand schauten besorgt, Gondrick ernst und Königin Jamalie unbeteiligt. In Elaynes Hals wuchs ein dicker Kloß. Doch noch gab es keinen Grund, zu verzweifeln. Kree verfügte über eine große, gut ausgebildete Armee und als Verlobte des Prinzen stand ihr Unterstützung zu.

»Ihr seid früh auf den Beinen, Ophenia«, ergriff Jamalie das Wort, auf einmal nicht mehr ganz so unbeteiligt, und musterte sie dabei von oben bis unten. »Und wie mir scheint, hattet Ihr noch keine Gelegenheit, Euch angemessen zu kleiden.«

Elayne schluckte und beschloss, diese Bemerkung zu übergehen. Obwohl sie sich auf einmal wünschte, sie hätte sich die Zeit genommen, etwas anzuziehen, das ihre gesellschaftliche Position unterstrich.

»Ich hörte, was in Balezan vor sich geht. Sind es die Vedenier an der Nordgrenze oder die Jardaan im Süden? Wurde bereits Verstärkung geschickt?«

Sie versuchte gar nicht erst, ihre Aufregung zu verbergen.

Zu ihrem Entsetzen lachte der König. »Mit Medizin kennt sie sich aus, und die Politik ist ihr nicht weniger fremd. Ich bin gespannt, womit Ihr uns in Zukunft noch überraschen werdet, Prinzessin«, kommentierte er verzückt. Seine besorgte Haltung von eben schien vergessen.

Wenn Ihr wüsstet, grollte Elayne.

Nur mit Mühe konnte sie den Zorn darüber, dass er ihre Fragen unbeantwortet ließ und sogar darüber *lachte,* verstecken. Heuchelei störte sie noch mehr als die offenkundige Kälte der Königin.

»Euer General bat uns soeben darum, Soldaten in den Osten zu entsenden und den Angriff aus Vedenne niederzuschlagen«, sagte Jamalie so sachlich, als läse sie einen Bericht vor.

Die Vedenier also. Elayne hielt den Atem an. *Und die Antwort lautet ...?*

»Selbstverständlich können wir dieser Bitte nicht nachkommen. Kree setzt die Leben seiner Männer nicht wahllos aufs Spiel.«

»Wahllos!?« Ihr Gesicht wurde schlagartig heiß und sie ballte die Hände zu Fäusten. »Ich heirate Euren Sohn! König Seremon, *mein Vater,* überlässt Euch sein einziges Kind und Ihr tut nichts im Gegenzug? Im Augenblick seiner Not seht Ihr einfach weg?«

Wieder wagte es Phelius, ein halbherziges Lachen von sich zu geben. »Ihr seid aufgebracht. Vielleicht überlasst Ihr die Politik doch lieber den Erfahrenen und kleidet Euch in Ruhe an oder lasst Euch das Frühstück ans Bett bringen. Frauen können oft nicht rational denken, wenn sie der Hunger plagt.«

Das war zu viel. Elayne klappte der Mund auf und ein Keuchen kam heraus. »Ihr glaubt, was ich brauche, ist ...«

»Der Prinzessin tut es leid, hier hereingeplatzt zu sein«, ging Gondrick unvermittelt dazwischen. Er verneigte sich noch tiefer, als er es ohnehin schon tat. »In Sorge um ihr Volk hat sie die Etikette vergessen.«

Das Wort *Etikette* betonte er scharf genug, um sie zu schneiden. Eine Erinnerung daran, wer sie war und wer sie nicht war.

Sie wusste, er meinte es gut. Sie wusste auch, er gab sein Bestes, sie und ihr gemeinsames Land zu schützen. Dennoch gab ihr dieser allzu reale Traum das Gefühl, die Decke könne jeden Moment über ihr zusammenstürzen. Gondrick konnte nicht von ihr erwarten, dass sie in dieser Situation ruhig blieb.

»Ich bin nicht hungrig«, erwiderte sie daher so gefasst, wie sie es fertigbrachte. »Ich bin *enttäuscht*. Kree genießt den Ruf einer starken Militärmacht, aber lässt seinen Verbündeten im Stich. Das wird nicht einfach zu vergessen sein.«

Niemand scherte sich darum, ihr darauf eine Antwort zu schenken. Nicht einmal Gondrick erwiderte etwas, sah sie nur strafend an. Sie sollte sich zurückhalten, still sein, die Rolle einer wohlerzogenen Blaublütigen spielen. Aber wie war das möglich, wenn Unschuldige ihr Leben ließen und diejenigen, die etwas dagegen tun konnten, nicht handelten?

Tränen stiegen in ihr auf, und sie musste die Zähne zusammenbeißen, um sie nicht an die Oberfläche zu lassen. Da war sie schon in den Rang einer Königstochter gedrängt worden und fühlte sich dennoch wie ein trotziges Kind. Machtloser sogar als vorher. Genau wie an der Klippe mit Nia.

Ihr Trotz half nichts. Der König schickte sie hinaus, und da Gondrick nicht widersprach, leistete sie seinem Wunsch Folge. Zitternd und vollkommen durcheinander. Wenn Kree keine Soldaten schickte, konnten die Vedenier ungehindert weiter vordringen und morden. Balezan war schwach, Elayne fühlte sich schwächer.

Verloren im Durcheinander ihrer Gedanken, sah sie nicht die Gestalt, die vor ihr auftauchte. Der Zusammenprall brachte sie zum Fallen.

14

Instinktiv schlang Alesander seine Arme um die Prinzessin, damit sie nicht stürzte. Nachdem sie ihren Halt wiedergefunden hatte, blickte sie erschrocken zu ihm auf. In den Winkeln ihrer müden Augen glänzten Tränen, goldenes Haar stand ungekämmt von ihrem Kopf ab, doch ihre Schönheit war aus der Nähe noch überwältigender. Fast hätte er vergessen, sie wieder loszulassen.

Mit einem Räuspern wurde er sich der Situation gewahr und gab sie frei. »Ist ... Ist alles in Ordnung?«

Erst da bemerkte er ihren Aufzug. Bis auf ein Nachtkleid und ihren Morgenmantel trug sie nichts. Als wäre sie aus dem Bett direkt hierhergekommen.

»Was ist passiert?«, erschrak er, schaute sich automatisch um, ob sie jemand sah.

Ophenias Unterlippe zitterte sowie auch ihre Stimme. »Ihr müsst ... Alesander, du musst mir helfen.«

Er unterdrückte das Bedürfnis, sie erneut zu umarmen. »Natürlich. Aber wobei?«

»Vedenier sind in Balezan eingefallen! Du musst deinen Vater überzeugen, Soldaten zu schicken. Bitte!«

Auch ohne die Verzweiflung in ihren Augen hätte er verstanden, wie ernst die Lage war. Jeder, der sich auch nur ein wenig mit Politik beschäftigte, wusste um die dauerhafte Notsituation König Seremons. Sein Land lag eingezwängt zwischen Feinden. Vedenne und Jardis fielen immer wieder über die nördliche und die südliche Grenze ein. Die balezanischen Bodenschätze und damit die Lebensgrundlage des Volkes lockten gierige Diebe an und jeder Angriff schwächte Seremons Kraft, den Thron zu halten. Ging es so weiter, würde er auch die inneren Gebiete des Landes eines Tages nicht mehr schützen können. Ausgebildetes Militär gab es kaum und Söldnern fehlte es an Treue. So mussten die Bewohner in den Grenzdörfern zu ihren Werkzeugen und wenigen Waffen greifen und sich selbst verteidigen.

Es sei denn, Balezans Freund im Westen, Kree, sandte Hilfe. Ein Friedensabkommen zwischen ihren beiden Ländern gab es schon lange, doch nun würde Alesander die balezanische Prinzessin heiraten und damit ein unumstößliches Bündnis eingehen.

Und doch stand Ophenia flehend vor ihm. Hatte sein Vater die Unterstützung etwa verwehrt?

»Beruhige dich.« Er hob die Hände, um sie behutsam auf ihre Schultern zu legen, wahrte jedoch Distanz. »Ich spreche mit meinem Vater. Warte hier und sei unbesorgt.«

Seine Verlobte schniefte und nickte schwach. Dass sie litt, hier in seinem Zuhause, zerrte an ihm. Wer, wenn nicht er, trug die Verantwortung für ihr Wohl?

Voller Tatendrang fasste er sich ein Herz, ließ Ophenia im Gang zurück und betrat den Thronsaal.

Borgwen, dem Schweiß auf der Stirn glänzte, streckte den Rücken durch, als er an ihm vorbeischritt. »Prinz Alesander ist eingetroffen«, verkündete er heiser.

»Alesander.« Die Augen seiner Mutter weiteten sich, verfolgten, wie er näherkam. Bis er direkt vor ihr und dem König stand. »Es ist früh. Was bringt dich her?«

Statt zu antworten, musterte er den General, der eben noch vor seinen Eltern gekniet hatte und sich nun erhob. Der muskulöse Mann mit dem ergrauten Haar machte auf ihn einen verbissenen Eindruck. So wie jemand, der entschlossen war, eine aussichtslose Schlacht zu gewinnen.

»Meiner Verlobten geht es schlecht«, erklärte er und nahm all seinen Stolz zusammen, um seinem Vater fordernd entgegenzublicken. »Wird Kree eingreifen und Männer in den Osten schicken?«

Sich seiner Sache weitestgehend sicher, erwartete er Phelius' Antwort. Diese blieb jedoch lange aus. Alesanders Nervosität wuchs mit jeder Sekunde, die verstrich, und während sein Vater seine nächsten Worte abzuwägen schien, wurden seine Handflächen unangenehm feucht.

»Für gewöhnlich mischst du dich nicht ein, wenn ich eine Entscheidung zu treffen habe«, erlöste er ihn schließlich von der Stille. Er klang nicht erfreut.

Von einer Welle der Unsicherheit überschwemmt, suchte Alesander Zuspruch im Blick seiner Mutter. Aber auch sie hatte die Augen zu Schlitzen verengt, beäugte ihren Sohn missbilligend von ihrem Thron herab.

Er schluckte. *Was habe ich mir dabei gedacht?*

»Vater, es tut mir leid. Ich kam nicht mit der Absicht, mich einzumischen. Es ist nur ...«

»General.« Der König überging ihn einfach und versetzte ihm damit einen Stich. »Ihr dürft gehen. Ich hoffe, Ihr kehrt lebend zurück und erweist uns bald wieder die Ehre.«

General Gondrick nickte, vermied ganz offensichtlich direkten Augenkontakt und schaute noch immer verbissen drein. Als er sich zum Gehen umwandte, fiel Alesander auf, wie aufrecht der Mann sich bewegte. Obwohl er eine Niederlage aus der königlichen Halle hinaustrug, strahlte er Stärke aus. Alesander sah ihm nach, bevor die Königin das Wort ergriff und seine Aufmerksamkeit gewann.

»Du solltest der Prinzessin beibringen, ihre Gefühle zu zügeln. Ihr Verhalten heute Morgen ist unangebracht, findest du nicht?«

Wieder hielt seine Unsicherheit Alesander fest umklammert. Seine Mutter hatte recht. Das hatte sie immer. Doch Ophenia zählte in diesem Augenblick auf ihn.

»Im Frühling werden wir heiraten. Macht dieser Umstand Balezan denn nicht zu unserem Verbündeten?«

Der Ungehorsam fiel ihm mehr als schwer, sodass er den Boden zu seinen Füßen fixieren musste, aus Furcht vor den Reaktionen seiner Eltern. Noch nie in seinem ganzen Leben hatte er Widerworte gegeben. Nicht ein Mal.

»Noch hat keine Hochzeit stattgefunden«, erstickte die Königin seinen Versuch im Keim. »Du wirst mir also zustimmen, wenn ich sage, dass uns keine Verantwortung in dieser Angelegenheit obliegt.«

»Ja, Mutter.«

Sein Wunsch, Ophenia zu helfen, genügte nicht. Was konnte er schon ausrichten, wenn die Entscheidung bereits gefallen war? Er war schließlich nur der zweite Prinz von Kree, anders als ...

»Vater! Was bedeutet das?«

Borgwen hatte ihn kaum angekündigt, da war Darian schon durch die

Halle gestürmt und bei ihnen. Und er kam nicht allein. Ophenia folgte ihm so dicht, als klebte sie an ihm.

»Was soll das bedeuten?«, wiederholte er in einem Ton, den sich außer ihm niemand dem König gegenüber je erlauben würde. »Sanders Hochzeit besiegelt ein Bündnis zwischen unseren Ländern. Weshalb also verlässt seine Verlobte weinend diesen Saal?«

Als er für einen Moment das Mädchen neben sich betrachtete, verschwand die Wut aus seinem Gesicht und wich einem weicheren Ausdruck: Mitgefühl. Im Gegensatz zu Alesander schien die Prinzessin es jedoch nicht zu bemerken, denn sie erwiderte eisern die Blicke des Königspaars. Obwohl Darian ein prinzenwürdiges Gewand trug, während sie in ihren Morgenmantel gekleidet und mit vom Weinen geröteten Augen dastand, wirkte sie in ihrer Entschlossenheit ebenso erhaben. Dass sein Bruder gekommen war und ihr neuen Mut schenkte, störte Alesander mehr, als er sich selbst eingestehen wollte. Mehr noch als die Tatsache, dass nicht er selbst es war, der ihr diesen Mut gab. Er, der sich auch nach all den Jahren noch viel zu sehr vor dem Urteil seines Vaters fürchtete.

»Etwas mehr Respekt.« Seine Mutter brauchte nicht laut zu werden, um sich Gehör zu verschaffen. Wie immer genügte die Eiseskälte in ihrer Stimme, bei der jeder noch so mächtige Mann versteifte, wenn sie es wünschte. »Das Recht deiner Geburt mag dir die Krone versprechen, aber nicht die Freiheit, alles zu tun und zu lassen, wie es dir gefällt.«

Beeindruckend unbeeindruckt erwiderte Darian: »Dessen bin ich mir bewusst. Aber wenn Ihr mich fragt, *Mutter*, ich bin es nicht, der sich fehlverhält.«

Phelius, der seit der Ankunft seines Erben geschwiegen hatte, lehnte sich vor. Zu Alesanders Bestürzung wirkte er nicht annähernd so gereizt wie nach seinem eigenen Hereinplatzen vorhin.

»Du beschuldigst mich, im Unrecht zu sein?«, fragte er beinahe neugierig. Ohne mit der Wimper zu zucken, bestätigte Darian. »Ja, das tue ich. König Seremon hat unserem Land seine einzige Tochter anvertraut. Für mich steht außer Frage, dass wir ihm etwas schuldig sind.«

Beim Anblick seines Bruders, wie er ihrem gemeinsamen Vater so unverhohlen gegenüberstand, breitete sich etwas Dunkles in Alesander aus. Ein Schatten, eine Empfindung, eine Kreatur, die Kontrolle über seine Sinne forderte. Sein Blick bohrte sich in die Gestalt des Kronprinzen. Er brannte. Er *hasste*. Doch so zu empfinden, war nicht richtig. Darum wehrte er sich dagegen. Neid war sein größter Feind und er wollte ihm nicht nachgeben. Nicht jetzt, wo es eigentlich um Ophenia ging.

Leider machte die Kreatur es ihm nicht leicht. Sie begehrte auf, als die Prinzessin mit leuchtenden Augen zu Darian aufsah und ihre Lippen ein stummes *Danke* formten.

»Was du verlangst, ist, dass wir das Leben guter Männer opfern. Im Namen eines Bündnisses, das noch nicht besiegelt ist«, widersprach Jamalie entschieden und riss ihn damit aus seinem inneren Kampf.

»Aber ich bin doch hier!« Ophenia trat vor, die Hände im Stoff ihres Morgenmantels verkrampft. »Ich bin hier, um Euren Sohn zu heiraten. Balezan hat seine Treue längst bewiesen! Die Menschen dort können nichts mehr tun, als auf Eure Güte zu hoffen! Sie –«

»Still!«, beendete der König ihr Bitten streng. »Ich will hören, was mein Sohn in dieser Sache zu sagen hat.«

Mein Sohn.

Natürlich nicht beide Söhne. Bloß der eine, der zählte.

Darian schaute zwischen Ophenia und dem König hin und her, bevor er entgeistert den Kopf schüttelte. »Und ich soll Respekt lernen, wie ironisch. Die Prinzessin unseres Nachbarn im Osten steht vor Euch und bittet darum, dass Ihr Eure Pflicht als Verbündeter erfüllt. Wenn diese Ehe aus dem politischen Zweck einer Vereinigung beider Mächte heraus geschlossen wird, dann sollte Euch doch am Schutz des anderen gelegen sein. Oder irre ich mich?«

Alesander starrte seinen älteren Bruder an. Ebenso taten es alle anderen im Thronsaal. Durch das Schweigen, das sich mit einem Mal über sie legte, wurde die Anspannung fast greifbar. Besonders seine Mutter loderte sichtlich. Wahrscheinlich weniger wegen der möglichen Verluste, sollten sie Soldaten entsenden, sondern vielmehr aufgrund ihres verletzten Stolzes. Er konnte sie gut verstehen. Schließlich hasste auch er, wie viel bedeutungsvoller Darians Meinung für den König war als die seiner Frau oder seines zweiten Sohns.

Als hätte er genug gehört, lehnte sich Phelius wieder zurück in seinen Thron. Doch nicht etwa enttäuscht oder entnervt. Im Gegenteil, auf seinem bärtigen Gesicht hatte sich ein Lächeln breitgemacht.

»Gut. Du bist klug.«

»Ihr seid es auch, Vater«, gab Darian zurück. »Ohne Euch hätte Kree niemals so großen Ruhm erlangt.« Er sprach nicht mehr wütend, sondern eindringlich. »Und ohne Euch werden sich andere an Balezans Schätzen bedienen.«

Da würde ihm niemand widersprechen können. An des Königs Augenmerk auf die durch eine Hochzeit erreichbar werdenden Reichtümer zu appellieren, war so intelligent wie naheliegend. Sofort verfluchte sich Alesander dafür, dass er nicht selbst daran gedacht hatte.

Jetzt lachte sein Vater. »Hört euch das an! Gesprochen wie ein echter Kronprinz. In diesem Fall sollte ich meinen Entschluss wohl noch einmal überdenken.«

Einfach so. Als ginge es nicht um Leben und Tod. Nur weil dem würdigen, durch und durch großartigen Darian ein einziges offensichtliches Argument in den Sinn gekommen war. Erst glaubte Alesander, das Brüllen der Kreatur in seinem Innern unterdrücken zu können, doch dann sah er Ophenia. Von Erleichterung gepackt, atmete sie aus, bevor sie ein Lächeln verschenkte. Sie lächelte warm und schön und allein für seinen Bruder.

»Ich danke Euch, Vater«, zeigte auch dieser sich erleichtert.

Auf Jamalie traf das jedoch nicht zu. Sie straffte die schmalen Schultern unter ihrem Kleid aus roter Seide.

»Handle nicht leichtfertig. Vor ihrem Eheschwur ist Seremons Tochter nichts weiter als unser Gast. Wir dürfen uns von ihr nicht zum Narren halten lassen.«

»Meine Liebe, du bist immer so ernst. Freu dich doch lieber, dass unser Junge sich endlich für die Pflichten dieses Landes interessiert«, tat Phelius ihren Einwand ab.

»Und was ist mit Alesander? Er hat ebenfalls – «

»Genug.« Mit einer Handbewegung brachte er sie zum Schweigen. Dann winkte er Borgwen zu sich. »Geh und benachrichtige General Erald. Er soll sich umgehend bereitmachen, die balezanische Nordgrenze zu sichern. Sag ihm, er soll so viele Männer mitnehmen, wie er für angemessen hält. Vielleicht kann er General Gondrick noch einholen und jedes weitere Vorgehen mit ihm gemeinsam besprechen. Besorge auch das nötige Geld für Vorräte von Schatzmeister Aurel und sorge dafür, dass es nicht in den Taschen undankbarer Soldaten verschwindet. Das ist alles.«

Der rundliche Mann verlor keine Zeit. »Sehr wohl.«

Sobald er fort war, trat Ophenia einen Schritt vor und verneigte sich. »Das werde ich Euch nicht vergessen. Danke.«

»Wenn ich mich nicht täusche, drohtet Ihr uns eben noch, unsere Zurückhaltung niemals zu vergessen«, warf ihr die Königin vor. »Euer Gemüt ist flatterhaft, Prinzessin. Hoffentlich gilt dasselbe nicht für Eure Loyalität. Oder die Eures Vaters.«

Voller Entsetzen über diese Bemerkung öffnete Ophenia den Mund, wollte sich wohl verteidigen. Allerdings ging Darian dazwischen. Alesander hätte es ihm gern gleichgetan, nur fühlte er sich bereits geschlagen. Sein Bruder dagegen schien stets für eine Auseinandersetzung gefeit.

»Loyalität entsteht nicht über Nacht. Man verdient sie sich«, machte er seinen Standpunkt deutlich. »Heute ist Kree am Zug.«

Jamalies Lippen wurden mit jedem seiner Worte schmaler. Im Gegensatz zum König, der halbherzig nickte, ließ sie sich nicht so leicht übergehen.

Schließlich beobachtete Alesander, wie ihre Augen aufblitzten, ein Schmunzeln über ihre Mundwinkel huschte. Er kannte seine Mutter gut genug, um zu wissen, mit welchem Selbstbewusstsein sie ihren nächsten Gedanken aussprechen würde.

»Darian.« Sie ließ seinen Namen eine Weile in der Luft hängen. »Da es dir so wichtig ist, dich Seremon gegenüber als loyal zu erweisen, solltest du es als Teil deiner Ausbildung betrachten.«

Die Brust des Prinzen hob und senkte sich unruhig. »Ich verstehe nicht.«

Auch Phelius drehte den Kopf verwundert zu seiner Frau.

Selbst Alesander konnte nicht folgen. Nervosität kitzelte seine Haut, während er wartete.

»Mein Herz, ich hatte gerade einen Einfall, der dich begeistern wird.« Obwohl sie mit dem König redete, war offensichtlich, von wem sie wirklich gehört werden wollte. »Darian ist alt und talentiert genug, sein Schwert gegen unsere Feinde zu führen. Bedauerlicherweise mangelt es ihm an Erfahrung. Trotz seiner Zukunft als Herr über ein ganzes Volk,« sie machte eine Pause, »als Lenker unserer Truppen, hatte er noch nie Gelegenheit, sich zu beweisen.«

Alesander hielt den Atem an. Darians Reaktion bekam er gar nicht mit, so ungläubig starrte er seine Mutter an.

»Unsere Soldaten werden den Angriff auf Balezan vereiteln. Um in seine künftigen Aufgaben hineinzuwachsen, sollte Darian sie in den Osten begleiten«, schloss sie und ihr Lächeln verriet, wie sicher sie sich der Zustimmung des Königs war.

Phelius, der Eroberer, zog die Brauen nach oben. »Wie wahr, eine gute Gelegenheit.«

15

Wie wahr, eine gute Gelegenheit, hatte Phelius gemurmelt. *Aber eine bessere wird kommen. Noch gibt es innerhalb der Palastmauern genügend für Darian zu lernen und so kurz vor der Hochzeit seines Bruders soll er keine Knochenbrüche riskieren.*

Jamalie war über diese Antwort nicht erfreut gewesen, hatte zu einer Diskussion angesetzt, doch gegen den König konnte selbst sie kein Machtwort sprechen.

Nun, nachdem Phelius sie alle hinausgeschickt hatte, schien der Schrecken eine gute Wendung genommen zu haben. Elayne schleppte sich durch den Gang zurück zu ihren Gemächern und die ersten Strahlen der Mittagssonne fielen durch die hohen Fensterbögen. Jetzt konnte sie nur noch hoffen, dass dieser General Erald rechtzeitig die Grenze erreichte, um das Schlimmste zu verhindern.

Sie fühlte sich, als sei der Tag nicht einmal richtig angebrochen und nichts von alledem real. Aber sie wusste, dass es wirklich passierte. Dass sich Balezan im Ausnahmezustand befand, dass es Phelius ohne die Verlockung eines Schatzes nicht gekümmert hätte und dass ein Prinz in letzter Sekunde zur Rettung ihrer Heimat gekommen war. Sie erinnerte sich an den wütenden Ausdruck in Darians Gesicht, an die Kraft hinter seinen Worten. Zum Glück hatte sein Weg ihn in die Nähe des Thronsaals geführt und zum Glück trieb ihn nicht dieselbe Gleichgültigkeit um wie seinen Vater. Oder ging es dem Kronprinzen am Ende auch bloß um das bisschen funkelnde Gestein unter Balezans Erde?

Nein, so ist er nicht. Zwar kannte sie ihn kaum, trotzdem glaubte sie fest daran, dass er wirklich hatte helfen wollen.

»Prinzessin!«

Als sie die Stimme des jungen Mannes aus ihren Gedanken tatsächlich hinter sich hörte, blieb sie abrupt stehen, blickte über ihre Schulter zurück. Darian kam auf sie zugeeilt. Sein tannengrünes Gewand bäumte sich bei seinem Laufschritt hinter ihm auf.

Direkt vor ihr machte er Halt. Er öffnete die Lippen, als wollte er etwas sagen, tat es jedoch nicht. Seine Schultern hoben und senkten sich noch schwer von der Eile, die ihn wohl den Atem gekostet hatte. Irgendetwas schien ihm auf der Zunge zu liegen, deshalb wartete sie ab.

Ihre Augen fanden seine. Durch seine grüne Iris zog sich ein Funkeln, das ihn erwartungsvoll aussehen ließ. Beinahe fasziniert.

Unwillkürlich wanderte ihr Blick über sein braunes, inzwischen glattrasiertes Gesicht hin zu seinem Mund.

Sagt etwas, dachte sie. *Weshalb sagt Ihr nichts?*

Schließlich, nach ein paar quälend langen Augenblicken, lehnte er sich zu ihr vor, sodass seine Haare ihre Wange streiften und seine Lippen fast, nur fast, ihr Ohr berührten. Er duftete nach Sommer, nach einem heißen Tag im Schatten eines Baumes, stellte sie fest, bevor sie erschrocken den Atem anhielt.

So dicht bei ihr raunte er: »Ich wusste gleich, dass an dir etwas ungewöhnlich ist. Keine Sorge, ich werde dich nicht verraten. Aber vielleicht erzählst du mir irgendwann, was es mit deinem Namen auf sich hat. *Elayne*.«

Ihr Puls setzte für einen Moment aus, bevor er zu rasen begann. *Wie war das?*

Langsam distanzierte sich Darian wieder von ihr, nahm eine aufrechte Position ein. Sein einzelnes Grübchen war zurückgekehrt und verlieh seinem Lächeln Aufrichtigkeit.

»Ihr habt mir im Gewächshaus geholfen, demnach schulde ich Euch mein Vertrauen. Hoffentlich könnt Ihr mir ebenso vertrauen, Prinzessin«, meinte er nur. Dann machte er kehrt, um zurück in die Richtung zu gehen, aus der er ihr gefolgt war.

Elayne blinzelte hektisch. Jemand hatte sie enttarnt.

Nein, nicht bloß jemand.

Der Kronprinz.

Irgendwie war es ihm gelungen, ihr Theater zu durchschauen und ihren wahren Namen herauszufinden. Das bedeutete, dass der Bruder des Mannes, als dessen Verlobte sie sich ausgab, ihr Leben in der Hand hielt – eine grauenhafte Konstellation.

Schon ein Stück entfernt drehte Darian sich noch einmal zu ihr um und der Schalk in seiner Stimme war nicht zu überhören. »Eure Geschichte interessiert mich. Ihr kennt ja mein Versteck.«

Damit ließ er sie stehen. Entsetzt, verwirrt und sonderbar aufgeregt.

Bis zum Hereinbrechen des Mittags blieb ihr Gemüt unverändert. In Gedanken spielte sie die Begegnung mit Darian immer wieder durch, lief rastlos vor ihrem Fenster auf und ab. Die wildesten Befürchtungen kamen ihr dabei in den Sinn.

Wenn er wollte, konnte er sie mit ihrem Namen erpressen. Aber wozu? Vielleicht würde er sie zwingen, irgendwelche Drecksarbeit für ihn zu erledigen. Sicherlich hatten viele Menschen am Hof schmutzige Geheimnisse, wieso also nicht auch der Prinz?

Oder vielleicht würde er sie von jetzt an decken, solange sie für ihn die anderen Adeligen ausspionierte. Bei der Vorstellung schauderte es Elayne. Unmöglich, dass sie andere beschattete oder jemandem im Gespräch geheime Informationen entlockte. Wenn sie schon nach ein paar Tagen als falsche Prinzessin aufflog, wäre sie ganz sicher die schlechteste Wahl als königliche Spionin.

Doch all ihre Erwägungen führten sowieso in eine Sackgasse. Tatsache war, sie konnte nicht einmal erahnen, was der Prinz nun tatsächlich mit ihr vorhatte. Es brachte also nichts, sich den Kopf darüber zu zermartern. Wäre Gondrick jetzt hier, könnte sie sich mit ihm einen Notfallplan ausdenken. Doch der befand sich wohl längst nicht mehr in der Nähe und hatte ohnehin andere Sorgen. Letztendlich blieb ihr nichts anderes übrig, als sich Darian allein zu stellen.

Da sich Milly wer weiß wo nützlich machte, war niemand da, um zu hinterfragen, wohin Elayne so plötzlich aufbrach. Auf dem Weg in den Palastgarten nickte sie ein paar Damen und Höflingen zu, die sie neugierig beäugten. Mehrmals wurde sie angesprochen und nach der Lage in Balezan gefragt. Andere wollten nur wissen, ob sie sich schon eingelebt hatte. Sie konnte die Gespräche kurzhalten, indem sie behauptete, ihr Kopf schmerze ihr. Das war zwar nicht der Grund für ihre Unpässlichkeit, aber immerhin die Wahrheit.

Trotz des Drucks in ihren Schläfen gehörte ihre Aufmerksamkeit vollständig der über Leben und Tod entscheidenden Prüfung, die ihr unmittelbar bevorstand. Deshalb bemerkte sie die dunkel gekleidete Gestalt nicht, ehe sie sich ihr direkt in den Weg stellte.

»Ihr habt es eilig.«

Eine Feststellung, so kühl, dass Elayne eine Gänsehaut bekam. Sie erkannte Veron, den treuen Diener der Königin. Einen *Wachhund* hatte Keira ihn genannt und das passte zu ihm. So ganz aus der Nähe wirkte er noch bedrohlicher als unter dem Pavillon, seine Präsenz geradezu animalisch. Nur mit Mühe besiegte Elayne den Drang, vor ihm zurückzuweichen.

»Wohin des Weges?«, fragte er ganz ohne die üblichen Floskeln oder sonst irgendeine Form von Respekt.

Dazu die Art, wie er sie ansah. Voller Abneigung, genau wie seine Herrin.

Elayne räusperte sich. Das verschaffte ihr wenigstens etwas mehr Zeit, um sich zu sammeln. »Ich vertrete mir die Beine, um den Kopf freizubekommen. Die Lage in Balezan macht mir zu schaffen.« Kühn fügte sie hinzu: »Und wer möchte das wissen?« Nia hätte sich von ihm auch nicht einschüchtern lassen.

»Wie unhöflich von mir.« Er verneigte sich so leicht, dass er damit gerade noch durchkam. »Veron, bescheidener Diener der Krone.«

Die ganz und gar nicht bescheidene Weise, auf die er das sagte, gab Elayne Feuer. »Also kann ich mich auf dich verlassen, wenn ich etwas brauche?« Nicht dass sie vorhatte, sich jemals mit einer Bitte an diesen beängstigenden Mann zu wenden, dessen Dienste laut Keira darin bestanden, Menschen unauffällig verschwinden zu lassen.

Zu ihrem Entsetzen glühte in seinen Augen etwas auf, das sich wie Hass anfühlte. Jetzt konnte sie nicht anders, als einen Schritt nach hinten zu weichen.

»Damit meinte ich nicht, dass ich jedem ergeben bin, der eine Krone trägt. Ich folge dem einzig reinen Blut, keinem Titel. Verwechselt das nicht.« Mit diesen Worten verschwand er einfach und ließ sie schaudernd allein zurück.

Blut.

Reines Blut.

Ihres gefror in ihren Adern. Konnte es sein, dass Darian nicht als Einziger über ihre Herkunft Bescheid wusste? Hatte er sie an den Wachhund seiner Mutter verraten oder sogar an die Königin selbst?

Nein, das würde er nicht tun. Seltsamerweise war sie sich dessen sicher. Eine leise und doch überzeugende Stimme in ihrem Innern sagte es ihr.

Ruhig bleiben. Veron weiß nichts, redete sie auf sich selbst ein. *Alles wird gut. Das muss es einfach. Konzentrier dich auf das Jetzt. Auf Darian.*

Draußen im Garten empfing sie die erwartete Hitze. Über ihr leuchtete der Himmel in einem strahlenden Blau, eine rot schimmernde Libelle sauste an ihr vorbei. Kurz bewunderte sie die Schönheit des Insekts, das sie in dieser Farbe – geschweige denn Größe – noch nie gesehen hatte. Danach schlug sie den Weg ein, an den sie sich vom letzten Mal noch gut erinnerte.

Rabe tauchte diesmal nirgends auf, während sie zwischen Pflanzen und Bäumen hindurch auf das Gewächshaus zuging. Malerisch lag es hier versteckt, abgelegen von dem gepflegten Teil des Gartens, in dem sich die hochrangigen Bewohner des Palasts bewegten.

Elayne musste sich sammeln, bevor sie sich traute, das Gebäude aus teilweise grün angelaufenem Glas zu betreten. Darian hatte zwar behauptet, er sehe sich in ihrer Schuld, jedoch wollte sie sich nicht einfach auf die Wärme in seinem Blick verlassen. Ihr Bauchgefühl kämpfte mit ihrem Verstand. So war es schon die ganze Zeit, seit ihrer ersten Begegnung.

Mit einer Gänsehaut im Nacken und ungleichmäßig atmend, tat sie den ersten Schritt hinein. Dann einen zweiten. Sie hielt nach dem Schatten eines Mannes Ausschau, der nicht auftauchte. Zu ihrem Bedauern und ihrer Erleichterung war sie der einzige Mensch unter dem gläsernen Dach.

Zumindest für eine Weile.

»Danke, dass du gekommen bist.«

Ihr Schrei kam als atemloses Quieken über ihre Lippen. Die Hände abwehrend vor sich ausgestreckt, wirbelte Elayne herum und sah Krees Thronerben in der gläsernen Tür stehen.

»Ihr«, keuchte sie, sobald wieder Luft ihre Lungen füllte.

»Es ist wohl meine Art, dich zu erschrecken. Verzeihung.« Er klang belustigt.

Etwas überfordert verneinte sie. »Ich habe mit Euch gerechnet, also sollte ich eigentlich nicht so ... überschwänglich reagieren.«

Ihre Antwort ließ ihn schmunzeln. »Es sei dir gestattet.«

Elaynes Mundwinkel zuckten ebenfalls, bevor sie realisierte, welches ernste Thema sie beide hierhergeführt hatte.

Beschämt räusperte sie sich und glättete die Falten ihres Kleides. »Also. Hier stehen wir nun.«

»Hier stehen wir.«

Sie wartete ab, ob er noch etwas sagte, aber da kam nichts mehr. Jedenfalls wusste er, wie man andere zappeln ließ.

»Warum verratet Ihr mir nicht erst, was Ihr zu wissen glaubt?«, wagte sie sich vor, als sie dem Druck nicht länger standhielt. »Dann können wir das Thema so schnell es geht aus der Welt schaffen.« *Oder seine Familie mich.* Darian sah noch immer verdächtig freundlich aus. »Oder wir überspringen den Part, in dem du nach Ausflüchten suchst, und du erzählst mir gleich die ganze Geschichte.«

»Wenn Ihr glaubt, etwas gegen mich in der Hand zu haben, irrt Ihr Euch!«

Sein warmes, raues Lachen entspannte sie ein wenig. »Ich glaube nichts dergleichen. Aber wenn du so besorgt bist, sollte ich es vielleicht auch sein.«

»Dann wollt Ihr mich nicht erpressen?«

»Nein! Mache ich einen solch schlimmen Eindruck auf dich? Alles, was ich möchte, ist verstehen, weshalb du unter falschem Namen herkamst. Warum bist *du* hier und nicht die echte Prinzessin Ophenia?«

Argwöhnisch musterte Elayne den Prinzen. War er wirklich einfach nur neugierig? Es musste mehr dahinterstecken. Immerhin hinterging sie seine Familie, mehr noch, sein ganzes Land.

Dennoch strahlte er eine Ehrlichkeit aus, die sie ihre Zweifel für den Moment beiseiteschieben ließ. »Warum sollte ich dir vertrauen?«

»Wenn du mir deine Geschichte erzählst, werde ich sie mir bis zum Ende anhören und keine voreiligen Schlüsse ziehen. Das schwöre ich.« Er unterstrich die Aussage, indem er sich eine Hand auf die Brust legte.

Elayne spürte, wie ihre Gegenwehr nachließ. Möglichweise machte sie das naiv. Aber sie wusste in diesem Moment, dass sie ihm vertrauen wollte. Sie wollte ihm alles gestehen, sich die Bürde und den Schmerz, den Nias Tod ihr bereitete, von der Seele reden. Sie wollte sich an diesem Ort voller fremder Gesichter jemandem anvertrauen dürfen.

Darum stieß sie einen tiefen Seufzer aus, in dem all die Trauer, all die Angst und die Müdigkeit der vergangenen Wochen mitschwangen, und dann erzählte sie ihm von dem Fieber, von Gondricks Bitte, von ihrer Lüge. Darian hörte zu.

Während sie sprach, wurde Elayne etwas bewusst. Ihre neue Heimat machte ihr Angst. Der König, die Königin, die Pflichten einer Ehefrau, die Regeln, die Blicke. Womöglich blieb Darian nicht der Einzige, der sie als Hochstaplerin erkannte, und beim nächsten Mal könnte sie es tatsächlich mit einem Erpresser zu tun haben. Oder sogar dafür sterben. Aber sie hatte sich nun mal entschieden, diesen Weg zu gehen. Deshalb wollte sie ihr Bestes geben, um die Prinzessin zu sein, die ihre Freundin Nia an ihrer Stelle gewesen wäre.

»Dein Verlust tut mir leid«, erklärte der Prinz, nachdem sie fertig war. »Wenn die Bürger von Balezan wüssten, was du alles ... Du bringst für sie ein großes Opfer.« Seine Augen glänzten, seine Stimme klang belegt. »Die Last kann ich dir nicht abnehmen, aber du sollst wissen, dass du hier einen Freund hast. Ich werde niemandem verraten, wer du wirklich bist, Elayne.«

Sie glaubte ihm.

16

Es gibt da noch etwas, das ich dir gestehen muss.« Entschuldigend linste Darian zu Elayne herüber, die wie er mit ausgestreckten Beinen auf dem Boden des Gewächshauses saß. »Ich bin nicht der Einzige, der das Gespräch zwischen dir und dem General mitangehört hat.«

Elayne riss die Augen auf, fast wäre sie aufgesprungen. Noch jemand kannte ihre Identität?

Veron? »Wer?«

»Tazriel, ein sehr guter Freund. Nachdem wir deinen Namen hörten, bat ich ihn, mit niemandem darüber zu sprechen. Ich vertraue ihm und du kannst es auch tun.«

Nachdenklich fokussierte sie das Schneekraut ganz in der Nähe. Nun, im Grunde blieb ihr keine andere Wahl, als blind zu vertrauen. Darian gegenüber fiel ihr das erschreckend leicht, aber diesen Tazriel kannte sie überhaupt nicht.

Ein Seufzen bahnte sich einen Weg über ihre Lippen. Nicht zu glauben, dass Gondrick für ihre brenzlige Lage mitverantwortlich war. Dabei hatte er sie doch selbst ermahnt, im Palast Vorsicht walten zu lassen. Sie konnte es kaum erwarten, ihm eine Standpauke zu halten. Hoffentlich würde sie ihn bald gesund und munter wiedersehen.

»Bitte sorg dich nicht«, holte Darian sie aus ihren Gedanken. »Taz kann ein Geheimnis wahren. Notlügen sind außerdem seine größte Stärke. Wer weiß, womöglich wirst du einmal froh sein, dass er eingeweiht ist.«

Elayne nickte nur zögerlich. Wer konnte schon ahnen, was die Zukunft für sie bereithielt? Noch vor wenigen Stunden hätte sie sich nicht einmal vorstellen können, jetzt hier zu sitzen und über ihre Lügen zu plaudern.

»Und eines noch«, fuhr er fort. Sie biss die Zähne zusammen, rechnete bereits mit der nächsten schlimmen Enthüllung. »Den Platz deiner Prinzessin einzunehmen war ein mutiger Entschluss, und ich respektiere ihn. Das Volk von Balezan kann sich glücklich schätzen, von dir beschützt zu werden.«

Völlig von dieser Aussage überrumpelt, öffnete Elayne den Mund, bekam jedoch keine Antwort zustande. Sie starrte den Prinzen an, sein ansteckendes Lächeln, die Augen, aus denen ihr ein ganzer Wald an Grün entgegenleuchtete. Dabei begann ihr Herz so wild zu schlagen, dass sie schließlich wegsehen musste.

»Danke«, hauchte sie mit gesenktem Kinn.

Da fiel ihr Blick auf eine Naht, die sich an ihrem – oder Ophenias – Kleid löste. Ganz klein und unauffällig, dort an der Hüfte, wo es ihr ein wenig zu eng saß.

Der Schneider!

Mit einem Satz stand sie auf den Beinen. »Es ist Mittag und ich sitze hier mit dir!«, erschrak sie, klopfte energisch den Dreck von ihrem Rock. »Ich muss weg!«

Beim Rennen spürte sie, wie Darian ihr hinterherschaute. Doch ihr blieb keine Zeit, sich ausführlich zu verabschieden. Wahrscheinlich war sie bereits zu spät. Dabei wollte sie doch ab jetzt die perfekte Prinzessin sein!

Milly zog ermahnend eine Braue nach oben, als Elayne ganz außer Atem ihre Gemächer erreichte. »Wo hast du gesteckt?«

Als habe sie die Frage nicht gehört, eilte Elayne zum großen Holzspiegel und fuhr sich mit den Fingern durch die halboffenen Haare, um sie zu ordnen. Nachdem sie sichergestellt hatte, dass sie einen hinreichend vorzeigbaren Eindruck machte, drehte sie sich wieder um.

»Wo werde ich erwartet?«

Nicht ohne vorher eine genervte Grimasse zu schneiden, ging Milly voraus und Elayne folgte ihr durch den Palast zu ihrem Treffen mit dem Hofschneider.

Der Mann, der nur etwas jünger als Gondrick war, umrundete gerade hochkonzentriert eine Schneiderpuppe, als die beiden den Raum betraten. Durch zwei Fenster in der gegenüberliegenden Wand schickte die Sonne ihr Licht herein und ließ die vielen Farben, die sich hier tummelten, noch intensiver leuchten. Fertige Kleider hingen zwischen Hosen, Hemden und Hüten. Daneben stapelten sich unverarbeitete Stoffe zu Türmen. Jede Farbe und jedes Muster dieser Welt mussten unter ihnen zu finden sein, so viele waren es.

»Ganz schön staubig hier«, bemerkte Milly laut und machte so den Schneider auf sie aufmerksam.

Wie aus einer Trance herausgerissen, drehte er sich zu ihnen um. »Ihr seid die Königstochter aus dem Osten!« Elayne glaubte, Begeisterung in seiner Stimme zu hören. »Wusstet Ihr, dass es in der balezanischen Mode einmal üblich war, komplementäre Töne in ungeahnter Harmonie zu vereinen? Ich selbst versuchte mich ein paar Mal daran. Aber solch gewagte Kunst wird hier selten gewürdigt.« Ein Freudestrahlen erschien auf seinem dunklen, rasierten Gesicht. »Aber Ihr gehört zur mutigen Sorte, hab ich recht?«

Verwirrt, aber auch irgendwie von seiner Freude angesteckt, nickte Elayne.

»Phaerys, zu Euren Diensten«, stellte der Schneider sich vor, glitt in eine Verbeugung und küsste ihren Handrücken.

»Dein Name gefällt mir. So ungewöhnlich.«

»Oh, den gab ich mir einst selbst. Ein Künstler sollte auch wie ein Künstler heißen, nicht wahr?«

Elayne konnte nicht aufhören zu lächeln. »Doch, wahrscheinlich stimmt das.«

Beiläufig nahm sie wahr, wie Milly still den Raum verließ. Phaerys zückte indessen ein Maßband aus seinem leuchtend orangenen Mantel und machte sich summend an die Arbeit. Kurz fürchtete sie, er könne wegen ihrer für eine Adelige ungewöhnlichen Muskulatur Verdacht schöpfen. Aber die schien ihn ebenso zu entzücken wie die Sommersprossen auf ihrem Gesicht und die Wölbung unterhalb ihrer Taille.

»Mir schwebt eine klare Vision vor Augen, für die Ihr wie geschaffen seid!«, rief er nach einer Weile aus. »Ich nenne sie: *Mutter Natur.*«

»Mutter ... Natur?«

»Ganz recht. Sie ist eine Frau von rauer Schönheit. Sie ist stark, wild, aber gleichzeitig rein und der Quell blühenden Lebens. Das alles sehe ich in Euch.«

Darauf wusste Elayne wirklich nichts zu sagen. Immerhin war sie bloß hergekommen, um sich ein paar passendere Kleidungsstücke anfertigen zu lassen. Nun stellte ein leidenschaftlicher Künstler Vergleiche zwischen ihr und dem Quell des Lebens an.

Überfordert, doch immer noch lächelnd, erwiderte sie Phaerys verheißungsvollen Blick, bevor dieser mit seinen Mühen fortfuhr.

In Kree gab es wirklich interessante Menschen. Sie wollte die Zeit nutzen und sie besser kennenlernen. Phaerys, Keira, Alesander, Darian.

Sobald das Gesicht des Kronprinzen in ihrem Kopf auftauchte, zuckten ihre Mundwinkel. Was in ihm vorging und weshalb er beschlossen hatte, sie zu schützen – das würde sie ebenfalls herausfinden.

Für den Moment blieb ihr nur die Hoffnung, dass sich alles zum Guten wenden würde. Hier und auch zuhause in Balezan. Neu eingekleidet zu werden, während ihre Heimat bedroht wurde, löste mit einem Mal ein bitteres Gefühl in ihr aus. Und ein weiterer Gedanke kam ihr, den sie bisher verdrängt hatte. Gondrick hatte sich darum kümmern wollen, sobald er nach Balezan zurückkehrte.

Wird König Seremon nun erfahren, dass sein einziges Kind nicht mehr am Leben ist?

Etwas Nasses tropfte von ihrem Kinn und Elayne registrierte, dass sie weinte.

Wahrscheinlich würden sie und der König für immer mit dem unfüllbaren Loch in ihrem Herzen zurückbleiben, das Nia hinterlassen hatte. Doch sie schuldeten es ihr, nach vorn zu blicken. Anders hätte die echte Prinzessin von Balezan es nicht gewollt.

Ich schwöre, dass ich glücklich sein werde, hatte Elayne ihr vor der Abreise versprochen.

Schnell blinzelte sie die Tränen weg und atmete tief durch. Glücklich konnte sie vielleicht nicht sein, aber dafür …

Sie klammerte sich an Darians Kompliment.

… mutig.

17

Vor ihm erstreckte sich die Bucht. Der Wind wurde von den mächtigen Felsen gebrochen und die Sonne schimmerte auf dem ruhigen Meerwasser. Entlang des Sandes, in dem das Wasser am Ufer verlief, bis hin zu den felsigen Ausläufern wuchsen Hunderte rosafarbene und violette Wildblumen, machten dieses Fleckchen Erde zu einer wahren Idylle. Darian rutschte aus dem Sattel und klopfte Dangus liebevoll auf den Hals. Der Hengst schnaubte zufrieden und widmete sich sogleich dem Gras zu seinen Hufen.

Auch Taz war von seinem Pferd abgestiegen. »Schon eine Weile her, seit wir zuletzt hier waren.«

»Was meinst du – genug Zeit für die Meeresgötter, einen Haufen seltener Schätze für uns auszustreuen? Sehen wir, was wir heute finden.«

Immer wenn das lauwarme Wasser der Bucht seine Haut berührte und seinen Körper leicht werden ließ, rückte alles andere in weite Ferne. Seine Pflichten, das Leben am Hof – nichts davon beschwerte seine Gedanken. Deshalb kam er so gern mit Taz an diesen Ort. Nach Muscheln, funkelnden Steinen und manchmal auch verlorenen Dingen zu tauchen war wie eine vorübergehende Flucht aus der Realität. Die Schönheit des Meeres verzauberte ihn jedes Mal aufs Neue. Dazu steckte sein Freund ihn meist mit seiner Ausgelassenheit an und manch ein Schatz lag so tief am Grund versteckt, dass er sich voll und ganz auf die Herausforderung konzentrieren musste. Könnte bloß jeder Tag wie ihre seltenen Ausflüge an die Küste aussehen. Könnten diese wenigstens weniger schnell an ihm vorbeirauschen.

Auch heute vergingen die Stunden wie im Flug. Am Horizont schoben sich schon die ersten Wolken zusammen und die Pferde schnaubten ungeduldig, als Darian mit Taz im Sand saß und den heutigen Fund begutachtete.

Wassertropfen funkelten auf seinen nackten Armen und Beinen, tropften von seinen nassen Bronzelocken herab. In seinem Schoß lagen ein paar größere Muschelschalen, die unter Wasser seine Aufmerksamkeit erregt hatten. Im trockenen Zustand wirkten sie allerdings milchig-weiß und wenig spektakulär. Dagegen hielt der Stein, den er gerade in seiner Hand drehte, was er aus dem Meerschlamm herausblitzend versprochen hatte. Seine Oberfläche zeigte Streifen in verschiedenen Rot- und Brauntönen, leuchtete förmlich dank seiner seidenglatten Beschaffenheit. Zufrieden lächelte Darian in sich hinein. In den Augen der meisten Menschen mochte ein Gegenstand wie dieser nur ein wertloser Stein sein, aber für ihn spiegelte sich darin etwas Bedeutsames wider. Etwas, das er nicht greifen konnte und sich dennoch danach ausstreckte. Die kleinen Wunder der Welt zu bestaunen hatte nun mal etwas seltsam Erfüllendes an sich.

»Bis auf eine einzige sind alle Muscheln kaputt«, seufzte Taz. »Die heile bringe ich Keira mit. Sonst meckert sie wieder, weil ich sie mit den Schreibarbeiten für Vater allein gelassen habe.«

Über diese wahrscheinlich erfolglose Strategie konnte Darian nur lachend den Kopf schütteln. Gleichzeitig kam ihm aber etwas in den Sinn. Ein Mitbringsel, das er aus dem Meer gefischt hatte, würde ihr womöglich albern vorkommen. Trotzdem überlegte er, Elayne den Stein in seiner Hand zu schenken. Vorerst blieb es eine Überlegung, doch er schob ihn vorsichtshalber wieder in den durchnässten Beutel an seinem Gürtel. Er konnte sich später noch überlegen, was er damit machte.

»Ich glaube, Elayne würde es hier gefallen.« Er starrte auf die Wellen, die weiter draußen an den großen Felsen brachen. Die Wasseroberfläche direkt vor ihnen wurde kaum in ihrer Ruhe gestört. »Es muss schwer sein, eine Krone zu tragen, die einem nicht gehört. Erst recht, wenn mehr als das eigene Leben davon abhängt, wie gut man sie balanciert. Diese Aussicht könnte sie für eine Weile davon ablenken, denkst du nicht auch?«

Neben ihm vergrub Taz die Füße im Sand. »Was kümmert es dich? Ich sag dir, was ich denke: Sie begeht Verrat an deiner Familie und du zerbrichst dir den Kopf darüber, wie wir es ihr angenehmer machen können. Das ergibt keinen Sinn.«

Wie wahr. Das tat es nicht. Zumindest nicht, solange man die Umstände von außen betrachtete. Was zählte, war jedoch, dass Elayne es ihm gar nicht erklären musste, um ihn von ihren guten Absichten zu überzeugen. Er hatte sie schließlich kennengelernt. Zuerst im Gewächshaus, dann in der Palaststadt und schließlich vor seinen Eltern, wo sie für ihr Volk gesprochen hatte. Wie könnte er wollen, dass das Mädchen, das ihn ohne Zögern verarztet hatte, das so selbstlos und besorgt sein konnte, eingesperrt oder sogar mit dem Tod bestraft wurde? Spätestens nachdem er ihre Geschichte gehört hatte, gab es dazu keinen Grund mehr.

»Meine Lippen sind versiegelt, wie ich es dir versprochen habe, Darian. Nur verstehe ich noch nicht ganz, weshalb du ihr das alles durchgehen lässt. Immerhin geht es hier um Alesanders Hochzeit. Seine Ehe und die Verbindung zwischen zwei Ländern werden auf einer Lüge aufbauen. Also, wieso unternimmst du als unser künftiger Herr und Meister nichts?«

»Ehrlich, im Grunde weiß ich das selbst nicht so genau.«

Taz drehte sich zu ihm, die Kinnlade klappte ihm runter.

»Mir ist natürlich bewusst, dass ich mich ebenfalls schuldig mache, indem ich sie decke. Kein Gesetz der Welt würde jemals zulassen, dass mein Bruder eine fremdländische Bedienstete heiratet, und dazu missbrauche ich sein Vertrauen, ebenso wie das meiner Eltern.«

»Kommt bald der Teil, in dem du mir verrätst, was *dagegen*spricht, die Wahrheit aufzudecken?«, kommentierte Taz halb belustigt und halb alarmiert.

»Sie ist mutig.«

»Weil sie es fertigbringt, der Königin ins Gesicht zu lügen, ohne unter ihrem gruseligen Blick einzuknicken? Das stimmt zwar, reicht aber längst nicht aus, um ihr alles zu verzeihen.«

Darian legte die Stirn in Falten. »Überleg doch, was für sie auf dem Spiel steht. Ein falscher Schritt könnte sie den Kopf und ihr Volk unseren Schutz kosten. Dennoch lässt sie alles hinter sich und geht dieses Risiko ein. Für eine Heimat, in die sie möglicherweise niemals wieder einen Fuß setzen wird. Hast du je etwas so Mutiges getan? Ich nicht.«

Darauf gab sein Freund erst einmal keinen Ton von sich. Gedankenverloren spielte Taz mit seinen Zehen im Sand, bis er erwiderte: »Tja, du vielleicht nicht. Ich dagegen wurde schon als Held geboren. Jeder einzelne Verbrecher in Kree sieht mein hübsches Gesicht in seinen Albträumen.«

Darian lächelte zur Antwort, denn er kannte Taz und wusste, dass sein

Argument ihn ernsthaft zum Nachdenken gebracht hatte. Dass sie Elaynes Geheimnis hüten würden, stand außer Frage. Dieser Tatsache zum Trotz plagte ihn ein schlechtes Gewissen, denn er war seinem Bruder gegenüber unaufrichtig. Es schimpfte ihn einen Verräter. Aber er brachte es zum Schweigen, indem er sich daran erinnerte, dass es Alesander weit schlimmer treffen könnte als mit der Beschützerin von Balezan.

18

Was für ein Tag. Heute war so viel geschehen und Elayne schwirrte noch immer der Kopf. Nach dem Besuch bei Phaerys hatte sie sich auf die Suche nach Alesander gemacht. Seit der Auseinandersetzung im Thronsaal hatten sie einander nicht mehr gesehen und so war sie noch nicht dazu gekommen, sich für seine Hilfe zu bedanken. Bei ihren offiziellen Verabredungen standen sie dauerhaft unter Beobachtung, was ein ungezwungenes Gespräch unmöglich machte. Nein, sie musste ihn allein antreffen. Deshalb hatte sie eine freundliche Bedienstete nach dem Weg zu den Gemächern ihres Verlobten gefragt und kurz darauf vor seiner Tür gestanden. Aber er war nicht da gewesen, hatte sie zumindest nicht hereingebeten. Zusammen mit Milly war sie danach noch eine Zeit lang durch die umliegenden Gänge geirrt, in der Hoffnung, ihm irgendwo über den Weg zu laufen. Doch vergeblich. Blieb nur zu hoffen, dass er ihr den Wirbel heute Morgen nicht übel nahm. Zwar hatte er, nachdem sie vor dem Saal gegen ihn gestolpert war, keinen Augenblick gezögert hineinzustürmen, aber während des Streits hatte sie ihn kein Wort sagen hören.

Sie wusste um das angespannte Verhältnis zwischen Alesander und dem König. In dem Moment war es ihr allein um Balezan gegangen, aber womöglich hatte sie durch ihre verzweifelte Bitte noch Öl ins Feuer gegossen. In dem Fall schuldete sie ihm wohl eher eine Entschuldigung als ihren Dank.

Zerknirscht nahm sie einen Bissen von dem Teigbällchen in ihrer Hand. Milly hatte zum Trost eine Handvoll davon aus der Küche geholt und genoss ebenfalls eines. Kauend gingen sie nebeneinanderher.

»Lass uns in den Garten gehen«, schlug Elayne vor, noch bevor sie den süßen Bissen heruntergeschluckt hatte. »Ich muss dringend den Kopf freibekommen.«

Milly schnaubte, schüttelte kaum merklich den Kopf. »Was immer du möchtest.«

»Oh! Hattest du etwas anderes vor? Ich wollte dich nicht ...«, erinnerte sich Elayne, dass Milly genügend andere Verpflichtungen hatte. »Wie ist die Arbeit hier im Palast? Hast du schon Freunde gefunden?«

Eine Chance, ihre Antwort zu hören, bekam sie nicht, denn energische Schritte näherten sich ihnen. Beide drehten die Köpfe dorthin, wo sie von den Wänden des Gangs widerhallten.

Auch das noch.

In der kurzen Zeit, die Elayne bisher am kreeschen Hof verbracht hatte, war sie schon vielen Blicken begegnet. Die meisten davon waren interessiert, manche ehrfürchtig, einige sogar abschätzend gewesen. Zwei Augenpaare gab es jedoch, an deren Kälte sie sich beim besten Willen nicht gewöhnen konnte. Eines davon gehörte Veron, dem bescheidenen Diener des reinen königlichen Blutes, das andere seiner Herrin.

Jedes Mal, wenn sie sich der Königin gegenübersah, fröstelte es ihr vom Haaransatz bis zu den Spitzen ihrer Zehen. Auch jetzt, als Jamalie ihnen mit zwei ihrer zugeknöpften Hofdamen dicht hinter sich entgegenstolzierte. Eilig verbarg Elayne das Teigbällchen hinter ihrem Rücken. Natürlich würde diese Frau so oder so einen Grund finden, sie zu verurteilen. Trotzdem wollte sie nichts provozieren, indem sie essend herumlief, wie es nur eine Bürgerliche tun würde.

Sie murmelte ein leises Gebet vor sich hin, die Königin möge einfach an ihnen vorbeigehen. Doch die Götter zeigten sich in letzter Zeit selten gnädig mit ihr.

»Ihr spaziert herum?« Wäre die Luft zwischen ihnen ein Vorhang, hätte Jamalies Stimme ihn gerade zerschnitten.

Weshalb fragte sie? Aus Höflichkeit wohl kaum. Wahrscheinlich war ihr bloß langweilig, und sie suchte nach einer Gelegenheit, jemanden zu demütigen. Dabei schien sie ihre Missgunst auf bestimmte Menschen besonders häufig zu konzentrieren. Auf Darian zum Beispiel, ihren eigenen Sohn, und auch auf Elayne.

Womit sie die schöne Königsgemahlin gegen sich aufgebracht hatte, stand in den Sternen. Schon seit dem allerersten Tag fühlte sie sich von ihr verachtet. Konnte es sein, dass es mit der Verlobung zu tun hatte? Ging es um die Eifersucht einer Mutter, die ihr Kind an eine andere Frau verlor? So behütend, wie sie sich Alesander gegenüber verhielt, war es zumindest denkbar.

»Wir sind auf dem Weg in Euren wunderschönen Garten«, bejahte Elayne und bemühte sich, entspannt zu erscheinen. »Ich bin gern draußen. Besonders dort, wo es noch so viel Neues für mich zu entdecken gibt.«

Die Königin schürzte die Lippen. »Solltet Ihr die Zeit vor Eurer Hochzeit nicht lieber an der Seite meines Sohnes verbringen? Am Ende findet Ihr keinen Gefallen an ihm, und dann ist es bereits zu spät, um die Verbindung zu lösen und in Eure Heimat zurückzukehren.«

Über diese offene Zurschaustellung ihrer Abneigung geriet Elayne ins Stocken. Auch Milly und die beiden Hofdamen konnten ihr Entsetzen nicht verbergen.

Dass sie bis gerade eben vergebens auf der Suche nach Alesander gewesen war und jetzt fürchtete, seine Zuneigung aufs Spiel gesetzt zu haben, ließ Elayne besser aus. Aber so leicht wollte sie sich nicht einschüchtern lassen. Deshalb zwang sie sich ein Lächeln auf. *Ich bin mutig.* »Eure Fürsorge rührt mich, Hoheit, doch sie ist verschwendet. Als Tochter meines Vaters würde ich es nicht wagen, ein einmal gegebenes Versprechen zu brechen.« Eine Anspielung auf die beinahe verweigerte Unterstützung in Balezan. Dass sich Jamalies Gesichtsausdruck dabei verhärtete, gab ihr zusätzlichen Aufschwung. »Der Prinz steht seinem tadellosen Ruf außerdem in keiner Weise nach, und ich schätze mich glücklich, bald seine Frau werden zu dürfen. Vor allem nach seinem rührenden Beistand heute Morgen.«

Die Königin daran zu erinnern, dass sie sich heute – mithilfe beider Prinzen – gegen ihren Willen durchgesetzt hatte, war vielleicht nicht die klügste Vorgehensweise. Doch es fühlte sich gut an.

»Wie schön, dass Euch die Position als Prinzessin von Kree zusagt«, erwiderte Jamalie und ließ es wie einen Vorwurf klingen. »Sie wird Euch mehr Ansehen verschaffen als Eure Herkunft, dessen könnt Ihr Euch sicher sein. Aber lasst Euch nicht blenden: Ihr werdet niemals wahrhaft hierhergehören.«

Elayne schwankte dazwischen, angsterfüllt zurückzuweichen und laut loszulachen. Welche Kluft zwischen ihrer Herkunft und ihrem zukünftigen Rang lag, überstieg mit Sicherheit die Vorstellung der Königin.

Zum Glück ließ sie sich von dieser arroganten Bemerkung nicht entrüsten. »Seid unbesorgt. Ich möchte nur meine Pflicht erfüllen und Eurem Sohn eine gute Ehefrau werden.« Genau das war es doch, was von ihr erwartet wurde. »Wenn Ihr erlaubt, sehe ich mich jetzt etwas in Eurem bezaubernden Garten um.«

»Gewiss.« Mit einem Nicken in Richtung ihrer Hofdamen entließ Jamalie sie aus dieser unangenehmen Unterhaltung und setzte sich ihrerseits in Bewegung. Im Vorbeigehen fügte sie allerdings noch hinzu: »Ich rate Euch, draußen nicht mit Essen in der Hand herumzulaufen. Es lockt Vögel an und die werden sich nicht scheuen, es Euch zu stehlen.«

Elayne biss sich ertappt auf die Unterlippe. *Oh. Sie hat es bemerkt.*

Auch Milly fasste sich an den Rock, wo zwei oder drei weitere Teigbällchen in den Taschen ruhten. Die beiden Mädchen schauten der Königin hinterher, bis sie wieder aufatmen durften.

Den Garten konnten sie gar nicht schnell genug erreichen. Zum Glück hatte Milly beschlossen, sie zu begleiten. Als Elayne endlich den Wind auf ihrer Haut spürte, fühlte sie, wie sich ein Knoten in ihrem Inneren löste. Je weiter sie sich vom Palast entfernten, desto weniger Gesellschaft hatten sie, und bald blieben ihr die höflichen Begrüßungen Adliger und das Starren der Bediensteten erspart.

Was man seit ihrer Ankunft wohl über sie tuschelte? Zu einem anderen Zeitpunkt würde sie Milly fragen, was sie bei der Arbeit an Gerede über sie aufschnappte. Ob sie eine überzeugende Prinzessin abgab oder ob sie jemand für die Hand des zweiten Prinzen unwürdig hielt. Nun jedoch wollte sie einfach nur die Natur und die Ruhe genießen, während sie sich umsah.

Einen Teil des Gartens kannte sie ja bereits. Deshalb zog es sie diesmal in die entgegengesetzte Richtung des Gewächshauses, in dem sie sich erst vor ein paar Stunden mit Darian getroffen hatte. Die Erinnerung daran kitzelte sie im Nacken, obwohl sie gezwungenermaßen beschlossen hatte, dem Prinzen zu vertrauen.

Lautes Vogelgezwitscher und das Summen der Bienen begleiteten sie auf ihrem Weg. Dazu mischte sich Millys Lobgesang auf den süßen Teig, während Elayne ihr eigenes Bällchen kostete. Den einen oder anderen Krümel ließ sie absichtlich auf der Erde zurück, damit auch die ach so diebischen Vögel etwas davon hatten.

Gerade war der letzte Bissen in ihrem Mund verschwunden, als sich die unebene Mauer vor ihnen auftat, die den Palast mitsamt dem Garten umschloss. Herausgebrochene Steine, die hier und da Löcher hinterlassen hatten, lagen zu ihren Füßen verteilt. An einer Stelle war das Mauerwerk vollständig in sich zusammengefallen – gerade so weit, dass ein Mensch hindurchpasste. Dahinter reihten sich Olivenbäume nebeneinander, verdichteten sich schnell zu dem Wald, den sie schon von ihrem Balkon aus bewundert hatte.

»Lass uns umdrehen«, schlug Milly vor und war bereits im Begriff, wieder kehrtzumachen.

Doch die Bäume auf der anderen Seite zogen Elayne in den Bann und sie blieb, wo sie war. Rauschend und raschelnd zog der Sommerwind durch die Äste, brachte die zartgrünen Blätter zum Tanzen.

Ehe sie wusste, was sie tat, stieg sie über das am Boden liegende Geröll und die Überreste der Mauer durch den Spalt. Warum nicht ihren Rundgang an einem noch ruhigeren Ort fortsetzen?

»He! Was machst du denn?«

Sie nahm wahr, wie Milly ihr hinterherkletterte, hörte ihren Protest, aber ihre Aufmerksamkeit gehörte ganz und gar dem Wald um sie herum. Die Baumkronen warfen große Schatten, die vor der Hitze schützten. Zwischen ihren Blättern funkelten Lichtflecken wie Edelsteine. Das Zwitschern der Vögel erklang hier etwas lauter, vermischte sich mit dem Wind in den Bäumen zu einer sanften Melodie.

»Hast du vom Palast aus nicht gesehen, wie groß dieser Wald ist?«, meldete sich Milly plötzlich ganz dicht neben ihr. »Gehen wir zurück, bevor wir uns noch verlaufen.«

Elayne schüttelte entschieden den Kopf. Sie hatte schließlich nicht vor, sich tiefer als ein paar Schritte hineinzuwagen. Die Abgeschiedenheit, die dieses Fleckchen Erde ausstrahlte, gab ihr das, was sie erst nach draußen gelockt hatte. Sie würde erst wieder gehen, wenn sie den Moment voll ausgekostet hatte.

Um die Endgültigkeit ihrer Entscheidung zu unterstreichen, suchte sie sich einen Baumstamm, der wie eine bequeme Rückenlehne aussah, und setzte sich davor ins spärliche Gras. Dann klopfte sie mit der flachen Hand auf den Platz neben sich.

Milly verzog das Gesicht.

»Komm schon. Nur für einen Augenblick!«

Sie schien etwas erwidern zu wollen, wurde jedoch von einem lauten

Knacken aufgeschreckt. Auch Elayne versteifte schlagartig und blickte sich um. »Ist da jemand?«

Die Antwort erhielten sie unerwartet schnell, als eine junge Frau mit hüftlangen, zu mehreren Zöpfen verfilzten Haaren hinter einem Stamm hervortrat. Statt eines Kleides hatte sie weite Hosen und ein kurzes Oberteil an. Auch sonst hatte ihre Erscheinung nichts mit den kreeschen Höflingen zu tun. Vor allem der Streifen, der mit roter Farbe auf ihr Kinn gemalt war, vom unteren Rand ihrer Lippe bis hinunter zum Schlüsselbein, fiel ins Auge.

Elayne starrte sie wie versteinert an, Milly quiekte entgeistert auf.

»Habt keine Angst vor mir. Ich bin nur eine wandernde Seele, die es ab und an in die Nähe des Palasts zieht«, sagte die Frau mit einer Stimme weich wie Daunen.

Als sie näherkam, fiel Elayne wieder ein, wie man sich bewegte, und sie erhob sich. »Wer bist du?«

»Fenella.«

»Ein schöner Name.«

Fenella lächelte ein ebenso schönes Lächeln. »Danke. Er bedeutet *erdverbunden* in einer sehr alten Sprache.«

»Meiner lautet Ophenia.« Was er bedeutete, wusste sie nicht. Etwas unbeholfen zeigte Elayne auf ihre Begleitung, die den Eindruck machte, als ergreife sie jeden Moment die Flucht. »Und das ist Milly.«

Ohne sie aus den Augen zu lassen, legte Fenella den Kopf schief. »Dann bist du die Prinzessin aus dem Osten?«

Bei dieser Feststellung schnappte Milly nach Luft. »Rede gefälligst respektvoll mit ihr! Sie ist eine echte Prinzessin!«

»Schon in Ordnung.« Elayne hob beschwichtigend die Hände. *Meine Echtheit hätte sie nun wirklich nicht erwähnen müssen.*

Doch Fenella wirkte unerschüttert. »Stört euch nicht an meinen Umgangsformen. Unter Blätterdächern kümmert sich keiner um Rang oder Förmlichkeit.« Sie lächelte strahlend, bevor sie direkt vor Elayne trat. »Du siehst genauso eigenartig aus, wie ich es mir vorgestellt habe.«

Eigenartig? Sollte das ein Kompliment oder eine Beleidigung werden? Schlechte Absichten schien diese Person nicht zu haben. Sie strahlte eine sanfte Ausgeglichenheit aus. Selbst wenn oder gerade aus dem Grund, dass ihr das höfische Verständnis von Respekt offensichtlich nichts bedeutete.

»Aber deine Energie ... Die ist anders als in meinen Träumen.«

»Meine Energie?« Elayne warf einen hilfesuchenden Blick an Fenellas Schulter vorbei zu Milly, die noch immer wie ein wachsames Tier dastand. »Was bedeutet das?«

»Sie schlägt ihre Wellen in alle Himmelsrichtungen. Wirklich selten, sehr faszinierend«, fuhr die Waldfrau fort – möglicherweise war das die Erklärung – und musterte sie, wie sie selbst vorhin die noch warme Teigspeise angeschaut hatte. »Dir offenbart sich die Welt in ihrer ganzen Schönheit, nicht wahr?«

»In deinem Land gibt es vieles zu bewundern«, murmelte Elayne, die nicht recht wusste, was damit gemeint war. Da ihre Worte nicht wie ein leeres Kompliment klingen sollten, fügte sie ehrlich hinzu: »Dieser Wald hat Milly und mich mit seiner Ruhe magisch angelockt. In Balezan wachsen keine Oliven. Ich kenne sie nur aus Büchern. Aber dass sie so groß werden können, habe ich nicht geahnt. Auch vorhin, da habe ich eine große rote Libelle gesehen. Bei uns sind sie meistens blau und viel –«

»Eine rote Libelle?«

Sie nickte, unsicher, ob das nun etwas Ungewöhnliches war.

»Du steckst voller Überraschungen. Schade, dass wir uns wieder verabschieden müssen.«

»Was, schon? Ich verstehe nicht ...«

Auf Fenellas Gesicht machte sich ein geheimnisvolles Lächeln breit. »Du kannst mich jederzeit besuchen, *Neema*.«

Dann drehte sie sich um und verschwand so schnell zwischen den Bäumen, wie sie aufgetaucht war.

Neema. Schon wieder dieses Wort.

Elayne sah ihr nach, völlig durcheinander, bis Milly an ihrem Ärmel zupfte und damit ihre Beachtung forderte.

»Gehen wir zurück auf die sichere Seite der Mauer. Bevor uns noch mehr Verrückte über den Weg laufen.«

Obwohl ein Gefühl ihr sagte, dass Fenella durchaus bei klarem Verstand war, ließ sie sich mitziehen und kletterte wieder durch den Spalt. Aus dem Garten warf sie noch einen letzten Schulterblick in den Wald. Sie fragte sich, wie es Nia damit ergangen wäre, in so kurzer Zeit all diese verwirrenden Bekanntschaften zu machen. Wie gern würde sie jetzt mit ihr darüber sprechen. Sie und Milly redeten kein Wort mehr miteinander, während der Abend über sie hereinbrach und sie vorbei an Palmen und Sträuchern auf die Tore des Palasts zu schlenderten. Noch bevor sie dort ankamen, erklang rasantes Hufgetrappel hinter ihnen und ließ sie herumfahren.

Nach dem ganzen Schrecken, den der Tag ihr schon bereitet hatte, fürchtete Elayne einen Boten mit einer weiteren schlechten Nachricht im Anmarsch. Derjenige, den sie auf einem Pferd angaloppieren sah, war allerdings niemand Geringeres als der Kronprinz. Der Abendhimmel tauchte seine Gestalt in warmes Gold und sie erlaubte diesem Bild, sie für einen langen Atemzug gefangen zu nehmen.

Darian musste sie erkannt haben. Er ritt geradewegs auf sie zu, hinter ihm und ebenfalls zu Pferd ein anderer Mann im selben Alter. Ein wenig nervös senkte sie zur Begrüßung den Kopf, Milly ging neben ihr in eine tiefe Verbeugung und verabschiedete sich dann, um ihre Aufgaben im Palast wieder aufzunehmen.

Als Elayne aufsah, war der andere Mann zu den Stallungen abgebogen. Der Prinz aber stand direkt vor ihr. Ohne den Blick von ihr abzuwenden, rutschte er aus dem Sattel und tätschelte seinem Pferd den Hals. Es schnaufte und Elayne wich zurück.

»Keine Angst vor Dangus. Er mag grimmig aussehen, aber sein Herz ist am rechten Fleck«, scherzte Darian, streichelte dem Hengst über die Blässe.

Elayne nickte zwar, doch achtete weiterhin darauf, dass möglichst viel Abstand zwischen ihr und dem unberechenbaren Tier blieb. »Wart Ihr auf einem Ausritt oder sind Banditen im Spiel?«

Sie entschied sich bewusst für eine respektvolle Anrede, falls jemand ihre Unterhaltung aufschnappte. Als *Elayne* hatte sie ihn bereits etwas besser kennenlernen können, aber zwischen ihm und *Ophenia* bestand nach wie vor ein ausgewählt höfliches Verhältnis.

»Mein Vorhaben war weniger gefährlich als Ihr vermutet, aber deshalb nicht minder spektakulär«, ging er darauf ein. »Mein Freund Tazriel, dessen Name Euch bekannt sein dürfte, hat mich heute ans Meer begleitet.«

Dann war der andere Mann eben also derjenige, der über sie Bescheid wusste.

Dieser Teil seines Satzes sollte sie eigentlich am meisten interessieren, trotzdem sorgte ein anderer dafür, dass ihre Stimme sich überschlug. »Das

Meer? Ihr seid dort gewesen? Habt Ihr Wasser bis zum Horizont gesehen, und hat es Wellen geschlagen?«

Ein Lächeln zog sich von Darians Mundwinkeln bis in seine Augen. »Genauso war es. Und ich stelle mit Freuden fest, dass ich mit meiner Vermutung richtig lag, es würde Euch dort gefallen.« Kurz darauf begann er, an seiner Gürteltasche zu nesteln. Er kramte einen kleinen Gegenstand heraus, den er in ihre Hände legte. »Hier. Es ist nichts Besonderes, nur ein winziges Willkommensgeschenk. Werft es weg, wenn Ihr keine Verwendung dafür habt.«

Elayne begutachtete den Schatz auf ihrer Handfläche, fuhr mit den Fingern über seine glatte Oberfläche. Sie konnte sich nicht erinnern, jemals ein so schönes Farbenspiel auf einem Stein gesehen zu haben. Vor allem aber hatte sich noch niemals jemand, der gerade erst in ihr Leben getreten war, die Mühe gemacht, sie mit einem Mitbringsel zu beschenken. Sie wusste nicht, was sie sagen sollte.

»Danke«, brachte sie schließlich hervor und es kam aus ihrem tiefsten Innern.

»Ihr müsst Euch nicht bedanken. Es ist ja bloß ein Stein.«

»Er ist wunderschön und außerdem ein Geschenk. Ich werde ihn aufbewahren«, widersprach sie entschieden. »Und nächstes Mal nehmt Ihr mich mit, wenn Ihr Euch das Meer anseht.«

»Versprochen.« Einen Moment lang wurde Darians Blick unergründlich, dann lächelte er wieder wie zuvor. »Ihr habt ein Talent dafür, mir Versprechen zu entlocken, Prinzessin.«

Damit brachte er sie zum Grinsen, schelmisch und unbeschwert. Wie hätte sie bei ihrem allerersten Gartenspaziergang ahnen sollen, dass sie über jemanden stolpern würde, mit dem zu reden sie in solche Leichtigkeit versetzte?

Leider währte sie nicht lang, denn eine unliebsame Ahnung drängte sich in den Vordergrund. Jemand beobachtete sie.

19

D as hat er schon immer gern getan. Dir wegnehmen, was dein ist.«
Alesander hatte seine Mutter nicht kommen hören und wusste
nicht, wie lange sie schon neben ihm am Fenster stand. Als ihre
Stimme an sein Ohr drang, schreckte er zusammen.

»Ich weiß nicht, wovon du sprichst«, erwiderte er gespielt gelassen.

Sie sollte nicht wissen, wie sehr ihn der Ausblick in den Garten, oder vielmehr auf zwei bestimmte Menschen dort unten, eingenommen hatte. Er
zwang sich, wegzusehen, und wandte sich stattdessen der Königin zu.

In einem langen Gewand aus roter und schwarzer Spitze stand sie an seiner
Seite, schaute mit malmendem Kiefer nach draußen. »Wenn Darian nur
halb so viel Rücksicht für dich aufbringen würde wie du für ihn, könnte ich
ruhiger schlafen. Aber wir wissen beide, dass die einzige Person, deren Wohl
ihn interessiert, er selbst ist. Gib dir also keine Mühe, deine Enttäuschung zu
verbergen. *Es ist dein Recht, wütend zu sein.*«

»Ich bin nicht wütend.«

»Er verfolgt deine Verlobte wie ein Entenjunges seine Mutter.« Sie trat
einen Schritt näher und legte liebevoll eine Hand an seine Wange. »Siehst
du nicht die Gier in seinen Augen? Wie er damit alles verschlingt, das für
dich bestimmt ist? Nun verschlingen sie auch das Mädchen, das rechtmäßig
dir gehört.«

Alesander bemühte sich, ruhig und gleichmäßig zu atmen. Seit dem Eklat
im Thronsaal heute Morgen hatte er sich hier in seinen Gemächern zurückgezogen. Allen voran war es Ophenia gewesen, der er aus dem Weg gehen
wollte. Selbst als er sie vor seiner Tür seinen Namen rufen gehört hatte, war er
versteckt geblieben. Bis jetzt wusste er nicht, wie er ihr unter die Augen treten
sollte. Nicht, nachdem sie ihn so kümmerlich und unfähig erlebt hatte. Wie

es aussah, fiel es ihr nicht schwer, einen Ersatz zu finden. Zum zweiten Mal heute nutzte Darian die Situation schamlos aus.

Der gewohnte Druck auf Alesanders Brust breitete sich aus, wanderte höher wie eine unsichtbare Hand, die sich an seine Kehle legte und fest zudrückte. Die Kreatur aus Dunkelheit und Neid, die in seinen Gedanken lebte, witterte wieder ihre Chance, ihn zu brechen. Nichts davon ließ er sich anmerken und doch spürte er, wie sein innerer Widerstand nachließ.

Es ist dein Recht, wütend zu sein.

Jamalies Worte sickerten in sein Herz und setzten sich dort zu der Wahrheit zusammen, die er seit seiner Kindheit nicht loswurde.

Niemand am Hof scherte sich wirklich um ihn. Jamalie mochte eine Ausnahme sein, nur reichte die Liebe seiner Mutter nicht aus, um die seines Vaters, seines Bruders und eines ganzen Volkes zu ersetzen. Wem er auch begegnete, sie alle blieben hinter einer Verbeugung und einem falschen Lächeln versteckt. Keiner bemühte sich je, den Menschen hinter dem Prinzentitel verstehen zu lernen. Damit hatte er sich schon vor langer Zeit abgefunden, es verletzte ihn nicht mehr. Aber dass nicht einmal sein eigener Bruder wahres Interesse zeigte, konnte er nicht hinunterschlucken. Niemals.

Darian war der Schlimmste von allen. Der strahlende Sohn. Der perfekte Thronfolger. Der größte Heuchler. In Gegenwart ihrer beider Eltern sprach er von Familie und spielte den älteren Bruder. Doch sein Herumtänzeln um Ophenia erinnerte Alesander nur daran, wie wenig er ihm bedeutete.

»Ihn kümmert nicht, wen er auf seinem Weg zertrampelt«, sprach er seinen Gedanken laut aus, ohne sich dessen bewusst zu sein.

»Nein, das tat es nie und wird es auch in Zukunft nicht. Sitzt er erst an Stelle deines Vaters auf dem Thron, wird ihn nichts mehr davon abhalten können, dich all deiner Privilegien zu berauben«, schlug das Bild, das seine Mutter mit ihren Worten malte, Wurzeln in seinem Kopf. »Und mir wird es noch schlechter ergehen. Schließlich hat er keinen Funken Respekt für mich übrig, seit er die Vergangenheit kennt.«

Abwesend und dennoch so klar im Kopf, wie er es schon viel zu lange nicht mehr gewesen war, nickte Alesander. »Noch ist er nicht König.« Das zu sagen, fühlte sich befreiend an. Es nahm den Druck von seiner Lunge. »Wir müssen uns weder vor ihm verneigen noch hergeben, was uns gehört. Er soll wissen, dass die Sonne nicht allein für ihn aufgeht.«

Sich der Kreatur zu widersetzen, war ermüdend, ihr Kontrolle zu gewähren, so viel einfacher.

Die vier Pfeiler der Energie

Mit geschlossenen Augen sehen.
Mit offenem Herzen begreifen.
Mit reinem Vertrauen leiten.
Mit ganzer Seele fühlen.
– Aus *Wissen aus dem alten Land*

20

An einem anderen Tag wäre Darian von General Erald unterwiesen worden, um sein strategisches Können zu festigen. Oder sein Vater hätte seine Fertigkeiten im Umgang mit Pfeil und Bogen auf die Probe gestellt. An diesem Morgen befand sich der General jedoch auf der Reise nach Balezan, und Phelius hatte Darian zu seinem Schwertmeister geschickt. Das grundlegende Studium der Schwertkunst hatte er bereits drei Winter zuvor abgeschlossen – als Bester unter den adligen Jungen seines Alters –, doch nur wer regelmäßig eine Waffe führte, blieb geübt darin. Außerdem konnte man niemals zu gut in einer Sache sein, so erinnerte ihn Meister Hudon gern. Nicht dass das nötig wäre. Schließlich liebte er die Übungsstunden im Innenhof, das ehrfürchtige Schweigen der Zuschauer, wenn er seinen Meister besiegte, und seine eigene Ehrfurcht, wenn er gegen ihn verlor. Hudon beherrschte viele Taktiken und selbst als sein bester Schüler vermochte Darian nicht alle davon im Kampf vorherzusehen.

Gerade wollte er um die Ecke in den Gang biegen, der in den Innenhof führte, da versperrte ihm jemand den Weg. Er grinste, als er seinen jüngeren Bruder erkannte.

»Sander! Hier bist du – ich hab dich beim Frühstück vermisst und glaubte schon, du kämst gar nicht mehr hinter deinem Schreibtisch hervor.«

Auf seinen Versuch hin, ein lockeres Gespräch zu beginnen, zeigte Alesander keinerlei Regung. So verliefen die meisten ihrer Zusammentreffen. Jedes Mal versuchte Darian, die Tatsache, dass sie trotz ihrer Blutsbande von Brüderlichkeit weit entfernt waren, zu übergehen, und jedes Mal versagte er. Etwas stand zwischen ihnen, hatte schon immer da gestanden. Benennen konnte er es nicht, doch es fühlte sich an wie ein unsichtbarer Wall, den weder Worte noch Berührungen je durchdringen würden.

»Willst du mich zu Meister Hudon begleiten? Ich könnte dir ein paar Handgriffe mit dem Schwert zeigen«, setzte er zu einem weiteren Versuch an, darum bemüht, seine Verunsicherung zu verschleiern. »Du könntest natürlich auch einfach nur zusehen. Ich weiß ja, du ...«

»Der Unterricht findet nicht statt«, unterbrach ihn sein Bruder trocken. »Ich hörte eben, dein Meister wird anderswo gebraucht. Zwei seiner Schüler haben sich darüber unterhalten. Zum Glück treffe ich dich hier und kann es dir sagen, bevor du umsonst auf ihn wartest.«

Darian stockte. Dass er auf seine Übungen verzichten sollte, bedauerte er ehrlich. Aber viel bedeutsamer war ihm Alesanders kleine Geste der Wertschätzung.

Zum Glück, hatte er gesagt und dass er ihm das Warten ersparen wollte. Anscheinend gab es doch so etwas wie Brüderlichkeit zwischen ihnen – vergraben, jedoch nicht verloren.

»Ich ... Nun ... Danke.« Verlegen rieb sich Darian den Nacken. »Wie wäre es dann, wenn wir gemeinsam in die Stadt reiten? Ein Gasthof dort verkauft jetzt Wein, der nach Mutter benannt wurde. Im richtigen Licht soll er nämlich wie ein Rubin schimmern. Eigentlich wollte ich ihn mit Taz probieren. Aber wenn du gerade Zeit hast, könnten wir – «

»Verlockend.« Alesander hob die Hand, um seinen Redeschwall aufzuhalten. »Leider muss ich ablehnen. Wirklich schade, doch ich habe noch viel zu erledigen. Halte du dich an deine Verabredung mit Tazriel und dann berichte mir, ob dieser Wein dem Namen unserer Mutter gerecht wird.«

Darian räusperte sich. Wie seltsam, dass er das Gewicht der Enttäuschung spürte. Dabei hatte er die Hoffnung auf Zweisamkeit mit seinem Bruder schon vor Jahren aufgegeben. Natürlich würde es Taz sein, mit dem er den Gasthof besuchte. Es war immer Taz, und im Grunde genügte das auch.

»Gern. Das werde ich«, gab er zurück und trat beiseite, um Alesander vorbeizulassen. Er sah ihm noch nach und dachte: *Ein kurzes, aber wenigstens ein gutes Gespräch.*

Dann raffte er sich zusammen und beschloss, seinen Freund mit einem Besuch zu beehren. Immerhin wurde ihm überraschend ein ganzer Vormittag geschenkt.

Die Zeit war nur so dahingeflogen. Noch immer benetzte das herbe Aroma des Weins Darians Zunge, als er Dangus ein letztes Mal über den Hals streichelte und die Stallungen verließ. Taz war bereits vorgegangen – oder vielmehr getorkelt, denn er schaffte es kaum, einen Fuß vor den anderen zu setzen. Dagegen wirkte er selbst fast schon nüchtern, obwohl auch er wahrscheinlich einen Schluck zu viel genossen hatte.

Beim Betreten des Palasts begrüßten ihn die Wachmänner respektvoll und eine Gruppe adeliger Damen verfiel in Gekicher, als er an ihnen vorbeikam. Eigentlich zog es ihn in seine Gemächer. Er könnte sich etwas zu Essen bringen lassen und ein wenig seinen Rausch ausschlafen. Doch bevor er einen Schritt in eben diese Richtung setzen konnte, wurde er aufgehalten.

»Eure Hoheit.«

Leicht schwankend drehte er sich zu Borgwen um, der ruhelos am obersten Knopf seiner Jacke herumnestelte. Darian fragte sich, ob es am Wein lag oder ob der gute Mann tatsächlich so blass aussah.

»Ich muss Euch bitten, mit mir zu kommen. Euer Vater wünscht, Euch zu sprechen.« Nach einer kurzen Pause, in der er überall hinschaute außer in Darians Gesicht, fügte er hinzu: »Er ist zornig.«

Darian blieb keine andere Wahl, als Borgwen zu folgen. Innerlich verfluchte er sich dafür, über seinen Durst hinaus getrunken zu haben. Es war nicht so, dass er sich vor seinem Vater fürchtete. Doch wie sollte er ihm auf Augenhöhe gegenübertreten, solange der Alkohol seinen Kopf benebelte?

Der König erwartete ihn in seinen eigenen Gemächern – den prächtigsten im ganzen Palast. Am Ende der Tafel, die mit Obst und verschiedenen Sorten zubereiteten Fisches gedeckt war, saß er in einen Stuhl gelehnt. Die Augen hielt er zusammengekniffen, als denke er angestrengt über etwas nach.

Sobald Darian den prunkvoll eingerichteten, mit goldenen Leuchtern und Samtvorhängen bestückten Raum betrat, zog Borgwen sich mit einer Verbeugung zurück. Die schwere Holztür wurde ins Schloss gezogen, dann blieb es eine Weile still.

Phelius sah seinen Sohn noch immer nicht an und dieser wusste nicht recht, ob er seinerseits das Wort ergreifen sollte. Schließlich regte sich der König endlich, gab ein tiefes Grummeln von sich, bevor sein Blick den Prinzen durchbohrte.

»Wo warst du?«

In Situationen wie diese geriet Darian nur selten und er wusste es zu schätzen, dass sein Vater meist voller Stolz und Achtung mit ihm sprach. Natürlich gab es auch Ausnahmen. Besonders seit er sich im Jungenalter mit Taz angefreundet hatte. Mit ihm hatte er schon damals gern die Konsequenzen waghalsiger Ideen vergessen und dadurch auch die einschüchternde Seite des Herrschers von Kree besser kennengelernt. Phelius' Tage als Eroberer und Kriegsheld mochten gezählt sein, aber wenn er einmal wütend war, konnte er die Luft um sich förmlich zum Glühen bringen.

Darian war nicht klar, mit welchem Fehler er sich solchen Zorn zugezogen hatte. Deshalb senkte er das Kinn und wahrte so viel Haltung, wie seine Trunkenheit zuließ. »In der Stadt, Vater.«

»Dann gibst du also zu, dass du deine Pflichten vernachlässigst. Ich habe dich zu einem Anführer erzogen, aber für so unverfroren hätte ich dich nicht gehalten.«

Worum ging es hier? Er verstand gar nichts und durch den Wein verwirrte ihn dieser ganze Moment noch mehr.

»Von welchen Pflichten sprichst du? Ich würde niemals – «

Der König schlug seine Faust mit einer Wucht auf den Tisch, die sämtliches Gedeck darauf zum Poltern brachte. »Bei all dem Freiraum, den ich dir lasse, solltest du mehr Respekt aufbringen, Sohn! Deine Arroganz gefällt mir nicht. Für sie ist auf dem Thron kein Platz. Hast du denn noch nicht begriffen, dass selbst der talentierteste Krieger besiegt werden kann, wenn er sich selbst überschätzt?«

»Vater, Ihr seid im Recht mit dem, was Ihr sagt. Sicher bin ich nicht immer der Erbe, den Ihr Euch wünscht, und ich habe noch viel zu lernen«, ging Darian darauf ein, hart von dieser Unterstellung getroffen. »Nur bitte sagt mir, welche Pflicht es ist, die ich Eurer Meinung nach missachtet habe.«

»Still!«

Ein Teller flog quer durch den Raum und zerschellte neben Darian an der Wand. Das Geräusch ließ ihn heftig zusammenzucken und sorgte dafür, dass er beinahe das Gleichgewicht verlor.

»Hältst du mich für blind? Glaubst du, ich sehe nicht, auf welche Weise du dir die Zeit vertreibst? Ich weiß genau, wo du heute warst. Mit Aurels Herumtreiber von einem Sohn hast du deinen Verstand in Wein ertränkt, und wer weiß, wie du dich noch vergnügt hast, statt dich meinem Erbe angemessen zu verhalten!« Schwer atmend vor Rage, starrte Phelius ihn an. »Aber du wirst schon sehen. Ich bringe dir bei, wie man die Verantwortung für ein Reich trägt.«

Darian wollte antworten, sich verteidigen, doch der Protest blieb ihm im Hals stecken. Die niederschmetternden Worte seines Vaters lösten ein Schwindelgefühl in ihm aus. Aus Schwindel wurde Übelkeit und seine Stimme versagte ihm.

Dieser elende Wein, schimpfte er stumm, ärgerte sich aber eigentlich bloß über sich selbst.

Bedächtig erhob sich Phelius von seinem Stuhl, um auf ihn zuzuschreiten und sich direkt vor ihm aufzubauen. Selbst ohne die große, kräftige Statur und das ausladende Gewand, dessen schillernde Ornamente seine Macht repräsentierten, hätte dieser Mann eine unglaubliche Präsenz gehabt.

»Während du heute deinen Gelüsten gefrönt hast, bot sich mir die Gelegenheit, noch einmal über den Einfall deiner Mutter nachzudenken.« Die Stimme nun gesenkt, drängte er Darian nur mehr zurück in die Rolle eines Kindes, das den Tadel für einen Streich über sich ergehen ließ. »Da Erald bereits mit einer Vielzahl an guten Männern vorausgeritten ist, sollte die größte Gefahr bereits beseitigt sein, sobald du eintriffst. Ich sehe also keinen Grund, dich nicht in seine Obhut zu geben. In Wahrheit kann ich mir keine bessere Art vorstellen, dich echte Strategie zu lehren. Es gibt eben Dinge, die ein Mann am eigenen Leib erfahren muss, um sie zu verstehen.«

Bald würde sich Darians Magen überschlagen. Der Alkohol und die Grausamkeit hinter den Worten seines Vaters rumorten darin herum. Er sollte den Soldaten an die balezanische Grenze folgen? Er sollte kämpfen – nicht nur gegen seinen Meister oder gegen eine Handvoll Banditen, sondern gegen einen vollbewaffneten, ausgebildeten Feind. Noch wagte er zu hoffen, dass er sich diese Wendung der Unterhaltung bloß einbildete. Vielleicht war ihm der Wein nur zu sehr zu Kopf gestiegen.

Diese Hoffnung wurde jäh zerschlagen, als sein Vater ihm den Rücken zudrehte und sagte: »Geh jetzt. Borgwen ist schon dabei, alles vorzubereiten. Du wirst heute noch abreisen.«

Es war zu überwältigend: der Schock, der Rausch. Unfähig, sich an irgendeinem Gedanken festzuhalten, stolperte der Prinz aus den königlichen Gemächern, um sich allein im Gang zu übergeben.

Wenige Stunden danach machte sich eine Gruppe kreescher Soldaten bereit, nach Osten zu ziehen und sich General Erald anzuschließen. Die Pferde standen gesattelt in einer Reihe, Taschen wurden mit Vorräten gefüllt und Waffen umgeschnallt. Dangus, der schneeweiße Hengst, scharrte nervös mit den Hufen. Von dem Morgen im Gasthof blieben Darian lediglich Kopfschmerzen und der Wunsch zu schlafen. Zu schlafen und nicht ins Ungewisse zu reiten, um zu töten oder getötet zu werden.

Vater würde mich nicht schicken, wenn er wirklich um mein Leben fürchtete, wollte er sich selbst ermutigen. Doch es blieb ein schwacher Trost.

Auf irgendeine Weise hatte er den König enttäuscht und nun musste er einem Befehl Folge leisten, der in Wut ausgesprochen worden war. Wer wusste schon, wie es um sein Leben stand.

21

Sie waren in Gefahr.
Das balezanische Volk an der Nordgrenze.
Gondrick.
Darian.

Elaynes Gedanken kreisten um die Menschen in ihrer Heimat, die sich gegen die Mörder und Plünderer verteidigen mussten, und landeten immer wieder bei dem älteren Prinzen. Weshalb hatte König Phelius seine Meinung geändert und seinen eigenen Sohn in den Kampf geschickt? Sie hoffte inständig, es möge daran liegen, dass er auf die Stärke der kreeschen Soldaten vertraute. Dass dies ein Zeichen dafür war, dass ihre Angst bald ein Ende fand. Dass es bedeutete, der General und der Prinz würden wohlbehalten zurückkehren.

Nachdem Darian gestern mit ein paar anderen Männern nach Osten geritten war und sie kurz darauf durch Milly davon gehört hatte, war sie aufgesprungen und zu Alesander gestürmt. Bis jetzt wusste sie nicht, was sie zu ihm getrieben hatte: der Wunsch, getröstet zu werden, oder der, Trost zu spenden. Als sein Bruder musste er sich schließlich umso mehr sorgen. Ihr Verlobter hatte sie allerdings unumwunden wieder fortgeschickt, sie dabei kaum angesehen. Auch von ihrem arrangierten Treffen am Nachmittag hatte er sich bereits entschuldigt. Ihm sei etwas Dringliches dazwischengekommen. Dennoch waren ihr seine geröteten Augen nicht entgangen. Wenn Alesander sich mit der Sorge um seinen Bruder lieber allein zurückzog, musste sie das akzeptieren. Auch sie selbst war oft lieber allein. Die Stille half ihr, ihre Gedanken zu ordnen und neue Kraft zu sammeln. Zog sie sich nicht hin und wieder zurück, wuchs die Welt ihr über den Kopf. Aber jetzt gerade wünschte sie sich Gesellschaft. Sie wünschte sich Ablenkung von ihren eigenen Gedanken. Denn die kehrten immer wieder zu der einen elenden

Tatsache zurück: Sie konnte nicht eingreifen, konnte niemanden retten.

Um sich zu beschäftigen, blätterte sie in *Wissen aus dem alten Land*. Doch die handgeschriebenen Worte auf den Seiten blieben genau das, wollten in ihrem Kopf einfach keine zusammenhängenden Sätze ergeben. Sonst nutzte sie gern die ungestörte Zeit und erfuhr mehr über die Legenden ihres Kontinents, die in dem Buch zusammengetragen worden waren. Aber jetzt gerade brauchte sie etwas anderes. Jemanden.

Leider hatte Milly keine Zeit für sie, Keira musste ihrem Vater aushelfen und Phaerys war in die Palaststadt gefahren, um neue Stoffe zu kaufen. Außer den dreien und Alesander gab es niemanden im Palast, den sie genug kannte, um seine Nähe zu suchen. Elayne war allein und einsamer als jemals zuvor.

Wenn sie hier drinnen nicht an ihrer Einsamkeit ersticken wollte, blieb ihr keine andere Wahl. Sie musste den einzigen Menschen aufsuchen, der ihr sonst noch einfiel.

So unauffällig wie möglich bewegte sie sich durch den Palast hinaus, erwiderte Begrüßungen und betete, sie möge diesmal nicht den Weg der Königin kreuzen. Das Glück war auf ihrer Seite.

Unbemerkt kletterte sie durch den Mauerspalt, der den Garten vom Olivenwald trennte, und da stand die Waldfrau an einen Baum gelehnt. Als sei sie niemals fort gewesen. »Ich wusste, du kommst mich besuchen.«

Wenig später saß Elayne neben ihr auf einem umgekippten Baumstamm, ließ die Beine baumeln und lauschte. Während im Hintergrund leise Blätter raschelten und Vögel zwitscherten, erzählte die Frau mit den verfilzten Zöpfen und der ungewöhnlichen Art von ihrem Leben. Sie sprach von ihrer Hütte im Schutz des Waldes, dem Essen, das sie sich selbst anbaute, und den Tieren, denen sie täglich begegnete. Fenella redete so vertraut und selbstverständlich mit Elayne, dass diese nicht anders konnte, als ebenfalls offen zu sein. Nicht gänzlich offen natürlich. Ihre wahre Identität ließ sie außen vor und auch ihre jüngst entstandene Freundschaft zu Darian. Doch sie nahm Fenellas einladendes Lächeln dankbar an und redete sich die Sorge um Balezan und den Kronprinzen von der Seele.

»Wie geht es deinem Verlobten damit?«, fragte die Waldfrau. »Mit der Abwesenheit seines Bruders?«

»Ganz sicher weiß ich das nicht«, gab Elayne nur ungern zu. »Aber er sah aus, als habe er geweint.«

Fenella seufzte und betrachtete die Baumkronen über ihnen. »Er tut mir leid, der jüngere Prinz. Er hat es nicht leicht.«

»Warum glaubst du das?«

Für einen Augenblick schwieg sie, schien zu überlegen. »Ich lebe vielleicht außerhalb der Mauern, aber nicht außerhalb der Welt. Du wirst seine Frau. Das heißt, du wirst bald erkennen, dass er zu weich für das Leben ist, das er führen muss.«

Diese Worte ließ Elayne auf sich wirken. Tatsächlich kannte sie Alesander noch nicht besonders gut und trotzdem gab sie Fenella instinktiv recht. Vielleicht hätte sie hartnäckiger sein und darauf bestehen sollen, ihm Gesellschaft zu leisten. Immerhin konnte es doch sein, dass er genau wie sie gerade jemanden zum Reden brauchte. Selbst wenn er vorgab, allein sein zu wollen.

»Kennst du Alesander?«, fragte sie.

»Ich erinnere mich an sein Gesicht.« Fenellas Züge wurden sanft. »Liebe wächst nicht über Nacht. Du lernst noch, die Gefühle des Prinzen zu lesen und ihm eine Ehefrau zu sein. Letztendlich ist nur wichtig, ob es auch das ist, was du willst.«

»Natürlich!«, platzte es aus Elayne heraus.

Doch schon im selben Moment fragte sie sich, weshalb sie nicht einfach ehrlich antwortete. Sie vertraute dieser Fremden, die den Wald ihr Zuhause nannte und der ein seltsames Gespür für alle möglichen Dinge zu eigen war. Nicht genügend, um ihren wahren Namen preiszugeben. Aber genug, um ihr Herz offenzulegen.

»Nein. Ja. Ich bin nicht sicher«, korrigierte sie schließlich. »Die Hochzeit ist arrangiert und dient dem Wohl meines Landes. Um mein Glück geht es dabei nicht. Das weiß ich und es stört mich nicht. Ich tue alles, was in meiner Macht steht, um mein Volk zu beschützen. Auch wenn das lächerlich wenig ist. Aber ... Aber das muss nicht heißen, dass ich Alesander nicht eines Tages lieben kann. Oder?«

Fenella löste ihren Blick von den Olivenzweigen und richtete ihn stattdessen auf Elayne. Ihr Ausdruck veränderte sich, wurde zuerst wehmütig, dann zufrieden.

»Ich denke, du bist die Richtige.«

Plötzlich fühlte Elayne sich beschämt. »Die Richtige?«

»Als Prinzessin von Kree. Du trägst etwas in dir, über das auf dieser Welt nur noch selten gesprochen wird.« Sie streckte sich gähnend, als könnte sie damit verdecken, dass sie schon wieder in Rätseln sprach.

»Was meinst du damit?«

»Es muss dir doch aufgefallen sein«, erklärte Fenella leichthin. »Dass du mehr siehst.«

Wovon sprach sie? Elayne wurde unwohl und gleichzeitig hing sie fasziniert an Fenellas Lippen. Nicht zuletzt deshalb, weil deren rätselhafte Art sie von ihren Sorgen ablenkte.

»Deine Energie – sie verrät mir, wer du bist. Bei jedem Menschen sieht sie anders aus, ist mal schwächer und mal stärker ausgeprägt. Deine umgibt dich wie das Licht die Sonne. Sie glüht hell und ihre Strahlen reichen so weit, wie ich es bisher bei niemandem sonst gesehen habe.«

Elayne brauchte einen Moment, um darüber nachzudenken. »Und was bedeutet das?«

»Es bedeutet, du besitzt eine Gabe. Eigentlich wohnt sie tief verborgen in jedem Einzelnen von uns. Nur ist sie bei dir viel näher an der Oberfläche.« Unvermittelt griff Fenella nach ihrer Hand, in ihren Augen stand Bewunderung. »Ich spüre, was für andere nicht einmal existiert. Aber du, Ophenia, bist *verbunden* mit einfach allem.«

Unwillkürlich erinnerte sich Elayne daran, dass Milly diese Frau als *Verrückte* bezeichnet hatte. Wäre sie jetzt hier, hätte es sie wohl restlos davon überzeugt. Aber Fenella wirkte nicht verrückt. Nur überzeugt von etwas, das Elayne noch nicht ganz einordnen konnte.

»Lass mich dir einen Rat geben«, fuhr die Waldfrau fort. »Höre auf deine innere Stimme. Immer. Durch deine Gabe weißt du, wem du vertrauen kannst, und du weißt es auch, wenn sich ein Sturm zusammenbraut.«

Dieser letzte Satz ließ Elayne erschaudern. Die Tage vor dem Beginn ihrer Reise hierher nach Kree kamen ihr in den Sinn. Die Biene, die auf Alesanders Brief herumgekrabbelt war, in dem er von Krankheit schrieb. Das eigenartige Bauchgefühl, das sie dabei überkommen hatte. Eine düstere Vorahnung war ihr danach gefolgt wie ihr eigener Schatten. So kurz vor Nias Tod. Und schon früher hatte sie solche Vorzeichen erlebt. Das Gesicht ihrer Mutter erschien ihr und weckte schmerzvolle Erinnerungen, denen sie lieber keinen Raum geben wollte.

Nicht jetzt.

135

»Nun schau nicht gleich so entsetzt! Das ist etwas Gutes, ein Geschenk.« Fenella ließ Elaynes Hand los und rutschte vom Stamm, um auf einen anderen Olivenbaum zuzugehen. »Für die meisten Menschen ist das hier ein einfacher Baum, unbedeutend und genau wie jeder andere seiner Art. Du dagegen hast die Gabe, sein Wesen zu erkennen. Er gibt dir Kraft, nicht wahr?«

Elayne betrachtete die kunstvollen Linien der Rinde und das Tiefgrün der tanzenden Blätter. Dieser Baum strahlte die Stärke aus, die es brauchte, um weiter und weiter in den Himmel hinaus zu wachsen. Seine Äste umschlangen sich gegenseitig und boten Schutz für die Tiere, die seine Umarmung ihr Zuhause nannten.

»Mag sein«, bestätigte sie weich. »Ich bin eben gern in der Natur.«

»Richtig. Weil du empfänglich für ihre Schönheit bist. Darum werde ich dich jetzt noch ein wenig mit ihr allein lassen.« Die junge Waldfrau zwinkerte ihr zu. »Wir sehen uns bald wieder.«

»Du gehst?«

»O ja, schließlich möchte ich dich nicht vom Nachdenken abhalten.« Damit verschwand sie zwischen den Bäumen.

Elayne sah ihr nach. *Sie ist wirklich seltsam.*

Noch eine Zeit lang saß sie auf dem Baumstamm, atmete die Ruhe des Waldes ein und tat wie geraten: Sie dachte nach. Über Vorahnungen und Tiere, die außer ihr niemand zu sehen schien. Über das ledergebundene Buch auf ihrem Nachttisch, das von ganz ähnlichen *Gaben* handelte. Über etwas, das sowohl Fenella als auch die Geschichten in *Wissen aus dem alten Land* als *Energie* bezeichneten. Bis Elaynes Gedanken zu dem Prinzen wanderten, der sich allein zurückgezogen hatte. War es falsch gewesen zu gehen? Aber er hatte sie doch fortgeschickt.

Später, als sie in ihre Gemächer zurückkehrte, wartete dort Milly mit etwas Suppe und Nachtisch. Sie plauderte ausgelassen den neuesten Tratsch aus, den sie unter den übrigen Bediensteten aufgeschnappt hatte, während sie gemeinsam aßen. Kaum einer der Namen, die sie dabei fallen ließ, sagte Elayne etwas. Darum nippte sie bloß an ihrem Löffel, mit den Gedanken abwechselnd auf der anderen Seite der Mauer, bei Alesander und in Balezan. Zwischendurch gab sie ein *Mhm* oder *Oh* von sich. Bis die Erwähnung zweier Prinzen sie schlagartig aufhorchen ließ und sie sich fast an ihrer Suppe verschluckte.

»Was sagst du? Alesander soll …?«, überschlug sich ihre Stimme.

Milly zuckte unbeteiligt mit den Schultern. »Das ist nur, was sich die Wäscherinnen erzählen. Tricia hat angeblich beobachtet, wie der jüngere Prinz zum König ging, bevor der wiederum verlangte, den Kronprinzen zu sprechen. Sie glaubt, dass es kein Zufall war, und die anderen sind derselben Meinung.«

Die Bösartigkeit dieser Anschuldigung versetzte Elayne einen Stich. Dass es sich nur um ein Gerücht handelte, machte es nicht besser. Wie konnte man jemandem nachsagen, er bringe absichtlich seinen Bruder in Lebensgefahr? Hoffentlich hatte Alesander noch nicht mitbekommen, was hinter vorgehaltener Hand über ihn verbreitet wurde.

Er hat es nicht leicht, erinnerte sie sich an Fenellas Worte, sprang dabei von ihrem Stuhl auf.

»Ich bin satt. Danke für die Suppe.«

»Warte! Wohin gehst du? Andauernd benimmst du dich so merkwürdig!«, rief Milly ihr nach, während sie hinauseilte.

Ja, sie respektierte es, wenn ihr Verlobter allein sein wollte. Aber erst würde sie alles versuchen, um in dieser schweren Zeit für ihn da zu sein. Jeder brauchte irgendwen, und sie war schließlich seine Braut.

Aus seinen Gemächern antwortete diesmal niemand, doch ein Junge in einfacher Gehilfenkleidung kam gerade vorbei und verriet ihr, dass sich der Prinz im Studierzimmer aufhielt. Da sie sich in dem großen Palast kaum zurechtfand, beschrieb er ihr auch den Weg dorthin, rieb sich dabei nervös die Hände an seinen Hosenbeinen. Gänge, Treppen und Biegungen führten Elayne letztendlich bis zu der schmalen Ebenholztür, hinter der sie ihren Verlobten vermutete. Zaghaft klopfte sie an, wartete ab.

Statt sie hereinzubitten, öffnete Alesander von innen, sodass sie ihm unerwartet plötzlich gegenüberstand. »Ophenia?« Er klang genauso überrascht, wie er sie anblickte. »Verzeih mir. Aber ich sagte doch schon, dass ich …«

»Nein, ich bin diejenige, die um Verzeihung bitten muss. Dafür, dass ich so schnell nachgab, als du mich wegschicktest.« Ehe er sie davon abhalten konnte, schlüpfte sie an ihm vorbei und trat hinüber zu dem Schreibtisch, an dem er wahrscheinlich bis gerade eben gesessen hatte. »Niemand sollte seinen Kummer in Einsamkeit bewältigen müssen. Ich bin hier, um dir anzubieten, ihn mit mir zu teilen.«

Sie ließ ihren Blick durch das dunkle Zimmer schweifen. Obwohl es mitten am Tag war, schaffte es kaum ein Funken Licht hinein. Was den Einbänden der vielen Bücher zugutekam, die sich in den deckenhohen Regalen an beiden Wänden rechts und links vom Tisch stapelten. Auf diese Weise würden sie nicht verblassen. Flüchtig erhaschte sie den einen oder anderen Buchtitel und stellte fest, dass sich der Prinz für Anatomie und Geschichte interessierte. Zuletzt blieb ihr Blick an ihm hängen und verweilte dort.

Alesander sah müde aus. Müde und aufgewühlt und zerbrechlich. Ihn so zu sehen, schürte ihr Mitleid für den Prinzen, der von Angst um seinen älteren Bruder gequält sein musste.

»Du meinst es gut und ich weiß deine Geste zu schätzen, Ophenia«, sträubte er sich und vermied dabei Augenkontakt. »Trotzdem möchte ich gerade niemanden in meiner Nähe haben.«

»Weil du deine Verletzlichkeit verstecken willst?«, ignorierte sie seinen Versuch, sie loszuwerden. Sie bewegte sich nicht von der Stelle. »In ein paar Monaten werden wir verheiratet sein. Das heißt auch, wir werden einander unweigerlich kennenlernen. Unsere guten wie unsere schlechten Seiten. Ich gebe es nicht gern zu, aber du wirst mich noch oft weinen sehen, Alesander. Wirklich *sehr oft*. Und ich werde dich weinen sehen. Aber nur, wenn du zulässt, dass ich bei dir bin, um dir etwas von der Last zu nehmen.«

Sie meinte jedes Wort ernst und dennoch schaute er sie an, als sei sie eine Märchengestalt. Als erwartete er, sie würde sich jeden Moment in Luft auflösen. Dann schüttelte er den Kopf, wobei sein dunkles Haar durcheinandergeriet, und fasste sich selbst an die Stirn. In seinen Augen brannte Verzweiflung.

»Du verstehst nicht. Ich habe ... Ich ... Was, wenn er tatsächlich nicht mehr wiederkehrt?«

Elayne machte einen Schritt auf ihn zu. »Das wird er. Dein Vater hat genügend Männer gesandt, um der Bedrohung gewachsen zu sein.« Noch einen Schritt. »Weißt du ... Du denkst, ich verstehe nicht, was in dir vorgeht, aber da irrst du dich. Gondrick, der General, der mit mir kam, steht mir sehr nahe. Er war immer da und hat auf mich Acht gegeben. Wenn ihm etwas zustoßen sollte, wäre ich ... Und auch um Darian bin ich besorgt.« Mehr sogar, als sie es für möglich gehalten hätte. Doch damit wollte sie Alesander nicht belasten. »Wie es ist, um seinen einzigen Bruder zu bangen, weiß ich nicht.«

Doch die Angst, eine Freundin zu verlieren, die ihr wie eine Schwester war, kannte sie gut. »Eines weiß ich dafür ganz sicher: Furcht, die zusammen durchgestanden wird, ist weniger schlimm. Also schick mich bitte nicht weg. Wir müssen auch nicht reden. Ich kann hier auf dem Fußboden sitzen und ein Buch lesen, dann störe ich dich nicht.«

Tränen ließen ihre Sicht verschwimmen. Noch immer fiel es ihr so schwer, Nia loszulassen. Auf keinen Fall könnte sie es ertragen, auch noch Gondrick zu verlieren. Oder Darian, den sie zwar gerade erst getroffen hatte, doch dessen Lachen sie um jeden Preis wieder hören wollte.

Was Alesander betraf: Er sollte auf keinen Fall den Schmerz erleiden, seinen Bruder nie wiederzusehen.

Auch er hatte inzwischen glänzende Augenwinkel.

»Bitte.« Sie schniefte. »Lass mich bleiben.«

Endlich lächelte er. Flüchtig und eher traurig als glücklich, doch das Lächeln war echt. Ohne weitere Einwände holte er ein Buch aus dem Regal, reichte es ihr und setzte sich wieder an den Schreibtisch.

Elayne lachte erleichtert, trocknete ihre Tränen mit dem Handrücken. Dann machte sie es sich, mit dem Rücken an den Tisch gelehnt, neben ihm auf dem Teppich bequem.

Solange die Notlage in Balezan andauerte, würde ihr ungutes Gefühl nicht verschwinden. Trotzdem fand sie ein klein wenig Trost in diesem Moment. Er gab ihr Hoffnung für die Zukunft. Fenella hatte sie gefragt, ob sie die bevorstehende Hochzeit wollte. Von einer richtigen Antwort darauf blieb sie weit entfernt, aber hier neben dem Prinzen zu sitzen und zu lesen, fühlte sich an wie ein großer Schritt nach vorn.

Daran dachte sie, während ihre Finger wie von allein in die Tasche ihres Rocks wanderten und dort den Stein umschlossen, der sie mit dem anderen Prinzen verband.

22

Diesmal fand ihre Verabredung im Garten unter einem der schattenspendenden Pavillons statt. Um das Holzgerüst rankten sich dichte Weinreben und schützten das Paar einigermaßen vor ungewollten Blicken. Natürlich versuchten Vorbeigehende trotzdem immer wieder, eine gute Sicht auf das arrangierte Treffen zu bekommen. Elayne entging das nicht, trotzdem machte ihr das Publikum heute weniger aus.

Es lag an Alesander. Seit sie ihn vor einigen Tagen im Studierzimmer überrumpelt und sie schweigend nebeneinander Bücher gewälzt hatten, war etwas anders zwischen ihnen. Er war nicht länger so distanziert, ihre Treffen weniger steif. Vielleicht hatte sie es tatsächlich geschafft, einen oder gleich zwei Steine aus seinem unsichtbaren Schutzwall herauszubrechen. Ein weiterer Stein fiel ihr dadurch vom Herzen.

»Solltest du dir eines der Bücher leihen wollen«, sagte der Prinz gerade, »brauchst du lediglich zu fragen. Sie sind Teil meiner persönlichen Sammlung. Nur selten holt sie jemand anderes aus dem Regal. Ich bin froh, solange sie einstweilen jemand vom Staub befreit, geschweige denn einen Blick hineinwirft.«

»Dann bist du meist allein im Studierzimmer?« Hatte er sich einsam gefühlt, bevor sie trotz seiner Einwände zu ihm hereingekommen war?

»Für gewöhnlich.« Die Art, wie er sie ansah, intensivierte sich. »Allein zu sein macht mir nichts aus. Die Stille gefällt mir sogar. Doch darf ich davon ausgehen, dass du sie zukünftig häufiger mit mir teilst?« Seine Brust hob und senkte sich bedächtig. Als Elayne nicht gleich auf seine Frage reagierte – sie kam zu unerwartet –, fügte er hinzu: »Wegen der Bücher, die sonst niemand liest. Es wäre schade darum.«

Was war das? Etwas in Alesanders Ausdruck sorgte dafür, dass Elayne unruhig wurde. Hinter dem glänzenden Gold seiner Augen tobten Gefühle, die einzuordnen ihr schwerfiel. Zu viel von seiner Mauer war noch übrig, um zu erkennen, was in ihm vorging.

»Ich würde mich freuen«, erwiderte sie, ihren plötzlich flauen Magen ignorierend.

Nach ihrem Abschied blieb Elayne im Garten, wanderte dort umher. Das Unwohlsein, das sie eben beschlichen hatte, ließ sich noch immer nicht abschütteln. Es verließ sie erst, als sie jemand unvermutet ansprach.

»Prinzessin. Oder sollte ich lieber *Königin der Dienerschaft* sagen?«

Sie riss die Augen weit auf, bevor sie sich zu der Stimme umdrehte. Niemand geringeres als der Freund des Prinzen stand dort. Nur wenige Schritte von ihr entfernt unter einem eingetopften Farn, eine Hand locker in die Hüfte gestemmt. Sein braunes Haar, an den Seiten kurz, trug er in einem Knoten nach hinten gebunden. Das Hemd war oben offengelassen, und auch sonst sah er wie jemand aus, der gern auffiel.

Unschlüssig, wie sie reagieren sollte, tat sie überhaupt nichts. Stattdessen lauschte sie schweigend dem Geräusch seiner Schuhe auf dem Kiesweg, während er näherkam.

Was will er? Mich einschüchtern? Nein. Darian hat mir versichert, dass ich ihm trauen kann.

Direkt vor ihr baute er sich in voller Größe auf und verschränkte die Arme vor der Brust. »Ich bin Tazriel. Taz, falls Ihr gedenkt, Euch mit mir anzufreunden. Kommen wir gleich zur Sache. Seid Ihr, wart Ihr jemals oder plant Ihr, zukünftig ein Feind dieses Landes zu sein? Wenn Ihr geschickt wurdet, um ein Mitglied der kreeschen Königsfamilie zu ermorden, blinzelt einmal. Zweimal, wenn Euer Auftrag gegen die Fiese in Rot gerichtet ist – dann habe ich nichts gesehen.«

Noch erschrockener als zuvor rang Elayne weiter um eine passende Erwiderung. Ohne Ergebnis. Hatte Darian seinen Freund vielleicht furchtbar falsch eingeschätzt? Und wer war dieser Freund, dass er die Kühnheit oder auch die Torheit besaß, so öffentlich die Königin zu demütigen? Gerade war niemand in der Nähe, da sie absichtlich auf den weniger belaufenen Wegen spazierte. Dennoch blieb es kühn und töricht von ihm. Wenigstens achtete er darauf, sie hier draußen formell anzusprechen. Doch um ganz sicherzugehen, dass sie niemand belauschte, packte sie seinen Ärmel und zog ihn hinter sich her, tiefer in den Schutz des Gartens hinein. In diesem Teil gab es mehr Farn. Sie war bislang nicht hier gewesen, aber das Schattenspiel der hohen, feingliedrigen Gewächse wirkte einladend und half ihr, etwas zu entspannen. Von irgendwo trug ein leichter Wind den Duft von Blumen heran und tat sein Übriges.

»Da ist aber jemand stürmisch«, freute sich Tazriel, der sich ohne Protest hatte mitziehen lassen.

Nun, da sie langsam auftaute, schenkte Elayne ihm einen strengen Blick. Sie raunte ihm zu: »Darian sagte, ich kann dir vertrauen. Stimmt das?«

Darauf grinste ihr Gegenüber geradezu charmant. Sie fragte sich, ob er sich so kühn und töricht verhielt, weil er sich auf die Wirkung dieses Grinsens verließ.

Auch er hielt seine Stimme gesenkt. »Nur ein kleiner Scherz, keine Bange. Als treuester Gefolgsmann des Kronprinzen fühle ich mich dazu genötigt, für seine Sicherheit zu sorgen. Als ich Euch verdächtig herumschleichen sah, konnte ich einfach nicht anders.«

»Ich schleiche nicht!«, beschwerte sie sich flüsternd. Sofort wurde ihr Kopf ganz heiß. »Es gibt eben nicht sehr viel für mich zu tun. Meinen Verlobten sehe ich dann, wenn sein Vater es für angebracht hält. Der erste Mensch hier, der mir seine Freundschaft angeboten hat, wurde aus dem Land geschickt. Mich mit noch jemandem anzufreunden ist nicht gerade leicht, solange mich alle bloß von weitem beobachten und sich ein Urteil über mich erlauben. Ich darf weder meine Wäsche waschen noch für mich selbst kochen. Im Grunde darf ich nichts tun, außer mich auf Schritt und Tritt von allen anstarren zu lassen, und genau das tue ich den ganzen Tag lang. Am liebsten bei einem Spaziergang im Freien. Was soll daran verdächtig sein?«

Erst blinzelte und dann grinste er wieder. »Na fein. Jetzt verstehe ich zumindest, weshalb unser Prinzchen Euch so zugetan ist. Ihr tragt Euer Herz auf der Zunge.«

Dazu fiel ihr nun wieder nichts ein. Aber sie bekam ohnehin keine Gelegenheit, etwas zu erwidern.

»Taz? Wo bist du, Himmel noch eins?«, schallte eine weibliche Stimme durch den Palastgarten.

Sie gehörte zu Keira. Voller Verwunderung biss sich die Schatzmeisterstochter auf die rosa Unterlippe, als sie hinter einem Farn um die Ecke schaute und sie beide entdeckte.

Tazriels Haltung veränderte sich schlagartig, wurde wesentlich steifer. Obwohl Elayne ihn gerade erst kennengelernt hatte, wusste sie instinktiv, wie wenig das zu ihm passte.

»Keira!«, rief er aus. »Musst du nicht Vater beim Rechnen helfen?« Er schob sich halb vor Elayne, als versuchte er, sie zu verstecken.

Keira verschränkte die Arme auf dieselbe selbstbewusste Art wie er vorhin. »Nein, nicht ich. *Wir*.«

»Das tut mir aber leid. Muss ich vergessen haben.« Nach einem theatralischen Seufzer und einem Schulterzucken fasste er sie bei den Schultern, drehte sie um und schob sie ein Stück von sich weg. »Geh doch schon mal vor, zuckersüße Schwester, und ich bin gleich bei euch.«

»Das glaubst du doch selbst nicht!« Schwungvoll wandte sie sich ihnen wieder zu. In dem Moment fiel ihr Blick auf Elayne und sie stutzte. »Wer ist denn überhaupt ... O Götter!«

Leicht beschämt, aber ebenso belustigt von der lauten Konversation, trat Elayne hinter Tazriels Rücken hervor. Dabei nahm Keiras Gesicht eine rötliche Farbe an.

»Taz, bitte sag mir, dass ich etwas im Auge habe und nicht wirklich sehe, was ich sehe«, bat sie um einiges zurückhaltender als eben noch. Aber sie wartete keine Antwort ab, sondern verneigte sich schnell. »Prinzessin Ophenia, verzeiht das Benehmen meines Bruders. Es wird nicht wieder vorkommen.«

Elayne konnte sich ein Lächeln nicht verkneifen. »Keine Sorge, dein Bruder benimmt sich überaus ...«, sie überlegte, wie sie sein großzügiges Schweigen über ihren Verrat beschreiben sollte, ohne zu viel preiszugeben, »galant.«

»Ga...?« Keiras Augen wurden groß, das Rot ihrer Wangen dunkler. »Ich wollte gar nicht stören! Das Beste wird sein, wenn ich jetzt gehe. Es war mir eine Ehre, Prinzessin. *Taz*.«

Noch eine Verbeugung und dann huschte sie am Farn vorbei zurück Richtung Palast. Elayne schaute ihr nach. Sie hatte das Gefühl, das Mädchen verjagt zu haben. Dabei mochte sie Keira und wünschte sich, sie könnte ihr als sie selbst gegenübertreten, nicht versteckt hinter einem falschen Titel.

»Das wollte ich nicht«, murmelte sie.

Tazriel widersprach. »Es liegt an mir. Sie glaubt, ich hätte Euch hierhergelockt und verführt.«

»Was!?«

»Immer mit der Ruhe. In meiner Familie interessiert sich niemand für Gerüchte. Sie wird es nicht weitererzählen.«

»Das ist es nicht! Wir können sie doch nicht in dem Glauben lassen, dass wir ... Nein!«, japste sie.

»Auf ein baldiges Wiedersehen.« Mit einer tatsächlich galanten Verneigung und einem amüsierten Ausdruck zog er sich zurück und folgte seiner Schwester.

Elayne blieb im Halbschatten des Farns stehen und wünschte, Darian wäre da, um die Hand für die Verschwiegenheit der beiden ins Feuer zu legen. Wenn sie doch nur wüsste, ob es richtig war, ihnen zu vertrauen. Nicht dass sie eine andere Wahl gehabt hätte, aber es wäre leichter, mit einem Risiko zu leben, das sie einschätzen konnte.

Was hatte Fenella ihr noch gleich geraten?

Höre auf deine innere Stimme. Immer. Durch deine Gabe weißt du, wem du vertrauen kannst, und du weißt es auch, wenn sich ein Sturm zusammenbraut.

Wie viel Wahrheit in den Worten der Waldfrau lag, konnte niemand ahnen. Dennoch ging Elayne einen Augenblick in sich.

Ihr Bauchgefühl ... Bei Darian war es von Anfang an ein gutes gewesen, und, wenn sie ehrlich war, hatte sie inzwischen sogar aufgehört, das zu hinterfragen. Und jetzt gerade? Keira könnte Gerüchte über sie in die Welt setzen, die ihre Verlobung gefährdeten, und Tazriel hatte die Macht, jederzeit ihr Leben zu beenden. Aber Elayne *glaubte* nicht, dass sie es tun würden.

Wahrscheinlich machte sie das um einiges törichter, als Tazriel es war.

Doch ihr Geheimnis war raus – daran ließ sich ohnehin nichts mehr ändern – und Darian zu weit weg, um für seine Freunde zu bürgen. Immer kleiner kam sich Elayne vor, während alles außer Kontrolle geriet. Als sei es nicht schon schwierig genug, das Leben einer anderen zu führen.

Plötzlich ging ein Rascheln durch die Pflanzen neben ihr. Rabe saß dort auf dem Rand eines Tontopfes und erwiderte ihren erschrockenen Blick mit Seelenruhe.

»Du schon wieder. Schade, dass du mir nicht verraten kannst, was ich tun soll.«

Der Vogel zeterte laut, wie um zu widersprechen.

23

Der Schnitt brannte höllisch. Doch Darian biss die Zähne zusammen und atmete den Schmerz fort, während er sich eigenhändig den Verband ums Bein wickelte. Er hätte sich versorgen lassen können, aber hatte darauf bestanden, es selbst zu tun. Zu seinem Glück war die Wunde nicht tief, nichtsdestotrotz würde sie ihn beim Laufen behindern. Beim Kämpfen ebenso, und da lag das eigentliche Problem. Er wollte General Erald oder den anderen Soldaten nicht zur Last fallen, sondern die Vedenier in die Flucht schlagen, nach Hause zurückkehren und seinen Vater mit Stolz erfüllen. Stattdessen versorgte er im Zelt seine Schnittwunde, die ihm einer der Nordländer mit dem Schwert zugefügt hatte, und verdammte dabei seine eigene Unachtsamkeit.

Durch das zerkaute Schneekraut, von dem er vor seiner Abreise etwas eingesteckt hatte, fühlte sich seine Haut unter dem Verband an, als stünde sie in Flammen. Das bedeutete wohl, dass sie verheilte. Sobald er Elayne wiedersah, würde er ihr für das Wissen über die weiße Pflanze danken und sie fragen, weshalb sie ihm kein Heilkraut mit weniger schmerzhafter Wirkung gezeigt hatte.

»Kommt Ihr zurecht?« Der balezanische General streckte zuerst den ergrauten Kopf ins Zelt, trat kurz danach ganz ein. »Eure Hoheit, Ihr solltet noch einmal darüber nachdenken, mit den anderen Verletzten ins Dorf zu reiten und Euch auszuruhen. Der Feind ist so gut wie geschlagen und Ihr habt schon genug getan, um Eurer Krone Ehre zu machen. Lasst Euch von den Dorfbewohnern bekochen und nehmt ein Bad. Sobald die Grenze wieder sicher ist, kommen Eure Männer Euch holen.«

Dieser Gondrick schien es einfach nicht aufgeben zu wollen. Seit seiner Ankunft hier im Lager unmittelbar vor der Nordgrenze gab er sich die größte

Mühe, ihn in Sicherheit zu schicken. Darian glaubte nicht, dass der Mann an seinen Fähigkeiten zweifelte oder wegen seiner Unerfahrenheit auf ihn herabsah. Falls doch, ließ er es sich zumindest nicht anmerken. Wahrscheinlich fürchtete er nur, das Bündnis zwischen ihren Ländern könnte zerbrechen, sollte Darian auf balezanischem Boden sterben.

Die Sorge war unbegründet. Er hatte nicht vor zu sterben. Nicht, bevor er sich als würdiger Thronfolger erwiesen hatte.

»Ihr werdet mich nicht los, General«, erwiderte er und nahm trotz seines schmerzenden Beins eine standhafte Haltung ein. »Und wenn Ihr es noch so sehr versucht. Ich kämpfe mit Euch, bis auch der letzte Plünderer geflüchtet ist.«

Gondrick seufzte. »Ich hatte befürchtet, dass Ihr das sagt. Nun, dann bleibt mir wohl nichts anderes übrig, als Euch zu bitten, Euch bereitzumachen. Ich weiß, wir erholen uns noch vom letzten Schlag, aber für die Vedenier gilt das auch. Ein Überraschungsangriff auf ihr Lager könnte uns jetzt den Sieg verschaffen.«

Darian schluckte, betroffen von der Ruchlosigkeit, zu der Menschen fähig waren, wenn die Situation es verlangte. Über das Töten zu reden, war leicht. Es tatsächlich zu tun, verursachte ihm eine kaum zu ertragende Übelkeit. Die erfahreneren Männer rieten ihm, im Moment des Tötens keinen Gedanken zuzulassen.

Aber das tat er.

Seine Schmerzen vergaß er beinahe, während er sich ausmalte, wie sie in der Abenddämmerung über die ahnungslosen Männer in ihren Zelten herfielen. Er stellte sich vor, wie er selbst jemanden aus dem Schlaf riss, der nicht schnell genug zur Waffe greifen und sich verteidigen konnte. Wie er brüllte und ihm seine Klinge durch die Brust stieß. Einfach so.

Gondrick lag goldrichtig: Sie könnten noch heute den Sieg davontragen. Sie könnten alle wieder heimkehren. Doch mit dem Gewissen, unbewaffnete und sogar verwundete Leute aus ihren Betten gezerrt und anstandslos ermordet zu haben.

»Ihr kämpft gut, Hoheit. Im Umgang mit dem Schwert macht Euch hier niemand etwas vor«, zog ihn der General aus dem Abgrund seiner Gedanken. »Trotzdem erkenne ich, dass der Krieg Euch fremd ist. Euer Mitgefühl ehrt Euch, nur ... wird es Euch an einem Ort wie diesem nicht helfen. Es könnte

146

Euch sogar das Leben kosten. Glaubt mir, wenn wir das Überraschungsmoment nicht nutzen, werden *sie* es tun.« Eine für seine Position ungewöhnliche Sanftheit lag im Blick des Generals. »Auf dem Schlachtfeld muss am Ende immer jemand sterben. Sorgt dafür, dass nicht Ihr es seid.«

Daraufhin nickte Darian bloß und sah zu, wie der Vorhang hinter Gondrick zufiel. Es stimmte – ihm war der Krieg fremd. Was wusste er schon darüber, was in solchen Zeiten richtig oder falsch war? Allein das Überleben zählte. Seines, das der kreeschen und balezanischen Soldaten und das der unschuldigen Dorfbewohner.

Mit dem Einbruch der Nacht schlichen sie also auf das feindliche Grenzlager zu. Die Pferde hatten sie in einiger Entfernung angebunden, um nicht entdeckt zu werden, ein Späher war vorausgelaufen und hatte berichtet, dass niemand mit ihrem Angriff rechnete. Auf leisen Sohlen bewegten sie sich nun auf die Zelte zu, drangen ins Innere des Lagers vor. Bis auf das Knistern weniger Feuerstellen, dumpfes Gestöhne der Verwundeten und lallende Rufe eines Betrunkenen herrschte hier dieselbe Stille wie auf der balezanischen Seite der Grenze. Der Verlust von Kameraden und Freunden zerrte nicht einfach nur an den Nerven der Männer, sondern legte jeden Abend einen Mantel des Schweigens über sie. Über die Gefallenen wurde nicht gesprochen. Jeder gedachte ihnen auf seine Art, zog sich mit Angst und Trauer allein zurück. Offenbar unterschied sich der Feind darin nicht von ihnen. Auch der Gestank war derselbe. Ein Haufen Männer – zusammengepfercht, verzweifelt und dreckig – stank wahrscheinlich immer gleich, für welches Land er auch kämpfte.

Darian fühlte bei jedem Schritt das Gewicht des Schwertes in seiner Hand und dazu den Schmerz in seinem Bein. Bis General Erald in Sichtweite rechts von ihm das Zeichen gab, auf das sie alle gewartet hatten. In dem Moment veränderte sich etwas in ihm. Sein ganzes Selbst rückte in weite Ferne, wurde zu einem Zuschauer. Er beobachtete, wie sein Körper einen Fuß vor den anderen setzte, auf eines der Zelte zu, und sich unbemerkt hineinstahl. Er wurde Zeuge, wie seine eigene Gestalt an die Matte herantrat, auf der jemand schlief. Er hielt den Atem an, während er sich dabei zusah, wie er die Arme hob, den Schwertgriff mit beiden Händen umklammert und die Schwertspitze bedrohlich über dem Schlafenden schwebend. Er schloss die Augen, um nicht erleben zu müssen, wie er die Waffe niedersausen ließ und seine

Pflicht erfüllte. Um ihn herum ertönten die Schreie derer, die erwachten, bevor sie ihr Leben aushauchten. Er versuchte, sich vor ihnen zu verschließen. Dennoch drangen sie bis in seinen Kopf vor. So stand er da, mitten in dem finsteren Zelt, und fragte sich, ob es nun endlich vorbei war.

»Hoheit? Prinz Darian?«

Eralds schwere Schritte erklangen von draußen, aber Darian rührte sich nicht.

»Seid Ihr unversehrt?« Der kreesche General hatte den Vorhang angehoben und linste hinein. Auf seiner Wange klebte ein einzelner Blutfleck, den die Dunkelheit schwarz färbte. »Wir sammeln die Vorräte und Waffen ein, nehmen mit, was wir tragen können, und verbrennen die Leichen«, sagte er so leichtfertig, als sei er all dies gewohnt – vielleicht war es so.

»Verstanden«, schaffte es Darian, zu antworten. Mehr brachte er nicht heraus.

Sie hatten es geschafft. Das war alles, woran er jetzt denken wollte. Sie hatten die Dörfer von den eingefallenen Vedeniern befreit. Vorerst wenigstens. Die Schätze unter der Erde würden nicht plötzlich aufhören, Gier zu wecken, und dies war lediglich ein Angriff von vielen gewesen.

Dass Elayne aus diesem Grund in eine Verlobung mit seinem Bruder einwilligte, wusste er zwar längst, jedoch begriff er erst nun so richtig, wie real die Bedrohung für Balezan war. Versprach sein Vater öffentlich Loyalität gegenüber König Seremon, würden bald Jardis und Vedenne das kreesche Militär zu sehr fürchten, um nach den Bodenschätzen zu greifen. Die Menschen in den Dörfern wären wieder sicher. Nächte wie diese müssten sich nicht wiederholen. Dank des Mutes einer falschen Prinzessin hätte das Töten ein Ende.

Hoffentlich fehlt ihr nichts und Sander kümmert sich gut um sie, dachte er an das honigblonde Mädchen, wischte das Blut von seiner Klinge an der Decke des Toten ab und folgte Erald hinaus in die Nacht.

24

Elayne war nicht sicher, ob die Nächte tatsächlich kühl wurden oder das Unwissen über die Lage in Balezan sie frösteln ließ. Seit dem Morgen, an dem sie von dem Angriff erfahren hatte, waren viele Tage angebrochen und vorübergezogen wie Wolken. Sie zählte sie nicht, fühlte sich nur mit jedem Abend, an dem sie ohne Nachricht aus dem Osten zu Bett gehen musste, verlorener.

Sogar bei ihren Treffen mit Alesander konnte sie sich kaum auf das Hier und Jetzt fokussieren. Immer häufiger fanden ihre Verabredungen im Garten statt, und Elayne war bewusst, dass das nicht nur an der nachlassenden Sommerhitze, sondern vor allem an der Fürsorglichkeit des Prinzen lag. Er tat ihr damit einen Gefallen, obwohl er selbst lieber in einem der Gesellschaftsräume säße. Sie wusste die Geste zu schätzen, aber es reichte nicht aus, um ihre Stimmung zu heben.

An den meisten Nachmittagen gesellte sie sich zu ihm ins Studierzimmer. Eine Reihe Pflanzenlexika hatte ihr Interesse geweckt. Einige Namen und verblasste Illustrationen darin erkannte sie wieder, andere genannte Pflanzen waren ihr vollkommen fremd. Elayne blätterte durch die Bücher, doch nichts von dem, was sie las, blieb lang in ihrem Gedächtnis hängen. Es war, als sei in ihrem Kopf zurzeit kein Platz für etwas, das ihr normalerweise große Freude bereitete. So weit entfernt von den Menschen, denen sie helfen wollte, brachte ihr selbst das seltenste Wissen nichts. Darum schaute sie beim Lesen immer wieder auf zu Alesander, der sich still in ein Geschichtsbuch vertiefte.

Gelegentlich wagte sie es, ihn in seiner Konzentration zu stören, indem sie ihn etwas fragte. Solange sie nur zu zweit waren, fern von Beobachtern, konnten sie einander leichter kennenlernen und sie fühlte sich ihm näher als bei ihren offiziellen Begegnungen. Allerdings stieß sie gegen seine Schutzmauer, sobald es einmal um etwas Persönliches ging, und momentan fehlte es ihr an der nötigen Kraft, um tiefer zu graben. Ihr fiel auf, dass Alesander es vermied, über Balezan und seinen Bruder zu reden. Darum hörte sie auf, das Thema anzusprechen, flüchtete sich nur mehr in Gedanken.

Auch die Essenseinladungen des Königs, Höflichkeitsbesuche von Adeligen oder die seltenen Unterrichtsstunden – vielmehr Prüfstunden – in Sprache, Kunst und Etikette verschafften ihr keinerlei Ablenkung. Nur noch mehr führten sie ihr vor Augen, wie sinnlos sie ihre Zeit vertrieb, während andere ums nackte Überleben kämpften.

Allein beim Lesen in *Wissen aus dem alten Land* kam sie sich nicht völlig tatenlos vor. Höchstwahrscheinlich waren die Geschichten eben genau das: Geschichten. Märchen. Reine Fantasie. Aber sie gaben Elayne das Gefühl, einem Geheimnis auf der Spur zu sein, und sie nahm es dankbar entgegen, sog jede Zeile auf. Die Vorstellung, tatsächlich eine nützliche Gabe zu besitzen, war ihr ein willkommener Trost, ob nun Fantasie oder nicht. Sie verglich die Märchen mit dem, was sie selbst erlebt hatte. Rabe war da gewesen, um sie zur richtigen Zeit an die richtigen Orte zu führen. Aber das konnte natürlich ein Zufall sein. Musste es.

Doch was ihr ungutes Bauchgefühl vor der Abreise nach Kree anging ... Eine gewöhnliche Reaktion auf die bevorstehende Veränderung vielleicht? Bestimmt gab es eine logische Erklärung.

Trotzdem ließ es sie nicht los, dass sich die Worte in dem Buch und die Dinge, die Fenella zu ihr gesagt hatte, immer wieder ähnelten. Vorahnungen, Energie und Menschen, die ihre Umgebung auf unerklärliche Weise ihrem Willen beugten.

Leider lenkte auch diese Lektüre sie stets nur für eine kurze Weile ab, bevor die Angst sie wieder einholte.

Gondrick, Darian und die Soldaten waren so weit weg. Der Kampf konnte bereits gewonnen sein, oder sie alle waren längst ...

Nein, sie leben!

Sie lebten und würden sie nicht mehr lange warten lassen. Schließlich gab es kaum Schlimmeres, als zu warten und keinen Einfluss auf das Ergebnis nehmen zu können. Elayne hasste das Warten mit jeder Faser ihres Körpers.

Nur vermochte selbst der Hass auf ihre Ohnmacht nicht die Furcht zu überdecken, die sie bis in ihre Träume heimsuchte. Wieder und wieder sah sie

Nia tonlos ihre Lippen bewegen und dann von der Klippe springen, wollte sie aufhalten, schaffte es nicht. Vielleicht war niemand auf der Welt schwächer und nutzloser als Elayne.

Auch als sich heute ein neuer Morgen durch dämmriges Licht und den Gesang eines Vogels auf ihrem Balkon ankündigte, blieb sie wach im Bett liegen. Noch immer gelähmt von ihrem Albtraum starrte sie ins Leere, bis irgendwann Milly hereinkam.

»Aufwachen!« Ohne anzuklopfen, stürmte sie mit schnellen, kurzen Schritten in den Raum und riss Elayne die Bettdecke weg.

Die Situation erinnerte allzu sehr an den Tag, an dem das Warten seinen Anfang genommen hatte. Elayne tastete nach einem Zipfel ihrer Decke, fand nichts und setzte sich widerstrebend auf.

»Ich bin gleich hergekommen, nachdem ich es erfahren habe«, keuchte Milly. Sie war ganz außer Atem, musste gerannt sein. »Ein Kundschafter ist hier gewesen. Er hat seiner Majestät Bericht über die Lage zuhause erstattet. Also steh auf, zieh dich an! Dir werden sie bestimmt verraten, was er gesagt hat.«

Aufregung durchzuckte Elayne wie ein Blitz und sie kam schneller auf die Beine, als ihr guttat. In ihrem Schädel breitete sich Schwindel aus, brachte sie zum Schwanken. Trotzdem hastete sie auf nackten Füßen hinüber zum Spiegel.

»Bring mir ein Kleid! Irgendeins.«

Milly zögerte. »Natürlich.«

Es sah kurz so aus, als würde sie die Augen verdrehen, bevor sie für einen Moment verschwand, um dann mit einer von Phaerys Kreationen wieder aufzutauchen. Elayne zog es mit Millys Hilfe an und wurde darin zum wandelnden Gemälde eines Kirschbaumes.

Für Bewunderung blieb kaum Zeit, dennoch riskierte sie einen letzten Blick auf ihr Spiegelbild. Zum ersten Mal in ihrem Leben fühlte sie sich berührt von der Kunst der Schneiderei. Später wollte sie Phaerys dafür danken, jedoch stand jetzt etwas anderes an oberster Stelle: Sie musste herausfinden, wie es um den General, um den Prinzen, um ihre Heimat stand.

Strammen Schrittes marschierte Elayne durch die geöffnete Flügeltür in den Thronsaal, in dem sich Phelius gerade mit einigen Herren unterredete. Da es vermutlich um die Informationen des Kundschafters ging, platzte sie einfach herein. Borgwen war nicht da, um sie ankündigen zu können, und doch drehten sich sämtliche Köpfe nach ihr um.

»Prinzessin, wie *erfreulich*«, empfing sie Phelius mit aufgesetzter Freundlichkeit.

Eine Furche in seiner Stirn verriet ihn, doch sie tat so, als bemerkte sie sein Missfallen nicht. Wenigstens war sie dieses Mal in mehr als nur ihren Morgenmantel gekleidet – er sollte sich also nicht beschweren. Alle anderen Anwesenden verneigten sich angemessen vor ihr und musterten danach abwartend ihren König.

Dieser wirkte irgendwie – Elayne suchte das richtige Wort – *bürgerlicher* als sonst. Weniger erhaben. Mehr wie ein einfacher Mann, beladen mit Kummer und Lasten.

»Ihr habt es also schon gehört?«, fragte er an sie gewandt und ihr fiel auf, wie eigenartig blass seine Haut im Schein der Kronleuchter schimmerte.

»Sind es gute oder schlechte Nachrichten?«, reagierte sie mit einer Gegenfrage.

Noch während sie die Frage stellte, krampfte sich ihr Magen zusammen. Aber sie weigerte sich zu glauben, dass sie die Antwort bereits kannte.

Nein! Das hier ist keine Vorahnung, sagte sie sich und kämpfte gegen das Gefühl in ihrem Bauch an.

Das gelang ihr nur halbwegs gut. Und auch nur so lange, bis die Gesichtszüge des Königs in sich zusammenfielen. »Keine guten Nachrichten. Sie sind ganz und gar nicht gut.« Mit nichts weiter als einem Handwedeln scheuchte er alle anderen hinaus, sodass Elayne allein mit ihm in der großen Halle zurückblieb. »Du hast keine Mutter mehr, nicht wahr, Ophenia?«

Diese Frage schien aus dem Nichts zu kommen, und sie verwirrte Elayne. War der Mann vor ihr noch derselbe heuchlerische Eroberer, den sie um Hilfe angefleht hatte? Nun kam er ihr so klein, beinahe kümmerlich vor.

Sie suchte in ihrem Gedächtnis nach einem Bild der balezanischen Königin. Nias Mutter war eine stille, liebenswerte Frau gewesen, erzählte König Seremon gern, stand er wieder einmal vor ihrem Portrait. Sie selbst konnte sich kaum an sie erinnern. Schließlich waren Nia und sie noch kleine Kinder gewesen, als die Königin bei der Geburt ihres Sohnes sowohl den Jungen als auch ihr Leben verloren hatte.

Aber auch Elaynes wahre Mutter gab es seit jenem Unfall im Stall nicht länger. Die Erinnerung an sie wurde mit jedem Jahr blasser und war mehr ein Gefühl als eine Reihe festgehaltener Momente. Sobald sie an sie dachte, fluteten Liebe und Trauer ihr Herz, vermischten sich dort zu einem bittersüßen Vermächtnis.

Ihr Mund wurde trocken. »Ja, richtig. Sie ist schon lange tot. Wieso fragt Ihr?« *Was hat das mit dem zu tun, was der Kundschafter berichtet hat?*

»Auch ich habe vor langer Zeit einen geliebten Menschen verloren. Nicht an den Tod, und trotzdem ist sie für mich so unerreichbar, als wäre sie gestorben.«

»Sie?«

Für einen Moment veränderten sich Phelius' Augen, wurden glasig. Wie bei jemandem, dessen Körper hier, doch dessen Geist andernorts war. Dann schien ihm klarzuwerden, dass niemand mehr etwas sagte, und er gab ein Schnalzen von sich, das von den hohen Wänden widerhallte.

»Er ist das Einzige, das mir geblieben ist, und ich habe ihn fortgeschickt. Ich war enttäuscht. Ich war wütend. Wut ist ein heimtückisches Biest, Ophenia. Hätte ich doch nur nicht meiner Wut die Entscheidung überlassen.«

Elayne versuchte, aus seinen Worten schlau zu werden. Warum sprach er so über Darian? Ihr Inneres zog sich so fest zusammen, dass es fast schmerzte. So wie der König sich verhielt, musste sie vielleicht vom Schlimmsten ausgehen.

»Was ist geschehen?« Panik sorgte dafür, dass sich die feinen Härchen in ihrem Nacken aufstellten. »Sind sie am Leben?«

Phelius' Blick ging mitten durch sie hindurch. »Mein Vertrauen in die Stärke meiner Männer hat mich geblendet. Nun werden sie überrannt, und ich kann nichts tun, als hier zu sitzen und den Tod meines Erben hinzunehmen.«

Tod.

Die Bedeutung, die Endgültigkeit dieses Wortes sank von Elaynes Kopf in ihre Brust und drohte, sie dort zu erdrücken.

»Wie kann das sein?«, stammelte sie, weigerte sich, dem Druck nachzugeben. »Zwei Generäle führen an der Grenze ihre Soldaten an. Die Vedenier haben schon oft angegriffen und immer konnten wir sie mit Mühe und Not zurückschlagen, auch wenn die Verluste groß waren. Wie kann es denn sein, dass wir jetzt, mit Eurer Hilfe, unterliegen? Das ergibt keinen Sinn!«

»Der Kundschafter hat es selbst gesehen.«

»Der Kundschafter irrt sich!«

Ein Seufzen, wie das Aushauchen seiner letzten Kraft, kam vom König. »Auch die Vedenier haben Unterstützer. Söldner. Sie wurden noch vor Einbruch der Abenddämmerung gesehen, wie sie aus dem Westen in Richtung Balezan reisten. Einer von ihnen trug einen Brief mit dem Siegel von Vedenne bei sich.«

Da begriff Elayne endlich, was sich vor Phelius' innerem Auge abspielte. Der Tod war auf dem Weg zu Gondrick und den anderen. Doch mit Glück hatte er sie noch nicht erreicht. Sie alle lebten, und es war noch nicht zu spät. Dankbar hielt sie sich an dieser Hoffnung fest.

»Sie werden mit ihnen fertig«, erklärte sie und spürte, wie etwas von dem Druck ihre Brust verließ. »Gondrick ... Ich meine, General Gondrick ist ein erfahrener Anführer. Er musste die Grenze schon so oft verteidigen, er kennt das Gebiet in- und auswendig. Mit Eurem General und doppelter Manneskraft können sie die nachrückenden Feinde schlagen.«

»Sei nicht dumm!« Der plötzliche Zorn des Königs ließ Elayne zurückweichen. Aber gleich darauf verpuffte er wieder. »Du vergisst, dass sie nichts von der Ankunft der Söldner wissen. Selbst drei oder vier Generäle könnten keinen Feind besiegen, den sie nicht kommen sehen.«

Sämtliche Hoffnung schwand dahin. Elayne hörte auf, sich gegen den Druck zu wehren, und ließ auch die Bilder zu, die sich in ihren Kopf drängten. Bilder von blutüberströmten Körpern und ausdruckslosen Gesichtern. Bilder ihrer Mutter, grün und blau und ohne Glanz in ihren Augen. Bilder von Nia, wie sie regungslos mit der Strömung davontrieb, umgeben von sengenden Flammen.

»Wir haben keine Möglichkeit, sie rechtzeitig zu warnen. Ein Bote würde Tage brauchen, um eine Nachricht zu überbringen. Bis dahin wäre es bereits zu spät«, beendete der König die Bilderflut, bevor seine Stimme brach.

Elayne musterte den in Smaragdgrün und Gold gekleideten Herrscher auf dem erhöhten Thron und erkannte, was ihn für sie so bürgerlich hatte erscheinen lassen. Es war die Trauer um seinen todgeweihten Sohn. Sie sah keinen König vor sich, sondern einen Vater.

Danach wusste sie nicht mehr, wie sie den Thronsaal verlassen hatte oder wie sie zurück in ihre Gemächer gelangt war. Ihr Denken hatte einfach ausgesetzt, ihre Beine sie dorthin getragen, wo sie ungestört sein konnte. Milly war nicht mehr hier, ging inzwischen irgendwo im Palast mit den übrigen Bediensteten ihrer Arbeit nach. Anscheinend hatte sie heute vergessen, ein Fenster zu öffnen, denn Elayne überkam das Gefühl, keine Luft mehr zu kriegen. Mit einem Ruck stieß sie die Tür zum Balkon auf. Ihr gieriges, verzweifeltes Atmen vermischte sich mit dem Schluchzen, das in ihr aufstieg, während ihre Schultern zu beben begannen.

Nicht schon wieder. Ich will nicht wieder weinen. Warum bin ich so schwach?

Gondrick. Darian. Gute Menschen in Rüstungen und Bauernkleidern. Es war ungerecht. Wieso konnte sie niemandem helfen, wieso gab es so viel Tod?

Ihr Schluchzen verwandelte sich in einen erstickten Schrei, als etwas Schwarzes durch ihr Sichtfeld huschte. Ein Schatten mit Flügeln und Federn.

»Rabe?« Halb weinte und halb flüsterte sie seinen Namen, sodass er kaum nach einem richtigen Wort klang.

Doch der Vogel gab zur Antwort einen kehligen Laut von sich. Ihr fiel auf, dass sein Gefieder bläulich glänzte, und sie fragte sich, ob es immer schon so gewesen war. Daran, dass es sich um *ihren* Raben handelte, zweifelte sie jedenfalls nicht. Bei dem Gedanken, dass er gekommen war, um sie zu trösten, zitterte ihr Kiefer etwas weniger.

»Danke, dass du nach mir siehst. Einen Freund kann ich gerade gut gebrauchen«, brachte sie diesmal einen verständlichen Satz zustande.

Mit einer Reaktion rechnete sie nicht, und doch bekam sie eine. Rabes Umrisse verschwammen, flossen auseinander wie Wasser, wurden größer und größer, bis sie sich neu zusammenfügten.

Dort auf dem Balkongeländer, wo gerade noch ein Vogel zu ihr aufgeblickt hatte, saß nun eine geradezu menschliche Gestalt. Ob Mann oder Frau, war an keinem Detail der spitzen Gesichtszüge oder der länglichen Statur festzumachen. Eine blauschwarze Robe breitete sich weit um die Gestalt aus und ließ lediglich die Hände, Füße und das Gesicht frei. Es hätte das Gesicht eines Menschen sein können, aber die Hautfarbe passte nicht, schimmerte zwischen Grau und Blau, als reflektierte sie das Tageslicht.

Erst wurden Elaynes Knie weich, dann taumelte sie zurück. Sie hätte geschrien, jedoch endete ihr Versuch in einem tonlosen Öffnen und Schließen ihres Mundes. Die Augen weit aufgerissen, starrte sie an, wen oder was auch immer sie da vor sich hatte.

»Sei gegrüßt, Menschenmädchen.«

Der alten Dame
Gespür für den Tod

Jeder im Dorf kannte die alte Frau. Sogar über die Grenzen ihrer Heimat hinaus war ihr Name den Leuten ein Begriff.

Manche kamen von weit her, um ihre Hilfe zu ersuchen. Einige wollten Gewissheit. Andere wollten verzweifelt überleben.

Die Alte kannte kein Dasein ohne ihre Fähigkeit, war damit geboren worden.

Die Krankheiten der Leute zeigten sich ihr in vielen verschiedenen Formen. Es kam vor, dass sie jemandes Gebrechen schon aus der Ferne hörte. So manchen, der sie aufsuchte, sah sie von einem unheilvollen Schatten verfolgt. Gelegentlich konnte sie das Leid der Menschen sogar riechen.

Zu heilen war nie ihre Bestimmung gewesen. Doch oh, wie viele Leben rettete sie, indem sie diejenigen warnte, auf die der Tod es abgesehen hatte?

– Aus *Wissen aus dem alten Land*

25

ei gegrüßt, Menschenmädchen.

Elayne schaffte es nicht, sich zu bewegen, wusste gerade noch so, wie man atmete. In ihrer Erinnerung kramte sie nach dem Moment, in dem sie sich schlafen gelegt hatte, denn das hier musste offensichtlich ein Traum sein. Doch sie fand ihn nicht. Vielleicht hatte sie ja auf dem Weg aus dem Thronsaal das Bewusstsein verloren. Nun lag sie irgendwo auf dem Gang oder in ihren Gemächern auf dem Boden, während ihr angeschlagener Kopf schaurige Wesen erfand.

Dass all das wahrscheinlich in ihrer Fantasie stattfand, hielt sie nicht davon ab, verschreckt zurückzustolpern, als Rabe in einer fließenden Bewegung vom Balkongeländer glitt und auf sie zu schwebte. »Bleib weg von mir!«

Zu ihrer Verblüffung hörte Rabe darauf und blieb stehen. »Du fürchtest dich. Wie komisch«, gluckste er. Oder sie?

Diese harmonische, samtweiche Stimme schien weder männlich noch weiblich zu sein. Sie war beides und nichts davon.

»Träume ich?«, fragte Elayne nach der einzig logischen Erklärung für das, was sie gerade erlebte.

Dabei begann sie längst zu fühlen, dass es wirklich geschah. Dass hinter dem Äußeren des schwarzen Vogels von Anfang an mehr gesteckt hatte. Etwas, das sie niemals hätte benennen oder erklären können.

»Ob du träumst?«, wiederholte Rabe und lachte eine sanfte Melodie. »Sag du es mir, Menschenmädchen. Ich sehe mit meinen Augen, nicht mit deinen.«

Elayne erwiderte den neugierigen Blick und verinnerlichte, dass sie wirklich und wahrhaftig ihren Raben vor sich hatte. Den, der bei ihrer Ankunft hier auf den Balkon zu ihrer Begrüßung gekommen war, der sie in ihren Träumen besuchte und der sie zu Darians Versteck im Garten geführt hatte. Der jetzt in nahezu menschengleicher Erscheinung vor ihr stand.

»Was bist du?«, dachte sie laut.

»Gute Frage. Nicht leicht zu beantworten, fürchte ich. Für meine Art gibt es viele Namen und die meisten davon gefallen mir so gar nicht.«

»Nenn mir einen«, forderte Elayne, klang allerdings nicht annähernd so selbstsicher wie erhofft.

Rabe dagegen verströmte Ruhe und Unantastbarkeit. »Am leichtesten begreifst du es wohl, wenn ich mich dir als Geist vorstelle. Ja, sagen wir, ich bin ein Geist. Aber nicht einer von der heimsuchenden Wo-liegt-mein-Körper-begraben-Sorte, sondern ein lebendiger Teil dieser Welt. Eine Seele, die immer ohne Körper war. Reine Energie. Kannst du mir so weit folgen?«

Energie.

Diesen Begriff hatte Elayne zuletzt aus Fenellas Mund gehört und so oft in ihrem Buch gelesen. Sollten die Märchen am Ende alle wahr sein, musste es einen Zusammenhang geben zwischen Elaynes angeblicher Gabe und dem, was gerade geschah. Doch wieso jetzt? Schließlich war Rabe bisher stets in Vogelgestalt aufgetaucht und sie hatte nicht an ihrem Verstand zweifeln müssen.

»Ich suche mir nicht aus, wie du mich siehst«, erhielt sie eine Antwort darauf, als stünden ihr die Gedanken auf ihre Stirn geschrieben, »und vielleicht tust du es auch nicht. Nicht bewusst. Nichtsdestotrotz ist mein Antlitz ein Erzeugnis deiner Wahrnehmung. Kurzum: Solltest du vor mir erschrecken, bist du selbst schuld, denn all das ist auf deinem Mist gewachsen.« Leichtfüßig drehte Rabe sich einmal um die eigene Achse, sodass sie jede Seite des *Energie*wesens beäugen konnte. »Aber die ganze Jammerei um Äußerlichkeiten mal beiseite. Wichtiger ist doch, dass du meine Sprache verstehen kannst. Das scheint mir kein Zufall zu sein und ich werde mich nicht beklagen. Es macht eine Unterhaltung mit dir wesentlich weniger einseitig.«

Langsam, aber beständig verflüchtigte sich Elaynes Schock. Es war, wie Fenella gesagt hatte: Sie spürte Vertrauen gegenüber Rabe und wusste einfach, dass es in Ordnung war, sich darauf zu verlassen.

»Du kommst zu mir, wenn ich einsam bin. Immer dann, wenn ich Hilfe brauche«, realisierte sie. Rabe lächelte beschwichtigend und sie fügte hinzu:

»So war es bei meiner Anreise. Auch als ich Nia in meinen Albträumen fallen gesehen habe. Und jetzt …«

»Ich würde mich ja gern damit rühmen, aber ohne dein Zutun wäre ich nicht hier. Du rufst mich und ich komme. So war es jedes Mal. Als wäre ich an einem Seil festgebunden, dessen Ende zwischen diesen Menschenhänden liegt.«

Eine seidenweiche Berührung streifte ihre Handrücken, und sie bekam eine Gänsehaut.

»Dein Herz hat einen Sprung«, erklang Rabes Stimme ganz nah. »Ich teile deine Trauer und auch deine Furcht. Sie gehen auf mich über, solange ich in deiner Nähe bin. Darum lass mich dir helfen.«

In Elaynes Augen sammelten sich erneut die Tränen. »Kannst du das denn?« Ein neuer Hoffnungsschimmer. Sie fühlte sich wie ein kleines Kind, als sie sich daran festklammerte. »Kannst du sie sicher nachhause bringen? Oder sie warnen, damit die Söldner sie nicht aus dem Hinterhalt angreifen?«

»Ich nicht, aber du.« Rabe schaute sie voller Verheißung an. »Und ich werde dein Bote sein.«

»Mein Bote … Du überbringst ihnen eine Nachricht von mir.«

»Ganz recht.«

»Was muss ich tun?«, drängte sie ohne Umschweife.

»Das ist einfach und schwer zugleich«, gab Rabe zurück. »Du musst es wollen.«

»Natürlich *will* ich sie warnen.«

»So sehr, dass du mir keinen anderen Ausweg lässt, als deinem Wunsch Folge zu leisten. Forme aus deinem Wunsch eine Gewissheit. Wenn in dir kein Zweifel daran übrigbleibt, dass ich deine Freunde vor der heranrückenden Gefahr warne, wird genau das geschehen. Ich werde dort sein, das verspreche ich dir. Aber erst liegt es bei dir, mich zu ihnen zu bringen. Solange du mich hier hältst, kann ich nicht gehen.«

Sie sind wahr. Der erste klare Gedanke, den Elayne fassen konnte. *Die Geschichten sind alle wahr.*

Ein Junge, der den Wind lenkte.

Eine Frau, die es spürte, wenn jemand krank war.

Menschen mit Gaben und Vorahnungen, die ihnen erlaubten, zu beschützen, was ihnen am Herzen lag.

Keine Märchenfiguren. Genauso wenig, wie Elayne selbst eine war.

Eine Träne rann ihre Wange hinab, doch sie musste lächeln. Sie glaubte daran, dass Rabe sein Versprechen halten würde. Immerhin erhielt sie dieses Versprechen von einem Geist, den sie soeben zu sich gerufen hatte. Wenn sie Geister rufen konnte, dann würde sie auch dazu fähig sein, sie an einen Ort ihrer Wahl zu schicken.

Es gab etwas, das sie tun konnte. Das in ihrer Macht stand. Ihre Erleichterung darüber war zu groß, um sie zu messen oder auch nur zu beschreiben. Endlich gelang es ihr, wieder frei zu atmen.

Warme Luft strömte durch ihre Nase und belebte sie mit neuer Zuversicht, als sie Rabe direkt anblickte. »Danke.«

Dann war der Geist fort. Verschwunden ohne jedes Anzeichen dafür, dass es ihn je gegeben hatte. Doch Elayne wusste, es gab ihn. Sie wusste, er überbrachte in eben diesem Moment eine Warnung, die über Leben und Tod entscheiden würde.

Wie schon in den letzten Tagen suchte Elayne am Nachmittag Alesander im Studierzimmer auf. Gemeinsam saßen sie zwischen aufgeschlagenen Büchern – ein Ritual, das sich inzwischen wie eine Gewohnheit anfühlte. Bisher hatte er jeden ihrer Versuche, über die Nachricht des Kundschafters zu sprechen, abgeblockt. Sie fragte sich, ob es ihm für immer so schwerfallen würde, sie an sich heranzulassen. Jemand anderem hatte er wohl kaum anvertraut, was zurzeit in ihm vorging. Seit sie hier in Kree war, hatte sie ihn nicht ein einziges Mal mit Freunden gesehen.

Andererseits war sie heute selbst nicht viel offener. Das Versprechen des Geistes klang noch in ihr nach. Während sie das Erlebte gedanklich immer wieder durchspielte, überflog sie die Seiten des Buches in ihrem Schoß, ohne wirklich etwas davon zu behalten. Wieder konnte sie bloß warten, und in dem stickigen, wenig erleuchteten Raum kam ihr das Warten fast unerträglich vor. Dass Rabe Wort halten würde, dass er überhaupt existierte, verwandelte sich von einer Gewissheit in ein Gebet, je tiefer die Sonne am Himmel vor dem Fenster sank.

Beim Abendessen packte Elayne der Gedanke, sie könne den ganzen Tag geschlafen und sich die Geistergestalt lediglich eingebildet haben. Ein grausamer Streich ihrer Vorstellungskraft, weil sie ihre eigene Machtlosigkeit nicht akzeptieren wollte. Als Milly ihr vor dem Spiegel beim Aufschnüren des Kleides half und Phaerys blütenbedecktes Kunstwerk von ihren Schultern rutschte, überlegte sie, ob sie verrückt geworden war. Nia zu verlieren und die Angst um Gondrick sowie vor dem, was ihr als falscher Prinzessin widerfahren konnte ... All das hatte sie vielleicht durchdrehen lassen.

Nachts in ihrem Bett, das sie nach wie vor viel zu groß fand, wälzte sie sich hin und her. Mit wachsender Müdigkeit beschloss sie, sich mit ihrem Wahnsinn abzufinden. Sollte dies ihr Schicksal sein, wollte sie sich wenigstens anstrengen, ihm furchtlos entgegenzublicken.

26

Quälend lange Wochen später befand sich der Palast in hellem Aufruhr. In eben diesem Augenblick ritten Soldaten des Königs durch das Tor in der äußeren Stadtmauer. Die Überlebenden, die in Balezan gekämpft hatten, kehrten endlich heim. Glocken läuteten unaufhörlich, seit die Pferde vom Aussichtspunkt der Mauer aus gesichtet worden waren, und kündigten ihre Rückkehr an. Seitdem verbreitete sich die frohe Kunde in der ganzen Stadt und am gesamten Königshof. Dort scheuchte sie die Bediensteten auf, alles für die Ankunft der Männer vorzubereiten. Verwundete würden gepflegt werden müssen, und vor allem sollte die Heimkehr der kreeschen Helden gebührend gefeiert werden. Das bedeutete, es blieb nicht viel Zeit, um zu dekorieren und Speisen aufzutischen. Trotz der Hektik war die Begeisterung überall spürbar, aus den aufgeregten Gesprächen deutlich herauszuhören. Bis ins hinterste Zimmer herrschte nur noch dieses eine Thema.

Elayne fühlte alles und nichts. Sprach sie jemand auf ihrem Weg zum Palasttor an, antwortete sie knapp oder bloß mit einem Lächeln. Bevor sie ihre Dankbarkeit zulassen konnte, wollte sie die Ankömmlinge mit eigenen Augen sehen. Erst musste sie sich vergewissern, dass es ihnen gutging.

Dass ihr gerade jetzt Prinz Darians raues Lachen und das Grübchen auf seiner linken Wange in den Sinn kamen, half nicht gerade dabei, ihre Anspannung im Zaum zu halten. Andauernd dachte sie daran, wie es wäre, sollte er nicht unter den Soldaten sein. Alesander hätte seinen Bruder verloren, dieses Land einen warmherzigen Thronfolger und sie selbst jemanden, den sie tatsächlich als Freund zu betrachten begonnen hatte.

Sowie sie das Tor erreichte, begab sie sich an ihren Platz in der ersten Reihe vor der versammelten Menge. Hier draußen roch es nicht weniger nach Blumen und süßem Essen als drinnen. Viele der jungen Frauen hinter ihr hielten Gaben für die Soldaten. Sie fragte sich, ob sie auch etwas hätte mitbringen sollen, aber ihre Gedanken waren anderswo gewesen, und nun war es dafür ohnehin zu spät.

Ungeduldig nestelte sie an dem Schleifenband ihres Kleides herum. Dem Anschein nach hatte Phaerys es dem Himmel nachempfunden. In himmelsgleichem Blau und mit weißen Schnüren versehen schmiegte es sich an ihre Taille. An der Hüfte baumelte ein goldener Anhänger in Form einer Sonne.

Neben ihr standen das Königspaar und Alesander, ebenfalls sichtlich angespannt. Hinter ihnen versammelte sich der Hofstaat nebst zahlreichen neugierigen Zuschauern. Elayne griff nach der Hand des Prinzen, um ihm zu zeigen, dass sie mit ihm fühlte. Doch die Berührung schien ihm unangenehm zu sein, denn er zuckte zurück. Obwohl seine Ablehnung sie traf, ermahnte sie sich, es zu respektieren, wenn er nervös war und seinen Freiraum benötigte. Wenn seine Nervosität nur halb so groß war wie ihre eigene, musste seine Selbstbeherrschung am seidenen Faden hängen.

In der Menge entdeckte sie ein paar bekannte Gesichter. Phaerys zum Beispiel, dessen Blick geradezu euphorisch wurde, als er sein eigenes Werk an ihrem Körper registrierte. Weiter hinten steckte Milly mit ein paar anderen Mädchen die Köpfe zusammen, schaute leider kein einziges Mal in ihre Richtung. Außerdem erkannte Elayne unter den Wartenden einen jungen Mann mit braunem Haarknoten und zusammengezogenen Augenbrauen. Er stand zwischen einer ebenso verkniffen dreinblickenden Brünetten und einem älteren Mann, der wohl der Schatzmeister sein musste.

Seinem Gesichtsausdruck nach zu urteilen, sorgte sich Tazriel nicht minder um den Prinzen, als sie selbst es tat. Unvermeidlich fühlte sie sich mit ihm verbunden und hoffte auch für ihn, dass Darian gleich unter den Reitern sein würde.

Sie ließ von dem Schleifenband ihres Kleides ab und tastete stattdessen nach dem Stein, den sie nach dem Anziehen in ihre Rocktasche geschoben hatte. Seit sie diesen Schatz besaß, brauchte sie das Gefühl seiner glatten Oberfläche unter ihren Fingerspitzen und die Wärme, die er ausstrahlte, wenn sie ihn lang genug umschlossen hielt. Es kam ihr vor wie ein flüchtiger Gruß von Darian und sorgte dafür, dass sie sich weniger verloren vorkam. Weniger bedeutungslos.

Erstes Hufgetrappel schallte durch das geöffnete Tor zu ihnen, brachte die aufgeregt murmelnde Menge zum Verstummen. Elayne hielt gespannt die Luft an, als die Spitze des Trupps auftauchte: Darian und General Erald. Ihr Herz machte einen riesigen Satz, als sie den Kronprinzen erkannte. Ein Bart hatte die untere Hälfte seines Gesichts zurückerobert, seine Locken waren zerzaust, und unter seinen Augen fielen ihr dunkle Schatten auf. Noch dazu war ein Verband um sein Bein gewickelt. Sie betrachtete es nur kurz, bevor sie weiter seine Züge studierte.

Obwohl er wieder zuhause war, obwohl Menschen ihm zujubelten und ihm Geschenke entgegenstreckten, lächelte er nicht. Nicht wie sonst. Er hob zwar die Mundwinkel an, aber sein Ausdruck blieb müde. Kein Grübchen, keine ansteckende Heiterkeit.

Dennoch *lebte* Darian. Er war am Leben und dafür wollte Elayne in diesem Moment dankbar sein. Sie ließ ihren Blick weiterwandern, suchte die Gruppe von Reitern nach Gondrick ab, wurde jedoch nicht fündig.

Bitte! Angst wühlte ein Loch zu ihren Füßen auf. *Wo ist er? Wo?*

Ein zweites und noch ein drittes Mal nahm sie sich jeden Soldaten vor, aber Gondrick war definitiv nicht unter ihnen.

Er ist tot.

Auf einmal klang der Jubel um sie herum gedämpft, wie durch eine Wand. Das Loch tat sich auf und verschluckte sie einfach.

Er ist tot. Tot wie Nia, weil ich nichts anderes getan habe, als hier zu warten. Meine Warnung hat nichts genützt, falls sie denn je angekommen ist. Ich bin schwach. Schwach. Viel zu schwach, um irgendetwas auszurichten.

Wie hatte sie auch nur für eine Sekunde glauben können, sie besäße die Macht, einen ganzen Militärtrupp zu retten? Was für ein lachhaft naiver Mensch sie doch war!

Nur verschwommen drang zu ihr durch, wie die Männer von ihren Pferden stiegen und überschwänglich begrüßt wurden. Die Königsfamilie neben ihr hielt sich nicht mit langen Reden auf, so viel bekam sie mit. Erst als jemand das Wort an sie richtete, riss Elayne sich zusammen. Sie sah auf und fand sich Darian gegenüber. Von Nahem wirkte er noch ausgezehrter, doch in seinen Augen konnte sie nun ein vertrautes Funkeln ausmachen.

»Prinzessin«, grüßte er sie.

Augenblicklich rückte ihr Schmerz ein wenig von ihr ab und hinterließ

Raum für andere Empfindungen, auch wenn die Erleichterung darüber, ihren Freund wiederzusehen, nur einen schwachen Trost leistete.

»Ihr seid zurück«, reagierte sie viel zu leise, hatte ihre Stimme noch nicht richtig unter Kontrolle.

Außerdem wurde ihr unangenehm bewusst, dass man sie beobachtete. Alesander schaute ihnen ganz unverhohlen zu und sie konnte sein Unbehagen spüren, als wäre es ihr eigenes.

»Ich bin froh, Euch wohlauf zu sehen«, schob sie etwas fester hinterher.

Das Funkeln in Darians Blick nahm zu, aber fürs Erste sagte niemand von beiden mehr etwas. Sie glaubte schon, er würde weitergehen und sich einem der anderen Wartenden widmen. Doch stattdessen zückte er einen Brief. Elayne verlor beinahe das Gleichgewicht, als sie das Siegel darauf sah.

»Der ist ja von Gondrick!« *Bedeutet das ...?*

»Ja. Der General ist in Balezan geblieben, denn er hatte Dringendes mit Eurem Vater zu besprechen. Er hat sehr darauf beharrt, dass ich Euch diese Nachricht von ihm überbringe. Was immer darin steht, schien ihm ein wichtiges Anliegen zu sein.«

Mit fahrigen Fingern nahm sie den Umschlag entgegen. Dass sie noch immer angestarrt wurde, war ihr auf einmal völlig gleich. Gondrick lebte.

Sie konnte nicht warten, brach sogleich das Siegel und faltete das Papier auseinander. Alles andere rückte weit in den Hintergrund, während sie begierig die Zeilen überflog. Einmal, dann ein zweites Mal, um sicherzugehen, dass der Inhalt noch derselbe war.

Ich bete, dass du gesund und bei guter Laune bist, stand dort und es passte zu Gondrick, sich zuerst um ihr Befinden zu kümmern. Elayne wünschte sich so sehr, sie könnte ihn jetzt in den Arm nehmen. *Du weißt, es ist an der Zeit, dass ich mit König Seremon spreche. Er soll es wissen. Bis wir uns wiedersehen, mach keine Dummheiten. Und sorg dich nicht, denn es ist möglich, dass ich von oben beschützt werde. Nachrückende Söldner hätten uns fast den Sieg gekostet, aber plötzlich war da deine Stimme in meinem Ohr. Nenn mich ruhig senil und alt. Lach über mich, so laut du willst. Ich zweifelte zuerst selbst an mir. Aber dann hat die Warnung, die ich gehört hatte, mir das Leben gerettet. Nicht für alles gibt es eine Erklärung und manchmal braucht es die auch nicht. Was zählt, ist, dass wir weiterleben und unsere Aufgaben erfüllen. Meine ist es, dem König zu berichten. Deine ist noch wichtiger. Sei tapfer. Gondrick.* Beim Lesen hatte

Elayne zu zittern angefangen. Da stand es geschrieben. Sie war nicht verrückt geworden. Rabe existierte und hatte Wort gehalten.

»Was steht drin?«, fragte Darian, der sie mit einer Mischung aus Interesse und Besorgnis bedachte.

Schnell verstaute sie den Brief, in dem ein General seine Prinzessin nicht wie eine Hochgeborene anredete. Es war besser, wenn niemand der Umstehenden einen Blick darauf erhaschte.

»Nichts von Bedeutung. Der General informiert mich über seine Pflichten meinem Vater gegenüber und erklärt seine damit verbundene Abwesenheit.«

Darian musterte sie, als durchschaute er ihr ausweichendes Verhalten und gäbe ihr zu verstehen, dass er sie später noch einmal darauf ansprechen wollte.

Nach der Auflösung ihres Empfangs fand Elayne zunächst keine Gelegenheit, ungestört mit ihm zu reden. Die köstlichsten Speisen wurden in der großen Halle aufgetischt, Wein floss in Massen und die Gespräche erfüllten die Luft so heiter, wie sie es hier noch nicht erlebt hatte. Der Kronprinz wurde vom Adel schlichtweg belagert, und auch Bedienstete ließen es sich nicht nehmen, ihn beim Vorübergehen zu seiner Rückkehr zu beglückwünschen. General Erald erhielt ebenfalls ungemeine Aufmerksamkeit, jedoch tat er sie in den meisten Fällen mit grimmiger Miene ab. Jemand raunte Elayne zu, dass der Mann den Krieg als seine Bürde betrachtete, nicht als Heldentat, und sie respektierte ihn für diese Einstellung.

Sie fragte sich auch, wie es Darian damit erging. Sah er sich nun als einen Helden – so behandelte man ihn schließlich – oder konnte er dem Töten ebenfalls nichts Heroisches abgewinnen? Da sie seine Augen beim Einreiten durch das Tor gesehen hatte, glaubte sie, die Antwort bereits zu kennen.

»Bist du jetzt glücklicher?«

Sie riss den Kopf herum und blickte Alesander an, der schon die ganze Zeit direkt neben ihr saß.

Mit zusammengepressten Lippen stocherte er auf seinem Teller herum, ohne etwas zu essen. »Ich beobachte dich, seit wir die Soldaten draußen empfangen haben. Deshalb ist es mir auch nicht entgangen. Du kannst dich kaum von ihm losreißen.« Ein Nicken in Darians Richtung. »Bestimmt bist du jetzt glücklicher, da mein Bruder wieder mit uns am Tisch sitzt.«

Elayne öffnete den Mund, sagte aber nichts. Natürlich war sie jetzt glücklicher. Er etwa nicht?

»Nachdem Vater ihn fortgeschickt hatte, glaubte ich, ich wäre es auch, wenn er nur wieder heimkäme. Ich fühlte mich schlecht, aber ... das war ein Fehler.«

»Du musst durcheinander sein«, erwiderte sie und legte ihre Gabel beiseite, um sich auf ihrem Stuhl zu Alesander zu drehen. »Die letzten Tage waren für uns alle schwer. Für dich besonders. Bitte fühl dich nicht schlecht, bloß weil du nicht damit umzugehen weißt.«

Sie schenkte ihm ein aufmunterndes Lächeln und freute sich, als er seine Hand auf ihre legte.

»Danke. Vergiss, was ich eben sagte. Ich bin froh über die Art, wie du mich siehst, Ophenia«, ließ er sie wissen, bevor er sich wieder seinem Teller widmete. Diesmal nahm er einen richtigen Bissen.

Erstaunt über seine Aussage und zufrieden mit dem plötzlichen Fortschritt zwischen ihnen wandte auch sie sich wieder dem Festessen zu. Der würzige Duft umgarnte sie und so ignorierte sie das warnende Ziehen in ihrem Innern.

Das Essen dauerte lang. Immer wieder wurde einander zugeprostet, wobei sich Elayne eher in Zurückhaltung übte. Gen Ende hob sie daher nicht wie die anderen lallend ihren Kelch. Als sie aufstand, tauschte sie hier und da noch einige Höflichkeiten aus. Dann zog sie sich zurück. Nicht in ihre Gemächer, sondern in den Garten. Sie stellte sicher, dass niemand ihr nachschaute, bevor sie nach draußen trat und zielsicher den Weg einschlug, der bald von hochgewachsenen Pflanzen gesäumt war. Schließlich endete ihr Weg vor dem Gewächshaus.

Wie dringend sie sich an einem ruhigen Ort mit Darian unterhalten wollte, wunderte sie selbst. Wahrscheinlich hatte sie es vermisst, mit jemandem zu reden, der ihr Geheimnis kannte.

Selbstverständlich gab es noch Milly an ihrer Seite, aber mit ihr hatte sie nie über Bedeutendes gesprochen. Nicht einmal darüber, wie sehr sie Nia vermisse oder wie sehr es sie ängstigte, an diesem Ort zu sein. Das lag nicht etwa daran, dass sie glaubte, Milly würde ihr nicht zuhören. Eher bereitete es ihr ein schlechtes Gewissen, sie in kurzen zweisamen Momenten mit ihren schweren Gedanken zu belasten. Als müsste sie den verletzlichen, unvollkommenen Teil ihrer selbst zurückhalten.

Bei Darian war das Gegenteil der Fall. Er schaute sie und auch andere Menschen an, als wollte er alles über sie wissen. Das Gute und das Schlechte.

Hauptsache die Wahrheit. Elayne wiederum wollte erfahren, was wirklich in Darian vorging. Was er heute hinter der undurchdringlichen Maske eines gefeierten Prinzen verborgen hatte.

Im Gewächshaus erwartete sie niemand.

Geduld. Im Palast laufen genügend Leute umher, die ihn loben möchten. Da kann es ein wenig dauern, ermunterte sie sich, etwas zu warten.

Im Schneidersitz nahm sie in der Nähe des Schneekrauts, von dem nur noch wenig übrig war, auf der Erde Platz. Dass Darian früher oder später kommen würde, bezweifelte sie nicht. Ihr Gespür verriet es ihr, und es behielt recht, denn länger als ein paar Minuten wurde ihre Geduld nicht auf die Probe gestellt.

»Langsam bekomme ich den Eindruck, du hast vor, mir mein Geheimversteck streitig zu machen.«

Beim Klang seiner Stimme wurde ihr leicht ums Herz. Er hatte überlebt. Er war hier und überrumpelte sie wieder einmal, als wäre der ganze Schrecken gar nicht passiert.

»Ich habe mich wohl verhört.« Sie fixierte ihn gekonnt pikiert, während er sich neben ihr niederließ – stöhnend, da sein Bein offenbar wehtat. »Soweit ich das beurteilen kann, ist dieser Ort für jedermann zugänglich. Und außerdem: Wie geheim werden überdachte und sauber gehegte Beete voller Küchenkräuter schon sein?«

Er lachte und sie genoss es. »Dir kann man wohl nichts vormachen. Natürlich bin ich hier, um dich zu treffen.«

Gegen ihren Willen rötete ein Schwall Wärme ihre Wangen, dabei war sie doch aus demselben Grund hergekommen. »Dein Bein ist verletzt.«

»Nur ein Kratzer. Dein Schneekraut hat mir geholfen und ihn davon abgehalten, sich zu entzünden. Dafür muss ich mich bei dir bedanken.«

Dann lag es also an ihm, dass im Beet hinter ihr mehr als die Hälfte der weißen Pflanzen fehlte. Ihm beigestanden zu haben, wenn auch indirekt, freute sie. Ebenso, dass er es ihr Schneekraut nannte. Sie wünschte nur, sie hätte noch so viel mehr tun können, als ihm eine Pflanze zu zeigen. Oder einen Geist zu ihm zu schicken, ohne zu wissen, ob es überhaupt einen Unterschied machen würde. Aber um sie ging es jetzt nicht.

»Wie war es?«

Die Frage rutschte ihr einfach raus, ließ sich nicht aufhalten. Erst fürchtete sie, Darian zu überfallen. Da Gondrick stets ablehnte, es ihr zu beschreiben, rechnete sie sogar damit. Doch er legte den Kopf in den Nacken und antwortete.

»Unwirklich. Wie ein vollkommen anderes Leben, das unmöglich das eigene sein kann.« Er hielt inne und atmete leise. »Ich habe immer geglaubt, ein Schwert gegen jemanden zu führen, sei wie in der Ausbildung oder wie mit Taz bewaffnete Banditen zu vertreiben. Mit dem einzigen Unterschied, dass man mutig genug sein müsse, entweder seinem Richter ins Auge zu sehen oder selbst zu töten.« Wieder holte er Luft, stieß sie zittrig wieder aus. »Aber es ist schmutziger als das. Es geht nicht darum, wessen Technik präziser ist oder wer den meisten Mut besitzt, sondern darum, wie weit man bereit ist, für den Sieg zu gehen. In all den Heldengeschichten heißt es immer, dass jemand loszieht, um das Böse zu bekämpfen, und genauso stolz erzählt auch mein Vater von seinen Eroberungszügen. Aber nein, so war es nicht. Wir haben Menschen getötet, und für sie müssen wir das Böse gewesen sein.«

Für einen Augenblick verfiel er in Schweigen. Elayne wartete geduldig, bis er weitersprach.

»Ich wusste, was ich da tue.« Er hob seine Hände und betrachtete sie voller Abscheu. Dann ließ er sie schnell wieder in seinen Schoß sinken, als könne er den Anblick nicht länger verkraften. »Aber wenn du nach Hause zurückkehren willst, musst du vergessen, gegen wen du kämpfst. Du musst verdrängen, dass der Mann, dem du dein Schwert zwischen die Rippen stößt, eine Familie haben könnte. Dass diese Familie ebenso auf ihn wartet wie deine eigene auf dich. Es muss dir egal sein, wie viel Blut an deinen Händen klebt und ob du es überhaupt verdienst, derjenige zu sein, der überlebt.«

Beim letzten Wort drehte er den Kopf zu ihr, sodass sie einander direkt ansahen. Gänsehaut hatte sich inzwischen auf Elaynes gesamtem Körper ausgebreitet, ihr Atem ging stoßweise. Sie verstand, was Darian damit meinte: Um töten zu können, musste man sein Mitleid begraben. Man klemmte einen Teil von sich ab. Den Teil, der einem bewies, dass man ein Herz besaß. War es das, was Gondrick ihr in all der Zeit nicht hatte erklären wollen – der Grund dafür, dass er ihr früher nach seiner Heimkehr immer ausgewichen war? Fühlte er sich schuldig?

»Du bist ein guter Mensch«, versicherte sie Darian und meinte es aus tiefster Seele. »Als wir uns kennenlernten, warst du verwundet, weil du selbstlos andere beschützt hattest. Danach hast du deinen Vater überredet, meinem Land beizustehen, wofür ich und ganz Balezan dir auf ewig dankbar sein werden. Nicht nur dafür. Du hast mein Geheimnis bewahrt und tust es noch immer, obwohl du mich, König Seremon und mein ganzes Land als Verräter bloßstellen könntest. *Allein deinem Mitgefühl* habe ich es zu verdanken, dass ich jetzt hier sitzen und dir das sagen kann.«

Niemals zuvor hatte Elayne solch verzweifelte Dankbarkeit in jemandes Gesicht gesehen. Sie wollte sich vorlehnen und Darian an sich drücken, aber tat es nicht.

Stattdessen dachte sie an das zurück, was Keira über ihn gesagt hatte; dass er die Welt nur in Schwarz und Weiß sehe. Das mochte einmal so gewesen sein. Jetzt aber war er weit über seinen Vater hinausgewachsen und noch mehr zu dem zukünftigen König geworden, den Kree verdiente. Bei dieser Einsicht wurde ihr das Herz schwer.

König, dachte sie wehmütig. *Sein Weg steht geschrieben und meiner ebenfalls.*

Eine Weile ließen sie die Stille auf sich wirken, bevor schlussendlich einer von ihnen die Unterhaltung wieder aufnahm. Von da an redeten sie über dieses und jenes, vertraut und irgendwann regelrecht ausgelassen, bis es draußen langsam dunkelte.

Was in dem Brief von Gondrick gestanden hatte, erzählte sie ihm nicht, obwohl er natürlich danach fragte. Sie vertröstete ihn auf einen anderen Tag, denn erst wollte sie für sich selbst herausfinden, ob wirklich eine Gabe in ihr steckte. Ob sie ein weiteres Mal dazu fähig wäre, Rabe zu sich zu rufen. Ob sie vielleicht doch die Kraft besaß, andere zu beschützen.

Die Klippe. Ein ums andere Mal hatte sich Elayne im Traum vor ihr wiedergefunden. Diesmal jedoch war etwas anders als sonst. Sie sah Nia, ihre geliebte Nia, dort am Rand der Schlucht sitzen und fühlte doch keine Angst. Wie in all den Nächten zuvor würde sich ihre Freundin gleich abstoßen und fallen, einfach im Nebel verschwinden. Aber das war in Ordnung. Schließlich änderte es nichts – Nia war schon tot.

Rabe tauchte auf und nahm auf Elaynes Schulter Platz. Ohne den Blick von ihrer Freundin abzuwenden, streichelte sie über sein Gefieder. Dann setzte sie sich in Bewegung.

Was ihr bisher in keinem der wiederkehrenden Albträume gelungen war, fiel

170

ihr jetzt so leicht wie in wachem Zustand. Leichter sogar. Vollkommen mühelos, fast schwebend, erklomm sie den steinernen Ausläufer der Klippe, von dem die echte Prinzessin die Beine baumeln ließ.

»Was tust du da?«, fragte sie, als sie direkt hinter ihr stand.

Nia drehte den Kopf über die Schulter zu ihr. Das Lächeln auf ihrem leichenblassen Gesicht war so schön wie eh und je. »Ich versuche, dir etwas zu sagen.«

»Ich konnte dich nicht hören. Du warst zu weit weg.«

»Dummerchen. Du hättest doch nicht stehenbleiben müssen.«

Elayne überkam das Bedürfnis, sich zu verteidigen. »Meine Beine haben mir nicht gehorcht! Und was ist mit dir? Niemand schubst dich in diese Schlucht. Trotzdem springst du und verlässt mich!«

Warum sie sich die Mühe machte, mit einer Traumgestalt zu diskutieren, wusste sie selbst nicht. Doch es tat gut, diese Dinge zu sagen.

Nia lächelte verständnisvoll. »Ich bin froh, dass du gelernt hast weiterzugehen.« Auf den Vorwurf reagierte sie nicht.

»Also«, wurde auch Elayne wieder versöhnlich. »Was wolltest du mir die ganze Zeit sagen?«

Wie in den vielen Träumen zuvor öffnete die Prinzessin ihre Lippen, und endlich war jedes Wort klar und deutlich zu verstehen: »Ich war glücklich, Elayne. Danke.«

27

Er hätte sterben können. Darian hätte an der Grenze sein Leben verlieren können und die Schuld wäre für immer eine Last auf Alesanders Schultern gewesen. Aber sein Bruder war nicht gestorben. Der von allen geliebte Kronprinz hatte einen Sieg durch das Tor nach Hause getragen, wurde nun mehr denn je gefeiert und gelobt.

Ophenias Blick ließ Alesander nicht mehr los. Auch jetzt nicht, als der Mond längst den Himmel erleuchtete. Gehetzt lief er im Studierzimmer auf und ab, sah ihre geröteten Wangen vor sich. Sie hatte ausgesehen, als wäre sie innerlich zerbrochen, bis Darian gekommen war, um sie allein mit seiner Anwesenheit wieder zusammenzusetzen.

Und nicht nur seine Verlobte war Wachs in den Händen seines Bruders. Auch dem König hatte Darians Rückkehr wieder Leben eingehaucht. Um seinen jüngeren Sohn hätte er niemals auf diese innige Weise gebangt, das wusste Alesander mit Sicherheit. In den Augen seines Vaters zählte ausschließlich der Thronerbe.

Er bekommt den Thron. Er bekommt Ophenia. Er bekommt alles, brauste etwas Dunkles in Alesander auf, und er scherte sich nicht darum, das Toben zu unterdrücken.

Vielleicht wäre es das Richtige, wenigstens ein einziges Mal der Kreatur nachzugeben. Schließlich war sie es, die immerzu das Beste für ihn wollte. Alle anderen, bis auf seine Mutter, kümmerte seine Existenz nicht.

Am Hof drehen sich viele Damen nach dir um, wenn du an ihnen vorbeigehst, meldete sich eine Stimme in ihm, die wie seine eigene klang.

Doch er achtete nicht auf sie. Was half es ihm, von schüchternen Mädchen angesehen zu werden, die es nicht einmal wagten, ihn kennenzulernen? Für sie war er nichts weiter als ein Bildnis, das sie mit ausreichend Abstand bewunderten. Dass er tagtäglich gegen Gewitterstürme in seinem Kopf ankämpfte, sah niemand.

Oh.

Ein metallischer Geschmack bedeckte seine Zunge. Er hatte sich auf die Innenseite seiner Lippe gebissen.

Was genau bedauerte er eigentlich – dass er seinen einzigen Bruder in Gefahr gebracht hatte oder dass dieser gesund zurückgekehrt war? Beides bohrte sich in seinen Verstand, bis ihm das Denken schwerfiel. Alles, was blieb, war tiefer Groll. Sich selbst, seinem Vater, aber in erster Linie Darian gegenüber.

Du musst durcheinander sein, erinnerte er sich der Worte, die Ophenia vorhin bei Tisch zu ihm gesagt hatte.

Mit beiden Händen fasste er sich an den Kopf. Ja, er war durcheinander. In ihm musste gerade das größte Durcheinander herrschen, das je einen Menschen befallen hatte. Wenigstens glaubte die Prinzessin daran, dass er seinen Halt wiederfinden würde.

Welch ein Irrtum, zu denken, nur der Kreatur in ihm und seiner Mutter sei an seinem Wohl gelegen. Selbst wenn Ophenia die Nähe eines gewissen Jemand sehr schätzte, so suchte sie doch auch die seine. Und *ihn* würde sie letztendlich heiraten.

Endlich beruhigte sich sein Atem, er ließ die Hände sinken. Dem Toben nachzugeben wäre nicht das Richtige. Nicht, solange es noch jemanden gab, der ihm zur Seite stand. Nicht, solange Ophenia gewillt war, im Frühling den Bund der Ehe mit ihm zu schließen.

Vor der Tür des Studienzimmers wurde er bereits erwartet. Darian stand gegenüber an die Wand gelehnt und wendete gedankenverloren einen Gegenstand in seiner Hand. Einen Dolch mit aufwendig verziertem Griff und schmaler Klinge – die Waffe eines Vedeniers.

Alesander schluckte, überlegte, ob er einfach an ihm vorbeilaufen und so tun sollte, als habe er ihn nicht wahrgenommen.

Aber da blickte sein Bruder schon auf und stieß sich von der Wand ab. »Ich wollte dich nicht beim Lesen stören.«

»Sehr rücksichtsvoll von dir. Meine Glückwünsche zu deinem heldenhaften Sieg im Osten. Wir alle sind froh, dich wieder hier zu wissen.«

»Ist das so?« Darian betrachtete wieder die edle Waffe in seinen Händen. »Seit meiner Rückkehr haben wir beide kaum ein Wort gewechselt. Ich frage mich, ob du dich wirklich freust, mich wiederzusehen. Immerhin ... Na ja, du weißt schon.«

Der kühle Unterton in Darians Stimme beunruhigte Alesander so sehr, dass seine Haut zu kribbeln begann. »Entschuldige. Ich fürchte, ich kann dir nicht folgen.«

»Ich habe nachgedacht.« Darian seufzte und es klang schmerzerfüllt. »Zuerst wollte ich es nicht wahrhaben. Ich suchte nach irgendetwas, das mir das Gegenteil beweisen könnte. Aber wahrscheinlich muss ich endlich erwachsen werden und es akzeptieren. Für dich gibt es kein Band zwischen uns. Weder unsere Blutsverwandtschaft noch die gemeinsame Kindheit bedeuten dir etwas.«

Darauf erwiderte Alesander nichts. Er hätte widersprechen können, wie er es sonst tat, wenn sein Bruder etwas in dieser Richtung andeutete. Doch er sah in diesem Moment keinen Sinn darin, zu lügen.

Natürlich ließ Darian ihn nicht kalt. Sonst hätte ihn die Schuld während der vergangenen Wochen nicht so sehr erdrückt. Dennoch war da immerzu dieser Wunsch, er würde einfach verschwinden. Ein Leben ohne den älteren Prinzen, ein Leben im Licht wäre so viel erträglicher gewesen. Ihre sogenannte Blutsverwandtschaft änderte an all dem nichts. Schließlich kannte er die Wahrheit.

»Als ich zu Schwertmeister Hudon wollte, hast du mich belogen«, fuhr Darian unvermittelt fort. »Du hast Vater absichtlich gegen mich aufgebracht, habe ich recht?«

Alesander spürte ein Pochen in seinem Schädel. Noch nie hatte sein Bruder ihm irgendeinen Vorwurf gemacht. Damals nicht, als er ihm während der Prüfung beim Geschichtsgelehrten Orwick eine falsche Antwort zugeflüstert hatte, um ihn wenigstens ein einziges Mal vor den Augen ihres Vaters scheitern zu sehen. Auch nicht, als er ihn einige Jahre zuvor beschuldigt hatte, die Pferde aus den Stallungen befreit zu haben, obwohl er selbst es aus einer Laune heraus gewesen war.

»Liegt es an Mutter?«, fragte Darian ruhig, aber deutlich verletzt. »Oder tue ich etwas, womit ich deinen Hass verdiene? Sag es mir, Bruder. Warum gibt es diese Kluft zwischen uns? Seit ich mich erinnern kann, versuche ich, einen Weg hinüber zu finden, aber nichts ändert sich.« Plötzlich streckte er ihm den Dolch entgegen – nicht auf bedrohliche Weise, doch Alesander entwich die Luft. »Weißt du, woher ich den hier habe? Ein Vedenier hätte mich um ein Haar damit getötet. Ob es nun Schicksal war oder Glück, weiß ich nicht. Aber ich konnte ihn überwältigen und habe überlebt. Nur mein Bein wurde getroffen. Dennoch ... Ich hätte in jenem Augenblick sterben können und glaub mir, es gab viele solcher Augenblicke. Jetzt schau mich an und sag mir wieso. Wieso wolltest du, dass es so weit kommt?«

»Ich weiß es nicht.«

Darian schleuderte den Dolch zu Boden, schlagartig aufgebracht. »Lüg mich nicht an!«

Alesander schwieg. Was sollte er auch antworten? Dass nicht er es war, der ihm eine Falle gestellt hatte, sondern ein zweites Ich, eine Kreatur aus Dunkelheit, die sein Inneres beherrschte? Dass nur sie dafür verantwortlich war, dass er in ihm keinen geliebten Bruder sah? Dass er es sich wünschte, doch einfach nicht schaffte?

Zwar bebte Darians Stimme weiterhin, dennoch hielt er sie jetzt wieder gesenkt: »Vater gibt morgen ein Fest, um die Soldaten zu ehren, die im Osten gekämpft haben. Solltest du nicht mit uns feiern wollen, weil du mich lieber tot sähest, ist mir das gleich. Ich bin bloß hier, um dir mitzuteilen, dass ich die Prinzessin um einen Tanz bitten werde.«

Alesander funkelte ihn an. »Was sagst du da?«

»Versteh mich nicht falsch. Ich mache dir nicht deinen Platz streitig, es sei denn du erweist dich ihr gegenüber als ähnlich lieblos. Aber ich will ehrlich sein. Zu Anfang ging es mir nur darum, herauszufinden, wer die Fremde ist, die meinen kleinen Bruder heiraten wird. Nun weiß ich es. Sie ist herzensgut und mutig, und mir ist heute klargeworden, dass ich nicht vorhabe, Rücksicht auf dich zu nehmen. Dafür fällt mir einfach kein Grund ein, der gut genug wäre.«

Das Geheimnis der Meditation

Ein ruhiger Ort, den niemand stört.
In Freiheit und vor der Zeit verborgen.
Im Fluss den Körper treiben lassen.
Die Gedanken mit ihm hinfort.
In der Atmung liegt der Schlüssel.
Ein ruhiges Herz, das alles spürt.
– Aus *Wissen aus dem alten Land*

28

An die Hitze, die auch im Spätsommer zur Mittagszeit noch die Umgebung zum Flimmern brachte, hatte Elayne sich bereits gewöhnt. Dennoch trat sie mit einem wohligen Gefühl in den Schatten der Olivenbäume. Zusammen mit dem Duft von Erde empfing er sie hinter dem Mauerspalt und kühlte ihre Haut. Etwas unschlüssig lehnte sie sich gegen einen Baum und schaute sich um. In ihrer Hoffnung hatte sie erwartet, dass Fenella wieder einmal mit einer mysteriösen Begrüßung aus dem Nichts auftauchte. Bisher schien sie auf geradezu magische Weise auf Elaynes Besuche vorbereitet gewesen zu sein. Doch nichts geschah. Der Wald lag in idyllischer Stille vor ihr, die einzigen Geräusche das Gezwitscher eines Vogelpaars und ein gleichmäßiges Rascheln im Blätterdach.

Enttäuscht verzog Elayne den Mund. Wenn sie sich nur daran erinnern könnte, wohin sich Fenella damals zurückgezogen hatte. Sich weiter vom Palast zu entfernen, wäre unklug. Von ihrem Balkon aus hatte sie gesehen, dass die Waldfläche zwar nicht endlos war, aber allemal groß genug, um sich zu verlaufen. Sie konnte einfach eine Weile hierbleiben und warten, jedoch würde sie damit höchstwahrscheinlich nichts erreichen. Eine dritte Möglichkeit bestand darin, zurückzugehen und es an einem anderen Tag noch einmal zu versuchen. Doch das kam eigentlich nicht infrage. Seit ihrem Zusammenbruch auf dem Balkon hatte sie Rabe nicht mehr gesehen, und wenn ihr irgendwer mehr über Geister erzählen konnte, dann die eigentümliche Waldfrau. Elayne brauchte Antworten, und zwar sofort.

Blieb also nur ein Vorstoß ins Innere des Waldes. Einen Versuch war es wert, und solange sie sich nicht allzu weit von der Mauer entfernte, sollte sie auch nicht Gefahr laufen, sich zu verirren. Von frischem Tatendrang erfüllt, schlug sie eine Richtung ein, die besonders hell und einladend schien.

Mehrere Minuten lief sie geradeaus – wenigstens hoffte sie das –, bis in der Ferne etwas anderes als Äste und Blätter erkennbar wurde. In weißen und gräulichen Schwaden stieg er vom Boden empor, vermengte sich mit der Luft und wurde unsichtbar: Rauch. Sogleich beschleunigte sie ihre Schritte.

Kurz vor den Rauchschwaden wurde sie langsamer, versuchte, zwischen den Stämmen deren Quelle oder einen Hinweis auf die Waldfrau auszumachen. Und tatsächlich saß dort drüben Fenella an einer Feuerstelle und hielt etwas an einem langen Stock darüber. Ihre Filzzöpfe trug sie zu einer hohen Frisur umeinandergewickelt, wodurch die hölzernen Ringe sichtbar waren, die an ihren Ohren baumelten. Von ihrer Unterlippe über ihren Hals zog sich ein Streifen roter Farbe.

Elayne atmete erleichtert auf. Sie hatte sie wirklich gefunden!

Es waren noch mehrere Schritte bis zu ihr, da begrüßte Fenella schon ihren Gast. »Ophenia, setz dich zu mir, wenn du willst«, bot sie Elayne an, ohne den Blick von den Flammen abzuwenden.

Um das Ende ihres Stocks war ein Teig gewunden, der in den Flammen röstete und einen goldenen Ton annahm. Es roch unheimlich gut und Elayne zögerte nicht lang, sich neben sie zu setzen.

»Woher wusstest du, dass ich es bin?«, fragte sie, linste dabei verstohlen zum Stockbrot hinüber. »Hat mich meine«, sie wollte zeigen, dass sie dazugelernt hatte, »*Energie* verraten?«

»Wenn man in einem Wald lebt, lernt man seine Geräusche kennen. Ich habe deine Schritte schon von weitem gehört, und da es nur zwei Menschen gibt, die mich aus dieser Richtung besuchen kommen, brauchte ich bloß noch zu raten. Ein Glückstreffer.«

Endlich sah Fenella zu ihr herüber. Auf ihren Lippen lag ein verschmitztes Lächeln, das sie mehr wie ein Mädchen als eine junge Frau aussehen ließ. Elayne wunderte sich, wer wohl der andere Palastbewohner sein mochte, von dem sie sprach, aber sie zügelte ihre Neugierde. Schließlich war sie heute mit genügend anderen Fragen hierhergekommen.

»Wohnst du in der Nähe?«, stellte sie eine davon.

Bis auf die Feuerstelle deutete nichts darauf hin, dass an diesem Ort jemand lebte. Überall erstreckten sich Bäume, aber nirgends ein Haus, eine Hütte oder wenigstens ein Zelt.

»Nur Grauhörnchen wohnen hier«, bestätigte Fenella diesen Eindruck und nahm den Stock aus den Flammen, um ihn neben sich in den Boden zu stecken. Das Brot kühlte ab und verbreitete weiterhin sein verlockendes Aroma. »Mein Zuhause liegt in einem ganz anderen Teil des Waldes. Ich komme nur gelegentlich zum Essen oder Spazieren her, weil ich die Stelle so mag.«

Elaynes Kiefer sackte nach unten. »Das heißt, hättest du nicht zufällig beschlossen, heute hier zu essen, wäre ich ...?« *Weiter und weiter gelaufen, vergeblich auf der Suche nach einem Lebenszeichen.*

»Du hättest einen anderen Weg eingeschlagen«, setzte Fenella ihrer Theorie entgegen.

»Aber ich konnte ja nicht wissen, wo du bist.«

»Ich sehe schon, du verstehst es noch nicht. Du hast mich gefunden, Neema, aus dem Grund, dass du mich finden wolltest. Ich sagte dir doch, es würde so sein. Fang an, dich auf dein Gespür zu verlassen, und alles wird viel leichter.«

»Könnte es sein«, tastete Elayne sich unsicher voran, »dass dieses Gespür mir dabei hilft, mit Geistern zu kommunizieren?« Mit angehaltenem Atem erwartete sie, was der Waldfrau dazu einfiel. Als diese ein wenig zu lange stumm blieb, fügte sie hastig hinzu: »Ich meine, ich habe mit einem gesprochen. Mit einem Geist. Wie das überhaupt möglich sein kann, begreife ich selbst nicht, doch es ist wahr. Er hat behauptet, von mir gerufen worden zu sein, also ... wie schaffe ich das wieder?«

Ihr Herzschlag beschleunigte sich. Jetzt, da sie es laut aussprach, überwältigte sie ihre Begegnung mit Rabe aufs Neue. Es war wirklich passiert, so unglaublich es ihr auch vorkam. In ihr steckte eine *Gabe*. Eine, die ihr nur die Frau ihr gegenüber erklären konnte.

Quälend langsam pulte Fenella das Brot ab, riss es in zwei Hälften und reichte ihr eine davon. Mit nachdenklicher Miene zupfte sie sich einen Bissen nach dem anderen ab und aß, bevor sie endlich antwortete.

»Unglaublich. Das ist wirklich unglaublich. Sogar für mich, und ich kenne viele Geschichten.« Irgendetwas an ihr veränderte sich, vielleicht war es ihre Haltung oder die Art, wie sie ihre Worte betonte. »Trotzdem kann ich dir alles beibringen, was du wissen musst, um mit diesem Geschenk umzugehen. Ich selbst habe von meiner Großmutter genug gelernt, wenn es darum geht, Energie zu spüren. Sie zu kontrollieren, ist im Grunde ganz ähnlich.«

»Deine Großmutter?«

»Eine feinfühlige Frau. Genau wie du und ich. Sie hat ihre Gabe gern genutzt, um anderen zu helfen. Letztendlich wurde ihr das zum Verhängnis.«

»Wie meinst du das?«

Fenella aß einen weiteren Bissen und starrte ins sterbende Feuer. »Menschen fürchten, was sie nicht verstehen. Deshalb solltest du dir gut überlegen, mit wem du über deine Gabe sprichst. Es gab schon immer solche wie uns, mit großer Sensibilität für alles um uns herum. Aber es wird auch immer solche geben, die das nicht begreifen und uns dafür ächten.« Die letzte Flamme züngelte um das verbliebene Holz und Fenella stieß einen Seufzer aus. »Als ich klein war, lebten wir im Palast. Wir gehörten dem Adel an und meine Großmutter war eine angesehene Frau. Doch weder Titel noch Ansehen haben sie beschützt. Sie ... ist als Hexe verbrannt worden, nachdem sie sich der falschen Person anvertraut hatte.«

Elayne wurde eiskalt. »Sie wurde ...? Das tut mir so leid.«

Hexerei. Auf die Idee, man könne das, was mit ihr passierte, so bezeichnen, war sie bisher gar nicht gekommen. Hexenverbrennungen waren in Balezan nicht mehr üblich, seit Seremon regierte. Viele im Volk glaubten zwar an die Existenz dunkler Mächte, doch der König hielt nichts davon. Wie Phelius' Urteil ausfiel, wurde jemand der Hexerei bezichtigt, konnte Elayne nicht erahnen.

Sie schluckte hart. Ein Grund mehr oder weniger für den König, um sie hinzurichten, machte wohl nichts mehr aus. Trotzdem würde sie ihre merkwürdigen Fähigkeiten für sich behalten. Lebte Fenella deshalb hier im Wald – war er nach diesem schrecklichen Erlebnis zu ihrem Versteck geworden? Sie wollte sie nicht drängen, noch mehr preiszugeben, deshalb streichelte sie ihr nur tröstend über den Arm.

Unvermittelt hievte sich Fenella auf die Beine und streckte ihr die Hand entgegen. Elayne griff danach und ließ sich aufhelfen, beobachtete anschließend, wie die Waldfrau das letzte Glühen in der Feuerstelle mit Erde erstickte.

»Gehst du?«, befürchtete sie, doch erhielt dafür ein Kopfschütteln.

»Wir gehen zusammen. Ich möchte dir meine Hütte zeigen und den Platz, an dem ich damals geübt habe.«

War das klug? Nach allem, was sie gerade erfahren hatte, fragte sich Elayne, ob sie sich wirklich noch weiter mit diesen Dingen beschäftigen sollte.

Andererseits war sie doch genau dafür hierher in den Wald gekommen – um Antworten zu finden. Rabe hatte Gondrick eine Warnung überbracht. *Sie selbst* hatte dafür gesorgt. Wenn sie nur begriff wie, müsste sie sich nicht länger so klein und nutzlos vorkommen.

Also traf sie eine Entscheidung und folgte Fenella vorbei an Bäumen, die niemals jemand würde zählen können. Während des ganzen Weges unterhielten sie sich kaum, deshalb kam er ihr umso länger vor. Doch sobald sie die rustikale Hütte erspähte, war die Anstrengung sofort vergessen.

Werkzeuge hingen von außen an den Holzwänden, allesamt behelfsmäßig gefertigt und abgenutzt. Gleich mehrere Beete waren ohne erkennbare Ordnung in den Boden um das kleine Haus herum gegraben. Eine weitere Feuerstelle befand sich davor, und darüber hing ein massiver Kessel. Auf einem flachen Podest links vom Hütteneingang lag eine zusammengeflickte Decke und bildete einen einladenden Sitz.

»Nicht dahin«, erwähnte Fenella, sowie sie ihren Blick auf die Decke bemerkte. »Halynn wird es riechen, solltest du auch nur daran denken, dich auf ihren Thron zu setzen. Das Risiko würde ich lieber nicht eingehen, wäre ich du.«

Riechen? »Ist sie auch so sensibel wie du – eine Verwandte von dir?«

Fenella lachte, und es klang zur selben Zeit rau und sanft, genau wie der Wald. »Das wäre in der Tat recht seltsam. Halynn ist eine Katze. Ein Luchs, der irgendwann einmal entschieden hat, dass ich mein Zuhause mit ihm teile.«

Elayne lächelte ungläubig. Diese Vorstellung gefiel ihr. Eine Wildkatze und ein Mensch, die Freunde wurden. Dennoch malte sie es sich einsam aus, so abgeschieden zu leben. Sie liebte die Natur, ihre Unverfälschtheit und Ruhe, aber sie brauchte auch Menschen um sich, mit denen sie reden und durch die sie die Welt besser verstehen lernen konnte. Sicherlich gab es eine Menge Wissen, das nur in Einsamkeit entstand, doch was geschah damit, wenn man es nicht an andere weitergab?

Fenella führte sie ein Stück weiter von der Hütte weg zu einem Hügel. Er war nicht sehr groß, mehr eine auffällige Erhebung zwischen zwei Bäumen. Wurzelwerk ragte aus der aufgetürmten Erde heraus und schien eine Sitzkuhle zu umrahmen, sodass eine Person gerade perfekt auf der Hügelspitze Platz fand.

»Und das hier ist *dein* Thron?«, scherzte Elayne und die dunklen Augen der Waldfrau leuchteten auf.

»Vorläufig möchte ich ihn dir überlassen. Ich kenne keinen geeigneteren Platz, um sich zu erden und die Energie fließen zu lassen. Bis du die Meditation beherrschst, darfst du jederzeit herkommen, und ich unterrichte dich. Ich gebe zu, mit Geistern zu sprechen, übersteigt meine eigenen Fähigkeiten. Aber ich bringe dir mit Freuden alles bei, was ich von meiner Großmutter gelernt habe. Wenn du fleißig übst, wirst du deine Gabe bald kontrollieren können, das verspreche ich dir. Wer weiß, womöglich unterrichten wir am Ende sogar einander.«

Elayne zog den Kopf ein. »Du weißt so viel, und ich ... Mir wäre es lieber, dich nicht enttäuschen zu müssen.«

»Mich enttäuschen? Rede keinen Unsinn.« Sie stupste Elayne in die Seite. Eine freundschaftliche Geste, die sie an Nia erinnerte. »Hab keine Angst vor dem Versagen, sonst lähmst du dich nur selbst.«

Diese Worte trafen Elayne hart. Sie hasste es, untätig zu sein und sich schwach zu fühlen. War ihre Angst vor diesem Gefühl das eigentliche Problem? Andererseits hätte es am Todestag von Nia wohl keinen Unterschied gemacht, ob sie nun angsterfüllt oder siegessicher auf der Suche nach Heilkräutern gewesen wäre. Sie hatte keine gefunden, versagt, ihre engste Freundin sterben lassen. Mut hätte daran nichts geändert.

»Ich danke dir für deine Hilfe«, überging sie die Erinnerung an ihren Schmerz.

»Dank mir besser erst im Nachhinein«, entgegnete Fenella leichthin. »Als Meisterin habe ich mich bisher nie versucht. Los. Fangen wir gleich an.«

»Sofort?«

»Du möchtest doch deinen Geist rufen.«

Das Wort *Meditation* hatte sie bereits in *Wissen aus dem alten Land* gelesen. Dennoch wusste sie nicht, worauf sie sich einließ, als sie mit drei Schritten den Hügel erklomm, sich hinsetzte und eine angenehme Position fand. Fenella erklärte ihr, wie sie sich auf ihren Atem fokussierte. Mit ruhiger Stimme leitete sie Elayne an, sich nacheinander auf jeden Punkt ihres eigenen Körpers zu konzentrieren, dort den Fluss ihrer Energie zu spüren. Auch riet sie ihr, auf ihre Umgebung zu achten. Auf das Sichtbare sowie auf das, was man ausschließlich mit dem Herzen erkennen konnte. Sie sagte, dass alles um sie herum lebendig sei. *Ein lebendiger Teil unserer Welt. Eine Seele ohne Körper. Reine Energie.* So hatte Rabe sich selbst beschrieben, fiel Elayne dabei wieder ein.

Sich nicht vom fernen Vogelzwitschern, dem Rauschen des Windes oder einem Kitzeln an ihrer Nase ablenken zu lassen, erwies sich als äußerst schwierig. Einmal biss sie sich an ihrem Schuldbewusstsein fest, sobald ihr klarwurde, wie schmutzig sie das Kleid machte, an dem Phaerys sicher hart für sie gearbeitet hatte. Ihre Gedanken wollten einfach nicht gehorchen.

»Es ist wichtig, dass du auf die Kraft vertraust, die in deinem Kopf wohnt.« Fenella tippte sich mit dem Finger an die Schläfe. »Frühere Generationen lehrten, Energie könne allein durch feste Überzeugung gelenkt werden. Das bedeutet, du musst dir sicher sein, dass Energie auf eine bestimmte Weise fließt. Dann wird sie es auch, ganz nach deinem Willen.«

Du musst es wollen, hatte auch Rabe von ihr verlangt. *So sehr, dass du mir keinen anderen Ausweg lässt, als deinem Wunsch Folge zu leisten. Forme aus deinem Wunsch eine Gewissheit. Wenn in dir kein Zweifel daran übrigbleibt, dass ich deine Freunde vor der heranrückenden Gefahr warne, wird genau das geschehen.*

Dann war das der Schlüssel dazu, ihn zu rufen? Wenn es so funktionierte, wie Fenella behauptete, lenkte sie Geister durch reines Selbstvertrauen. Dann konnte sie Rabe zu sich holen, wann immer sie ein Wunder benötigte.

Ein plötzliches Bauchgefühl sagte ihr, das würde schon bald der Fall sein.

29

Du benimmst dich heute seltsam«, bemerkte Elayne. Im Spiegel fing sie Millys Blick ein, die gerade tüchtig mit der Schnürung von Phaerys' neuestem Präsent zu kämpfen hatte. »Du klingst unzufrieden und siehst mich kaum an. Den ganzen Tag schon.«

»Findest du?«, reagierte diese in demselben abweisenden Ton, in dem sie bereits seit dem Aufstehen mit ihr sprach.

Elayne wusste nicht weiter. War sie ihr in irgendeiner Weise auf die Füße getreten? Lag es an dem Haufen Arbeit, den sie ihr gestern nach dem Ausflug durch das mit Erde verschmutzte Kleid beschert hatte? Dafür hatte sie sich zwar schon zweimal entschuldigt, aber ein drittes Mal würde nicht schaden.

»Ganz ehrlich. Es tut – «, setzte sie an, als Milly so heftig an den Schnüren in ihrem Rücken zog, dass ihr die Luft wegblieb.

»Oh. Etwas zu eng«, stellte Milly trocken fest, lockerte die Fäden ein wenig, bevor sie sich erneut daran machte, sie zu ordnen.

Für das Fest zu Ehren der Soldaten hatte Phearys etwas Gewagtes angefertigt. Vorne war das nachtblaue Kleid hochgeschlossen, hinten ließ es freie Sicht auf ihren gesamten Rücken, wäre da nicht noch die Schnürung, die über ihre nackte Haut verlief und oben in ihrem Nacken in einer Schleife endete. Perlen besetzten den Stoff, verwandelten ihn in einen Nachthimmel voller Sterne.

Dazu trug Elayne eine funkelnde Tiara, ihr Haar war zu einem dicken Zopf geflochten, durch den sich ein Tuch in der Farbe des Kleids zog. Schon jetzt graute es ihr vor der Aufmerksamkeit der übrigen Gäste, denn als unauffällig konnte man ihre Erscheinung an diesem Abend wohl kaum bezeichnen.

Sobald Milly alles gerichtet hatte, wandte sie sich ab und schien den Raum ohne ein Wort verlassen zu wollen.

Elayne hielt sie zurück. »Es ist schon in Ordnung, wenn ich mich zum Fest verspäte. Gibt es etwas, über das du reden möchtest?«

Milly zögerte, stand bereits in der Nähe der Tür und blickte Elayne über die Schulter hinweg an. »Nein. Nimm einfach die Verlobung und deine Verantwortung ernst. Damit tätest du nicht nur mir einen großen Gefallen.«

Darauf fiel Elayne keine passende Antwort ein, und selbst wenn, wäre sie ihr wahrscheinlich im Hals stecken geblieben. Angespannt sah sie zu, wie die Tür hinter Milly zufiel, und verharrte auch noch dann in ihrer Position, als sie längst allein war.

Warf sie ihr vor, keine Verantwortung zu zeigen? Empörung wallte in ihr auf, getrübt durch einen leisen Zweifel. Ja, sie wusste um die Notwendigkeit ihrer Verlobung. Trotzdem stimmte es vielleicht, dass sie sich nicht mit ganzem Herzen darauf einließ. Natürlich wünschte sie sich, eine Verbindung zu Alesander aufzubauen. Aber gab sie in dieser Hinsicht tatsächlich ihr Bestes?

Weshalb genau jetzt Darians dankbarer und emotionsgetränkter Ausdruck von neulich in ihrer Vorstellung auftauchte, verwirrte sie noch mehr. Schnell verwarf sie ihre Überlegungen.

Das hilft mir nicht weiter. Ich muss mich auf den heutigen Abend konzentrieren, beschwichtigte sie sich. *Viele Gäste werden da sein und jede meiner Bewegungen verfolgen.*

Wie üblich, nahm sie den Stein von Darian aus der Schublade ihres Nachttisches. Ihn dabeizuhaben würde ihre Nerven etwas beruhigen. Leider hatte Phaerys ausgerechnet in dieses Kleid keine Taschen eingearbeitet, deshalb musste sie sich anderswie helfen. Sie klemmte den Stein unter dem Band um ihre Taille fest, sodass er vollständig verdeckt und sicher an ihren Bauch gedrückt wurde.

Mit einem anschließenden Blick in den Spiegel vergewisserte sie sich, dass er dort nicht auffiel, und atmete noch einmal tief durch. *Fertig. Nun auf in den Festsaal. Mit Milly spreche ich später.*

Die vielen Stimmen und das Gelächter drangen schon durch die geschlossene Flügeltür aus dunklem Holz zu ihr, als sie durch den Gang darauf zuschritt. Der Klang steigerte ihre Nervosität und unwillkürlich wanderte ihre Hand zu der Stelle, an der sie ihren Glücksbringer versteckt hatte. Sie ertastete seine Umrisse unter dem Band und erinnerte sich daran, dass sie nicht allein war. Darian, der ihr Geheimnis kannte und schützte, würde den ganzen Abend in ihrer Nähe sein. Kein Grund also, sich zu sorgen.

Die Tür wurde ihr geöffnet und sie schritt erhobenen Hauptes hindurch. Vor ihr erstreckte sich ein Spiel aus Hunderten Lichtern, beschwingter Musik, schillernden Kleidern, exotisch duftendem Essen und lachenden Gesichtern. Dass zunächst kaum jemand ihre Ankunft wahrnahm, verschaffte ihr ein wenig Aufschwung. Sogar Borgwen befand sich mitten im Getümmel der Gäste, statt lautstark ihre Anwesenheit zu verkünden oder an der Seite des Königs zu dienen.

Der zweite Bekannte, den sie ausmachte, war Tazriel. Mit dem Rücken an eine Wand gelehnt, unterhielt er sich mit einer Adeligen seines Alters, zwinkerte jedoch grinsend Elayne zu, als er sie ebenfalls bemerkte. Nicht weit von ihm saß seine Schwester an einem Tisch, ins Gespräch mit ihrem Vater vertieft. Kurz fragte sich Elayne, ob die Tochter des Schatzmeisters immer noch glaubte, ihr Bruder habe sie an jenem Tag im Schlossgarten verführt. Dann wurde sie abgelenkt.

»Ophenia. Ich habe auf dich gewartet.«

Alesander tauchte vor ihr auf, in Gold und helles Blau gekleidet, als wäre er ihr genaues Gegenstück. Er hauchte einen Kuss auf ihre Wange, und sie verkrampfte bei der unerwarteten Berührung. Seine Nase und seine Wangen glühten leicht – womöglich von dem Wein, den sie in seinem Atem roch, als er ihr so nah kam.

»Verzeih mir«, gab sie zurück, bemühte sich um eine unbeschwerte Stimmlage. »Mich umzukleiden, hat etwas mehr Zeit gekostet als gedacht.«

Auf ihre Erklärung hin umrundete er sie langsam. Mit dunklen Augen studierte er jeden Zentimeter ihres Körpers, ob von Stoff bedeckt oder nicht. Da er dabei nichts weiter sagte, begann sie, sich unbehaglich zu fühlen, wurde sich ihrer Freizügigkeit unangenehm bewusst. Aber auch die Ungezügeltheit in seinem Ausdruck schüchterte sie ein. Dies war nicht der scheue Prinz, den sie kannte.

»Wie käme ich dazu, solcher Schönheit nicht zu verzeihen?«

Fast schmerzhaft fest verflocht er seine kühlen Finger mit ihren und führte sie durch die Menge. Sie kam sich vor wie ein teurer Gegenstand, den er präsentierte. Ihm war anzusehen, wie sehr er die Aufmerksamkeit genoss, die ihnen mit einem Mal zuteilwurde.

Männer wie Frauen verneigten sich respektvoll, schauten wie gebannt auf Elaynes Nachthimmelkleid und auf ihre ineinander verschlungenen Finger. Auch das Königspaar hatte sie inzwischen entdeckt und sowohl Jamalie als auch Phelius richteten die Augen auf sie. Nur Darian war noch nirgends zu sehen. Starrte er sie gerade von einem versteckten Winkel aus wie all die anderen an?

Das hier ist etwas Gutes. Alesander stellt unsere Verlobung öffentlich zur Schau, wollte Elayne ihr Unbehagen abschütteln, doch sie scheiterte.

»Ich will, dass du mit mir tanzt«, forderte der Prinz sie auf, als sie die Mitte des Saals erreichten. Durch eine Bewegung seiner Hand drehte er sie mit dem Gesicht zu ihm.

Nun war es Elayne, die starrte. In dem edlen Gewand mit funkelnden Goldknöpfen, mit diesem nahezu unwirklich perfekten Äußeren wirkte er genau wie der Märchenprinz, den Nia und sie sich früher ausgemalt hatten. Seit sie einander im Thronsaal vorgestellt wurden, gab er sich schüchtern und unbeholfen, aber niemals unfreundlich. Er war ein ruhiger, belesener Mensch. Weshalb fühlte sie sich dann jetzt so unwohl?

Erst hatte Milly solch ein seltsames Verhalten an den Tag gelegt und nun auch Alesander. Was war ihr entgangen? So plötzlich und unerklärlich hatte sich irgendetwas verändert, und diese Veränderung jagte ihr Angst ein. Sie trieb sie in eine dunkle Ecke ihres Kopfes. Dorthin, wo ihre Zweifel hausten. Zweifel an ihrer Eignung für die Rolle als Prinzessin und Furcht vor all dem, was sie sich mit dieser Rolle aufbürdete.

Aber etwas anderes ließ Elayne an Ort und Stelle erstarren. Eine Erkenntnis kroch eiskalt ihre Wirbelsäule hinab: Sie beherrschte keinen einzigen kreeschen Tanz. Nia war darin unterrichtet worden. Aber Elayne hatte während dieser Stunden immer bloß zugesehen, herumgealbert oder sich ihren eigenen Aufgaben gewidmet.

»Was ist?« Alesander glaubte sich wohl ignoriert, denn er schob leicht die Unterlippe vor.

»Nichts. Nur …«, suchte Elayne nach einer glaubwürdigen Ausrede. »Ich habe kaum Schlaf gefunden und fühle mich heute nicht sicher auf den Beinen. Um uns beide nicht zu blamieren, würde ich mich lieber setzen.«

Wie sie ihn bisher erlebt hatte, glaubte sie, er würde ihr sofort einen Stuhl anbieten. Doch sie irrte sich.

Sein Griff um ihre Finger wurde fester, grober. »Ich halte dich. Alles wird gut werden.«

Ehe sie intervenieren konnte, packte er ihre Hüfte und zog sie zwischen diejenigen, die bereits tanzten. Im Einklang mit den hellen Tönen der Flöten- und Harfenspieler vollführten die Paare um sie herum einstudierte Bewegungen, drehten sich umeinander und dann wieder um sich selbst. Elayne betete zu den Göttern, dass Alesander ihre Verzweiflung für Zurückhaltung und ihre Ungeschicktheit für Müdigkeit halten möge.

Da er führte, konnte sie den Impulsen folgen, die er mit der Hand vorgab. Dazu versuchte sie, nicht aus dem Takt zu fallen. Für die Tanzschritte, die sie ohne ihn schaffen musste, spähte sie zu den anderen Damen hinüber.

Hochkonzentriert ahmte sie die Bewegungsabläufe nach, ließ sich im nächsten Moment wieder führen. Eine Drehung um ihren Tanzpartner gelang ihr, auch eine zweite.

Ich kann das, ermutigte sie sich und drehte sich um ihre eigene Achse.

Der nächste Ton wurde gespielt und Elayne tat einen Schritt mit dem falschen Fuß. Sie geriet ins Straucheln, suchte panisch nach dem Takt, fand ihn aber nicht wieder.

O nein, nein, nein!, wimmerte sie innerlich.

Die echte Nia hätte jeden Schritt mit Anmut ausgeführt. Aber sie war nicht Nia, und hier in der Mitte des Saals, umgeben von all den Leuten, konnte das jeder sehen. Jemand würde Verdacht schöpfen, wenn sie nicht sofort einen Weg von der Tanzfläche herunter fand.

»Deine Verlobte sieht unglücklich aus, Sander.« Scheinbar aus dem Nichts war Darian aufgetaucht. Er hatte das Desaster unterbrochen, stand direkt vor ihnen und bot Elayne eine Hand. »Darf ich?«

Alesanders Gesichtszüge verhärteten sich dramatisch. »Um ehrlich zu sein, nein.«

Davon ließ Darian sich allerdings nicht beeindrucken. »Ich denke, die Prinzessin ist sehr wohl in der Lage, das selbst zu entscheiden.«

Das Selbstbewusstsein, mit dem er das sagte, ging auf Elayne über. Selbstverständlich entging ihr nicht die Spannung zwischen den Brüdern, die von *beiden* Seiten herrührte. Dennoch gelang ihr ein ehrliches Lächeln. Sie wollte diese Hand ergreifen.

War das falsch? Ihr Verlobter, der Sicherheit für ihr Land bedeutete, zeigte deutliches Missfallen. Doch auf ihrer Zunge lag ein *Ja*. Außerdem, was war schon dabei, wenn sie dem Bruder ihres Bräutigams einen Tanz schenkte? Eigentlich wäre es sogar verantwortungslos, die Bitte des Kronprinzen abzulehnen. Ihr Körper handelte wie von selbst und ehe sie es sich versah, hatte sie Darians Einladung angenommen. Sie ließ sich von ihm aus Alesanders Armen ziehen, atmete erleichtert auf, als seine Wärme sie umhüllte.

Mit sanftem Druck auf ihren unteren Rücken verringerte er den Abstand zwischen ihnen. Als seine Finger ihre Haut dort berührten, wünschte sie, sie würden noch etwas länger dort verweilen. Doch da setzte bereits ein neues Lied ein und sie begaben sich in Position.

Die Klänge der Harfe waren jetzt dominanter als vorher, trugen eine Melodie zu ihnen, die Elayne auf Anhieb bekannt vorkam.

»Die Hymne von Balezan«, jauchzte sie, noch bevor das Lied richtig angefangen hatte.

Ihr wurde ganz kribbelig vor Freude. Es war nur ein Lied, jedoch bedeutete diese spezielle Melodie für sie ein Stück Heimat in der Fremde.

»Nun ja. Eventuell bat ich vor Beginn des Fests darum, dass sie gespielt wird. Aber ich habe nicht so bald damit gerechnet«, gab Darian zu, wirkte sogar ein wenig verlegen.

»Das ist ... Danke.« Mehr und mehr baute sich die Hymne zu dem beflügelnden Lied auf, das sie so gut kannte, und Elayne begann, sich zu dem vertrauten Rhythmus zu bewegen. »Wie wäre es, wenn ich *Euch* zeige, wie man bei uns tanzt?«

Falls jemand ihre Unterhaltung aufschnappte, sprach sie ihn lieber respektvoll an.

Darian strahlte. »In der Tat könnte ich eine gute Lehrerin gebrauchen.«

»Oh, da muss ich Euch enttäuschen«, scherzte sie und brachte sie beide in die traditionelle Anfangsposition, bei der sie nebeneinanderstanden und auf Schulterhöhe ihre Fingerspitzen auf seiner Handfläche lagen. »Doch gewiss kann ich vom Kronprinzen Krees ein natürlich angeborenes Talent erwarten.«

»Ach wie ich Eure Gesellschaft genieße. Ihr setzt mich nie unter Druck.«

Beinahe hätte sie losgelacht, aber konnte sich noch bremsen. Ihre aufgesetzt ernste Miene verrutschte trotzdem kurz. »Ich bin gespannt, wie Ihr Euch schlagt.«

Leichtfüßig machte sie die altbekannten Schritte vor, Darian tat sie ihr nach – zuerst mit Mühe, dann immer sicherer. Ob die anderen Gäste sie noch beobachteten, wusste sie irgendwann nicht mehr. Die Melodie, der Tanz und der Freund an ihrer Seite versetzten sie in Harmonie. Als wären sie einfach nur ein Mädchen und ein Junge auf einem Fest, gelang es ihr, den Rest der Welt um sich zu vergessen.

Er drehte sie herum, zog sie wieder an sich. In diesem Moment löste sich der Stein aus seinem Versteck, landete klackend zwischen ihnen auf dem Boden. Sofort unterbrach Elayne ihren Tanz und bückte sich, um ihn aufzuheben. Aber Darian war schneller.

»Ist das etwa ...?« Überrascht hielt er den Stein zwischen ihnen hoch. »Du hast ihn behalten.«

»N-Natürlich!«, druckste Elayne, ertappt und außerdem erschrocken über den schlagartigen Verlust seiner Förmlichkeit. »Er war schließlich ein Geschenk von Euch.«

Er blinzelte entschuldigend und sagte nichts mehr. Auch sie verfiel in Schweigen. Um sie herum wurde noch getanzt, die Töne der Hymne verklangen nach und nach. Sie erwiderte den durchdringenden Blick in Darians Augen und fand hinter dem schönen Grün ein Gefühl, von dem sie nicht wusste, ob es seines oder ihres war. Ein wohliges Gefühl, das ihr Herz schneller schlagen ließ. Es weckte in ihr den Wunsch, alle Verantwortung hinter sich zu lassen und niemandem versprochen zu sein. Bis zur letzten Note der Melodie gab sich Elayne dem Gefühl und diesem kindischen Wunsch einfach hin.

»Der Tanz ist vorbei«, wartete Alesander auf der anderen Seite des Augenblicks.

Als habe er sie gerade aus einem Traum wachgerüttelt, warf Elayne den Kopf in seine Richtung. »Ja! Ich meine ... selbstverständlich. Ich ...«

Ihre Leichtigkeit von eben wich einem schlechten Gewissen, während im Hintergrund ein neues Lied einsetzte.

Was ist nur los mit mir?

Um ihrem Verlobten nicht in die Augen sehen zu müssen, wandte sie sich noch einmal zu Darian und glitt in einen Knicks. »Vielen Dank. Es war mir ein Vergnügen, mit Euch zu tanzen.«

Ihr Freund erwiderte nichts, sah sie gar nicht an. Stattdessen ruhte sein

Blick dunkel auf Alesander. Dieser schaute mit derselben verheißungsvollen Dunkelheit zurück. Elayne konnte überdeutlich spüren, wie die Luft zwischen den Brüdern dünner wurde.

Schnell setzte sie ein Lächeln auf, wollte die Wogen glätten. »Wollen wir uns nicht setzen und etwas ess–?«

»Bestimmt bist du überaus zufrieden mit dir«, schnitt ihr der jüngere Prinz ins Wort. Sie zuckte zusammen, obwohl sie nicht diejenige war, mit der er sprach. »Ist es nicht so?«

»Wenn ich wüsste, worauf du anspielst«, entgegnete Darian unterkühlt, »könnte ich es dir sagen.«

Schweigen. Aufgeladen mit all dem, was Alesander wohl lieber unausgesprochen ließ. Sein Kiefer verkrampfte sich, als müsste er sich zurückhalten.

Darian nutzte das und übernahm das Reden: »Ich nehme an, dass du nicht den Sieg meinst, den wir gerade so ausgelassen feiern.« Er machte eine bedeutungsvolle Pause und lehnte sich weiter vor zu seinem Bruder, ohne den Blickkontakt abzubrechen. »Oder die Tatsache, dass ich noch lebe.«

Hatte Elayne diese Situation verschuldet? Sie verstand nicht, was vor sich ging, doch die Wut in Alesanders Gesicht war unmissverständlich.

»Du weißt ganz genau, wie ich es meine!« Da ihr Verlobter die Stimme erhob, bemerkten die ersten Tanzpaare die Auseinandersetzung und verlangsamten ihre Schritte. Er selbst schien davon nichts mitzubekommen, so sehr war er auf Darian fixiert. »Mir ist es gleich, ob du Wert auf Brüderlichkeit legst. Aber du machst dich lächerlich. Glaubst du wirklich, durch deine unangebrachte Aufdringlichkeit einen Keil zwischen uns treiben zu können?«

Er trat dichter an Elayne heran und platzierte eine Hand auf ihrem Rücken. Als diesmal Finger auf nackte Haut trafen, versteifte sie sich.

Unwillkürlich schaute sie zu Darian. Ihre Blicke trafen sich für einen kurzen Moment, bevor er einen großen Schritt auf seinen Bruder zu trat. Nun standen die Prinzen einander so dicht gegenüber, dass sie bis auf Elayne niemand mehr verstehen konnte.

»Du hast viel Wein getrunken.« Darian blieb leise und klang dennoch bedrohlich. So hatte sie ihn nie zuvor erlebt und es ließ sie den Atem anhalten. »Vielleicht wäre es besser, du wirst deinen Rausch los, bevor du andere bezichtigst, sich unangebracht zu verhalten.« Aus dem Augenwinkel sah er ein weiteres Mal zu ihr. »Was wird Ophenia sonst von dir denken?«

Alesander atmete zitternd aus. Dabei rutschte seine Hand von ihrem Rücken und Elayne entspannte ein wenig.

Erst jetzt blickte er sich richtig um, und sein Gesicht zeigte Erschrecken darüber, dass sie von allen Seiten beobachtet wurden. Ohne ein weiteres Wort zu verlieren, drehte er sich um und eilte von der Tanzfläche.

Elayne, völlig hin- und hergerissen, folgte ihrem Verlobten. Doch über ihre Schulter warf sie noch einen letzten Blick zurück zu Darian. Sie erwartete, ihn noch immer aufrecht und verärgert in der Menge vorzufinden. Aber der Kronprinz betrachtete seinen davonstürmenden Bruder und sah dabei nicht im Geringsten wie jemand aus, der soeben einen Streit gewonnen hatte. Im Gegenteil. Er wirkte wie ein zurückgewiesenes Kind, unglaublich verletzt.

30

Die erste Nacht ohne den gewohnten Albtraum war vorübergegangen. Elayne trat verschlafen auf ihren Balkon und überblickte den Wald, der sich hinter dem Schlossgarten erstreckte. Noch war es früh am Morgen und ein leichter Dunst lag über den Bäumen. Heute wollte sie Fenella besuchen.

Auf dem Weg durch den Palast und den Garten nickte sie einigen bekannten Gesichtern zum Gruß zu. Mit Namen kam sie noch durcheinander. Doch sie wusste sehr wohl, welche Höflinge oft in Darians Kreisen verkehrten und vor welchen Damen sie sich in Acht nehmen musste, da sie alles, was sie aufschnappten, an die Königin weitertrugen. Von Milly hatte sie erst vor Kurzem erfahren, dass eine Familie aus ihrem hohen Stand enthoben worden war, weil eine von Jamalies Hofdamen aus reinem Neid heraus der Ehefrau Untreue vorgeworfen hatte.

Milly.

Elayne ließ die Schultern sinken. Bisher hatte es für sie keine Gelegenheit gegeben, in Ruhe mit ihr zu sprechen, da nach dem gestrigen Fest und auch heute Morgen ein anderes Mädchen zu ihren Diensten gekommen war. Irgendetwas stimmte nicht, und das bereitete ihr Sorgen.

Genau wie etwas anderes: der Streit zwischen den Prinzen. Sie fühlte sich schuldig, da sie Alesander durch ihren Tanz mit Darian offensichtlich vor den Kopf gestoßen hatte. Dass zwischen den beiden ein schwieriges Verhältnis bestand, war ihr schon vorher klargewesen, doch nicht, wie dünn das Eis war, auf dem sie sich umeinander bewegten.

Zwischen den Brüdern gab es allem Anschein nach einiges zu klären, und sie wollte fürs Erste Abstand halten, um ihnen den nötigen Raum dafür zu geben.

Ganz davon abgesehen wusste sie noch nicht so recht, wie sie mit Alesander reden sollte, nachdem er gestern in ihr solche Beklemmung hervorgerufen hatte. Noch immer steckte ihr ein wenig davon in den Gliedern.

Auch wie sie sich von nun an Darian gegenüber verhalten sollte, musste sie erst herausfinden. Es hatte da diesen einen Moment auf dem Fest gegeben, in dem die Zeit stehengeblieben war. Immer wieder kehrten ihre Gedanken dorthin zurück. Zurück zu Balezans Hymne, zurück zu ...

Schluss. Hör auf, an dieses Fest zu denken!, ermahnte sie sich, kletterte gerade durch den Mauerspalt. *Hör auf, an ihn zu denken!*

Entschlossen stapfte sie zwischen den Bäumen entlang. Diese Gabe, die sie besaß, verlangte Übung. Keine Zeit, sich über Tänze, Steine oder Grübchen den Kopf zu zerbrechen.

Es dauerte nicht lang, bis sie die Hütte erreichte. Haus, Werkzeuge und Beete hatten sich kein bisschen verändert, alles sah genauso aus wie beim letzten Mal. Bis auf eine Kleinigkeit. Ein Luchs lag auf dem Platz neben dem Eingang. Sein braunes Fell leuchtete an den Stellen, an denen die Sonne es traf, und sein Brustkorb hob und senkte sich mit jedem Atemzug seines tiefen Schlafs.

Halynn, fischte sie den Namen der großen Katze aus ihrem Gedächtnis.

Obwohl Halynn seelenruhig auf ihrem Thron – so hatte Fenella den Platz genannt – schlief, empfand Elayne zu großen Respekt vor der Wildkatze, um sich in ihre Nähe zu wagen. Ihr Plan, an der Hüttentür zu klopfen, hatte sich somit erübrigt. Auf leisen Sohlen tapste sie weiter in Richtung des Hügels, ließ dabei Fenellas interessante Freundin nicht aus den Augen.

Sie war gerade auf gleicher Höhe mit der Hütte, als Halynn verschlafen die Lider öffnete und sich ihre Blicke trafen. Elayne blieb wie angewurzelt stehen und starrte verschreckt in die hellen Katzenaugen. Ein Moment, zwei Momente, dann gähnte die Luchsin und schlief weiter, als hätte sie Elayne gar nicht wahrgenommen. Diese wartete noch etwas, bis sich ihr Herzschlag beruhigte, dann setzte sie ihren Weg im Schatten der Bäume fort.

Der Hügel lag still und verlassen da, wirkte einladend auf sie. Deshalb zögerte sie nicht und kletterte sofort hinauf. Auch ohne Fenella konnte sie ein wenig Zeit damit verbringen, allein zu üben. In ihrem Kopf ging sie noch einmal die wichtigsten Dinge durch, die sie ihr eingebläut hatte: Ruhe, Konzentration, Gewissheit. Entschlossen ließ sich Elayne auf die Erde sinken und nahm ein letztes Mal ihre Umgebung in sich auf. Dann schloss sie die Lider. Zunächst rauschten bunte Farben und Formen an ihrem sonst schwarzen Sichtfeld vorbei. Aber mit jedem tiefen Atemzug, auf den sie sich konzentrierte, wurden sie verschwommener und blasser.

Einatmen.

Sie genoss, wie die Luft mit einem berauschenden Waldduft durch ihre Nase in ihren Körper strömte.

Ausatmen.

Sie spürte das gleichmäßige Heben und Senken ihrer Brust, spürte den unebenen Boden, auf dem sie saß. Selbst die kaum vorhandene Brise streifte so merklich ihre Arme, dass sie sich des Augenblicks überdeutlich bewusst wurde.

Und nun?

Nur ein Gedanke, eine winzige Unsicherheit brachte ihre Konzentration ins Wanken. Der zauberhafte Augenblick entglitt ihr, ebenso der sanfte Hauch auf ihren Armen. Elayne riss die Augen auf, wurde vom Tageslicht geblendet.

Frust stieg in ihr auf, doch zum Aufgeben war sie nicht hergekommen. Selbst ohne Fenellas Hilfe musste so eine Meditation irgendwie zu meistern sein.

Also noch einmal. Entschlossen kniff sie die Augen zusammen, atmete bedächtig ein und aus.

Luft in ihrer Lunge. Warme Brise auf ihrer Haut. Erde unter ihrem eigenen Gewicht.

Unebenheiten und kleine drückende Steine. Eine juckende Stelle am Rücken. Gedanken an Milly und zwei verwirrende Prinzen.

So funktioniert das nicht!

Elayne zwang sich zur Ruhe. Sie entspannte ihre Lider, hielt die Augen geschlossen. Um an nichts zu denken, lenkte sie ihren Fokus zurück auf ihren Körper.

In der Atmung liegt der Schlüssel. So stand es in ihrem Buch. Vielleicht musste sie also nur …

Beim nächsten Einatmen konzentrierte sie sich voll und ganz auf das Jucken in ihrem Rücken, gleich unterhalb der Schulter. Statt den unangenehmen Reiz zu verfluchen, nahm sie ihn bewusst wahr, bis es nichts anderes mehr gab als ihn. Dann, sobald die Luft ihre Lungen wieder verließ, atmete sie ihn gleich mit aus. Sie schickte ihn von sich weg, als sei es das Leichteste auf der Welt.

Ja! So klappt es!

Dasselbe wollte sie mit den piksenden Steinen tun, doch die Freude über ihren kleinen Erfolg raubte ihr die Konzentration. Auf einen Schlag war alles zurück: die Unruhe, die Gedanken ... und der Juckreiz.

Warum muss das so schwer sein!?

Dass ihre Ungeduld falsch war und sie nur behinderte, wusste Elayne. Dennoch rieb sie sich daran auf. Auch beim letzten Mal, in Fenellas Beisein, hatte sie Schwierigkeiten gehabt. Aber die Anweisungen von jemandem, der sich mit ihrer Gabe auskannte, hatten ihr eine Sicherheit gegeben, die sie allein vergeblich suchte. Was brachte ihr eine besondere Gabe, wenn sie jemand anderen brauchte, um sie zu nutzen?

»Du bist unausgeglichen.« Fenella, die unbemerkt an sie herangetreten war, umrundete den Hügel. »Sei ein Teil des Waldes. Ein Baum, der seine Wurzeln in die Erde schlägt und nicht zweifelt, dass sie ihn halten werden, während er wächst.«

»Hat dir das deine Großmutter so gesagt?«, wollte Elayne wissen. Sie beschloss, sich nicht länger über das Kommen und Gehen der Waldfrau zu wundern.

»Ja. Das waren ihre Worte. Bei mir bewirkten sie Wunder.«

Wie lang Fenella wohl gebraucht hatte, all das zu perfektionieren? Elayne wagte es nicht, zu fragen, denn ihre Ungeduld hemmte sie schon genug.

»Solange du dir deines Erfolgs nicht sicher bist, lässt du dich ablenken. Wieder und wieder und wieder, bis du nicht mehr weißt, was innere Ruhe bedeutet«, erklärte Fenella weiter. »Glaubst du mir, dass du eine Gabe besitzt?«

Elayne hatte heute noch mit niemandem ein Wort gewechselt, darum klang sie heiser, als sie bejahte.

»Dann verlass dich auf sie. Verlass dich auf dich selbst.«

Und das versuchte Elayne, als sie nun beide zusammen auf dem Boden meditierten.

»Stell dir deine eigene Energie vor wie eine Strömung«, redete Fenella ihr gelassen zu. »Sie fließt unaufhörlich und immer dorthin, wo du sie haben willst.«

Wie von ihr verlangt, nutzte Elayne ihre Vorstellungskraft. Aus der Anleitung schöpfte sie Zuversicht und vergaß ihre Zweifel von eben.

»Meine Energie funktioniert wie deine«, fuhr ihre Mentorin fort. Ihre Stimme entfaltete eine beruhigende Wirkung. »Wenn du darauf achtest, kannst du meine Anwesenheit sogar spüren. Wie eine Barriere in deiner Wahrnehmung. Etwas, das Raum in deiner Umgebung einnimmt.«

Voller Vertrauen ließ sich Elayne darauf ein. Wie selbstverständlich lenkte sie den Strom, der nicht mehr als ein Gefühl war, über die Grenzen ihres Körpers hinaus, bis sie damit auf etwas stieß. *Fenella.*

Ihr Herz hüpfte. *Es klappt!*, dachte sie, nur um sich gleich darauf zu ermahnen. *Konzentration!*

Plötzlich fing die Waldfrau zu kichern an. »Ich kann fühlen, wie du dich freust. Ist schon in Ordnung. Verlang nicht zu viel auf einmal von dir. Lernen basiert auf Wiederholung.«

Darauf nickte Elayne, sicher, dass Fenella auch das mit geschlossenen Augen wahrnehmen konnte. Dann lauschte sie weiter.

»Jedes Lebewesen besitzt einen eigenen Energiestrom, genau wie du und ich. Aber auch alles andere besteht daraus. Energie ist überall, treibt den Wind an und trägt die Strahlen der Sonne zu uns herab.« Die Waldfrau machte eine Pause und gab ihrer Schülerin die Zeit, sich all das vorzustellen.

Mit jedem Atemzug konnte Elayne das Pulsieren um sie herum besser spüren. Es war hypnotisierend. Obwohl sie keinen Olivenbaum, kein Tier und keinen Stein wahrhaftig sehen konnte, wurde sie sich ihres Daseins deutlich bewusst. Alles strahlte seine eigene unverwechselbare Kraft aus. Alles kommunizierte miteinander, kommunizierte mit ihr.

»Nun liegt es bei dir, auf deine Macht über all diese Energie zu vertrauen«, leitete sie Fenella weiter an. »Du kannst sie lenken, sie formen und nach deinem Willen kontrollieren.«

Sie formen ... So wie sie aus Rabe eine Art Mensch gemacht hatte, ohne zu wissen, was sie tat? Das war im Affekt geschehen und in einer völlig anderen Situation.

Überhaupt, wie sollte sie etwas kontrollieren, das sie nur mit fremder Hilfe wahrnehmen konnte? Wie sollte sie einen Schritt gehen, der nicht einmal ihrer Lehrerin gelang?

Unmöglich.

»Ich kann es nicht«, stöhnte Elayne auf und öffnete die Augen. Diesmal wurde sie noch stärker geblendet als zuvor. »Die Energie ... Ich spüre sie ja, aber ... Wie ich es bei Rabe gemacht habe, weiß ich einfach nicht mehr. Es war ja keine Absicht.«

Sie brauchte dringend eine Pause. Oder wenigstens einen Schluck Wasser. Nach all der Mühe war ihr Mund ganz ausgetrocknet, und als ihr der Magen knurrte, merkte sie, dass sie auch einen Happen Essen vertragen könnte.

»Nein, heute klappt es wohl nicht. Aber bald«, versicherte ihr Fenella und streckte sich.

Elayne konnte es gar nicht erwarten, sich zurück auf die Beine zu kämpfen. Fast hätte sie dabei geflucht, denn vom langen Sitzen war ihr linkes Bein von der Hüfte abwärts eingeschlafen und quälte sie, als das Blut zurück hinein-floss. Ein paar Stellen an ihren Waden taten sogar etwas weh. Aber am meisten störte es sie, die Übung mit einem Misserfolg zu beenden. Es fühlte sich wie Aufgeben an.

»Du stellst dich weit besser an, als du glaubst«, erriet Fenella ihre Gedanken. »Ich habe Jahre gebraucht, um zu lernen, was du heute geschafft hast.«

Elayne war dankbar für diesen Versuch, sie zu ermutigen. Leider half es nur wenig. Schließlich war sie schon weiter gewesen – auf dem Balkon. Was gäbe sie nicht alles dafür, Rabe jetzt und hier zu rufen? In Vogelgestalt war er ihr so oft erschienen, aber seit ihrer Unterhaltung auf dem Balkon hielt sie vergeblich Ausschau nach ihm. Als hätte sie ihre Gabe gefunden und im selben Moment wieder verloren. Fenella konnte ihr so viel beibringen, und doch fühlte sich Elayne weiter entfernt von ihren Fähigkeiten als zuvor.

Auf dem Rückweg kaute sie daran, fragte sich, ob sie während der Meditation nicht ehrgeizig genug gewesen war. Sie war so in Gedanken versunken, dass sie im Palastgang um ein Haar Milly übersehen hätte, die mit einer Gruppe kreescher Dienstmädchen Flechtkörbe voll Wäsche an ihr vorbei trug.

Als die roten Locken vor ihrer Nase aufblitzten, blieb Elayne ruckartig stehen und streckte ihre Hand aus. Weshalb hatte sich Milly in den letzten Tagen so seltsam verhalten? Wieso war sie seit gestern nicht mehr in ihre Gemächer gekommen, um ihr beim Umziehen zu helfen? Gab es etwas Ungesagtes zwischen ihnen? Sie musste dringend mit ihr darüber sprechen.

»Milly!«

»Prinzessin.«

Mit steinharter Miene verbeugte sich Milly und huschte dann einfach an ihr vorbei.

Aber ... Elayne hatte noch etwas anderes in ihrem Gesicht gelesen. Nur für den Bruchteil einer Sekunde, bevor jede Emotion daraus verschwunden war. Es musste Einbildung gewesen sein. Denn wieso, bei allen guten Göttern, sollte Milly *Angst* vor ihr haben?

31

Ich habe ja schon vieles gesehen«, verkündete Taz und kratzte sich am Kinn. »Einen Händler, der für verschimmelten Käse mehr verlangte, als ich an meinen besten Tagen bei mir trage. Einen Hund mit fünf Beinen. Ja, einmal sogar meine Schwester mit guter Laune. Aber niemals wurde ich Zeuge, wie der Sohn eines Königs Bauernarbeit nachgeht.«

Als er nichts mehr hinzufügte, wusste Darian, dass sein Freund auf eine Erklärung wartete. Doch statt ihm eine zu liefern, schlug er stumm mit der Hacke weitere Löcher in die Erde. Anschließend griff er in den Beutel, der ihm über die Schulter hing, und holte eine Handvoll Samen nach der anderen heraus, um sie zu verstreuen. Das Feld, das er sich ausgesucht hatte, befand sich in unmittelbarer Nähe zu den Palastmauern, wurde jedoch seit zwei Sommern nicht mehr genutzt. An Ackerfläche mangelte es nicht und niemand erhob Anspruch auf dieses kleine Stück Land.

Am Himmel fand sich keine einzige Wolke wieder, sodass die Sonne ungehindert auf die beiden jungen Männer herunterbrannte. Nicht unbedingt die beste Voraussetzung für anstrengende Arbeit wie diese, aber sein Vorhaben konnte nicht warten.

»Raus mit der Sprache. Was treibst du da?«, wurde Taz langsam ungeduldig, was Darian wiederum amüsierte und nur darin bestärkte, sich in seine Arbeit zu vertiefen. »Gibt es eine Hungersnot, von der ich noch nichts weiß? Falls ja, helfe ich dir, kein Problem. Aber du musst es mir schon sagen, sonst stehe ich hier einfach rum und gucke dir beim Schuften zu. Auch kein Problem.«

Noch ein Schwung mit der Hacke. Samen verschwanden in der Erde.

»Ich weiß, dass du mich absichtlich ignorierst, und du weißt, wie sehr ich es hasse, wenn du das tust.«

Die Hacke sauste nieder, ihre Spitze grub sich in den fruchtbaren Boden.

»Gut, nehmen wir also an, eine Hungersnot steht bevor. Ist die Lage wirklich so dramatisch, dass selbst du mit anpacken musst? Da bekomme ich es direkt mit der Angst zu tun, mein Lieber.«

Mehr Samen fielen hinab in die Kuhle.

»Nur gut, dass ich als dein unentbehrlichster Freund Anspruch auf mindestens die Hälfte deiner Ernte habe.«

Darian wischte sich einen Schweißtropfen aus der Stirn. Das Gesicht verborgen hinter seinem Arm, erlaubte er sich ein Schmunzeln. Ja, Tazriel war ohne Frage sein unentbehrlichster Freund. Niemand sonst vermochte es, Tag für Tag auf diese liebenswerte Art eine solche Menge Unsinn von sich zu geben.

»Du hast dich verändert, Darian. Früher, da hast du mich mehr beachtet. Ist es möglich, dass du meine Loyalität für selbstverständlich hältst? In dem Fall würde uns wahrscheinlich etwas Abstand guttun.«

Als Taz sich die Hand auf die Brust legte, als täte ihm vor Liebeskummer das Herz weh, prustete Darian los. »Bitte, bleib bei mir! Ein Trottel wie du überlebt hier keine drei Tage ohne mich«, gab er sich lachend geschlagen. Er ließ die Hacke sinken und zu seinen Füßen fallen, den Beutel mit der Saat legte er ebenfalls ab. »Ich könnte eine kleine Pause vertragen. Setzen wir uns?«

Sein Freund machte es sich schneller neben ihm auf dem Feld bequem, als er sich selbst für eine geeignete Sitzposition entscheiden konnte. »Wag es nicht, mich noch einmal zu ignorieren, Nervensäge.«

»Drohst du deinem zukünftigen König?«

»Nur wenn er es verdient.«

Ihr beider Gelächter vermischte sich zu einem Klang, dessen Vertrautheit Darian genoss. Er lehnte sich zurück und stützte sich mit beiden Unterarmen auf dem Boden ab.

Die Arbeit hatte ihn müde gemacht, aber auch erfolgreich von dem Chaos in seinem Kopf abgelenkt.

Jetzt, da er sich einen Moment der Entspannung gönnte, war er dankbar für die Gesellschaft. Wenn er seine Gedanken schon nicht ordnen konnte, durfte er sie dadurch wenigstens mit jemandem teilen.

»Gab es jemals eine Frau, mit der du nicht bloß zum Vergnügen zusammenwarst?« So ganz wusste Darian selbst nicht, aus welchem Winkel seines Kopfes diese Frage kam.

Taz lachte nicht länger, seine Verschmitztheit aber blieb. »Du fragst doch sonst nicht nach meinen Bettgeschichten. Gibt es einen bestimmten Grund?«

»Nicht wirklich. Nur ...«

»Nur die falsche Prinzessin hat es dir angetan.«

Über diese Vermutung geriet Darian ins Stocken. »Nein! Bei den Göttern, nein! Wie kommst du darauf?«

»Ich liege also richtig. Natürlich gebe ich nicht gern an, aber ich habe mir etwas in der Art schon gedacht«, stellte Taz sichtlich zufrieden fest. »Du weißt schon, der Stein und so weiter.« Dann wurde seine Miene plötzlich ernst. »Aber hast du die Sache auch schon zu Ende gedacht? Mir fällt mindestens eine Person ein, die darüber nicht glücklich sein dürfte.«

»Sander legt keinen Wert auf mein Glück. Seines sollte mir also egal sein«, widerlegte Darian niedergeschlagen die Bedenken seines Freundes. Kurz darauf wurde ihm klar, dass das im Grunde einem Eingeständnis gleichkam. »Halt! Das soll nicht bedeuten, dass ich es zugebe.«

»Und doch ist es wahr.«

Seufzend ließ er sich vollständig auf die Erde sinken, lag einfach da und starrte hinauf ins weite Blau. Konnte es tatsächlich stimmen? Bisher hatte er diesen Gedanken weitestgehend vermieden. Er hatte sein Gewissen damit getröstet, dass es seine leise Bewunderung für Elayne sein musste, die ihre Nähe so kostbar machte.

Mehr wäre zu viel.

Mehr wäre nicht richtig.

Dennoch kam es ihm vor wie ein Verrat an sich selbst, zu glauben, Bewunderung allein könne ihn so sehr einnehmen, ihn verwirren, ihn seinen Anstand hinterfragen lassen. Er dachte daran, wie beflügelnd es sich anfühlte, sie fröhlich zu sehen. Wie sehr er gegen alles ankämpfen wollte, was sie verängstigte oder zum Weinen brachte. Er dachte daran, wie viel es ihm bedeutete, mit ihr zu reden. Wie ehrlich ihre Gespräche waren, obwohl sie jeden Tag ihre wahre Identität verbergen musste.

»Und wenn es so wäre?«, ließ Darian den Gedanken an mehr zu. »Was ändert es, wenn ich öfter an die Verlobte meines Bruders denke, als es mir zusteht? Wenn ich meine Tage damit zubringe, ihr Geschenke aus dem Meer zu fischen oder ein Feld für sie anzulegen, auf dem weißes Kraut wächst? Sie bleibt die Verlobte meines Bruders.«

Nun klappte Taz der Mund auf. Er deutete auf die Hacke und den schon zu zwei Dritteln geleerten Saatbeutel. »Für sie tust du das hier?«

»Nicht nur für sie, nein. Es ist eine Heilpflanze. Sobald die Samen aufgehen, wird das ganze Feld blühen und jeder, der Schneekraut braucht, wird es hier bekommen können.«

In die Vorstellung versunken, wie seine Arbeit eines Tages Früchte tragen würde, lächelte er. Wüsste Elayne von seinem Plan, wäre sie bestimmt begeistert. Doch vorerst sollte es ein Geheimnis bleiben.

»Du willst also weiter um sie herumscharwenzeln und an dein eigenes Glück denken, obwohl es das deines Bruders gefährdet«, wurde er von Taz zurück in die Gegenwart geholt. »Das sind ja ganz neue Töne. Gefällt mir. Endlich siehst du ein, dass Alesander nicht der nette kleine Bruder ist, den du in ihm suchst.«

»Du irrst dich«, widersprach Darian. Bei der Erinnerung an alles, was vorgefallen war, gruben sich seine Finger langsam in die Erde. »Sander ist gut, wirklich. Im Grunde verstehe ich ihn sogar. Es ist ziemlich egoistisch von mir, seinen Respekt zu wollen. Sehr sogar. Schließlich habe ich ihm weggenommen, was rechtmäßig hätte ihm gehören sollen. Manchmal denke ich, dass ich meine Liebe zu ihm nur als Ausrede benutze. Dass ich mir nur deshalb eine normale Beziehung zu ihm wünsche, um mein Gewissen zu erleichtern. Weil ich glaube, ihm etwas zu schulden. Seit wir klein waren, fiel alles immer mir zu. Ich bekam das Lob unserer Lehrer und die Anerkennung unseres Vaters. Sander wurde gemaßregelt und mit mir verglichen. Ich fand Freunde, während er für sich blieb, und je weiter wir uns voneinander entfernten, desto lauter wurde mein Gewissen. Taz, ich ... Ich wollte ihm niemals etwas wegnehmen. Alles, was ich mir je gewünscht habe, war, dass wir eine Familie sind.«

Die nächsten Worte blieben ihm im Hals stecken. Er sträubte sich dagegen, das Offensichtliche auszusprechen. Doch diese eine Nacht an der Grenze geisterte durch sein Gedächtnis. Sie sandte ihm grausame Bilder, von denen ihm übel wurde.

»Jetzt sind die Fronten wohl klar«, schluckte er die Übelkeit hinunter. »Er hat mir deutlich zu verstehen gegeben, dass ich nichts tun kann, um meine Schuld zu begleichen.«

Er spürte Taz Blick auf sich ruhen. Eine Zeit lang erwiderte sein Freund nichts, bis er schließlich murmelte: »Hör mal. Du kannst nichts dafür, dass dein Vater damals –«

»Ich weiß«, unterbrach Darian ihn. »Trotzdem dachte ich immer, ich könnte es schaffen, für seinen Fehler aufzukommen.«

Taz' reagierte nicht, fühlte sich offenbar unwohl mit der Richtung, die das Gespräch genommen hatte. Vielleicht war es in der Tat ein bisschen zu viel auf einmal. Ihm zuliebe setzte Darian sich wieder aufrecht hin und sprang mit einem Lächeln im Thema zurück.

»Jedenfalls könntest du richtig liegen.«

Der Stimmungswechsel wurde dankbar angenommen. »Was deine Schwärmerei betrifft?«

»Damit, dass du mein unentbehrlichster Freund bist. Sollte uns das Schicksal mit einer Hungersnot strafen, gebe ich dir ein Fünftel meiner Ernte, versprochen.«

»Die Rede war aber von der Hälfte! Übers Ohr hauen kann ich mich allein!«

Wie vorhin brachen sie in Gelächter aus, jedoch war Darians diesmal eine Spur leiser. In seinem Innern versuchte er noch, das Durcheinander aus Pflichten und Wünschen, Erkenntnissen und Gefühlen zu ordnen. Im Gewächshaus hatte Elayne ihn einen guten Menschen genannt. Doch wäre er das auch noch, wenn er sein Gewissen losließ, um selbst glücklich zu werden? Und worin genau hoffte er, dieses Glück zu finden? Sollte die falsche Prinzessin es ihm wahrhaftig angetan haben, wie Taz behauptete, tat er sich selbst keinen Gefallen damit, weiterhin ihre Nähe zu suchen. Immerhin würde sie bald schon verheiratet sein.

Noch war sie es aber nicht.

Schwungvoll rappelte er sich auf, hängte sich den Beutel um die Schulter und griff nach der Hacke. Da der Mittag inzwischen anbrach, wurde es heißer. Aber das spielte keine Rolle. Je eher er die Arbeit wieder aufnahm, desto eher wäre er damit fertig, und er wollte Elayne sehen. Heute noch.

32

Eine obligatorische Unterrichtsstunde und ein Nähkränzchen mit ein paar schmeichelnden Hofdamen zogen den Mittag elendig in die Länge. Bei einer anschließenden Anprobe in Phaery's kleinem bunten Reich dagegen verging die Zeit wie im Flug. Der Schneider hatte für Elayne ein weiteres Kunstwerk gefertigt – ein Zusammenspiel aus verschiedenen Rot- und Orangetönen, die in langen Stoffbahnen ihren Körper umschmeichelten. Während ein Teil ihrer Haut oberhalb der Brust frei blieb, lief das Kleid nach oben um ihren Hals wieder zusammen. Sie fragte Phaerys Löcher in den Bauch und er erzählte von seiner aufregenden Vergangenheit als Gehilfe eines Stoffhändlers, von all den interessanten Menschen und Orten, die er auf seinen Reisen kennengelernt hatte. Er hatte diese ansteckend unbeschwerte Art, als ob ihn nichts kümmerte und er sich die Welt, in der er lebte, einfach nach seinem Geschmack formte. Unwillkürlich erinnerte sie sich an Nia und ihre ganz ähnliche Art, das Leben zu bestreiten. Wie hatte jemand mit so viel Verantwortung nur immerzu so fröhlich sein können?

Ich schwöre, dass ich glücklich sein werde, lautete Elaynes Versprechen an sie. Aber jetzt, da Nia ihren Teil des Schwurs nicht mehr erfüllen konnte, zählte das wohl nicht mehr. Oder?

»In diesem Kleid werdet Ihr jeden Raum erleuchten wie die untergehende Sonne«, bewunderte Phaerys seine eigene Arbeit, bevor sie sich verabschiedeten. Schon war sie wieder allein.

Statt in ihre Gemächer zurückzukehren, wo nur die Einsamkeit und ein Durcheinander aus Gedanken auf sie warteten, streifte Elayne durch die Gänge des Palasts, ohne ein konkretes Ziel vor Augen. Sie wollte jetzt nicht herumsitzen und sich fortlaufend dieselbe Frage stellen.

Wovor hatte Milly Angst?

Auf keinen Fall war der verstörte Ausdruck auf ihrem Gesicht nur Einbildung gewesen. Sie wusste genau, was sie gesehen hatte.

Dabei gab es schon genug, worüber sie sich Gedanken machen musste. Ihre Glaubwürdigkeit als Prinzessin, das Bündnis, Alesanders Verhalten und dazu ihre launische Gabe. Wenn sie zurzeit irgendetwas brauchte, dann eine Freundin, mit der sie über all das reden konnte. Mochte sein, dass sie und Milly einander nie wirklich nahegestanden hatten, doch könnte sich das nicht ändern? Sie waren schließlich beide als unschuldige Bedienstete aus Balezan abgereist und als Verräterinnen mit einem Geheimnis in Kree angekommen. Zwischen ihnen bestand eine ungewöhnliche Verbindung und Elayne hatte eigentlich gehofft, dieser Umstand würde sie zu Freundinnen machen.

Sie blieb stehen und schaute sich um. Niemand war in der Nähe. Keine Höflinge, keine Bediensteten. Für einen Moment ließ sie die Schultern sinken und erlaubte sich, ihrem Frust Luft zu machen.

»Ich hasse das alles«, fluchte sie und schnaubte.

Ihre Situation war so viel komplizierter geworden als erwartet. Mehr denn je vermisste sie ihr Zuhause, vermisste ihr altes Leben, vermisste Nia.

Nia.

Sie hätte gewusst, was zu tun war. Niemals hätte sie sich von ein paar Schwierigkeiten unterkriegen lassen. Bestimmt wären ihr genau die richtigen Worte eingefallen, um Elayne aufzumuntern.

Dummerchen, du bist doch gar nicht auf dich allein gestellt, hörte sie die Stimme ihrer Freundin in ihrem Inneren. *An jedem Ort gibt es Menschen, die bereit sind, dich zu lieben. Du musst es nur zulassen.*

So etwas in der Art würde die echte Ophenia sagen und Elayne gab zu, dass sie damit wahrscheinlich recht hatte. Wie sehr sie sich von Kree auch eingeschüchtert fühlte, sie war hier auf gute Menschen gestoßen. Fenella half ihr, sich selbst und ihre Fähigkeiten zu verstehen – einfach so, ohne eine Gegenleistung zu fordern. Phaerys war ihr bisher mit nichts als reiner Gutmütigkeit begegnet. Keira verhielt sich ihr gegenüber noch sehr schüchtern, aber Elayne wusste bereits, dass sie die Schatzmeisterstochter mochte. Selbst mit Alesander, dessen Gegenwart sie zuletzt in solches Unbehagen versetzt hatte, verbrachte sie im Grunde seit ihrem ersten Tag hier gern ihre Zeit. Am meisten genoss sie jedoch die Gesellschaft einer anderen Person. Mit jemandem, in dem sie tatsächlich einen echten Freund sah.

Als sie sich an den Tanz mit Darian zurückerinnerte, an sein Lachen und die Berührung seiner warmen Hände, wurde ihr augenblicklich leichter ums Herz.

Du musst es nur zulassen.

Natürlich. Ihm konnte sie bestimmt alles erzählen und er würde ihr zuhören. Hieß das, dass er in ihr ebenfalls eine Freundin sah?

Augenblicklich beschleunigte sie ihre Schritte. Plötzlich gab es doch ein Ziel, zu dem sie auf ihrem Streifzug durch den Palast zog.

Da sie Darian zum ersten Mal einen Besuch abstattete, dauerte es ein wenig, bis sie die richtige Tür fand. Mehrmals lief sie in die falsche Richtung und einmal gab sie sich die Blöße, jemanden nach dem Weg zu fragen.

Umso größer war die Erleichterung, als sie schließlich vor der richtigen Tür landete. Dennoch zögerte sie, statt gleich gegen das von breiten Ziersäulen eingerahmte Holz zu klopfen. Was genau wollte sie ihm überhaupt sagen, weshalb sie hier auftauchte? Eigentlich sollte ja nichts dabei sein, auch ohne triftigen Grund einen Freund zu besuchen, und doch wurden ihre Wangen heiß.

Wenigstens war die Tür unbewacht und ihr blieb ein Moment, um sich zu sammeln. Von Milly wusste Elayne, dass vor den privaten Gemächern der Königin gleich mehrere Wachen postiert waren. Sie fand, das passte erstaunlich gut zur misstrauischen Art dieser Frau.

Dass sie hier niemand beobachtete, rechtfertigte allerdings nicht, wie albern sie sich aufführte. Warum konnte sie nicht einfach anklopfen?

Du musst es nur zulassen.

Richtig. Außerdem war sie gar nicht ohne Grund hergekommen, fiel ihr jetzt ein. Ihr brannten Dinge auf der Seele, die sie mit jemandem teilen musste. Mit ihm. Weil sie ihm vertraute.

Frischen Mutes hob sie die Hand und setzte zu einem Klopfen an, da vernahm sie Schritte. Aus einiger Entfernung drangen sie hallend und energisch zu ihr.

Sogleich ließ ein unangenehmes Bauchgefühl sie wachsam werden. Nicht weil sie sich schämte, vor Darians Tür herumzustehen. Etwas sagte ihr, dass wer immer sich da gerade näherte nicht erfreut wäre, sie hier anzutreffen. Instinktiv presste sie sich mit dem Rücken gegen das Holz, suchte Deckung hinter einer der Säulen. Während das Geräusch lauter wurde, lauschte sie mit angehaltenem Atem. Die Schritte mussten zu mehr als einem Paar Beine gehören. Zwei Menschen näherten sich ihr und ehe Elayne wusste, was sie tat, wurde sie Zeugin einer Unterhaltung zwischen König Phelius und Königin Jamalie. Aus ihrem Versteck heraus verstand sie jedes Wort.

»Du hast mir nie verziehen«, ließ der Herrscher von Kree gerade verlauten, so trocken, als spräche er über das Wetter.

Seine Frau reagierte schärfer. »Und du hast niemals auch nur versucht, mir ein Ehemann zu sein. Hast du den Hauch einer Ahnung, wie es sich für ein Mädchen anfühlt, von zuhause fortgeschickt zu werden, um einen völlig Fremden zu heiraten? Dir einen Sohn zu schenken, war meine einzige Aufgabe im Leben und ich habe sie erfüllt.« Kurz hielt sie inne, strafte ihn mit einem verächtlichen Schnauben. »Wie es aussieht, leider zu spät.«

In dem Moment, in dem die Königin das sagte, gingen sie direkt an Elayne vorbei. Diese glaubte, ihr Herz spränge ihr gleich aus der Brust. Doch niemand entdeckte die aufgeregte Zuhörerin.

»Spiel mir nicht die Verschmähte vor«, wies Phelius den Vorwurf mit Strenge zurück. »Wir wissen beide, dass du die Annehmlichkeiten deines Status genießt. Wer wärest du, hättest du mich nicht geheiratet?«

Jamalies Antwort konnte Elayne gerade so verstehen, denn die beiden entfernten sich zu weit: »Unsere Ehe hätte es nicht einmal gegeben, wäre es nach dir gegangen. Und da du keine Gefühle für mich übrighast, erwarte nicht von mir, dass ich welche für deinen Sohn aufbringe.« Die Härte ihrer Stimme wurde brüchig, klang unerwartet bitter.

Selbst als die Schritte längst nicht mehr zu hören waren, traute sich Elayne noch nicht, ihre Deckung aufzugeben. Zu sehr spürte sie das Gewicht des Gesprächs. Dass sich die Königin einst in einer Lage befunden hatte, die ihrer eigenen nicht unähnlich war, realisierte sie erst jetzt. Irgendwie machte es die kalte Frau ein bisschen menschlicher. Aber noch schwerer wog das, was sie zuletzt gesagt hatte: *dein* Sohn. Elaynes Gedanken überschlugen sich förmlich.

»Ein unerwarteter, aber willkommener Besuch.«

Über das Rauschen in ihren Ohren hinweg hatte sie Darian nicht kommen gehört. Wie aus dem Nichts aufgetaucht, stand er direkt vor ihr. Auf die Schnelle fiel ihr keine gute Ausrede dafür ein, weshalb sie hinter einer Säule vor seiner Tür lauerte, darum stierte sie ihm nur ertappt entgegen.

»Oder versteckt Ihr Euch vor jemandem, und das zufällig vor meiner Tür?«, fragte er belustigt. Dabei glänzten seine Augen eher hoffnungsvoll als amüsiert.

Sie kam um eine peinliche Antwort herum, da die erdigen Flecken an seiner Kleidung sie ablenkten. »Ihr seid ja ganz schmutzig!«

Trotz ihrer Verwunderung dachte sie daran, hier auf dem Gang förmlich zu bleiben. Gelauscht wurde innerhalb dieser Mauern offenbar häufiger.

Irritiert schaute er an sich herunter. »Oh, das.« Mit den Fingern strich er über sein Hemd, wobei er die Erde nur weiter verteilte. Wie sich herausstellte, waren seine Hände nicht weniger dreckig. »Das kann ich nicht erklären. Es soll eine Überraschung werden.«

»Eine Überraschung?«

»Sieht aus, als hätten wir beide Geheimnisse.«

Sie hatte ihm noch immer nicht gesagt, was sie hier tat. Aber anscheinend musste sie das auch nicht, denn er überging die peinliche Situation.

»Ich würde Euch gern auf einen Ausflug mitnehmen, falls Ihr mich begleiten mögt.«

»Einen Ausflug?«, wiederholte sie aufgeregt. Die Gegend außerhalb des Palasts besser kennenlernen – natürlich wollte sie das!

Abgesehen davon, dass sie noch immer kaum etwas von ihrer neuen Heimat gesehen hatte, würden sie draußen freier miteinander sprechen können. Zu bereden gab es genug. Ihre Sorge wegen Milly hatte Elayne hergeführt, doch nun beschäftigte sie eine noch viel brennendere Frage: Wie sahen Darians Familienbande aus? Sie wollte seine Geschichte hören.

»Ich begleite Euch.«

33

Sanft streifte der Wind Elaynes Arme, ihren Hals und spielte mit ihren Haaren. Der salzige Geschmack auf ihrer Zunge war stärker geworden und sie glaubte, das Salz auch in der Luft zu riechen. Es musste schon ganz nah sein – das Meer.

Wie wild sprang ihr Herz in ihrer Brust herum. Lange hatte sie nicht mehr solche Vorfreude empfunden. Unter gleißenden Sonnenstrahlen war der Spaziergang hierher zwar anstrengend gewesen, aber davon ließ sich ihre Aufregung nicht trüben. Obwohl die Küste recht nah am Palast lag, hatte Elayne bisher noch nicht die Gelegenheit bekommen, sie zu besuchen. Bücher beschrieben das Meer als einen Ort der Freiheit, an dem sich Menschen der Größe der Welt bewusst wurden. Bilder zeigten ein unendliches Blau, das niemand je gänzlich erkunden könnte, würde er noch so weit segeln. Elayne wollte schon immer mit eigenen Augen sehen, was andere ein Wunder nannten. Nun sollte sich ihr Traum endlich erfüllen.

»Du hast es aber eilig«, amüsierte sich Darian, als sie ihn überholte. Die Bäume am Wegesrand lichteten sich weiter, die Landschaft wurde trockener. »Mit den Pferden wären wir schneller gewesen. Dangus wird es mir übel nehmen, dass ich ohne ihn fort bin. Hoffentlich verzeiht er mir.«

Obwohl sie vor ihm ging und seinen Blick nicht sehen konnte, spürte sie, dass er sich ein Lachen von ihr erhoffte. Bei der Vorstellung, wie sich ein wütender Hengst über Darian aufbäumte, war jedoch alles, was sie herausbekam: »Mir macht es nichts aus, zu laufen.«

Der Trampelpfad war mit Stolpersteinen übersäht und durch die Anstrengung klebte Elaynes leichtes Kleid stellenweise an ihrem Rücken fest. Trotzdem würde sie den Weg lieber zehnmal gehen, als ihn entlangzureiten.

»Hast du etwa kein Vertrauen in meine Reitkünste?«, scherzte ihr

Begleiter. »Und bevor du antwortest, vergiss nicht: Ich bin ein Prinz und nicht an ehrliches Urteil gewöhnt.«

Nun stahl sich tatsächlich ein Lächeln auf ihr Gesicht, doch es verblasste schnell. »Das ist es nicht.«

»Gibt es dann einen anderen Grund dafür, dass wir zu Fuß unterwegs sind?«

Nachdenklich biss sie sich auf die Lippe. Sie wollte es ihm erklären. Das wollte sie wirklich. Aber nicht jetzt.

Gerade im rechten Moment erreichte sie der Ruf einer Möwe und dann forderte das, was vor ihnen auftauchte, ihre gesamte Aufmerksamkeit. Der Pfad verlief im Sand, gesäumt von Wildblumen in den schönsten Rosa– und Lilatönen. Die farbenfrohen Tupfer erstreckten sich zu beiden Seiten um eine Bucht, deren Ausläufer aus kargem Fels ins weite Blau hinausragten.

Wie auf den Bildern. Nur noch viel, viel schöner, dachte Elayne und sog jedes Detail dieses Augenblicks in sich auf.

Beim Näherkommen wurde das Rauschen der Wellen, die weiter draußen gegen den Stein schlugen, stetig lauter. Währenddessen spiegelte das Wasser innerhalb der Bucht ruhig und klar den wolkenlosen Himmel wider. Darüber zogen mehrere Möwen ihre Kreise – Tiere, die Elayne selten gesehen hatte, da sie sich kaum in küstenferne Gegenden verirrten. Der Wind wurde hier durch nichts gebremst, drängte ihnen spürbar entgegen und trug einen wunderbaren Hauch kühler Meeresluft mit sich. Als er Elaynes Kleid bis zu den Waden aufwirbelte und ihre Beine kitzelte, stieß sie einen befreiten Seufzer aus. Dass die Brise auf ihrer Haut von unvorstellbar weit herkommen musste, jagte ein Flattern durch ihren Bauch.

Als sie den Kopf zu Darian drehte, bemerkte sie den zufriedenen Ausdruck, mit dem er sie musterte.

»Ist es so, wie du es dir vorgestellt hast?«, fragte er, ohne sich abzuwenden. Seine bronzenen Locken tanzten ihm über die Stirn.

Das Wunder aus ihrer Vorstellung existierte wirklich. Darum schaute sie ihm fest in die Augen und nickte.

Feine Lachfältchen gruben sich in seine Augenwinkel und das Grübchen stahl sich auf seine linke Wange. »Genau hier habe ich deinen Stein gefunden.«

Elayne musste nicht nach dem Schatz in ihrer Rocktasche tasten. Sie wusste, dass er da war. Hierhin war Darian an dem Tag also gegangen. Eine Idylle wie diese passte zu seinem unerwarteten Geschenk, das sie nun als Glücksbringer immer bei sich behielt. Im Grunde war mit dem Stein also auch ein Stück des Ozeans immerzu in ihrer Nähe gewesen. Das machte ihn für sie noch wertvoller als ohnehin schon.

Darian zog seine Schuhe aus und sie tat es ihm gleich. Warme Sandkörner schmiegten sich zwischen ihre Zehen, während sie dem Prinzen barfuß den Strand entlang folgte. Am Ufer legten sie die Schuhe ab und alles in Elayne bereitete sich auf die Sekunde vor, in der ihre Füße die Wasseroberfläche durchbrechen würden. Zunächst wateten sie nur mit den Füßen hinein. Unter dem von der Sonne aufgewärmten Wasser wurde Schlamm aufgewühlt, und sie versank in ihm wie in einem weichen Bett.

»Unglaublich schön.« Für mehr fehlten ihr die Worte. »Du stehst also hier und genießt die Aussicht, wenn es dich hierher verschlägt?«

»Manchmal, ja. Eine Sache gibt es aber, die noch besser ist«, erklärte er, bevor er sich ohne Vorwarnung das Hemd über den Kopf zog. Es landete hinter ihnen im trockenen Sand.

Instinktiv wich Elayne vor seinem entblößten, extrem nahen Oberkörper zurück, ihr Puls schoss in die Höhe. Dabei schien er ihre Scham gar nicht zu bemerken und begab sich tiefer in die Bucht hinein, bis er mitsamt seiner Hose im Wasser war. Ohne es zu wollen, ließ sie ihren Blick über seine Schultern und seinen Rücken wandern. Von der Verletzung, die sie im Gewächshaus versorgt hatte, war noch eine blasse Narbe zu sehen. Die Erinnerung an seine Haut unter ihren Fingerspitzen hielt Elayne davon ab, sich zu entspannen.

Als er sich umdrehte, entdeckte sie wieder die wesentlich auffälligere Narbe, die sich quer über die Seite seines Bauches zog. Die war jedoch schnell vergessen, sobald Darian ihren Blick auffing. So heiter, wie er Elayne anstrahlte, stieg sie unwillkürlich in sein Lächeln mit ein.

»Du wirst staunen, was es auf dem Grund alles zu sehen gibt«, prophezeite er. »Taz und ich haben schon Muscheln gefunden, so groß wie eine Faust.«

Gleich darauf tauchte er unter und an der Stelle, an der er eben noch gestanden hatte, trieben kleine Wellen auseinander. Gebannt starrte Elayne darauf und wartete. Als er wieder an die Oberfläche kam, war er vollkommen durchnässt und lächelte noch ein wenig breiter als vorher. In seiner Hand lag etwas.

Mit ausgestrecktem Arm kam er auf sie zu, um ihr seinen Fund zu zeigen. Doch sie hatte einen besseren Einfall. Sie dachte nicht weiter darüber nach, sondern ließ sich von ihrem plötzlichen Übermut leiten. Da sie ohne Millys Hilfe heute Morgen ein unkompliziertes Kleid hatte anziehen müssen, war es schnell ausgezogen. Sie warf es dorthin, wo bereits Darians Hemd lag. Nur noch ihr Unterkleid am Körper, sprang sie ins Wasser.

Schwimmen konnte sie gut. Gondrick hatte es ihr beigebracht, da war sie noch ein Kind gewesen. In Balezan gab es viele Seen und einer davon lag sogar unweit des Schlosses. Auch mit Nia hatte sie ein paar Mal dort gebadet, gemeinsam einige ihrer liebsten Erinnerungen an unbeschwerte Sommertage geschaffen. Sie liebte die Leichtigkeit und die Kraft, die sie empfand, wenn sie schwamm, und wurde auch jetzt ganz euphorisch dabei.

Vor Darian angekommen, kam sie ebenfalls auf die Beine, sodass sie einander gegenüberstanden. Tropfen glitzerten in seinem Haar und auf seiner Brust, und in seinen Augen erkannte sie Verblüffung. Obwohl es sie stolz machte, der Auslöser für seinen verwunderten Gesichtsausdruck zu sein, beachtete sie ihn nicht weiter, sondern widmete sich dem Objekt in seiner Hand. Neugierig nahm sie es ihm ab, um es zu untersuchen. Es war eine daumengroße um sich selbst gedrehte Muschel. Auch die kannte sie bisher nur aus Büchern.

»Diese Form«, staunte sie. »Wie kann etwas so Perfektes einfach entstehen? Sie sieht aus wie ein Kunstwerk. Als hätte sie jemand mit viel Geduld so geschaffen. Findest du nicht auch?« Beim Hochschauen traf sie Darians Blick. Darin fand sie dasselbe Staunen, mit dem sie selbst eben noch die Muschel betrachtet hatte.

»Ich finde es unglaublich, wie mutig du bist«, erwiderte er.

Darauf wusste sie nichts zu sagen, starrte ihn bloß an. Zeitgleich breitete sich ein Kribbeln in ihr aus. *Mutig?* Wie kam er schon wieder darauf und wieso jetzt?

»Tut mir leid. Ich überfalle dich damit.« Er strich sich die nassen Locken aus der Stirn.

Elayne wusste nicht recht, wie sie seine Worte einordnen sollte. Doch sie waren gesagt und hatten etwas in ihr berührt. »Denkst du ... tatsächlich so über mich?«

»Ja.« Er antwortete so schnell, als wirkte er erleichtert, dass sie beim Thema blieb.

Sie dagegen tat sich schwer mit dem Kompliment. »Warum denn? Siehst du nicht, dass ich ständig Angst habe? Vor Jamalie, vor Veron, vor den Blicken der Leute und sogar vor euren Tänzen. Vor einfach allem, das mich verraten könnte. Ich weiß, das ergibt für dich jetzt keinen Sinn, aber ich habe Angst davor, dass ich niemals in der Lage sein werde, mich richtig zu konzentrieren. Was ich meine, ist: Ich vergehe fast vor Angst davor, zu scheitern.«

»Dann fürchtest du dich also, na und?«, konterte Darian. Er hatte ihren Worten mit ernster Miene gelauscht. »Umso mehr stimmt es doch. Du bist hier, *obwohl* du dich fürchtest. Gelegenheiten, um vor allem davonzulaufen, gab es genug. Doch du warst stärker, so wie ich das sehe. Oder willst du andeuten, der Kronprinz liege falsch?«

Elayne atmete hörbar aus. Nein, sie war nicht davongelaufen. Die Hoffnung ihres Landes lastete auf ihren Schultern, wie könnte sie also?

»Ich habe recht«, beschloss Darian grinsend. »Damit schuldest du mir zehn Muscheln.«

»Zehn?« Elayne lachte, dankbar für die Ablenkung. »Eure Hoheit sind gierig!«

Mit einer herausfordernden Grimasse tauchte er unter. Sie holte ebenfalls Luft und folgte ihm. Unter der Wasseroberfläche eröffnete sich ihr eine völlig neue Welt. Das Wasser war klar, der Sand hell und gespickt mit kostbaren Dingen. Kleine Fische schwammen in Schwärmen umher, Krebse gruben sich in den Schlamm, und alles strahlte eine ganz eigene Art von Leben aus.

Mut oder Angst – wen kümmerte das? Sie wurden zu Nichtigkeiten, während die falsche Prinzessin und der echte Prinz auf dem Meeresgrund nach Schätzen suchten.

Nass bis in die Haarspitzen und glücklich bis in die Zehenspitzen ließ sich Elayne in den Sand sinken. Die Körner hafteten an ihrer feuchten Haut und sie genoss ihre Wärme.

Auch Darian kam ans Ufer zurück. Bevor er sich neben sie setzte, fielen mehrere Wassertropfen von ihm auf sie herab. »Es wird spät. Wir sollten uns bald auf den Rückweg begeben. Nicht dass uns noch jemand vermisst.«

»Nur noch ein bisschen.« Entschieden schüttelte sie den Kopf, ihren

Blick auf den blauen Horizont geheftet. Himmel und Meer gingen dort ineinander über, als gäbe es nichts mehr dazwischen.

Sie war noch nicht bereit, sich von diesem Anblick zu lösen. Aber vor allem lag ihr noch Unausgesprochenes auf der Seele, das sie nicht wieder mit zurück tragen wollte.

»Wieso behandelt dich deine Mutter so anders als deinen Bruder?«

Die Frage war ganz plötzlich wieder in ihrem Kopf aufgetaucht, hatte sich einfach auf ihre Lippen gestohlen.

Sichtlich überrascht öffnete Darian den Mund, ohne etwas zu sagen, und sie war im Begriff, ihre Direktheit zu bereuen. Dann aber wandelte sich sein Gesichtsausdruck in Nachdenklichkeit, die Anspannung verflog und wieder einmal staunte sie darüber, wie leicht es war, mit ihm zu reden.

»Sie ist nicht wirklich meine Mutter«, sagte er geradeheraus und seinen Worten folgte Stille.

Mit dieser Information hätte er sie eigentlich schockieren sollen, doch in Wahrheit hatte sie es nach dem Gespräch zwischen Königin und König bereits geahnt. Vielleicht sogar schon davor.

Schweigend betrachtete sie seine Züge, versuchte, zu ergründen, was in ihm vorging. Sie musste nicht lange grübeln, denn er teilte bereitwillig seine Gedanken mit ihr: »Vor meiner Geburt, als mein Großvater noch regierte, zogen die Ost-Nomaden durch diesen Teil des Landes. Mein Vater verbrachte damals viel Zeit mit ihnen, während sein eigener Vater mit ihrem Oberhaupt einen Handel abschloss. Kree erhielt seltene Güter. Werkzeuge, Medizin und mehr. Dafür versprachen wir den Nomaden Sicherheit innerhalb unserer Landesgrenzen.«

Gefesselt von seiner Erzählung lauschte Elayne. Von Kindesbeinen an hatte das reisende Volk sie fasziniert. Die Weltoffenheit und der beispiellose Wissensschatz der Nomaden waren beeindruckend. Wie es wohl gewesen sein mochte, ihre Lebensweise hautnah zu erfahren?

»Eine von ihnen verzauberte meinen Vater ganz besonders. Ihr Name war Liana. Vor Jahren erzählte mir meine Großmutter, die beiden seien so verliebt gewesen, dass er manchmal zu essen oder zu schlafen vergaß. Sie sagte auch, es dauerte nicht lang, bis Liana schwanger wurde. Eine Nomadin erwartete das Kind eines Prinzen. Mich.« Um durchzuatmen, machte er eine Pause. »Vater spricht nicht über sie, doch sie muss ihm unvorstellbar wichtig gewesen sein. Andernfalls würde er sie und ihre Leute nicht so sehr verachten, wie er es heute tut.« In seiner Stimme schwang ein Bedauern mit, das aus seinem tiefsten Innern herrührte.

»Dann durften sie nicht heiraten?«

»Großvater war ein gerechter Mann«, widersprach Darian. »An ihrem Standesunterschied lag es nicht, sondern daran, was meine Mutter wollte. So sehr sie auch behauptete, meinen Vater zu lieben, sie blieb doch eine Nomadin.«

Da verstand Elayne und die Erkenntnis schürte ihr Mitgefühl. »Sie ist gegangen.«

»Eines Morgens war der gesamte Stamm verschwunden und sie mit ihm. Nur mich nahm sie nicht mit. Vielleicht glaubte sie, in mir sei zu viel von meines Vaters Blut, um ein Leben wie ihres zu führen. Vielleicht wollte sie auch etwas zurücklassen, das ihn immer an sie erinnern würde.«

Aber ein Kind? Auf einmal ergab König Phelius' abschätzige Haltung gegenüber dem Nomadenvolk einen traurigen Sinn.

»Nachdem sie fort war, soll Vater jeden Tag auf ihre Rückkehr gewartet haben. Sein Vertrauen in ihre Liebe blieb wohl eine Zeit lang stark, aber dann wurde Großvater krank. Es musste ein neuer König auf den Thron, und nichts sichert die Position eines Königs besser als ein Bündnis. Vater wurde also gekrönt und ging eine politische Ehe mit Jamalie ein, die ihm Alesander und die Treue ihrer Familie schenkte.« Der Versuch eines Lächelns zuckte in seinem Mundwinkel. »Dass ich trotz meiner nomadischen Herkunft den Thron erben soll, machte es ihr immer schon schwer, mich zu ertragen.«

Dabei konnte er doch gar nichts dafür. Trotzdem schleuderte ihm die einzige Frau, die ihn liebevoll hätte großziehen können, nichts als Hass entgegen. Wie viel Ungerechtigkeit hatte er in der Vergangenheit aushalten müssen, nur weil er geboren worden war?

»Was ist mit dir?«, lenkte Darian das Gespräch unerwartet in Elaynes Richtung.

Sie blinzelte. »Was soll mit mir sein?«

»Ich weiß gar nichts über deine Familie. Deine echte, versteht sich. Nicht die mit dem Königstitel.« Er versuchte offenbar, die Stimmung etwas zu heben. Da hatte er bedauerlicherweise das falsche Thema gewählt, doch das konnte er unmöglich wissen.

»Nun«, begann sie zögerlich. »Sie sind tot.« Auf keinen Fall wollte sie in dieser Situation ihren Kummer über seinen stellen, und ohnehin fiel es ihr nicht leicht, darüber zu sprechen. Deshalb fügte sie schnell hinzu: »Ich war noch sehr klein und erinnere mich kaum. Außerdem hat Gondrick sich so gut um mich gekümmert, wie er konnte. Er hat mir alles beigebracht, was ich lernen wollte, mir Bücher gekauft und mir zugehört, wenn ich einsam war.« Während sie von ihm erzählte, wurde ihr bewusst, dass sie den General wirklich vermisste. Er war die ganze Familie, die ihr noch blieb.

»Wie sind sie gestorben?«, fragte Darian nach dem, was sie sonst erfolgreich für sich behielt.

Das Seltsame war, dass sie sich oftmals vorstellte, jemandem davon zu erzählen. Alle, die ihr nahestanden, wussten um die Schicksale ihrer Eltern. Darum hatte ihr niemals jemand diese Frage gestellt. In ihrer Fantasie passierte es dennoch manchmal und jedes Mal erleichterte es ihr Herz, den Gedanken freien Lauf zu lassen. Laut darüber zu sprechen, war eine ganz neue Herausforderung. Sie wollte die Erinnerungen, die sie mit sich herumtrug, mit jemandem teilen, doch gleichzeitig wollte sie es auch nicht. Ihre negativen Gefühle sollten niemand anderem zur Last werden. Aber ...

Du musst es nur zulassen.

Elayne fasste sich ein Herz.

»Meine Eltern waren einfache Leute, aber glücklich. Zumindest hat man mir das oft erzählt«, begann sie ihre Geschichte so, wie sie es stets in ihrer Fantasie getan hatte. »Mutter arbeitete im Schloss, Vater unter der Erde in einer Mine. Davon gibt es viele in meiner Heimat. Da sie wenig Zeit hatten, wuchs ich mit Nia auf, als ihre Spielkameradin, und später trat ich in den Dienst der Königsfamilie. Lange davor, ich war noch klein, verloren Mutter und ich allerdings meinen Vater. Die Mine wurde von Jardaan überfallen. Der Angriff war ...« Sie schluckte schwer. »Es gab keine Überlebenden.«

Ihr Mund war trocken geworden, ihr Herz ganz schwer. Die nächsten Worte blieben ihr zuerst im Hals stecken. Doch die Vergangenheit gehörte zu ihr und Elayne *wollte* sich öffnen.

»Ich erinnere mich nicht, wie er ausgesehen hat. Da sind nur verschwommene Bilder. Doch ich weiß, dass er viel gelacht hat.« War es undankbar, dass sie nicht mehr von ihm im Gedächtnis behalten hatte? Zum ersten Mal gab sie es vor jemandem zu. »Mutter vermisste ihn sehr und auf meine Weise tat ich das auch. Abgesehen davon fehlte es mir an nichts. Ich hatte Nia zum Spielen und meine Mutter sah oft nach mir, auch während sie arbeitete. Bis zu dem Unfall.«

Ihre Stimme brach. Ihre Sicht war verschwommen. In ihrer Vorstellung hatte sie das Sprechen nie so viel Kraft gekostet.

»Sie ...«, rang Elayne um das richtige Ende für ihre Geschichte. »Es geschah im Sommer. Der König wollte ausreiten, darum wurde sein Pferd gesattelt. Dann ...« Ihr Kinn zitterte. Sie versuchte mit aller Macht, die Tränen zurückzuhalten, damit sie es endlich aussprechen konnte. »Mutter führte das Pferd aus dem Stall, als jemandem eine Kiste herunterfiel. Futter für die Tiere war darin und alles landete im Schmutz. Nicht weiter schlimm, könnte man denken, aber ...« Wehmütig blickte sie Darian an, der ihr aufmerksam zuhörte. »Das Pferd des Königs erschrak. Es riss meine Mutter, die immer noch die Zügel hielt, zu Boden und es ...«

Während sich der Moment vor ihrem inneren Auge abspielte, malte sie sich aus, woran ihre Mutter wohl im Angesicht des Todes gedacht hatte. Sie würde es niemals wissen. Aber daran ändern konnte sie auch nichts. Alles, was Elayne tun konnte, war, weiterzuleben und die Liebe zu bewahren, die sie für ihre Eltern empfand.

»Das Pferd begrub sie unter seinen Hufen«, sagte sie. Endlich. »Gondrick nahm mich bei sich auf und sorgte dafür, dass es mir gut ging. Ehrlich, ich erfuhr mehr Glück als die meisten. Dennoch frage ich mich immerzu, wie es wäre, sie noch bei mir zu haben. Beide.«

Ein unsichtbares Gewicht fiel von ihr ab. Das Loch, das ihre Eltern hinterlassen hatten, würde immer bleiben, aber das war in Ordnung. Möglicherweise, oder bestimmt sogar, trug jeder ein solches Loch in sich. Darian konnte sie seines so deutlich anmerken, seit er von der Grenze wiedergekehrt war, wie sie ihres seit Nias Fieber spürte.

»Auch wenn sie nicht mehr bei dir sein können ... Sie werden dich immer lieben«, tröstete er sie.

Doch hinter seinen gut gemeinten Worten hörte sie eine zweite Bedeutung: *Deine Eltern hätten dich niemals aus freien Stücken verlassen.*

Natürlich dachte er so. Wie könnte er sich auch nicht in dem Glauben verrennen, seine eigene Mutter habe ihn nie geliebt? Schließlich hatte sie entschieden, ihn zurückzulassen. Sich in das Kind hineinzuversetzen, das Darian einmal gewesen war, schmerzte Elayne. Die Entscheidung der Nomadin konnte sie nicht begreifen, aber eines wusste sie mit Sicherheit.

»Dich bei deinem Vater zu lassen, war bestimmt das Schwerste, das sie je getan hat«, sagte sie aus fester Überzeugung.

Er lächelte sie an, traurig und dankbar.

Sie wusste, dass dieser Nachmittag ihr noch lange ein Schatz sein würde. Wertvoller als alle Muscheln und Steine in der Bucht.

Du musst es nur zulassen. Mit dieser Ermutigung hatte sie sich heute selbst dazu bewegt, nach Darian zu suchen.

Es war der Versuch gewesen, die Worte zu finden, die Nia benutzt hätte. Nur weil sie ihre Freundin so gut gekannt und über die Jahre so viel von ihr gelernt hatte, waren sie Elayne in den Sinn gekommen. Nur deshalb saß sie nun an der Seite des Prinzen, sah auf das Meer und fühlte sich frei.

»Danke«, hauchte sie so leise, dass ihre Stimme im Wind unterging.

Sie hatte etwas begriffen. Niemals würde sie auf sich allein gestellt sein, denn nichts verschwand jemals vollkommen von dieser Welt. Jede Begegnung und jedes Erlebnis würden für immer ein Teil von ihr bleiben. Das bedeutete auch, dass sie mit jedem Tag mehr wurde. Ein bisschen *mehr* und ein bisschen stärker.

Jetzt, da ihr leichter zumute war, fiel ihr ein, dass sie doch eigentlich Darian wegen Milly hatte um Rat fragen wollen. Sie öffnete gerade den Mund, um es anzusprechen, als er ihr zuvorkam.

»Mir ist etwas klargeworden.« Er blickte sie unverwandt an. »Ich will nicht, dass du meinen Bruder heiratest.«

Der Junge und der Wind

Der Junge hatte nur kurz die Augen geschlossen, da war er schon ins Land seiner Träume hineingezogen worden. Als er daraus erwachte, rührte sich das Boot nicht mehr wie zuvor. Seine Eltern, so fand er sie, saßen ihm gegenüber, einander in den Armen und leise schluchzend. Vor ihnen ein nasses Ruder, mit dem sie nicht viel hatten ausrichten können.

Der Wind war fort, hatte sie verlassen, um in einem anderen Teil des Ozeans die Segel der Reisenden zu befüllen. Das des Jungen und seiner Eltern hing nutzlos am Mast. Es gab nichts mehr, das ihnen helfen konnte, von der Stelle zu kommen.

Der Junge schaute von seinen Eltern zum Horizont. Irgendwo dort musste der Hafen sein, den sie zu erreichen aufgebrochen waren.

Erneut schloss er seine Augen, doch schlief er dieses Mal nicht ein. Dieses Mal fühlte er. Er fühlte die gewaltige Macht des Wassers und den Widerstand, mit dem ihr kleines Boot es verdrängte, um darauf zu treiben. Er fühlte, wie er all dieser Kraft unter ihm seinen Willen aufzuzwingen vermochte. Durch einen Gedanken allein beugte sich die Macht des Wassers, erhob sich in die Lüfte und wurde zu Wind.

Die Eltern des Jungen glaubten kaum, was sie durch verweinte Augen sahen. Das Segel blähte sich auf, weil ein Wind aus dem Nichts erschienen war, und bald darauf erschien Land am Horizont. Sie waren gerettet.

– Aus *Wissen aus dem alten Land*

34

Der Abend löste den Nachmittag ab, doch Elaynes Leid fand kein Ende. Dieser eine Satz ließ sie nicht mehr los, hielt ihre Gedanken fest umklammert, als sie auf dem Rückweg mit bedachtem Abstand hinter Darian herlief.

Ich will nicht, dass du meinen Bruder heiratest.

Genau so, Wort für Wort, hatte er es gesagt, und nun wollte das wilde Hämmern in ihrer Brust nicht mehr aufhören. Wie kam er dazu, solche Dinge zu behaupten und dann einfach weiterzumachen, als wäre nie etwas gewesen?

Eigentlich sollte sie jetzt wütend auf ihn sein. Immerhin hatte er sich zu einer ablehnenden Äußerung über ihre Verlobung erdreistet. Danach – statt ihr zu erklären, was dahintersteckte – war er zuerst einen Moment still und dann aus heiterem Himmel neugierig gewesen, ob sie sich erst seit dem Tod ihrer Mutter vor Pferden fürchtete.

Auf seine Frage hin hatte sie verdattert genickt und ihm den Themenwechsel durchgehen lassen. Es war also ihre eigene Dummheit, über die sie innerlich fluchte.

Ihr Blick bohrte sich in seinen Rücken, abwechselnd wurde ihr heiß und dann wieder kalt. Was hatte er gemeint? Wieso sollte er die Hochzeit nicht gutheißen? Eifersüchtig war er wohl kaum. Schließlich kannte er ihr Geheimnis und wusste, dass sie nicht wirklich eine Prinzessin war – somit auch niemand, mit dem er je zusammen sein würde. Dennoch meldete sich ein verräterischer Hoffnungsschimmer, dies könnte vielleicht doch der Grund sein.

Wahrscheinlicher blieb allerdings eine zweite Möglichkeit: Ihm ging es darum, seinen Bruder zu schützen. Bestimmt hatte Darian noch einmal über alles nachgedacht und entschieden, ihr das falsche Spiel doch nicht nachzusehen. Das konnte sie ihm nicht mal übel nehmen. Sie vertraute ihm, dass er sie nicht bloßstellen würde. Aber dass er zu seinem Versprechen stand, bedeutete nicht, dass er ihr seinen Respekt schuldete. Er behielt ihren Verrat für sich, und mehr zu verlangen, stand ihr einfach nicht zu. Obwohl es sie tief verletzte, sich vorzustellen, ihm könnte heute seine Verachtung klargeworden sein.

Schon bald nach dem verwirrenden Geständnis waren sie aufgebrochen und hatten den Strand verlassen. Ihr Schweigen hing seitdem zwischen ihnen wie eine schwebende Mauer. Gleich würden sie den Palast erreichen, ohne zuvor alles geklärt zu haben. Bis sie Gewissheit bekäme, würde sie an nichts anderes denken können. Andererseits jagten ihr beide Erklärungen, die ihr einfielen, eine ungemeine Angst ein. Wenn eine davon stimmte, wollte sie es womöglich lieber nicht wissen.

Angestrengt hielt sie den Tumult in ihrem Inneren im Zaum, bis die Palastmauern in Sichtweite kamen. Die Gelegenheit für ein klärendes Gespräch war damit verstrichen. Niemals vorher war sie zur selben Zeit so erleichtert und so besorgt gewesen.

»Ich hoffe wirklich, wir können das irgendwann wiederholen.« Im Gehen drehte sich Darian zu ihr um, und sie konnte ein verschrecktes Aufkreischen nicht unterdrücken. »Entschuldige! Warst du in Gedanken?«

Ob sie in Gedanken war? Was glaubte er denn, wie schnell sie seinen bescheuerten Satz wieder vergaß? Wenn es ihm so leichtfiel, war das schön für ihn.

»Ich sollte nach Alesander suchen«, reagierte sie unüberlegt – einfach, weil sie all das hier überforderte.

Bevor er etwas erwidern konnte, war sie losgerannt und stürmte an ihm vorbei auf den Palast zu. In Wahrheit hatte sie nicht vor, Alesander zu finden. Sie musste allein sein.

Darian rief ihr nicht nach, hielt sie auch nicht zurück. Was immer ihn dazu bewegt hatte, in ihr dieses Durcheinander zu wecken, schien ihm jetzt gleichgültig zu sein. Das verletzte sie. Jedenfalls sprach es gegen ihre Eifersuchtstheorie. Weshalb ihr das wehtat, wusste sie selbst nicht.

Schon vor dem Tor drehten sich die ersten Köpfe nach ihr um. Auf einmal wurde ihr bewusst, wie sie aussah: von der Sonne gerötet, das Haar gekräuselt, voller Sandkörner und mit einem gehetzten Gesichtsausdruck. Aber da ließ sich nun nichts mehr machen. Sie nahm das bisschen Würde zusammen, das sie aufbringen konnte, und schritt an den starrenden Leuten vorbei ins Palastinnere.

Nach mehreren Stunden ohne Essen war ihre erste Anlaufstelle klar. In der Küche bekam sie ein paar Leckereien, die sie an einem kleinen, mit Mehl gesprenkelten Tisch achtlos in sich hineinstopfte. Sie kaute nicht einmal richtig, sondern schlang alles hinunter, bis ihr der Magen krampfte und sie zwang, die Reste liegenzulassen. Die Küchenmädchen beäugten sie mitleidig, stellten jedoch keine Fragen. Zum Glück, denn sie hätte nicht gewusst, was sie antworten sollte.

Mit schmerzendem Magen und rauchendem Kopf suchte sie *ihre* Gemächer auf – nicht der Rückzugsort, den sie sich wünschte, doch der einzige, den sie im Moment hatte. Das Gewächshaus könnte von jemandem besetzt sein, der ihr dieses Dilemma erst beschert hatte.

Verwundert stellte sie fest, dass ihre Tür einen Spalt offenstand. War Milly etwa endlich vorbeigekommen? Noch immer hatte sie nicht herausgefunden, was mit ihr los war, und vielleicht konnte sie wenigstens diese Unklarheit aus der Welt schaffen. Bereit für das Gespräch, trat sie durch die Tür.

Doch es waren keine roten Locken, die sie auf der anderen Seite ausmachte. In dem vom Abendlicht in schwaches Rosa getünchten Raum empfing sie ein Prinz. Alesander saß am Fußende auf der Kante ihres Bettes und blickte zu ihr auf. Obwohl er offensichtlich auf sie gewartet hatte, wirkte er nicht erfreut, sie zu sehen. Die Haut unter seinen Augen war dunkler als sonst – wie auch seine Augen selbst.

»Ich hatte niemanden erwartet«, bemerkte Elayne verunsichert.

Sie blieb in der Nähe der Tür stehen, ohne zu wissen, weshalb sie nicht weiter hereinkam. Dies waren ihre Gemächer und ihr Verlobter, der sie besuchte. Doch irgendetwas stimmte nicht. Augenblicklich brachte die Erinnerung an seine Aufdringlichkeit und an seine kalte Berührung während des Fests Spannung in ihre Muskeln.

Alesander schien ebenfalls angespannt. Sein Kiefer arbeitete, und seine Stimme klang gepresst, als er nach unerträglich langen Sekunden endlich den Mund öffnete. »Wenn ich dich erschreckt habe, ist das nur gerecht. Lachhaft gegen das, was du mir antust.«

Elaynes voller Magen rebellierte. »Ich weiß nicht, wovon du sprichst, Alesander.«

»Ich kenne dein kleines Geheimnis.«

35

Der Raum drehte sich. Der Boden kam näher. Oder war es die Decke? Elayne brauchte all ihre Willenskraft, um sich nicht zu übergeben.

»Wie du mich ansiehst«, sagte Alesander, noch immer angespannt. »So schuldbewusst.«

Wie hatte er es herausgefunden? Was würde er jetzt mit ihr machen? Wusste der König auch schon Bescheid? Sie konnte spüren, wie das Blut aus ihren Wangen wich. Es war zu Ende. Für sie und für die Menschen zuhause, die ihre letzte Hoffnung an sie verschwendet hatten. Jetzt blieb ihr bloß noch, auf Knien zu flehen, dass man ihr Leben verschonen würde. Dabei war ihr längst klar, wie zwecklos das wäre. Sie hatte Verrat an der Königsfamilie begangen. Besser, sie flehte um einen schnellen Tod.

Als Alesander sich erhob und langsam auf sie zuschritt, verflogen ihre Übelkeit und selbst die Visionen ihres eigenen Todes. Da war nur noch ihr wildes Herz. Stocksteif starrte sie ihn an – den Mann, den sie beinahe geheiratet hätte. Sie wollte vor ihm zurückweichen, sich umdrehen und einfach davonlaufen, doch sie konnte es nicht. Mit seinem finsteren Blick hielt er sie gefangen, sodass sie ihm hilflos ausgeliefert war. Sobald er sich direkt vor ihr aufgebaut hatte, sein Gesicht nur wenige Zentimeter von ihrem entfernt, roch sie die Bücher, mit denen er sich immer umgab. In jeder anderen Situation hätte sie diesen Duft gemocht, aber nicht in dieser. Erstmalig wurde sie sich Alesanders Größe bewusst. Neben Darian und Phelius wirkte er immer ein bisschen zarter, doch wenn er wollte, könnte er sie jetzt und hier überwältigen.

»Du hast gelogen.« Sein Atem hinterließ eine heiße Spur auf ihrer Haut und sie schloss die Augen, um ihn nicht ansehen zu müssen. »Deine Nähe, dein Lächeln, dein ach so gut gemeintes Gerede – alles eine einzige Lüge.

Ich glaubte an eine Zukunft, in der wir darüber hinwegsehen, dass unsere Ehe einem Zweck dient. Wir hätten entgegen allen Erwartungen zueinanderfinden können. Aber du hast nur mit mir gespielt. Hast du wenigstens versucht, mehr als ein Bündnis in mir zu sehen, oder bist du zu schnell dem widerlichen Charme meines Bruders erlegen?«

Sie riss die Augen wieder auf, konnte kaum fassen, was sie da hörte. Nichts von alldem klang danach, dass er hinter ihre Lüge gekommen war. Dennoch verspürte sie keinerlei Erleichterung. Das Geheimnis, das Alesander zu kennen meinte, holte in ihm eine Seite hervor, die ihr eine Gänsehaut bereitete. Den Menschen, der er gerade war, konnte sie nicht einschätzen. Aber etwas sagte ihr, dass sie ihn bereits auf dem Fest kennengelernt hatte.

»Ich wusste, dass er dich mir wegnehmen will. Schon immer hat er nach allem gegriffen, das mir gehört. So ist er eben.« Er hob seine Hand an ihre Schulter und spielte mit ihren Haaren, die vom Wasser und vom Salz gekräuselt darüber fielen. Sofort versteifte sie sich noch mehr. »Als ich erfuhr, dass du mit ihm fortgegangen bist, um wissen die Götter was zu treiben, kam ich her. Ich hoffte, dich hier zu finden; hoffte auf eine Verwechslung. Aber du bist lieber bei ihm als bei mir, habe ich recht?«

Plötzlich packte er zu, umfasste mit beiden Händen fest ihre Schultern, und der einzige Grund, weshalb sie keinen Laut von sich gab, war der lähmende Schock.

Wo war Milly? Warum half ihr denn niemand?

Hinter ihr stand weiterhin die Tür offen. Vielleicht könnte sie um Hilfe rufen. Aber was brächte es ihr? Alesander benahm sich zwar wie eine vollkommen andere Person, allerdings war er immer noch der Prinz. Er war ihr Verlobter. Er durfte sie berühren und ihr Angst einjagen, so viel es ihm beliebte.

»Ihm geht es nicht um dich, sondern um mich. Siehst du das denn nicht?«, drängte er, und sein Griff wurde fester. »Ophenia.«

Von einem Augenblick auf den anderen ließ er von ihr ab. Sie spürte noch den Druck, wo seine Finger sie festgehalten hatten. Doch er trat schon einen Schritt zurück und rieb sich über das Gesicht. Als er sie wieder ansah, wirkte er gequält. Ein Stück des echten Alesanders zu erkennen, gab Elayne die Macht über ihre Stimme zurück. »Darian und ich sind nur ... Wir haben nicht ...«, bekam sie nur stockend heraus, bevor sie sich zusammennahm. »Wir haben nicht getan, was du vermutest.«

Auf einmal verstand sie es. Alesander war der legitime Sohn von Phelius und Jamalie, doch Darian sollte auf dem Thron sitzen. Das musste eine tiefe Wunde bei ihm hinterlassen haben.

»Es tut mir leid, wenn du meinetwegen Sorgen durchstehst. Das habe ich nie gewollt«, sprach sie so ruhig wie möglich. Gänzlich ließ sich die Anspannung jedoch nicht unterdrücken, und bestimmt war sie auch für ihn herauszuhören. »Aber dein Bruder hat mich nie angerührt, und ich – «

»Das ändert nichts!«, ging er so laut dazwischen, dass sie zusammenzuckte. »Ich sehe euch beide. Wie er dir Geschenke macht. Wie du ihn anlächelst. Wie ihr nach einander Ausschau haltet. Da ist etwas zwischen euch und ich kann nichts tun, um zu verhindern, dass er alles an sich reißt.«

»Du missverstehst das«, widersprach Elayne verzweifelt. »Wir würden niemals ...«

... etwas tun, das mein Versprechen gefährden könnte.

Das war sie im Begriff gewesen, zu sagen. Doch entsprach das überhaupt der Wahrheit? Darian hatte zugegeben, gegen die Hochzeit zu sein, und tief in sich kannte sie doch längst den Grund dafür. Um sich nicht mit ihren eigenen Gefühlen auseinanderzusetzen, hatte sie sich für die seinen blind gestellt. Dabei legte er sie vor ihr offen. Immer und immer wieder, ob es ihm nun bewusst war oder nicht.

Es spielt keine Rolle, verdrängte sie diese Erkenntnis.

Es zählte nur, dass keiner von ihnen dem, was er begehrte, nachgegeben hatte. Was das in ihrem Fall war, fand sie am besten gar nicht erst heraus. Für Balezan musste diese Verlobung bestehen bleiben und niemand sollte ihretwegen verletzt werden. Nicht im Krieg und nicht in der Liebe.

»Du kannst es nicht einmal leugnen. Also stimmt es, du willst ihn«, schloss Alesander aus ihrem Schweigen.

Ihre Augen brannten, das Atmen fiel ihr zusehends schwerer. Was passierte hier? So weit hätte es niemals kommen dürfen.

Doch der Prinz war noch nicht fertig. »Wenn du nachts wach in deinem Bett liegst, wünschst du dir, er sei derjenige, dem du versprochen wurdest. Nicht der Zweitgeborene, der lieber studiert, als mit seinem Schwert anzugeben, und der nicht weiß, wie man andere zum Lachen bringt. Nein, er soll an meiner Stelle sein.«

»Das ist nicht wahr!«, beharrte sie, doch die Worte waren leer und hinterließen ein erstickendes Schuldgefühl.

Der Prinz schüttelte den Kopf, als hätte er die Schuld in ihrem Blick
erkannt. Dann, als wäre der sanftmütige Teil von ihm vollständig begraben,
rückte er näher. Jede Emotion war aus seinem Ausdruck gewichen. Wie ein
Raubtier seine Beute trieb er Elayne rückwärts, bis er den Arm ausstreckte
und die Tür hinter ihr ins Schloss schob. Mit dem Rücken stieß sie gegen
das knarrende Holz, und Alesander ließ ihr keinen Zentimeter, um sich zu
bewegen. Sie saß in der Falle.

»Du behauptest, keine Gefühle für ihn zu haben. Beweise es!« Im nächsten
Moment presste er seine Lippen auf ihre. Er küsste sie hart, fordernd, und
nahm ihr die letzte Luft zum Atmen.

Elayne wusste kaum, wie ihr geschah. Alesander zu verletzen, hatte sie nie
beabsichtigt. Aber das hier war durch und durch falsch. Er war zu nah. Viel
zu nah. Panik schoss durch ihren Körper und sie wollte ihn wegstoßen. Doch
er war zu stark. Sie konnte sich in seinem Griff nicht rühren.

Weil ihr nichts anderes übrigblieb, gab sie ihrem nächsten Instinkt nach
und biss zu. Ein metallischer Geschmack traf ihre Zunge im selben Moment,
als der Prinz aufheulte und sie freigab. Eine Gelegenheit, die sie sofort nutzte,
um herumzuwirbeln und einen Fluchtversuch zu unternehmen. Doch
Alesander schlang von hinten seine Arme um sie und wieder scheiterte sie
daran, sich aus der Falle herauszuwinden.

»Lass mich los!«, kreischte sie verzweifelt, doch es war, als würde er sie gar
nicht hören. Oder als wollte er es nicht.

»Tu mir nicht weh«, flehte er dicht bei ihr und sie wusste nicht, ob er
seine Gefühle oder seine blutige Lippe meinte. Aber er klang gebrochen. So
sehr, dass Elayne verstört innehielt, während er mit seinem Mund über ihre
Schulter bis zur Halsbeuge strich. Als er einen zweiten Kuss auf ihrem Hals
platzierte, ergriff die Panik wieder von ihr Besitz.

Ich will das nicht!, schrie sie innerlich. *Nein! Aufhören!*

Mit einem ohrenbetäubenden Klirren zerbarst das Fenster hinter ihnen in
Tausende Scherben. Vor Schreck ließ Alesander von ihr ab und die beiden
drehten sich in Richtung des Scherbenhaufens. In dessen Mitte stand ein
großer, kräftiger Hund. Das Tier hatte ein eigenartig durchscheinendes Fell.
Es sah fast so aus, als wäre es gar nicht wirklich da. Doch die wilde Energie,

die von ihm ausging, war dafür umso lebendiger. Es fokussierte den Prinzen, fletschte zwei Reihen spitzer Zähne. Trotz seiner Aggressivität fürchtete sich Elayne nicht. Der Hund war ihre Rettung.

»Was war das?« Alesander ging auf den Geist zu, ohne ihn anzusehen. Ohne ihn auch nur wahrzunehmen, wie Elayne etwas später begriff.

Auch vor dem Knurren schreckte er nicht zurück, dennoch wirkte er eingeschüchtert von der unverhofften Unterbrechung. Ungläubig starrte er auf das zerstörte Glas, tastete dabei nach der verletzten Stelle an seiner Unterlippe. Was in ihm vorging, konnte Elayne nicht sagen, aber sie war sicher, dass er ihr nicht mehr zu nah kommen würde. Nicht solange der Geist über sie wachte.

»Geh«, verlangte sie von ihrem Verlobten und ballte die Hände zu Fäusten.

Er wandte sich ihr zu, die Dunkelheit aus seinem Blick war verschwunden und ersetzt durch pure Reue. Dann verließ er den Raum, ohne etwas zu sagen. Keine Entschuldigung, keine Erklärung – er ging einfach.

Mit seinem Verschwinden fiel sämtliche Spannung von Elayne ab, und so verblasste auch die Gestalt des Hundes. Elayne war allein. Durch das kaputte Fenster pfiff der Wind und ließ sie an diesem Abend eines heißen Spätsommertages frieren.

Zögernd stellte sie sich vor den Spiegel und schluckte, als ihr ein Häufchen Elend entgegenblickte. Ihr Gesicht war aschfahl, ihre Augen gerötet und an ihrem Hals klebte etwas Blut.

Ich habe ihn gebissen.

Gerade eben erst, doch bereits jetzt kam es ihr unwirklich vor. Ein Zittern ging durch ihren Körper und erinnerte sie daran, dass der Moment echt gewesen war. Die Küsse, seine Hände, die Tür in ihrem Rücken. Die Bisswunde, ihre Entschlossenheit, der Geist. Sie hatte ihre Gabe genutzt und durch reine Willenskraft Energie kontrolliert. Nun blieben Leere und Kraftlosigkeit zurück und das nicht ausschließlich wegen ihres Kampfes gegen Alesander. Die Dinge, die er gesagt hatte, forderten ebenfalls einen Preis.

Ihre Zweisamkeit mit Darian in der Bucht schien eine Ewigkeit zurückzuliegen. Sie hatte versucht, ihn als einen Freund zu betrachten, denn das war er. Der beste Freund, den sie sich nach Nias Tod und bei all den Veränderungen hätte wünschen können. Aber er war noch mehr als das, und sie wusste es. Schon bei ihrer ersten Begegnung im Gewächshaus hatte sie dieses verräterische Kribbeln gespürt und wenn sie nur an ihn dachte, konnte sie es wieder fühlen. Obwohl sie gerade mehr als alles andere zu ihm gehen – nein, rennen – wollte, verbot sie es sich. Wie sollte sie ihm auch erklären, was geschehen war? Unter keinen Umständen konnte sie ihm von Alesanders dunkler Eifersucht erzählen oder davon, dass er ihre Gefühle durchschaut hatte. Für einen Tag hatte sie das Bündnis und Balezans Schutz zu genüge in Gefahr gebracht.

Sie brauchte etwas, das sie ablenkte. Etwas, das ihr half, zu vergessen. Ohne sich vorher um eine vorzeigbare Erscheinung zu kümmern, lief sie hinaus auf den Gang.

Der Diener, den sie auftrieb, ein Junge von vielleicht vierzehn Jahren, hinterfragte ihre Bitte nicht. Dass er mit einer Mischung aus Entsetzen und Argwohn immer wieder auf die dünne Blutspur auf ihrer Halsbeuge linste, konnte sie ihm nicht verdenken. Kurz nachdem er sich eilig auf den Weg gemacht hatte, kehrte er mit einem Krug voll Wein zurück.

Die Flüssigkeit schwappte dicht am Rand hin und her, nachdem sich Elayne knapp bedankt hatte und zurück in die Einsamkeit ihrer Gemächer hastete. Dort angekommen, brauchte sie nur noch einen Kelch. Sie bediente sich an der Auswahl edelsteinversetzter Gefäße auf einem der Beistelltische und füllte das gewählte bis zum Rand. Gierig stürzte sie den Inhalt in einem Zug hinunter, um die Erinnerung an Alesanders Lippen zu ertränken. Weil das nicht half, folgte schnell Nachschub.

Es dauerte nicht lang, bis die Wirkung des Weins einsetzte. Erst wurde ihr etwas schwummrig, nach und nach verloren auch ihre übrigen Sinne an Verlässlichkeit. Die unerwünschten Bilder aber blieben.

Sie traute sich, ein weiteres Mal ihrem Spiegelbild gegenüberzutreten. Ihr Blick fiel auf ihren Hals. Sie führte die Hand dorthin, wo das Blut klebte, und wischte energisch darüber. So lange, bis alles fort war. Doch die Bilder blieben noch immer.

Während sie da stand, wollte sie nichts mehr, als Alesanders Berührungen auszulöschen. Sie hatten sich so falsch angefühlt, darum verzehrte sie sich nach etwas, das richtig war. Selbst wenn das Richtige wie das Falsche erschien. Wer wusste das schon? Ihr Herz sagte das eine, ihr Verstand das andere.

Im Wald hatte Fenella ihr geraten, ihrem Gefühl zu vertrauen. Das Gefühl, das sie jetzt hatte, war unmissverständlich. Es war ein Sog wie eine Strömung im Meer, gegen die sie nicht anschwimmen konnte. Wenn sie ehrlich war, hatte sie auch keine Kraft mehr, es zu versuchen. Sie wollte sich einfach von ihr tragen lassen.

Für mehrere Minuten schaute sie der Elayne im Spiegel in die müden Augen. Dann traf sie eine Entscheidung.

36

Darian stand am Fenster neben seinem Schreibtisch und ließ seinen Blick über den Olivenwald schweifen. Wie schon auf dem Heimweg und seitdem ununterbrochen, war er in Gedanken an den heutigen Tag versunken. Immer wieder hatte er Elaynes hilfesuchenden Gesichtsausdruck vor Augen. Er hatte sie mit seinem Geständnis überrannt und bereute es. Dabei war er gar nicht absichtlich so weit gegangen. Mitgerissen von dem Moment, den sie miteinander geteilt hatten, war ihm die Erkenntnis mit einer solch überwältigenden Wucht gekommen, dass er sie nicht hatte zurückhalten können. Nun wusste sie, dass er es fertigbrachte, mehr als Freundschaft für die Verlobte seines Bruders zu empfinden, und würde wahrscheinlich nie wieder freiwillig ein Wort mit ihm wechseln. Er verstand, weshalb sie weggelaufen war, ohne sich zu verabschieden. Darum wünschte er, er könnte die Zeit zurückdrehen und seinen Fehler ungeschehen machen. Obwohl es ihn auch befreit hatte, Klarheit zu schaffen.

Zum dritten oder vierten Mal, seit er dort stand, seufzte er gedehnt, als ein Geräusch ihn aus seinem Tief riss. Jemand klopfte von außen gegen seine Tür – mehrfach. Darian öffnete nicht gleich, denn so spät hatte er nicht mehr mit einem Besucher gerechnet. Kurz erwischte er sich bei der Hoffnung, es könnte Elayne sein. Direkt darauf folgte die Befürchtung, Alesander stünde draußen im Gang, um an ihre letzte unglückliche Unterhaltung anzuknüpfen. Aber wahrscheinlich wartete dort nur Taz, der mal wieder von Keira vor die Tür gesetzt worden war.

Jedoch fand er sich nicht seinem Freund Taz gegenüber, als er die Tür öffnete und seinen Gast hereinließ.

»Du bist an allem schuld«, ließ ihn Elayne beim Eintreten wissen. Strammen Schrittes bewegte sie sich bis in die Mitte des Raumes, wo sie zu

232

ihm herumwirbelte. Darian konnte sie nur mit offenem Mund anstarren. Sie war wirklich und wahrhaftig hier.

»Dein Bruder«, setzte sie an und blinzelte, »ist nicht begeistert hiervon.« Mit dem Finger gestikulierte sie zwischen ihnen beiden hin und her. »Wenn du es also in Zukunft unterlassen könntest, mich mit deinem Grübchen und deiner Warmherzigkeit zu belästigen, wäre ich dir sehr verbunden.«

Mein Grübchen und meine Warmherzigkeit?

Darian konnte nicht fassen, was er da hörte. Dieser ganze Augenblick kam ihm unwirklich vor. Wunschdenken – so nannte man das, was gerade geschah.

Dann kam sie näher, blickte trotzig zu ihm auf. »Er und ich sind verlobt.«

»Du darfst deine Meinung ändern. Jederzeit«, wagte er sich vor.

»Sei nicht albern. Ich bin nach Kree gekommen, um Alesander zu heiraten, und das werde ich tun.«

»Wenn es das ist, was du willst, lege ich euch keine Steine in den Weg.«

»Aber das hast du doch längst. Im wahrsten Sinne des Wortes.« Sie lachte. Jedoch klang es mehr, als weinte sie. »Der Stein, den du mir geschenkt hast, der … Nun, er bringt mich eben durcheinander. Erst der Tanz und dann das Meer. *Du* bringst mich durcheinander, jeden Tag, und ich weiß nicht, wie ich mich dagegen wehren soll. Vielleicht … will ich das auch einfach nicht. Mhm.«

Fassungslos folgte Darian jeder Bewegung ihrer Lippen. Sie wollte Alesander nicht. Sie wollte *ihn*. »Dann tu es nicht. Wehr dich nicht dagegen.«

Er hatte es tatsächlich gesagt. Erschrocken über seine eigene Ungezügeltheit wartete er darauf, dass Elayne das Weite suchte. Doch sie blieb und musterte ihn, als sähe sie ihn zum ersten Mal. Der Drang, die Hand nach ihr auszustrecken, brachte ihn beinahe um, aber er wagte es nicht.

Stattdessen war sie diejenige, die ihre Fingerspitzen an sein Gesicht hob, zärtlich über seine Wange strich. Dann, ohne dass ihm Zeit blieb, noch länger abzuwägen, was nun richtig oder falsch war, stellte sie sich auf die Zehenspitzen und küsste ihn.

Einen klaren Gedanken zu fassen, wurde unmöglich. Elayne schlang die Arme um seinen Hals und Darian vertiefte den Kuss. Er umfasste ihre Hüften und zog sie so nah an sich, wie er nur konnte. Eine Hand ließ er über ihren Rücken wandern, bis er sie in ihrem Haar aus Gold vergrub. Auch ihre Hände gingen auf Wanderschaft und rissen an seinem Hemd, während ihr beider

Atem sich beschleunigte. *Mehr.* Er sehnte sich nach mehr. Doch als ihre Handfläche unter sein Hemd glitt, erinnerte er sich an die Grenzen, die er nicht zu überschreiten bereit war.

Obwohl es ihn die größte aller Überwindungen kostete, unterbrach er den Kuss, griff nach Elaynes Handgelenken und drückte sie von sich weg. Der plötzliche Abstand war unerträglich, doch eine andere Wahl hatte er nicht. Nicht, solange er verhindern wollte, dass er jetzt und hier zu weit ging.

»Wieso?« Elayne sah ihn verständnislos an.

Noch immer glänzten ihre braunen Augen vor Verlangen und stellten seine Selbstbeherrschung auf eine harte Probe. Doch noch etwas anderes fand er darin wieder: Benommenheit.

Dazu hatten ihre Lippen auf seinen einen eindeutigen Geschmack hinterlassen.

»Du bist betrunken«, stellte er fest.

Wie hatte ihm das entgehen können? Jetzt sah er es ganz deutlich – den bläulichen Schimmer auf ihrem Mund, die geröteten Augen und ihre fahle Erscheinung.

»Ist etwas passiert?«

Elayne trat einen Schritt zurück. Erst schien sie verwirrt, dann betreten. »Alesander hat mich geküsst.«

Die Art, auf die sie es sagte, weckte eine schlimme Befürchtung in ihm. Er spannte sich an. »Hat er sich dir aufgedrängt?«

Sie wich seinem Blick aus. »Wir sind verlobt«, erinnerte sie ihn erneut.

»Danach habe ich nicht gefragt.«

»Aber es stimmt.«

»Dennoch gibt ihm das kein Recht, etwas zu tun, das du nicht willst«, beharrte er.

Im nächsten Moment kam er sich heuchlerisch vor. Elayne war betrunken und verletzlich hierhergekommen und er hatte es nicht bemerkt. Zu sehr war er damit beschäftigt gewesen, sie seinerseits zu küssen. Nicht besser als sein Bruder.

»Du solltest gehen und etwas Schlaf finden«, sagte er resigniert.

Da sah sie ihm endlich wieder in die Augen, doch vergrößerte gleichzeitig den Abstand zwischen ihnen. »Du hast das hier nicht gewollt«, schlussfolgerte sie aus seiner Zurückweisung. Er hatte ihr wehgetan.

Als sie sich zur Tür wandte und drauf und dran war, die Flucht zu ergreifen, hielt er sie auf: »Nein, so ist es nicht!«

»Wie ist es dann?« Sie drehte sich wieder zu ihm um.

Darian holte tief Luft. Nach allem, was heute sowieso schon geschehen war, blieb nur noch die Wahrheit. »Als ich dir sagte, dass du Alesander nicht heiraten sollst, war das mein Ernst – nicht um seinetwillen, sondern aus purer Selbstsucht. Bei dir zu sein, fühlt sich richtig an, und das möchte ich niemandem hergeben.« Genau so war es und es zu leugnen, hatte keinen Sinn. »Wenn du diese Hochzeit nicht willst, werde ich dafür sorgen, dass sie nicht stattfindet. Wenn du ... Ich respektiere, was immer du entscheidest. Aber jetzt sollten wir beide schlafen.«

Noch lange, nachdem sie gegangen war, saß Darian hellwach an seinem Schreibtisch. Er konnte selbst nicht fassen, wie ehrlich er gewesen war. Nur eine Sache war ihm nicht herausgerutscht. Beinahe hätte er es laut ausgesprochen: *Wenn du diese Hochzeit nicht willst, werde ich dafür sorgen, dass sie nicht stattfindet. Wenn du mich willst, brauchst du es nur zu sagen.*

Zum Glück war es ihm gelungen, die Worte zurückzuhalten. Auch wenn er wünschte, dass sie stimmten, wären sie eine Lüge gewesen. Sein Vater war nicht wie sein verstorbener Großvater. Der König hatte sein Herz vor langer Zeit unwiederbringlich verloren und würde seine Söhne niemals eine Verbindung eingehen lassen, die nur auf Gefühlen basierte. Als jüngerer Prinz durfte Alesander ihrem Land ein Bündnis mit dem kleinen Balezan und dessen Schätzen verschaffen. Darian aber war der Thronfolger. Selbst wenn Elayne die echte Prinzessin Ophenia wäre, würde sein Vater sie niemals an seiner Seite akzeptieren. Er hatte ihr also nichts zu geben.

Aber die Hochzeit verhindern und dennoch dafür sorgen, dass Kree ihre Heimat beschützte – das konnte er schaffen. Wenn sie ihm sagte, dass es das war, was sie wollte, würde er alles in seiner Macht Stehende dafür tun. Im Grunde wusste er jedoch, dass das nicht passieren würde. Nicht, solange sie sich an ihr eigenes Versprechen band. Das Risiko für ihr Land war einfach zu hoch.

Schmerzlich ging ihm auf, dass er wahrscheinlich für immer mit der Erinnerung an einen einzigen heimlichen Kuss leben musste, während sie einander Tag für Tag über den Weg liefen.

Doch nicht nur dieser eine Kuss beschäftigte ihn. Was genau war mit

Alesander vorgefallen – hatte er sie bedrängt? Vielleicht sollte Darian einsehen, dass es durchaus möglich war, sich grundlegend in jemandem zu täuschen.

37

Alesander.«

Der junge Prinz keuchte erschrocken auf, bevor er in das Gesicht seiner Mutter aufblickte. Die Königin trat mit geräuschvollen Schritten durch die Stille des Studierzimmers auf den Schreibtisch zu, an dem er saß. Bis eben hatte er sich dort über ein Buch gebeugt, mindestens eine Stunde lang, jedoch keinen einzigen Buchstaben wirklich gelesen. Erst jetzt, da Jamalie im schwachen Kerzenschein vor ihm stand, wurde ihm bewusst, dass er die Zeit bloß an sich hatte vorbeirauschen lassen. Die Sonne war bereits untergegangen.

»Du liest?«, wollte sie wissen.

Er hasste diese Frage. Jedes Mal, wenn sie ihm jemand stellte, schwang etwas Herablassendes darin mit. Niemand, nicht einmal seine Mutter, verstand, weshalb er lieber Zuflucht in einem stickigen Raum voller Bücher suchte, statt sich mit anderen seines Alters am Hof zu amüsieren.

»Du blutest!«, bemerkte sie da. Die Augen zu Schlitzen verengt, kam sie näher, fasste sein Kinn und hob es an. Das flackernde Licht der Kerze musste die dunkelrote Kruste auf seiner Lippe zum Vorschein bringen. »Wer war das? Hast du dich mit Darian geschlagen? Das sieht dir gar nicht ähnlich.«

»Er war es nicht«, unterband Alesander ihre voreiligen Schlüsse. Eigentlich könnte er es auf sich beruhen und sie in ihrem Glauben lassen. Aber der Drang, mit jemandem über seinen Besuch bei Ophenia zu reden, war stärker als die Genugtuung, die es ihm verschaffte, seinen Bruder zu beschuldigen. »Die Prinzessin hat mich gebissen.«

»Sie hat dich *gebissen?*«, wiederholte sie, schaute drein, als könnte sie ihm nicht folgen. Ihre langen Fingernägel rutschten von seinem Kinn.

Alesander überkam die Befürchtung, dass er möglicherweise doch nicht so ehrlich hätte sein sollen. Ruckartig erhob er sich aus seinem Stuhl, der hinter ihm lautstark über den Boden zurückschlitterte. »Sie trifft keine Schuld. Ich habe sie bedrängt.« Er wandte sich zum Fenster. Doch alles, was er durch den Spalt zwischen den Vorhängen erahnte, war sein eigenes Spiegelbild – eine Person, die er nicht sein wollte –, darum drehte er sich wieder weg. »Wenn es dir nichts ausmacht, wäre ich jetzt gern allein, Mutter.«

Trotz oder gerade wegen seines unterkühlten Tonfalls bewegte sie sich nicht vom Fleck, sondern bedachte ihn mit diesem mütterlichen Blick, den sie manchmal aufsetzte. Sorgenvoll und dennoch ohne jede Spur von Erbarmen. Als wäre sie bereit, einfach alles für ihn zu tun. Manchmal fragte er sich, ob andere sie als beängstigend empfinden würden, aber er schätzte, dass so die Liebe aussah: unbarmherzig.

»Sie ist dir versprochen«, entkräftete sie seinen Versuch, die Prinzessin in Schutz zu nehmen.

Ihre Ermutigung rührte ihn zwar, jedoch wusste er es besser. Alles hätte ganz anders verlaufen können, stünde ihnen nicht jemand im Weg. Gegen Darians Annäherung hätte sich Ophenia gewiss nicht zur Wehr gesetzt.

Halt. Schon wieder ließ er seine Gedanken auf einen Abgrund zufließen. Dabei wollte er die Dunkelheit doch unter Kontrolle halten. Er presste die Lippen aufeinander und die Wunde, die ihm seine Verlobte zugesetzt hatte, pochte. Der Schmerz geschah ihm recht.

»Mir geht es gut«, beharrte er.

»Das sehe ich anders. Es wird Zeit, dass du damit aufhörst, dich übergehen zu lassen. Als rechtmäßiger Sohn des Königs bist du unantastbar, und bevor das nicht jeder begriffen hat, müssen wir es ihnen beweisen.«

Alesander wusste genau, wie sie sich fühlte. Womöglich wusste er es sogar noch ein wenig besser. Indem sie sich um seinen Bruder scharten wie Motten um eine Laterne, traten die adligen Heuchler, von denen es am Hof nur so wimmelte, sein Geburtsrecht mit Füßen. Sein eigener Vater bildete da keine Ausnahme.

Die Kreatur in seinem Kopf jubelte bei jedem Wort seiner Mutter. Er wollte ihr keine weitere Macht überlassen, jedoch fiel ihm das zunehmend schwerer. Wann hatte er zuletzt für etwas gekämpft oder war für sich selbst eingestanden? Seit er zurückdenken konnte, war er nicht mehr als ein stummer Zuschauer gewesen. Vom Rand der Bühne aus verfolgte er Darians schillerndes Leben mit, das eigentlich sein eigenes hätte sein sollen.

Er wird dich niemals respektieren. Längst instabil, brach sein Widerstand in sich zusammen. Die Dunkelheit breitete sich in ihm aus und flüsterte ihm grausame Wahrheiten zu. *Er weiß um deine Schwäche und darum wird er dir alles entreißen, bis nichts mehr übrig ist. Sieh doch, sogar die Prinzessin kehrt dir den Rücken zu, nun, da sie deine Feigheit erkannt hat. Sie schert sich nicht um dich oder darum, dass du sie begehrst. Sie wird dich wieder abweisen.*

»Aufhören!«, hörte er sich rufen, völlig in Trance und gefangen zwischen zwei Versionen seiner selbst.

Doch es würde nicht aufhören. Zuerst musste er kämpfen.

Seine Mutter, die sich offenbar angesprochen fühlte, machte ein überraschtes Gesicht. Auf ihrer Stirn – sonst unbewegt – erschienen Falten, als sie ihre Brauen in die Höhe riss. »So so. Endlich eine Reaktion. Wenn du nur Darian und deinem Vater so gegenüberträtest, bliebe dir viel Leid erspart.«

»Was soll ich tun?«, flehte Alesander um Antworten. Gegen seinen Willen klang er wie ein kleines Kind. Und genauso fühlte er sich. Wie ein Junge, der allein in dieser ungerechten Welt nicht bestehen konnte.

Die einzige Frau, der er wahrhaftig etwas bedeutete, legte ihre Hand auf seine Wange und bat ihn, ihr zu vertrauen.

Das tat er. Natürlich tat er das. Darum folgte er ihr aus dem Zimmer hinaus, vorbei an ehrfürchtig ausweichenden Bediensteten durch den Palast. Er schluckte den gewohnten Unmut hinunter, der ihn packte, als sie gemeinsam Phelius' private Gemächer betraten. Der König empfing sie mehr oder weniger gleichgültig, war gerade in einen Kelch mit Wein und einen Haufen Dokumente auf dem größten Tisch im Raum vertieft.

»Ich habe zu tun«, sagte er bloß in ihre Richtung, ohne sich lange damit aufzuhalten, seine Königin oder seinen Zweitgeborenen in Augenschein zu nehmen.

In diesem Moment wollte Alesander ihn fragen, ob er beide seiner Söhne liebte. Aber er verkniff sich die Frage, denn wie er mit einem betäubenden Schmerz feststellte, kannte er die Antwort darauf schon ewig. Nach all den Jahren voller Enttäuschungen sollte das Verhalten seines Vaters für ihn nicht mehr von Bedeutung sein.

»Was wollt ihr – ist es dringend?«, fügte Phelius hinzu, als wäre es noch nicht deutlich genug, dass sie ihn störten.

Jamalie bewahrte Haltung. In voller Größe trat sie direkt bis vor seinen Tisch. »Es geht um die Tochter von Seremon. Sie bereitet Probleme, genau wie Dar–«

»Lass nur, Mutter«, ging Alesander dazwischen.

Kampfeslust durchströmte ihn so plötzlich, dass sogar er selbst sich über die feste Stimme wunderte, mit der er sprach. Sein Selbstbewusstsein erlebte einen Höhenflug. Er nutzte den Moment, um ganz bis an die Tischkante heranzutreten und beide Hände flach auf die Platte zu legen.

Papier raschelte, und die Augen des Königs wurden groß, richteten sich endlich auf ihn.

Alesander hielt inne und horchte in sich hinein, grub nach den Fängen der dunklen Kreatur, die in ihm wohnte. Aber das Flüstern hatte tatsächlich aufgehört. Dem Monster hatte es die Sprache verschlagen und das verstärkte sein Überlegenheitsgefühl. Von jetzt an würde er derjenige sein, der sich alles nahm, wonach es ihm gelüstete, und gegen jeden ankämpfen, der sich seinem verdienten Glück in den Weg stellte.

»Vater, ich möchte, dass du etwas für mich tust.«

38

Vom Wein, den Elayne am Abend zuvor getrunken hatte und dessen Rest noch auf dem kleinen Tisch neben dem zerbrochenen Fenster stand, schmerzte ihr ein bisschen der Kopf. Auch gelegentlicher Schwindel plagte sie. Aber sie wusste, dass seine Quelle nicht am Boden des benutzten Kelches zu finden war, denn er überkam sie nur dann, wenn sie an den Kuss mit Darian zurückdachte.

Erneut brachte die Einsicht dessen, was sie getan hatte, ihre Wangen zum Glühen. Schnell nahm sie einen Schluck frisch gepressten Fruchtsaft und einen Bissen Obst gleich hinterher. Doch selbst das üppige Frühstück, das ihr statt Milly eines der anderen Mädchen vorbeigebracht hatte, vermochte sie nicht abzulenken. Sie hatte ihn einfach geküsst. Neben genügend anderen Dingen, durch die es ein ereignisreicher Abend gewesen war, löste dies die größte Unruhe in ihr aus. Dabei sollte sie sich lieber einen Moment Zeit nehmen und stolz darauf sein, dass sie ganz allein einen Energiegeist gelenkt und mit ihm ein Fenster zerschmettert hatte.

Es ging nicht. Die Erinnerung an den Kuss gab sie nicht frei.

Sie griff nach den Trauben, deren sommerlich herber Duft ihre Situation leider nicht besser machte.

Was habe ich mir dabei gedacht?, schalt sie sich. *Habe ich überhaupt gedacht?*

Obwohl es ihr nicht gelang, Reue zu empfinden, konnte sie unmöglich die Tragweite ihres Handelns ignorieren. Zwischen ihnen würde es nie wieder freundschaftlich zugehen und ihr Treueversprechen gegenüber Alesander hatte sie noch vor der Hochzeit gebrochen. Es sei denn, sie heiratete ihn gar nicht erst, so wie Darian es angedeutet hatte.

Als bliebe ihr eine Wahl.

Wie sehr sie sich wünschte, es wäre so. Doch ihre Aufgabe bedeutete mehr als ihre egoistischen Hoffnungen. Sobald der nächste Frühling kam, würde sie dem jüngeren Prinzen vor aller Augen das Jawort geben und Nias Vermächtnis in Ehren halten. Sie würde für immer die Prinzessin und die Ehefrau spielen. Mit allem, was dazugehörte.

Ein Schütteln ging durch ihren gesamten Körper und sie ließ die Trauben fallen. Mehrere lösten sich aus dem Bund und rollten über den Tellerrand auf den Boden, wo sie sich zu Elaynes Füßen verteilten. Anstatt sich nach ihnen zu bücken, blieb sie stocksteif in ihrem Stuhl sitzen.

Auf einmal fror sie. Heute war es vollkommen windstill und durch das Loch, in dem gestern noch eine Glasscheibe gesessen hatte, fand kein einziger Luftzug seinen Weg bis zu ihr. Dennoch fror sie wie an einem Herbsttag in Balezan. Könnte sie jetzt nur dort sein und ihr altes Leben weiterleben.

Ein Funken Wärme in ihrem Herzen leistete Widerstand. Wäre sie nicht hergekommen und hätte die Rolle der balezanischen Prinzessin angenommen, wüsste sie womöglich nichts von ihrer Gabe. Rabe wäre ihr vielleicht nie erschienen und sie hätte wahrscheinlich niemals ihre Kraft entdeckt, ein Fenster zu zerschlagen, ohne es zu berühren.

Der Funken wurde größer, die Wärme nahm ihr Herz ein.

Wäre sie zuhause geblieben, hätte sie Darian nicht kennengelernt. Sie hätte ihn nie lachen gehört, nie seine Hände oder seine Lippen gespürt. Wieder erreichte die Wärme ihre Wangen und ließ sie erröten.

Elayne wusste einfach nicht, wo ihr der Kopf stand oder was sie fühlen sollte. Es passierten so viele Dinge, die sie sich vor ihrer Abreise nach Kree im Traum nicht hätte ausmalen können. Sie musste irgendwie mit ihnen fertigwerden, ohne ihr Land, Nia, Gondrick oder sich selbst zu enttäuschen. Das Problem war, dass das, was sie selbst sich erhoffte, denen schadete, die sich auf sie verließen. Schon jetzt bohrte sich eine überwältigende Schuld in sie, da sie das Bündnis gefährdet hatte.

Wie sollte es dann erst sein, wenn sie unter ihrer Furcht vor einer Ehe mit Alesander einknickte und ihr Versprechen brach? Wenn sie sich eingestand, dass sie seinen älteren Bruder wieder küssen wollte?

Bevor die Kälte die Oberhand zurückerlangen konnte, klopfte es an der Tür. Sie war zu perplex, um eine Antwort zu geben, aber das schien ohnehin nicht notwendig zu sein. Milly kam herein, ohne darauf zu warten.

»Milly!« Elayne sprang auf und ging auf sie zu.

Statt sie zu begrüßen, schickte Milly ihren Blick von den verirrten Trauben zu den verteilten Scherben auf dem Boden.

»Oh, das. Das war nur der Wind«, versuchte Elayne den schlimmen Zustand des Zimmers herunterzuspielen. »Ich habe vergessen, jemanden zu bitten, sich darum zu kümmern.«

»Ich mach das schon.«

»Nein, das musst du nicht!«

Unter keinen Umständen wollte sie ihr noch mehr Unannehmlichkeiten bescheren. Schließlich hatte das Verhältnis zwischen ihnen seit ihrer Ankunft hier genug gelitten. Das mochte an der Arbeit liegen, die eigentlich auch die von Elayne gewesen wäre, hätte Nia sie nicht verlassen. Nun blieb sie allein an Milly hängen.

»Ich erledige das später selbst«, versicherte sie ihr.

»Du weißt, dass das nicht geht. Gondrick bestand darauf, dass du dich bedienen lässt, wie es sich für die Tochter eines Königs gehört. Hör auf, so leichtsinnig zu sein.«

Der Ratschlag schnitt Elayne schärfer, als die Splitter auf dem Boden es gekonnt hätten. »Dann hole ich eben eines der anderen Mädchen«, meinte sie nun etwas zurückhaltender.

Daraufhin erhielt sie nur ein eindeutig gestelltes Lächeln, das die Situation noch unangenehmer machte.

So ging es wirklich nicht weiter. Elayne atmete tief durch, bevor sie sich überwand, das Offensichtliche auszusprechen. »Irgendetwas beunruhigt dich, wenn du in meiner Nähe bist. Sieh mich an und sag mir, was es ist.«

Milly hielt weiterhin den Kopf gesenkt. Sie gab keine Antwort.

Also erhob Elayne die Stimme – gerade genug, um nicht wütend, wohl aber bestimmt zu klingen. »Ich möchte, dass du mich ansiehst.«

Endlich blickte Milly auf und ließ zu, dass sich ihre Blicke begegneten. Unter ihren Augen lagen deutliche Ringe. Aber erschreckender war der ängstliche Ausdruck, den Elayne erneut zu erkennen glaubte. Wie ein stummes Flehen, sie möge sie gehen lassen.

»Der König hat mich geschickt. Du wirst im Thronsaal erwartet«, presste sie hervor. »Es ist dringend, also beeilst du dich besser.«

Elaynes Standhaftigkeit verpuffte, wurde von Nervosität verdrängt. Wenn Phelius sie in einer dringenden Angelegenheit zu sich rief, bedeutete das wohl kaum etwas Gutes. Trotzdem würde sie ihn noch einen Augenblick länger warten lassen.

»Erst müssen wir das hier aus der Welt schaffen.«

»Es geht um deine Hochzeit.«

»Was?«

»Jeder im Palast weiß schon Bescheid. Alle sind ganz aufgeregt wegen der Vorbereitungen.«

Die Kälte kehrte wieder ein, sorgte dafür, dass sich die feinen Härchen in Elaynes Nacken aufstellten. »Was meinst du damit?«

»König Phelius hat letzte Nacht beschlossen, dass du und Prinz Alesander in drei Tagen heiratet.« Sie ließ ihr einen Moment, um diese Nachricht zu verdauen. Jedoch hätte kein Moment, wie lang er auch sein mochte, jemals dafür ausgereicht. »Jetzt will er dich sehen und dich darüber in Kenntnis setzen.«

Von der Wärme, die Darians Kuss hinterlassen hatte, blieb auf einen Schlag nur noch eine vage Erinnerung.

DIE UNZÄHLIGEN LEBEN DER HYDEA

Hydea verstand nicht, warum die Menschen immer einen Weg fanden, einander zu hassen. Sie hatte ihnen die Grenzen ihrer Länder genommen, um ihnen zu beweisen, dass diese schon immer nur auf Papier existierten und keine Bedeutung hatten. Aber die Menschen hassten weiter.

Darüber grübelte Hydea in jeder Nacht, die hereinbrach und ohne Schlaf vorüberzog. Sie wurde traurig, mit jedem Tag mehr. Bald schon wusste sie nicht länger, ob es ihre Trauer war, die sie fühlte, oder die eines jeden anderen. Denn auch diese Grenze gab es für sie nicht.

Jedes Gefühl, das ihr begegnete, erhielt Einzug in ihr Herz.

Jede Geschichte, die sie hörte, wurde zu der ihren.

Hydea war eine Sterbliche. Doch sie lebte mehr Leben, als irgendjemand zu zählen vermag.

– Aus *Wissen aus dem alten Land*

39

Phelius und Jamalie saßen vor ihr wie ein gemeißeltes Abbild der Unantastbarkeit. In ihren Gesichtern zuckte nicht ein Muskel, ihre Blicke waren unerbittlich, während Elayne nicht wagte, den Mund zu öffnen – aus Angst, sie würde keinen Ton herausbekommen. Borgwen hatte sie angekündigt und war dann mit der Entschuldigung aus dem Saal verschwunden, es gäbe noch viel zu erledigen. Auch auf ihrem Weg hierher hatte das geschäftige Treiben auf den Gängen Milly recht gegeben: Die Hochzeitsvorbereitungen waren in vollem Gange.

Doch selbst nach diesen Anzeichen war die Erkenntnis noch nicht ganz zu Elayne durchgedrungen.

Nein. Das kann nicht sein. Es geht zu schnell. Unaufhörlich wehrte sie sich dagegen, weigerte sich, die Realität anzunehmen.

Erst als der König auf seinem Thron die Arme ausbreitete und sich seine Mundwinkel hoben, spürte sie, dass es wirklich stimmte. Gleich würde sie die Bestätigung erhalten, die kein Leugnen zuließ.

»Prinzessin Ophenia«, nahm Phelius sie in Empfang. Sein Ton schwankte zwischen Heiterkeit und falscher Freundlichkeit. »Ihr tragt mehr als nur einen Morgenmantel, wie schön.« Ob er sie mit einem Seitenhieb treffen oder einen Witz machen wollte, war schwer zu bestimmen, aber es berührte Elayne zurzeit ohnehin nicht. »Da Ihr passend gekleidet seid, habt Ihr sicherlich nichts dagegen, wenn meine Königin und ich Euch mit einer Neuigkeit überraschen, die Euch glücklich stimmen wird.«

Ihre Aufmerksamkeit wanderte hinüber zu Jamalie, deren funkelndes rotes Kleid nicht von der Überlegenheit in ihren Augen ablenken konnte. Vielleicht hatte der König auf dieses Treffen bestanden, um seine baldige Schwiegertochter zu beglückwünschen, die Königin jedoch saß hier, um

246

einen Triumph auszukosten. Das initiierte Elayne. Bisher hatte sie nicht den Eindruck gehabt, Alesanders Mutter begrüße ihre Verbindung.

»Wie mir scheint, kann mein Sohn es gar nicht erwarten, den Bund der Ehe mit Euch zu schließen«, beanspruchte Phelius ihre Aufmerksamkeit wieder für sich. »Ihr habt ihn wohl verzaubert. Schmeichelt Euch das?« Er wartete ihre Antwort nicht ab. Doch sie hätte sowieso keine geben können, da sie hinter glasigen Augen noch einmal den Moment durchspielte, in dem Alesander ihr zu nahe gekommen war. »Gestern bat er mich eindringlich, ihm eine, wie ich finde, etwas überstürzte Hochzeit zu gestatten. Drei Tage sind keine besonders lange Zeit, um den Ansprüchen einer königlichen Hochzeitsfeier gerecht zu werden. Einladungen müssen verschickt, Blumen arrangiert und Speisen vorgekostet werden. Versteht Ihr meine Vorbehalte?« Wieder wartete er nicht auf eine Antwort. »Aber seine Argumentation war schlüssig. Mittlerweile scheint Ihr Euch gut eingelebt zu haben und, was noch wichtiger ist, Ihr machtet unlängst Gebrauch von unserem Militär. Wenn Ihr schon die Vorzüge eines Bündnisses unserer Länder genießt, ist es doch selbstverständlich, dass Ihr Euch im Gegenzug meinem Sohn ganz und gar verschreibt. Nun, wie denkt Ihr darüber? Dürfen wir Euch dazu gratulieren, dass ein Tag für die Hochzeit feststeht?«

Zwar gab er ihr jetzt endlich die Gelegenheit, zu antworten, dennoch scheiterte sie. Ihre Stimme versagte ihr, und ohnehin hätte sie nicht gewusst, wie sie reagieren sollte. Nein, Alesanders Eile schmeichelte ihr nicht – sie trieb sie in die Enge. Ja, sie verstand Phelius' Vorbehalte gegenüber einer überstürzten Hochzeit – ihre eigenen übertrafen die seinen mit Sicherheit bei Weitem. Und nein, sie wollte sich in drei Tagen niemandem verschreiben, den sie nicht liebte – alles in ihr begehrte dagegen auf. Doch nichts davon konnte sie laut sagen.

»Ihr wisst wohl nicht, wie Ihr Eure Freude ausdrücken sollt.« Jamalie sprach so bedacht, als hätte sie jeden von Elaynes Gedanken genau gehört. »Nehmt einfach unsere Glückwünsche an und unterredet Euch mit dem Hofschneider. Er ist informiert, dass Euer Brautkleid oberste Priorität hat, und wird jeden Augenblick hier sein, um Euch abzuholen.«

Wie auf Befehl schwang die Tür zum Thronsaal auf und Borgwen kam herein, gefolgt von Phaerys. Die Miene des Schneiders war bereits aufgeregt, hellte sich allerdings noch weiter auf, als er Elayne entdeckte. Während er auf sie zuschritt, machte der runde Borgwen eine überflüssige Ankündigung und blieb bei der Tür stehen.

»Prinzessin! Gratulation!« Phaerys verbeugte sich angemessen vor ihnen.

Die Details des Kleides, die er anschließend mit König und Königin diskutierte, verfolgte sie nicht mehr. Tatsächlich blendete sie jedes Geräusch aus. Tief in sich selbst schottete sie sich von den Menschen ab, die über ihr Leben entschieden, als wäre sie eine Figur auf einem Spielbrett. Stattdessen dachte sie an das Meer. An die Wellen draußen vor der Bucht, die sich über unvorstellbare Weiten hinweg mit dem Wind bewegten. Sie dachte sich zurück an den Strand und hinein in die unbeschwerten Stunden dort. Inzwischen kamen sie ihr furchtbar weit weg vor, dabei roch sie noch immer das Salz in ihren Haaren, wenn sie den Kopf drehte.

Hätte sie gestern schon gewusst, dass ihr bald keine Zeit mehr bleiben würde, um sich mit ihrem Schicksal abzufinden, wäre sie möglicherweise nicht zurückgekommen.

Doch, das wäre ich. Es geht nicht anders, wurde ihr jedoch bewusst. Ganz gleich, wie sehr sie davonlaufen wollte. Ganz gleich, ob sie schwach war und nicht daran glaubte, dass sie diese gewaltige Angst vor dem Leben, das vor ihr lag, überstehen konnte. Sie musste es tun.

»Also dann, strahlende Prinzessin.«

Sie blickte den Schneider an, der ihr mit einer galanten Geste den Vortritt ließ.

»Machen wir uns frisch ans Werk.«

Elayne nickte nur abwesend.

Jamalie lächelte und entließ sie mit einem letzten Hieb: »Da ihre Anreise bis zum Hochzeitstag nicht möglich ist, habt bitte Verständnis dafür, dass wir Eure Familie und Landsleute nicht einladen können.«

Hätte Elayne innerlich nicht am Boden gelegen, wäre dieser Satz der finale Schlag gewesen, der sie zum Fallen brachte. *Gondrick.*

Sie konnte nichts ändern, darum erwiderte sie nichts, neigte bloß den Kopf. Dann begleitete sie Phaerys hinaus.

Dieser redete voller Inbrunst von dem Stoff, aus dem ihr Kleid bestehen würde, und betonte, welch eine Ehre ihm dabei zuteilwurde. Wäre es nicht um sie gegangen, hätte sie ihm dabei zuhören können. Nun aber musste sie ihre gesamte Konzentration darauf richten, einen Fuß vor den anderen zu setzen, in die Richtung, die man ihr vorgab, statt die Beine in die Hand zu nehmen und zu rennen.

Fort von hier.

Raus aus dem Palast.

Ins Freie.

In die Zuflucht.

Das Gewächshaus.

Schon war es um sie geschehen. Phaery's Augen weiteten sich, als sie ihn am Ärmel zog, damit er neben ihr stehenblieb. Mit einem entschuldigenden Blick gab sie ihm zu verstehen, dass sie noch nicht bereit war, sich wie Nia in weißen Stoff hüllen zu lassen. Danach hielt sie nichts mehr auf.

Ihre Füße trugen sie den ganzen Weg zum Palastgarten, an Bediensteten und Höflingen vorbei, die sich nach ihr umdrehten. Sie achtete auf niemanden von ihnen und hielt nicht ein einziges Mal an. Selbst dann nicht, als sie ins Freie gelangte. Am Horizont bemerkte sie einen Streifen dunkler Wolken, wie sie ihn in Kree bisher noch nicht gesehen hatte. Die Palmen, die den Weg säumten, auf dem sie lief, spielten ein raschelndes Windspiel. Vor einigen Tagen hatte sie zwei Damen darüber sprechen gehört, dass die Regenzeit bald hereinbrechen würde, deshalb wunderte sie sich nur kurz über den Wetterumschwung.

Schwer atmend trieb sie ihre Beine vorwärts, verlor fast das Gleichgewicht, als sie um die Ecke in den bewachseneren Teil des Gartens bog. Doch sie ließ sich nicht beirren und rannte weiter. Bis ihr Ziel direkt vor ihrer Nase lag, umarmt von Grün und Schutz versprechend.

Schutz war nicht das Einzige, was dort auf sie wartete. Noch bevor sie die grünlich angelaufene Tür aus Glas hinter sich geschlossen hatte, entdeckte sie ihn, sitzend auf der Erde und das Kinn auf einem Knie abgestützt: Darian. Sobald sie den ersten Schritt auf ihn zu tat, richteten sich seine Augen, die eben noch ins Leere gestarrt hatten, auf sie. Sekunden verstrichen, in denen sie einander anschauten und Elayne ihre eigenen Emotionen in seinem Blick wiederfand. Furcht und Begierde, Trauer und Zuneigung rangen darin miteinander und brachten ihr Herz zum Überquellen.

Er weiß es.

Ehe sie sich daran hindern konnte, gab sie alle Zurückhaltung auf. Sie ließ den vielen Tränen, die aus ihr herausbrachen, freien Lauf. Schluchzend stolperte sie auf Darian zu, der aufsprang und ihr entgegenkam. Sie warf sich in seine Arme, presste das Gesicht gegen seine Brust und weinte.

Alles schien sich an die Oberfläche zu kämpfen und sie dort zu überschwemmen. Der Abschied von Nia, die Last ihrer Verantwortung, ihre verwirrende Gabe, Alesanders Dunkelheit. Dieses Leben hatte sie nie gewollt. Wie konnten die Götter sich so gewaltig täuschen und glauben, sie wäre die Richtige dafür?

Darian fing ihren Schmerz auf und hielt sie fest an sich gedrückt. Seine Hände an ihrem Rücken und ihrem Hinterkopf gaben ihr Halt und sie wünschte sich, für immer so verharren zu dürfen. Warm, in Sicherheit, mit seinem Duft in ihrer Nase. Doch früher oder später würde sie gezwungen sein, loszulassen, darum tat sie es lieber gleich.

Die Wangen noch nass und gerötet, löste sie sich aus der Umarmung und sah Darian an. Auch auf seinen Wangen hatten Tränen ihre Spuren hinterlassen. Elayne hob einen Finger an sein Gesicht und fuhr eine davon bis zu seinem Kinn nach. Sie kostete die Berührung aus, bevor sie sich auf die Zehenspitzen stellte und seine Wange dort küsste, wo sie nach Salz schmeckte. Darians Brust senkte sich schwer und sie spürte ihn erschaudern, als sie mit ihren Lippen der Spur noch einmal folgte, ganz langsam hinab, bis sie auf seinen Mund traf.

Kurz war es, als hätten die letzten Stunden nie stattgefunden. Als wäre dies ihr erstes Näherkommen und als gäbe es noch Hoffnung auf mehr.

Doch die Illusion verfiel zu Staub, als Darian sie von sich schob. »Heißt das hier, du willst ihn nicht heiraten?«

»Du weißt, es spielt keine Rolle, ob ich das will. Ich werde es tun.«

Er zitterte, ganz leicht. »Dann solltest du jetzt lieber nicht hier sein.«

Sie sollte gehen? Das konnte er nicht von ihr verlangen. Nicht er. »Ich will nicht bei ihm sein, sondern bei dir.«

»Elayne«, flehte er. »Das geht nicht.«

»Warum weinst du dann?«

Damit traf sie ihn, das spürte sie. Aber er gab nicht nach. »Vergib mir, dass ich dich durcheinandergebracht habe. Es tut mir aufrichtig leid.«

»Sag das nicht! Bitte.«

Seine Zurückweisung machte das alles noch schlimmer. Er sollte ihr doch Geborgenheit geben, da sie gerade nichts dringender brauchte als das. Doch der Prinz, der andauernd lächelte, ihr stets unverfälscht und mit beinahe wahnwitziger Offenheit begegnete, war ebenfalls gebrochen. Allein würde er sich nicht wieder zusammensetzen können. Dasselbe galt für Elayne. Dazu brauchten sie einander.

Sie trat wieder näher an ihn heran, vergrub ihre Finger in seinem Hemd. »Vergiss, was in drei Tagen geschieht. Vergiss, wer wir sind und was andere von uns erwarten. Diese Dinge sind nicht echt.« Obwohl sie noch nicht vollständig zu weinen aufgehört hatte, bebte ihre Stimme nicht länger. Sie klang so entschlossen, wie sie sich fühlte. »Gib mir etwas, das echt ist.«

Den Sturm der Gefühle, der in seinem Blick tobte, konnte sie in jeder Faser ihres Körpers nachempfinden. Doch sie war es leid, hatte keine Kraft mehr dazu, ihren negativen Gefühlen den Vortritt zu lassen. Wenigstens jetzt sollten sie keine Gewalt über sie haben.

Auch hinter dem Grün von Darians Augen gewann das Begehren die Überhand. Er kam näher, berührte ihren Arm, berührte ihren Hals und ihren Nacken. Überall dort, wo seine Finger auf ihre entblößte Haut trafen, verursachten sie ein starkes Kribbeln.

Dann, endlich, lehnte er sich noch weiter vor und ließ sie erneut wissen, wie bedeutsam ein einziger Kuss sein konnte. Sie hielten einander so fest, dass zwischen ihnen kein Raum mehr blieb.

»Etwas Echtes«, hauchte er zwischendurch gegen ihre geöffneten Lippen. »Das willst du?«

Ihr Herz, das tatsächlich zu heilen begonnen hatte, machte einen Satz. »Ja.«

Ihr nächster Kuss war anders. Langsamer. Durchdrungen von ihrer beider Aufregung. Nachdem sich Darian wieder von ihr löste, schaute er sie fragend an, bat um Erlaubnis. Auf ihr ungeduldiges Nicken hin öffnete er die Schnüre ihres Kleides. Es rutschte zu Boden, sodass sie lediglich in ihrem Unterkleid vor ihm stand. Sofort machte sie sich daran, ihn aus Hemd und Hose zu befreien. Dabei küssten sie sich wieder und wieder, wollten nicht zu lange voneinander getrennt sein.

Etwas Vergleichbares hatte Elayne nie zuvor erlebt. Als sie zusammen waren, die Erde unter ihnen, die Pflanzen und das Dach des Gewächshauses über ihnen, wurde ihr bewusst, wie echt es war. Jede unverhoffte und verbotene Minute davon. Jedes sanfte Streicheln und jeder zärtliche Blick, während der erste Sommerregen auf das Gewächshaus prasselte.

Eng umschlungen lagen sie noch lange da und lauschten dem Regen. Elayne hatte den Klang schon immer geliebt, aber sie fragte sich, ob er jemals so schön gewesen war wie jetzt. Draußen musste es kälter geworden sein, dennoch fror sie nicht, so dicht an Darian gedrängt.

Sie strich über seine Schultern, malte Linien auf seinem Bauch. Dabei erwischte sie auch die dicke Narbe, die sie schon zweimal zu Gesicht bekommen hatte. Diesmal machte sie ihrer Neugierde Luft.

»Erzähl mir, was hier passiert ist.« Sie zeichnete nur noch die Narbe nach, prägte sich ein, wo sie anfing und wo sie endete. »Als ich beim letzten Mal fragte, hast du dich schnell aus dem Staub gemacht. Aber jetzt hast du keine Hose an, und ohne Hose kannst du nicht weglaufen.«

Eine Weile starrte er sie an, bevor er mit gespielter Entgeisterung feststellte: »Du bist frech.«

»Nur weil ich dich mag. Also, wie bekamst du die Narbe?«

Sein Zögern säte zunächst Zweifel in ihr. So ein persönliches Thema war vielleicht zu viel für den Moment. Doch Darian erinnerte sie daran, welche Verbundenheit zwischen ihnen gewachsen war.

»Die Königin«, erzählte er, »war nie bereit, mich als ihren Sohn anzunehmen. Damit ich das nicht vergesse, hat sie mir etwas mitgegeben, das mir immer als Erinnerung dienen wird.«

»Sie hat dir das angetan?« Fassungslos hielt Elayne in der Bewegung inne.

Darian legte seine Hand auf ihre. »Das liegt viele Jahre zurück. Sander und ich waren Kinder, er von Geburt an kränklich und ich der gesunde Erstgeborene. An dem Morgen, an dem mich Vater offiziell zu seinem Thronerben ernannte, verlor Jamalie die Selbstbeherrschung.« Sein Griff um ihre Hand versteifte sich. »Sie zerrte mich in eine Ecke, in der uns niemand beobachtete, und zog eine Haarnadel aus ihrem Zopf. Ich fürchtete mich zu Tode, der Schmerz war kaum auszuhalten. Aber schon damals erkannte ich, dass es auch ihr wehtat, mich zu verletzen. Sie war es, die sicherstellte, dass meine Wunde versorgt wurde, und weil ich Fieber bekam, besuchte sie mich in den ersten Nächten, um nach mir zu sehen.«

Elayne konnte kaum glauben, was sie da hörte. »Du meinst, sie hätte dich fast getötet? Darian ... Ich weiß nicht, was ich ...«

»Mich zu töten, war nicht ihre Absicht. Sie hasst mich, ja. Aber nicht, weil sie ein schlechter Mensch ist. Ich denke, die Umstände haben sie dazu getrieben.« Nachdenklich fügte er hinzu: »Es ist nicht etwa so, dass es nichts verändert hätte. Vater fand es heraus und bestrafte sie dafür. Seitdem spricht er kaum noch mit ihr. Außerdem beschloss ich an jenem Tag, mich nicht länger um ihre Liebe zu bemühen. Das ist besser, als ihren Hass zu erwidern. Könnte ich ihr nicht vergeben, hätte diese Narbe mehr Gewicht.«

Was er hatte durchmachen müssen, war für Elayne bloß in ihrer Vorstellung greifbar. Von der einzigen Mutter, die ihm blieb, derart misshandelt zu werden, musste auch unsichtbare Narben hinterlassen haben. Sie wollte den Jungen trösten, der er einst gewesen war, und bewunderte den Mann, der von Vergebung sprach.

Während er schwieg und nun seinerseits mit den Fingerspitzen Kreise auf ihrer Hüfte zog, überlegte sie, was sie zu ihm sagen konnte. Da zwang sie ein klackendes Geräusch, sich ruckartig aufzurichten.

»Was war das?«, erschrak sie.

Die Frage erübrigte sich, als sie die vom Regen und jahrelanger Witterung undurchsichtige Glastür erspähte. Anders als eben stand sie nun einen Spalt breit offen, sodass der Sommerregen in einem beständigen und hellen Schall zu ihnen durchdrang.

Von Panik gepackt, tauschte Elayne einen Blick mit Darian. Jemand hatte sie zusammen gesehen. Drei Tage vor ihrer Hochzeit mit dem anderen Prinzen.

40

Das Klopfen klang gedämpft durch die schwere Holztür des Studierzimmers. Alesander hatte keinen Schlaf gefunden und die gesamte Nacht hier verbracht. Wen wunderte es? Immerhin stand er kurz vor seiner Hochzeit mit einem Mädchen, das ihn zuletzt angsterfüllt angesehen und sogar gebissen hatte, eigens, um von ihm loszukommen. Ein Mädchen, das allein für ihn den weiten Weg aus Balezan auf sich genommen hatte und sich dennoch für seinen Bruder entschied. Ein Mädchen, das er womöglich bis in alle Ewigkeit von sich gestoßen hatte und das er dennoch in drei Tagen an sich binden würde.

Wenigstens eignete sich die Abgeschiedenheit des Zimmers besser für düstere Gedanken als seine Gemächer. Nun aber störte jemand die Ruhe. Am liebsten hätte er das Klopfen einfach ignoriert.

»Herein.«

Seinen Gast erkannte er sofort. Obwohl sie gerade durch den plötzlich ausgebrochenen Regenschauer gelaufen sein musste – denn sie war von oben bis unten vollkommen durchnässt –, gab es im Palast nur eine einzige Person mit feurig roten Locken.

»Du«, begrüßte er die persönliche Bedienstete der Prinzessin und erhob sich. »Was konntest du in Erfahrung bringen?«

Mit zögerlichen Schritten kam sie näher. Wassertropfen liefen an ihr hinab, landeten auf dem Teppich und färbten die Fasern dunkler. Sie vermied es eindeutig, ihn anzusehen. Das mochte ihrem Standesunterschied oder aber dem Verlauf ihrer letzten Begegnung geschuldet sein.

»Prinz Alesander«, erwiderte sie seine Begrüßung zaghaft. »Ich bin sofort zu Euch gekommen, wie Ihr es verlangt habt.«

»Bringst du gute oder schlechte Nachrichten?«, drängte er und umrundete den Schreibtisch, um auf sie zuzugehen. Sie sprach so fürchterlich leise. »Wie hat sie Vaters Beschluss aufgenommen?«

Das Mädchen schreckte vor ihm zurück, fixierte starr den Boden, selbst als er direkt vor ihr stand. »Ich ...«

»Sprich.«

»Ich bin ihr vom Thronsaal in den Garten gefolgt. Sie geht oft dorthin.«

Also brauchte Ophenia etwas Zeit allein, um in Ruhe über alles nachzudenken. Das konnte er besser verstehen als jeder andere. »Hast du mit ihr gesprochen?«

Es dauerte etwas, bis die Rothaarige den Kopf schüttelte.

»Dann hat sie bisher zu niemandem ein Wort über die Hochzeit verloren?«

»Eigentlich ...«

Nun wurde er hellhörig. Er gierte nach dem, was sie über seine Verlobte wusste. Wenn er nur herausfände, wie sich die Prinzessin fühlte, könnte er sein Verhalten ihr gegenüber sorgfältig planen. Nur wenn er seine vergangenen Fehler wiedergutmachte und sie mit Samthandschuhen anfasste, würde ihre Liebe zu ihm wachsen. Einmal zu viel hatte er in ihrer Gegenwart die Kontrolle verloren, aber sie war gütig und deshalb würde sie ihm irgendwann seine Grobheit vergeben. Daran musste er einfach glauben, um die Dunkelheit fernzuhalten.

»Sag, was du gesehen hast!«, zwang er die Bedienstete, endlich Klarheit zu schaffen. Verzweiflung brannte in seiner Kehle, brannte in seinen Augen, als er sie an den Oberarmen packte und seine Fingernägel hineinbohrte.

Nicht er. Das Dunkle in ihm.

Wie erwartet kreischte sie auf, wimmerte und bettelte, er möge sie loslassen. Die ganze Szenerie erinnerte ihn vage an ihre letzte Unterhaltung. Zu jenem Zeitpunkt hatte sich jedoch sein Gewissen gemeldet und seine Standhaftigkeit gefährdet. Jetzt war ihm das Gewimmer des Mädchens bloß lästig, denn es nützte ihm nichts. Er ließ von ihr ab.

»Euer Bruder«, stieß sie daraufhin hervor, halb weinend und halb sprechend. »Ich sah sie zusammen mit dem Kronprinzen! Sie traf sich heimlich mit ihm. Sie küsste ihn, und ... dann taten sie noch mehr als das.«

Während sie hemmungslos zu weinen begann, verlor Alesander seinen Sinn für die Gegenwart. Das Blut rauschte ihm in den Ohren und er wusste nicht mehr, ob er aufrecht stand oder ins Bodenlose fiel. Sein Bruder und seine

Verlobte. Das Wort *Verrat* kam ihm zu klein, zu nichtssagend vor, um das Ausmaß dieser Nachricht zu beschreiben. Es wäre falsch, würde er behaupten, überrascht zu sein. Selbst für ihn waren die Gefühle der beiden offensichtlich gewesen, doch ihn so schamlos zu hintergehen ...

Das Weinen des Mädchens drang immer lauter an sein Ohr, nervte ihn, machte ihn wütend. Er war es, dem alles immerzu entrissen wurde. Darum sollte er es sein, der weinte. Aber er konnte nicht. Da war zu viel Wut, zu viel Hass und zu wenig Macht über seinen eigenen Körper. Die Kreatur, die ihn besetzte, riss die Gewalt über seine Stimme an sich.

»Hör auf, zu heulen!« *Ich ertrage das nicht.* »Mit derlei belanglosem Geschwätz verschwendest du nur meine Zeit.« *Ich will nur vergessen, was ich gerade gehört habe.* »Ihr Balezaner seid alle gleich. Kleingeistig und hinterhältig. Mein Vater hätte dieser Verbindung nie zustimmen sollen. Deine Prinzessin ist nicht gut genug für mich.« *Ich werde niemals gut genug für irgendwen sein.*

Er spie aus, was die Kreatur ihm auf die Zunge legte, und verletzte sich selbst mehr, als er die Rothaarige zu verletzen versuchte. »Wenn ihr das Bündnis nichts bedeutet, sollten wir unsere Großzügigkeit noch einmal überdenken.«

»So ist das nicht!« Das Gesicht ganz rot vom Weinen, ging das Mädchen vor ihm in die Knie. »Sie gehört nicht zum Königshaus und ist auch nicht die, die Ihr ursprünglich heiraten solltet! Die *echte* Prinzessin hätte Euch nie hintergangen, also lasst Balezan nicht für die Sünden einer Hochstaplerin büßen! Bitte, löst das Bündnis nicht auf!«

»Die echte Prinzessin?« Mit dem Gehör konnte Alesander folgen, nicht aber mit dem Verstand.

Wie ein Reh riss die Bedienstete die blauen Augen auf. Sie blickte ihn an, als wäre sie gerade erst aus einem Traum erwacht. »Ich ... Das hätte ich nicht sagen sollen. Ich schwatze zu viel, also gebt nichts darauf.«

Vorsichtig bewegte sie sich auf die Tür zu. Doch so schnell würde er sie nicht davonkommen lassen. Sie fürchtete sich vor ihm. Dafür hatte er, ohne es zu wollen, längst gesorgt. Dann konnte er sich ihre Angst nun ebenso gut zunutze machen.

»Was für ein Spiel wird hier gespielt?«, fragte er in drohendem Tonfall.

»Bitte. Lasst mich gehen! Ich habe getan, was Ihr von mir verlangt habt.«

»Ist dem so? Wenn ich mich recht entsinne, verlangte ich von dir, mir alles zu verraten, was Ophenia tut. Sollte sie vortäuschen, jemand zu sein, der sie nicht ist, ist das durchaus von Belang – findest du nicht?«

Keine Antwort, lediglich ein widerstrebendes Nicken. Tränen über Tränen strömten ihre Wangen hinab, aber sein Mitleid hielt sich bedeckt. Er hatte es zu sehr für sich selbst in Anspruch genommen.

»Jetzt sag mir eins«, befahl er. »Ist sie oder ist sie nicht Prinzessin Ophenia von Balezan, Tochter von König Seremon?« Falls es nötig sein sollte und weil er langsam geneigt war, diese Drohung tatsächlich wahrzumachen, setzte er nachdrücklich hinzu: »Und vergiss nicht, dass ich jeden mit dem Tod bestrafen kann, der sich mir widersetzt.«

Aus dem Gesicht des Mädchens war abzulesen, wie es den Widerstand aufgab. Wie allen anderen Menschen, die er kannte, war auch dieser Bediensteten das eigene Leben zu wertvoll, um es für jemand anderen zu riskieren. Obwohl er sie willentlich so weit getrieben hatte, ließ ihn das seinen letzten Funken Achtung vor ihr verlieren.

»Ihr Name ist Elayne«, sang sie wie ein verräterisches kleines Vögelchen und der Verrat schien tatsächlich eine versteckte Leidenschaft der Balezaner zu sein. »Sie ist die Tochter einfacher Leute und als Bedienstete der Königsfamilie im Schloss aufgewachsen.« Sie zitterte stark, aber er verstand jedes Wort klar und deutlich. »Auf unserer Reise bekam die echte Prinzessin Ophenia starkes Fieber. Es tötete sie und ... Elayne nahm ihren Platz ein, um Euch zu heiraten.« Obwohl ihre Geschichte nach einer dreisten Lüge klang, zweifelte er nicht daran. Das Mädchen vor ihm hatte zu große Angst, um zu lügen.

Elayne.

Innerlich wiederholte er den Namen, bis er zu seiner Verlobten passte, die nicht wirklich seine Verlobte war.

Elayne.

Die Rolle der Prinzessin hatte sie in der Tat überzeugend gespielt. So sehr er auch versuchte, Entsetzen über diese Maskerade zu empfinden, es gelang ihm nicht. Dass sie nichts weiter als eine Bedienstete war, berührte ihn nicht annähernd so stark wie ihre Eskapaden mit seinem Bruder. Dieses Vergehen war es, das ihn verletzte. Schließlich wollte er sie nicht um ihres Titels willen. Es war die Art, auf die sie ihn angesehen – wirklich gesehen – hatte, bis Darian dazwischengegangen war.

Aber die Dinge würden sich ab jetzt ändern. Alesander kannte nun ihr Geheimnis, und er würde es benutzen, um zwischen ihnen alles wieder in Ordnung zu bringen. Herrliche Ruhe breitete sich in ihm aus.

»Danke«, wandte er sich an das Mädchen, das noch immer zitternd dastand. »Du hast das Richtige getan. Geh jetzt und sprich mit niemandem über unsere Unterhaltung. Ich habe meine Hochzeit vorzubereiten und noch einiges mehr.«

41

Auf dem Weg zurück in den Palast blickte sich Elayne immer wieder um. Darian hatte sich große Mühe gegeben, sie zu beruhigen. Er hatte gesagt, der Wind habe wahrscheinlich an der Tür zum Gewächshaus gerüttelt und sie geöffnet – kein heimlicher Beobachter. Schließlich bliebe sein Geheimversteck stets ohne Besucher, wenn gerade keine neugierige Balezanerin vorbeikam.

Sie wusste, er hatte es gut gemeint, doch helfen konnten seine Beschwichtigungen nicht. Hinter jeder höflichen Begrüßung, die sie hörte, vermutete sie ihr Ende. Jeder dieser Menschen konnte derjenige sein, der sie für ihre eigenwilligen Gefühle verurteilen, sie an den König verraten und damit ihr Schicksal besiegeln würde.

Darian war fürs Erste im Gewächshaus geblieben, damit man sie nicht gleichzeitig aus derselben Richtung kommen sah. Auf diese Weise wollte er ihre Sorgen zerstreuen. Sollte sie wirklich jemand gesehen haben, würde das jedoch rein gar nichts ändern.

Elaynes Schritte beschleunigten sich, ihre Atmung ebenfalls. Sobald Alesander davon erfuhr, würde er die Hochzeit absagen. Ihr Egoismus kostete Balezan den Schutz, sie selbst das Leben, und auch Darian brachte sie in Verruf, wenn nicht sogar in echte Gefahr.

Eben noch war ihr alles so einfach und so richtig erschienen. Jetzt kämpfte sie gegen eine Verzweiflung, die sie innerlich zerriss.

Auf einmal kam es ihr vor, als stünde ihre Tat ihr auf die Stirn geschrieben. Mehr und mehr Blicke streiften sie, und sie musste sich zusammenreißen, um nicht zu rennen. Dass ihre Kleidung und ihre Haare vom Regen durchtränkt waren, sah mit Sicherheit bereits auffällig genug aus.

Mit voller Wucht warf sie die Tür hinter sich zu, lehnte sich einen Moment dagegen und verschnaufte, sobald sie es in ihre Gemächer geschafft hatte. Der nasse Stoff ihres Kleides klebte an ihr und sein Gewicht zog ihren geschwächten Körper nach unten. Sie wollte nachgeben, einknicken, ihr Gesicht in ihren Händen vergraben. Sie wollte die Augen vor der Wahrheit verschließen, weinen und schreien, bis jede Entscheidung, die sie hierhergeführt hatte, nichtig wurde. Sie wollte weglaufen oder, besser noch, niemals in Kree angekommen sein.

Nia hätte hier sein sollen. Allein weil Nia gestorben war …

Nein.

Erschrocken schlug sich Elayne die Hand vor den Mund, hielt einen Schluchzer zurück. So durfte sie nicht denken. Das wollte sie nicht. Ihre Freundin traf keine Schuld und sich zu wünschen, alles wäre anders, löste nicht ihre Probleme. Es erinnerte sie bloß an ihre eigene Machtlosigkeit.

Ich muss weitermachen. Wenn nicht für mich selbst, dann für alle anderen, die auf mich zählen.

Entschlossen, sich nicht in irgendeiner Ecke zu verkriechen und auf ihre Strafe zu warten, drückte sie sich von der Tür weg und machte sich daran, sich auszuziehen. Zum Glück hatte Darian ihre Schnürung nur locker gebunden, und sie konnte sie leicht lösen. Ungeduldig streifte Elayne den triefenden Stoff ab, sodass er zu Boden fiel, und schob ihn mit dem Fuß beiseite. Auch aus ihren Schuhen schlüpfte sie und ließ sie daneben liegen. Dann tapste sie hinüber zu dem Stuhl, der beim Beistelltisch am kaputten Fenster stand. Die Scherben hatte jemand während ihrer Abwesenheit entfernt und ein lichtdurchlässiges Tuch spannte dort, wo die Fensterscheibe fehlte.

Aus ihrem Holzschrank zog sie ein dunkelgrünes Kleid mit langen Ärmeln. Der Stoff war dünn, bestand hauptsächlich aus Spitze und Rüschen. Ein bisschen erinnerte es sie an die moosbedeckten Waldböden in Balezan. Kurzerhand zog sie es sich über, scheiterte allerdings daran, es am Rücken zuzubinden. Nach mehreren ergebnislosen Handgriffen stieß sie einen frustrierten Seufzer aus und gab es auf.

Wenn ich schon beim Anziehen versage, wie soll ich dann Alesander oder König Phelius gegenübertreten, solange ich nicht weiß, ob mich jemand verraten hat?

Dennoch machte sie weiter. Aus der Tischschublade kramte sie ihre Haarbürste, mit der sie sich mehrfach durch die nassen Haare fuhr, bis sie vor dem Spiegel einen halbwegs ordentlichen Eindruck hinterließ. Gerade als sie die Bürste wieder in der Schublade verstaute, betrat hinter ihr jemand den Raum, ohne zuvor anzuklopfen. Im Spiegel sah sie, wer es war.

»Milly!« Aufgeregt wirbelte sie herum. »Hilfst du mir bitte, mein Kleid zu schnüren? Allein bekomme ich es nicht hin.« Sie stutzte. »Oh, du bist ja ganz ...« Ihr Herz rutschte ein wenig tiefer.

Nass.

Der Regen hatte auch Milly erwischt, das Rot ihrer Locken verdunkelt und ihre Haube geplättet. Aber es waren ihre geröteten und geschwollenen Augen, die in Elayne das ungute Gefühl, das sie in den vergangenen Tagen ihretwegen gehabt hatte, zurück an die Oberfläche holten. Um ein Vielfaches verstärkt.

»Ich helfe dir«, bot Milly stocksteif an. Sie wartete, bis sich Elayne wieder dem Spiegel zugewandt hatte, bevor sie einmal fest an den Bändern zog und eine Schleife band.

Kurz keuchte Elayne dabei auf, so plötzlich wurde es enger um ihren Brustkorb. Aber sie wollte nicht klagen. Stillschweigend beobachtete sie das Spiegelbild, Millys Handgriffe, ihre Mimik und die verbliebenen Regentropfen, die ihre Stirn am Haaransatz zum Glänzen brachten. Dabei drängte sich ihr ein quälender Gedanke auf.

»Warst du im Garten?« Sie musste einfach sichergehen.

Unvermittelt hielt das Mädchen hinter ihr in der Bewegung inne.

Elayne spürte, wie ein Kloß in ihrem Hals heranwuchs. »Das Gewächshaus. Dort bist du so nass geworden, hab ich recht?«

Das Warten auf eine Antwort erschien ihr unendlich lang. Mit einer Langsamkeit, die einer Folter gleichkam, nahm Milly die Hände runter und fokussierte eine Weile den Boden. Dann sah sie auf und fing Elaynes Blick im Spiegel ein. Diese konnte sich nicht dazu durchringen, sich umzudrehen und ihr direkt in die Augen zu sehen. Zu sehr schämte sie sich für das, was nun auf der Hand lag.

»Du weißt von meinen Gefühlen«, folgerte sie und erwartete keinen Widerspruch.

»Deine Gefühle sind mir egal. Was du getan hast, war nicht richtig. Deshalb ist es ungerecht, dass ich diejenige mit einem schlechten Gewissen bin.«

»Ein schlechtes Gewissen – warum?« Nun drehte sie sich doch zu ihr um. Ihr Atem setzte aus.

»Alesander weiß es.«

Wie ein Tropfen in einem Topf voll Erde sickerte die Bedeutung dessen mühsam zu Elayne durch. Sie wusste nichts zu erwidern, starrte nur zurück.

»Sieh mich nicht so an! Er zwang mich dazu, dich im Auge zu behalten. Ich musste es ihm sagen, sonst hätte er es bald allein herausgefunden und das wäre viel schlimmer gewesen. Jetzt, wo er die ganze Wahrheit kennt, kam sie wenigstens von einer von uns.«

Die ganze ... Bei allen Göttern. In Elaynes Adern gefror das Blut. Ihr entglitt jegliches Körpergefühl, während sie sich selbst die Frage stellen hörte: »Von welcher Wahrheit redest du?«

»Er war so furchtbar wütend, also was blieb mir sonst übrig?«, verteidigte sich Milly aufgebracht. »Solange ein Niemand ihn betrogen hat und nicht die Prinzessin unseres Landes, vergibt uns Kree vielleicht!«

Niemand. Es steckte Wichtigeres – weit Beängstigenderes – hinter ihren Worten. Dennoch tat *Elaynes* dieses ganz besonders weh. »Genau, ein Niemand«, wiederholte sie müßig. »Als Nia noch lebte, konnte ich ihr nicht helfen, und sogar nach ihrem Tod gelingt es mir nicht, ihr Vermächtnis zu bewahren. Du hast recht und ich kann dich nicht dafür hassen, dass du mich verrätst. Ich kann es dir nicht einmal übel nehmen. Aber sag mir wenigstens, wieso du nicht vorher zu mir gekommen bist.«

Nicht bloß heute. Auf einen Schlag ergab Millys Verhalten der letzten Zeit einen Sinn. Alesander musste sie schon früher auf sie angesetzt haben. Deshalb hatte sie Angst gehabt. Sie hatte zwischen den Stühlen gestanden und sich nicht getraut, etwas zu sagen.

»Hattest du Angst vor mir und vor dem, was ich zu dir gesagt hätte?«

Daraufhin traf sie ein stechender Blick. »Ich habe keine Angst vor dir, Elayne, sondern vor *ihm*. Und wenn ich dich ansehe, erinnert es mich daran, wie es sich anfühlt, vor ihm zu stehen. Von ihm in die Ecke gedrängt zu werden. Keine Luft mehr zu bekommen.« Millys Finger wanderten zu ihrem Kragen, zogen ihn ein Stück runter. Auf ihrem entblößten Hals prangten die bläulichen Spuren eines verblassten, dennoch erkennbaren Handabdrucks.

Elayne verlor ihre Sprache und ihren letzten Glauben an einen Prinzen, dessen Grausamkeit sich nun nicht mehr leugnen ließ. Alesander hatte ihr Schreckliches angetan.

»Er macht mir Angst. Aber auf *dich* bin ich wütend«, fuhr Milly fort und ihr Ausdruck wurde noch härter. Sie ließ ihren Kragen los, sodass der Stoff ihre geschundene Haut wieder so gut versteckte wie zuvor. »Was ich durchmache, ist allein deine Schuld. Du bekommst den Platz der Prinzessin. Du läufst herum und probierst Kleider an, spazierst den ganzen Tag um den Palast herum und machst allen Männern schöne Augen. Dass du einen Prinzen heiraten darfst, ist dir nicht genug. Nein, du brauchst die Aufmerksamkeit eines zweiten noch dazu. *Du* hintergehst deinen Verlobten und *ich* muss dafür um mein Leben fürchten. *Ich* muss deinen Dreck wegmachen. *Ich* muss deine Wäsche waschen, dich anziehen und für deine Fehler leiden.« Ihr Gesicht wurde weiß vor Zorn und ihre Lippen bebten, als wollte sie weinen oder schreien oder beides. »Und es ist nicht nur *mein* Leben, auf dem du herumtrampelst. Der General hat dich ausgewählt, Ophenia zu sein, die einzige Hoffnung für unser Land. Aber dir bedeutet das nichts!«

Auf einmal kam Elayne die Schleife um ihre Brust doch zu eng vor. Hektisch atmete sie ein und aus.

»Das habe ich nicht gewollt. Bitte glaub mir.«

Im Gesicht ihrer Rügerin zuckte etwas. Doch die Härte darin blieb. »Mag schon sein, dass du es nicht so weit kommen lassen wolltest. Passiert ist es trotzdem.«

Elayne schaffte es nicht einmal mehr, Tränen zu vergießen. Als wären sie nach den vielen Schlägen inzwischen aufgebraucht. Dabei kam nun alles zusammen. Die Hochzeit würde ausfallen. Sie hatte alle enttäuscht, die ihr etwas bedeuteten. Ihre Heimat verlor den einzigen Verbündeten. Ihre Tarnung war aufgedeckt und wahrscheinlich würde man sie dafür mit dem Leben bezahlen lassen.

Ich werde sterben.

Hier oder gemeinsam mit den Menschen in Balezan, die für einen nächsten Angriff der Vedenier oder Jardaan nicht gewappnet waren. Ein Schlund tat sich unter ihr auf und sie wünschte sich nichts sehnlicher, als darin zu versinken.

Ein Klopfen an der Tür hielt sie in der Gegenwart gefangen. Sowohl sie als auch Milly rissen die Köpfe herum, als das Geräusch ertönte.

»Herein«, antwortete Elayne brüchig.

Eine der Bediensteten, die sie schon häufiger mit Milly gesehen hatte, tauchte vor ihnen auf und verneigte sich. »Der König und die Königin laden Euch ein, heute gemeinsam mit Ihnen und den Prinzen zu Abend zu speisen. Soll ich sie darüber in Kenntnis setzen, dass Ihr die Einladung annehmt?«

Ein Abendessen – das sollte sie in diesem Moment interessieren? Bei allem, was gerade geschah, war das beinahe zum Lachen. Oder wussten Phelius und Jamalie bereits, dass sie einer falschen Ophenia Einzug in ihren Palast gewährt hatten? Dann sah ihr Plan womöglich vor, sie beim Essen zu vergiften, statt ihr einen menschenwürdigen Prozess zu vergönnen. Es gab wohl kaum etwas, das sie tun könnte, um sich zu widersetzen. Wollte Kree sie tot sehen, hatte sie ihr Leben verwirkt.

»Ich nehme die Einladung natürlich an«, gab sie der jungen Frau zu verstehen, bevor sich diese wieder verabschiedete.

»Was genau hat Ale–«, wandte sich Elayne wieder an Milly.

Doch die ging geradewegs an ihr vorbei auf die Tür zu. »Ich gehe mich nützlich machen, damit niemand einen Grund hat, mich weiter für deine Taten zu bestrafen.« Ehe sie fort war, erkannte Elayne noch etwas auf ihrem Gesicht, das wie Bedauern aussah. »Viel Glück.«

Elayne wusste nicht, wie sie noch aufrecht stehen oder später zu dem Abendessen gehen sollte. Nach allem, was geschehen war, würde sie mehr als nur Glück brauchen.

42

Darians Hände schwitzten. Er hatte erwartet, dass es schwer werden würde, seinem Bruder gegenüberzutreten, nachdem er und Elayne zusammen gewesen waren. Aber es war schlimmer als in seiner Vorstellung.

Ihn beim Palasteingang stehen zu sehen – gerade so weit draußen, dass er nass wurde, als machte ihm der Regen nichts aus –, bereitete ihm die größten Bauchschmerzen seines Lebens. Dabei hatte er die ganze Zeit über gewusst, was er tat. Keinen Kuss, keine liebevolle Berührung und kein einziges Wort konnte er einem Verlust seiner Selbstkontrolle zuschreiben. Die Konsequenzen hatte er immer gekannt und nun musste er mutig genug sein, sie zu tragen.

Damit, dass er Alesander so bald begegnen würde, hatte er jedoch nicht gerechnet. Hatte sein Bruder auch Elayne aus Richtung des Gewächshauses kommen sehen oder war er erst seit Kurzem hier?

»Bruder.« Alesander ergriff zuerst das Wort, als sie nur noch wenige Meter trennten. »Ich habe nach dir gesucht.«

Darian erreichte das Trockene und wischte sich über die Stirn. Er setzte alles daran, sich seine Nervosität nicht anmerken zu lassen. Verkniffen hielt er dem ernsten Blick seines Bruders stand, bis dieser fortfuhr.

»Du hast von meinen Hochzeitsplänen gehört, nehme ich an?«

»Ja, durchaus.« Die Glückwünsche sparte sich Darian.

»Wie es aussieht, hat meine Verlobte kalte Füße bekommen. Es ist mir peinlich, es zuzugeben. Aber als wir uns eben begegneten und ich sie bat, mit mir unter vier Augen über die Zeremonie zu sprechen, lief sie auf und davon.«

»Auf und davon?«

»Sie rief mir zu, es täte ihr leid, und erwähnte außerdem eine Kutsche«, erzählte er, und die Anspannung ließ eine Ader an seinem Hals hervortreten. »Ich fürchte, meine Braut ist getürmt. Auch wenn mir kein plausibler Grund einfällt, weshalb sie das tun sollte.«

Getürmt. Gleich nach ihrem Moment im Gewächshaus. Darian fiel alles aus dem Gesicht.

»Ein Schock, ich weiß. Aber allzu weit kann sie noch nicht gekommen sein. Wenn du dich beeilst, schaffst du es noch, sie aufzuhalten. Zu Pferd wirst du die Kutsche sicher einholen können.«

Dann hatte Alesander nach ihm gesucht, damit er an seiner Stelle Elayne davon abhielt, zu fliehen? Wohl kaum. Nachdem sein Bruder ihm ein ums andere Mal übel mitgespielt hatte, roch Darian, dass an dieser Geschichte etwas faul sein musste.

»Weshalb solltest du wollen, dass ich es bin, der ihr nachläuft?« Seitdem er angekündigt hatte, Elayne zum Tanz aufzufordern, war seine Zuneigung für sie schließlich kein Geheimnis mehr. »Warum tust du es nicht selbst?«

»Sie vertraut dir«, erwiderte der jüngere Prinz finster. »Meine Beziehung zu ihr ist weitaus komplizierter. Schließlich wird das, was uns zusammengebracht hat, immer die Politik sein. Ich möchte sie nicht verschrecken, indem ich sie bedränge.« Etwas leiser setzte er hinzu: »Den Fehler habe ich schon einmal begangen.«

Darian schluckte. Niemals – nicht bei so viel bösem Blut, das zwischen ihnen geflossen war – hätte er mit einem Eingeständnis wie diesem gerechnet. Dafür, dass Alesander sie gegen ihren Willen geküsst hatte, wollte er ihn hier und jetzt büßen lassen. Aber er wollte auch glauben, dass sein Bruder nicht nur voller Lügen steckte. Seine Reue klang aufrichtig.

Allerdings fiel es Darian in Anbetracht der Vergangenheit nicht gerade leicht, ihm zu vertrauen. Wenn er log, konnte er ihn vielleicht aus der Reserve locken. »Sie würde nicht einfach fliehen. Vielleicht ist es ein Missverständnis.«

Alesanders Miene verdunkelte sich zu einer Maske, die seinem Gesicht nicht einmal mehr ähnelte. Er schien sich seine Antwort sorgfältig zurechtzulegen, bevor er mit nur einem Satz die Lage veränderte: *»Ich kann nicht Ophenia sein.* Das waren ihre Worte. Ergibt das irgendeinen Sinn für dich?«

Dem Kronprinzen kam seine Kleidung vom Regen auf einmal fürchterlich klamm vor. Die Erkenntnis erwischte ihn kalt.

Ohne ihr Geheimnis zu kennen, könnte er sich so etwas nicht ausdenken. Aber wüsste er Bescheid, hätte er nicht heute erst die Hochzeit vorgezogen. Also muss er die Wahrheit sagen. Elayne ist geflohen, um ihn nicht heiraten zu müssen. Sie ist tatsächlich ... fort.

»Du siehst blass aus, Bruder. Glaubst du mir nun?«

Ja, das tat er wohl. Aber was er im Begriff war, zu glauben, legte seine Nerven blank. Wenn Elayne floh, zerbrach das versprochene Bündnis. Alles, was sie bis heute durchgemacht hatte, verlor seine Bedeutung. Wenn Elayne floh, könnten seine Eltern Vergeltung für die Schande fordern, die sie ihrem Sohn mit ihrem Verschwinden einbrachte. Wenn Elayne floh, würde er sie nie mehr wiedersehen. Doch wie käme er dazu, sie zum Bleiben zu zwingen?

Er wollte das Beste für sie. Wenn sie es hier nicht aushielt, sollte sie lieber in einer Kutsche nach Balezan zurückkehren. Doch er plante nicht, sie ohne Abschied ziehen zu lassen.

»Danke, dass du damit zu mir gekommen bist«, richtete er sich an Alesander. Seine Motivation verstand er noch immer nicht, aber darüber konnte er später noch lang genug nachgrübeln. Nachdem er Elayne ein letztes Mal in die Arme geschlossen und an sich gedrückt hatte.

Ohne sich länger als nötig mit seinem Bruder aufzuhalten, eilte Darian zu den Stallungen. Der Regen, der von oben auf ihn hinabprasselte, wurde langsam schwächer, erste Sonnenstrahlen schafften es zwischen den Wolken hindurch. Seine Haare klebten an seinem Kopf wie der Matsch an seinen Schuhen. Er beachtete weder die Wassertropfen, die ihm in die Augen liefen, noch die Spritzer durchweichter Erde, die bei jedem Schritt seine Hosenbeine sprenkelten.

Ein Abschied. Alles, worauf er noch hoffen konnte, war ein Abschied. Danach würde er zusehen, wie sie am Horizont zu einem kleinen Punkt wurde, zum Palast zurückreiten und an ihrer Stelle Balezan vertreten. Er würde dafür sorgen, dass ihr und ihrer Heimat eine gerechte Verteidigung zuteilwurde. Das schwor er sich, als vor ihm endlich das Stalltor auftauchte.

Zedd, einer der älteren Jungen, die sich hier um die Pferde kümmerten, schob es gerade zu. Sobald er Darian erspähte, unterbrach er sofort seine Arbeit und kam auf ihn zugelaufen. Da der Prinz ihn gebeten hatte, es zu unterlassen, verbeugte er sich nicht.

»Hoheit, Ihr wollt ausreiten?«, wunderte er sich. »Es regnet.« Er fasste sich an den Kopf. »Oh. Ähm. Das wisst Ihr natürlich. Soll ich Dangus für Euch satteln?«

Darian rang sich zu einem Lächeln durch. »Danke, Zedd, ich mache das selbst. Sag mir nur, wie lange die Kutsche schon weg ist.«

»Welche Kutsche, Hoheit?«

»Du weißt es nicht?«

Der Junge riss die Augen auf, bevor er verlegen wegsah. »Ach die Kutsche! J-Ja, sie ist weg. Ich m-meine, sie ist bestimmt noch in der Nähe. Vergebt mir!« Er rannte so schnell durch den Matsch davon, dass Darian ihm etwas verloren hinterherschaute.

Was war denn das? Irgendwie hatte er Zedd in Verlegenheit gebracht. Aber dafür konnte er sich entschuldigen, wenn er ihn das nächste Mal traf.

Die Kutsche war also noch in der Nähe. Dann sollte er ihr nicht noch mehr Zeit geben, sich zu entfernen.

Ungehalten zog er das Stalltor wieder auf. Nach Dangus brauchte er nicht zu suchen, so häufig, wie er ihn hier besuchte. In seiner Box hingen Sattel und Zaumzeug feinsäuberlich drapiert. Darian riss die Sachen vom Haken und bereitete seinen ungeduldig hin und her tretenden Hengst mit geübten Handgriffen auf die Verfolgungsjagd vor.

Wenig später preschte er auf seinem treuen Freund durch das Palasttor auf die Hauptstraße zu, die gen Westen verlief. Vom Wetter abgekühlter Gegenwind kitzelte sein Gesicht und bauschte in seinem Rücken sein Hemd auf. Dangus reagierte zufrieden auf den sanften, aber bestimmten Druck, mit dem Darian ihn anspornte. Schneller und schneller jagte der Hengst über Erde und Pfützen, näher an ein Ziel, das noch nicht in Sichtweite lag. Hinter ihnen verschwand der Palast in der Ferne, bis selbst das höchste Dach nicht mehr zu erkennen war.

Die Hauptstraße hatten sie noch nicht erreicht. Auch hatte bisher kaum eine Menschenseele ihren Weg gekreuzt, als aus dem Nichts der Schmerz einsetzte. Ohne das Tempo zu drosseln, blickte Darian an sich hinab auf seinen rechten Arm, wo sein Ärmel an einer Stelle durchtrennt war. Ein einzelner Blutstropfen rötete den Stoff. Etwas hatte ihn gestreift.

Zum Trommeln seines Pulses und der Hufe seines Hengstes wagte er einen Blick zurück über seine Schulter. Da sah er ihn – einen Mann mit dunkler Kleidung und verhülltem Gesicht, der ihn zu Pferd verfolgte. Zuerst weigerte sich sein Kopf, das Bild zusammenzusetzen. Dann aber erfasste er schlagartig die Situation.

Es gab keine Kutsche.

Elayne hatte den Palast nie verlassen. Nur damit er selbst es tat, hatte Alesander ihn belogen, und nun war dieser Mann gekommen, um ihn zu töten.

Die Zügel in nur einer Hand zückte der Attentäter einen Gegenstand. Aus der kleiner werdenden Entfernung schien es ein Messer zu sein. Wahrscheinlich wie jenes, mit dem Darian gerade um Haaresbreite verletzt worden wäre.

Um die Kontrolle über Dangus zu behalten, richtete der Prinz seinen Blick wieder nach vorn. Wohl wissend, dass sein Verfolger hinter ihm bereits zum nächsten Wurf ausholte.

Ein Abschied. Alles, worauf er jetzt noch hoffen konnte, war ein Abschied.

43

Elayne bekam keinen Bissen hinunter. Kreidebleich starrte sie zwischen ihrem überquellenden Teller und dem leeren Stuhl ihr schräg gegenüber hin und her. Eigentlich sollte Darian hier mit ihnen sitzen und essen. Doch er war nicht hier und es machte sie wahnsinnig. Warum kam er nicht? Ging es ihm gut? Außerdem, wie sollte sie das hier allein durchstehen?

Seine Eltern zeigten sich ebenso verwirrt über seine Abwesenheit, aber nicht besorgt. Alesander sagte gar nichts dazu. Auch ihre Lüge hatte er bisher nicht angesprochen und so musste sie zitternd auf die Erlösung warten, die gleichzeitig ihr Ende bedeuten würde. Während die Königin es in aller Offensichtlichkeit vermied, überhaupt mit ihr zu reden, und der König ihr mit seiner üblichen Gleichgültigkeit begegnete – er informierte sie über die laufenden Hochzeitsvorbereitungen, als redete er über das Wetter –, suchte Alesander unentwegt das Gespräch mit ihr. Jedes Mal, wenn er eine neue Belanglosigkeit aufgriff und ihren falschen Namen sagte, zuckte sie zusammen, als schlüge er sie. Und jedes Mal büßte sie dabei ein weiteres Stück ihrer Selbstbeherrschung ein. Ohne Unterlass ruhte sein Blick auf ihr, durchbohrte sie, brannte sich in sie hinein.

Sie wollte weglaufen und diesem Blick, dieser erdrückenden Situation entkommen. So sehr, dass sie sich selbst fragte, wie sie es fertigbrachte, es nicht zu tun. Ob ihr Pflichtgefühl tatsächlich groß genug war, um sie an ihren Platz zu fesseln, oder ob stattdessen ihre Feigheit sie lähmte.

Nachdem alle ihre Mahlzeit beendet hatten und ausschließlich Elayne noch vor einem kunstvoll hergerichteten Turm aus Essen saß, verabschiedete sich Jamalie als Erste. Die Lippen der Königin bewegten sich kaum, als sie eine gute Nacht wünschte und dann den Raum verließ. Im Vorbeigehen bedachte sie ihren Sohn mit einer für ihn vorbehaltenen Zuwendung, indem sie ihm über beide Schultern streichelte. *Wenn diese Frau doch nur fähig wäre, jedes ihrer Kinder auf diese Art zu behandeln,* konnte sich Elayne ein Urteil nicht verkneifen. *Und der König genauso.*

Vielleicht hätte dann das Schicksal der Prinzen eine andere Richtung eingeschlagen. Vielleicht sogar ihr eigenes.

Mit Sicherheit wäre alles anders gekommen, hätte Darians leibliche Mutter sich vor vielen Jahren nicht dafür entschieden, mit ihrem Volk weiterzuziehen. Denn wäre sie geblieben, hätte es Alesander nicht gegeben.

War es das, was Elayne wollte – eine Welt ohne den Prinzen, der ihr gerade gegenübersaß und sie ungezügelt mit Blicken verschlang? Mit seinem Wissen über sie hatte er sie in der Hand. Doch nur ein schlechter Mensch würde diese Frage wohl mit Ja beantworten, deshalb beschloss sie, nicht weiter darüber nachzudenken. In letzter Zeit bewies sie viel zu häufig, dass mehr Schlechtes in ihr steckte, als sie wahrhaben wollte.

Sobald die Schritte seiner Frau hinter der Tür verklungen waren, stürzte Phelius den Rest seines Weins hinunter und tupfte sich mit einem Tuch die roten Sprenkel von den Bartkräuseln. Von ihm gab es keine Abschiedsworte, als er sich ebenfalls zurückzog.

Elayne, die unter keinen Umständen mit Alesander allein bleiben wollte, erhob sich hektisch, um es ihm gleichzutun.

»Bitte, meine Liebe«, hielt ihr Verlobter sie auf und er hätte genauso gut mit einer Schwertspitze auf ihre Kehle zeigen können. »Setz dich wieder.«

Sie tat, wie ihr geheißen. Dabei wehrte sich ihr steifer Körper dagegen, wieder in das Polster des Stuhls hineinzusinken. Sie rechnete mit dem Schlimmsten.

»Mein Bruder ist tot«, sagte er trocken.

Offenbar reichte ihre Vorstellungskraft nicht aus. Nicht für das, wozu Alesander imstande war. »Was?«

»Keine Angst. Dir habe ich längst vergeben. Aber er hätte für immer zwischen uns gestanden, das musst du verstehen. Von Anfang an lag es an ihm, dass du dich nicht in mich verlieben konntest.«

Darian ist ... tot?

Sie erwiderte nichts, fühlte nichts. Dunkel und lähmend füllte das Nichts ihren gesamten Körper aus.

Darian konnte nicht tot sein. Schon allein der Gedanke wog zu schwer, um ihn als wahr anzuerkennen. Es war zu viel.

»Ich weiß, dass du nicht die Prinzessin von Balezan bist, und es stört mich nicht.« Seine Augen leuchteten förmlich. »Dein Titel und deine Herkunft haben für mich keinerlei Bedeutung, denn ich sehe, wer du wirklich bist. So wie du auch mich immer gesehen hast. Anders als all diese Adeligen hier am Hof, die sich bei mir anbiedern, in der Hoffnung, sich auf diese Weise einen Vorteil zu erschleichen. An meiner Seite wirst du dich niemals verstellen müssen. Zusammen können wir frei sein, *Elayne*.«

Beim Klang ihres echten Namens aus seinem Mund lief es ihr kalt den Rücken hinab. Erst diese unangenehme Empfindung bewies ihr, wie real ihre Unterhaltung war.

»Lass die Lügen!«, entfuhr es ihr. Eine solche Wut hatte sie in ihrer eigenen Stimme nie zuvor gehört. »Er ist nicht tot. Wie kannst du etwas so Grausames behaupten?«

Von einem Moment auf den anderen verblasste das Leuchten in Alesanders Augen. »Es ist keine Lüge.«

Er beugte sich vor, um sich Wein nachzuschenken. Ihr Kelch war noch so voll wie zu Beginn der Folter dieses Abends.

Wie das perfekte Ebenbild seines Vaters nahm Alesander einen ausgedehnten Schluck, als wäre es unwichtig, ob er ihr gleich oder später oder niemals antwortete. Sobald er genügend mit dem Moment gespielt hatte, leugnete er nachdrücklicher: »Welchen Grund hätte ich, dich zu belügen? Schließlich möchte ich, dass wir einander vertrauen.«

Elayne starrte auf ihren vollen Weinkelch. Auf einmal erschien ihr das flüssige Rot darin wie eine Bestätigung für Alesanders reueloses Geständnis. Die Übelkeit, die in ihr aufstieg, war ihr inzwischen ein zu vertrauter Begleiter.

»Sieh mich bitte nicht so an«, kommentierte ihr Verlobter die leidvolle Grimasse, die ihr Gesicht angenommen haben musste. »Ich bin hier nicht der Böse. Darian hat mir mehr genommen, als er jemals zugeben würde, und ich habe es stillschweigend ertragen. Aber dich, Elayne, kann ich nicht hergeben. Verdiene ich nicht etwas Glück?« Er blickte sie an, als erwartete er darauf eine ernsthafte Antwort oder sogar Mitleid. »Sein Blut klebt nicht einmal an meinen Händen, sondern an denen des Mannes, der ihm nachgeritten ist und uns von ihm befreit hat.«

»Wer?« Schnell presste Elayne die Lippen zusammen, um sich nicht zu übergeben.

»Ein loyaler und kampferprobter Gefolgsmann meiner Mutter, der als Diener getarnt am Hof lebt, um sie und mich zu beschützen. Er ist nur einer von vielen Männern und Frauen, die mein Großvater damals mit ihr hierherschickte. Aber Veron war schon immer Mutters Liebling. Deshalb steht er sowohl in ihrem als auch in meinem Dienst.«

Der Wachhund der Königin. Elayne hatte sich also nicht umsonst vor dieser düsteren Erscheinung eines Mannes gegruselt. Doch Alesander erzählte so leichthin von ihm, als ginge es nicht um den Mörder seines Bruders. Als hätte nicht er selbst diesen Mann auf seinen Bruder angesetzt.

»Erschreckt dich das? Dass der Palast voll von Mutters treuen Hunden wie ihm ist, die absolut *alles* für ihre Königin tun würden? Mich hat es damals erschreckt, als sie mich einweihte. Ehrlich gesagt, glaubte ich nicht, dass ich eines Tages Gebrauch von Verons Fähigkeiten machen würde. Doch manchmal bleibt einem einfach keine andere Wahl.«

Luft.

Atmen.

Wie bei einer Meditation konzentrierte sich Elayne darauf, die Kontrolle über ihre Atmung zu erlangen. Doch ihr Hals schnürte sich nur immer weiter zu.

Das kann nicht stimmen!

Es ist nicht wahr!

Er lügt!

Im Geist diese Worte wie ein Gebet zu wiederholen, änderte nicht, dass sie Alesander glaubte. Ihren Kopf konnte sie kurzzeitig betrügen, jedoch nicht ihr Gespür. Jetzt gerade gäbe sie alles dafür, dass es nicht so wäre, aber im Grunde – wenn sie es zuließ – spürte sie, wann jemand log. Alesander tat es nicht.

Darian ist tot. Genau wie Nia. Wie meine Eltern. Niemand bleibt.

Es musste an ihr liegen. Immer wieder versuchte sie, sich das Gegenteil zu beweisen, hielt sich an Heilkunst und an einer seltenen Gabe fest. Doch schlussendlich bewirkte sie nichts. Das ganze Wissen über Pflanzen und Fenellas Bemühungen, sie im Lenken von Energie zu unterweisen, waren an sie verschwendet.

»Monster.« Mehr als ein Flüstern bekam sie nicht heraus.

Dennoch reichte es, um seine Haltung zu verändern. Eben noch selbstsicher, fuhr er nunmehr aus der Haut. »Nenn mich nicht so! Du hast keine Ahnung, was ich seit meiner Kindheit durchmache!« Er riss die Brauen nach oben und schlug mit der flachen Hand auf die Tischplatte.

Durch die Erschütterung wackelten die Teller scheppernd auf dem Holz. Elaynes Weinkelch kippte um und sein Inhalt ergoss sich wie eine Blutlache vor ihr über die übriggebliebenen Speisen. In diesem Augenblick siegte die Übelkeit.

Würgend klammerte sich Elayne an der Kante des Tisches fest, während sie darunter das Wenige loswurde, das sie im Magen hatte.

Als sie sich kraftlos und leer wieder aufrichtete, war von Alesanders Wut nichts mehr übrig. »Vergib mir. Ich habe die Beherrschung verloren.«

Die Beherrschung verloren. Mord regte keine Reue in ihm, ein Wutausbruch dagegen schon. Wäre ihr nicht so elend gewesen, hätte sie womöglich darüber gelacht.

Ich bin hier nicht der Böse, hatte er sich zuvor verteidigt. Bis eben hatte sie nicht begreifen können, wie er seine Taten und diese Behauptung miteinander vereinte.

Aber nun ging ihr auf, dass er in einem Punkt richtig lag: Sie sah ihn. Nicht seine Krone oder seine außergewöhnlich schöne Erscheinung, sondern *ihn*. Den einsamen Jungen, der andere hasste, um sich selbst weniger hassen zu müssen. Das verzweifelte Kind, das die Dinge so wahrnahm, wie sie am besten sein verschobenes Selbstbild ergänzten. Er brauchte es regelrecht, sich ungerecht behandelt zu fühlen, weil es ihm als Entschuldigung diente. Nur so blieb er der Gute in seiner Geschichte.

Dafür war Darian heute gestorben.

Kurz fürchtete Elayne, der Würgereiz würde sie erneut befallen, doch diesmal schaffte sie es, ihn wegzuatmen. Mit dem Handrücken wischte sie sich über den Mund und betrachtete das Rinnsal verschütteten Weins, der in einem gleichmäßigen Takt vom Rand des Tisches tropfte. Vor ihrer Ankunft in diesem Land hatte sie Wein noch nie mit Blut verglichen.

Der anfängliche Schock legte sich. Mit jedem fallenden Tropfen Blutwein wurde sie mehr in einen tranceartigen Zustand der Ruhe versetzt. Dadurch gelang es ihr endlich, klarer zu denken. Etwas passte nicht zusammen. Dass

Alesander sie nicht anlog, was das Attentat betraf, bestätigte ihr Bauchgefuhl. Dennoch gab es da noch etwas anderes, das sie spürte. Etwas, das eigentlich fort sein müsste. Eine Verbindung, ein unsichtbares Band, dessen Existenz ihr erst jetzt auffiel, da sie danach suchte. Innerlich streckte sie sich weiter nach dem anderen Ende des Bands aus. Sie zog und rüttelte an ihrem Ende, in der Hoffnung auf ein Lebenszeichen von ihm – Darian.

Als sie während der Verteidigung von Balezans Grenze um sein Leben gefürchtet hatte, hatte sie noch nichts von ihrer Gabe gewusst. Die Energie, die so stark und unaufhörlich zwischen ihnen floss, hatte sie an jenem Tag als Sehnsucht verstanden und nicht als das, was sie in Wirklichkeit war. Jetzt konnte sie sich auf diesen Energiestrom konzentrieren und allein seine Existenz trieb ihr Freudentränen in die Augen.

Darian lebte!

Noch. Veron, der selbst den niederträchtigsten Befehlen seines Herrn folgte, hatte bisher keinen Erfolg gehabt. Aber das war bloß eine Frage der Zeit. Also musste sie handeln, und zwar sofort.

»Wohin willst du?«, rief Alesander, als sie aufsprang und zur Tür lief. Sein Stuhl kratzte laut über den Boden – folgte er ihr? »Ich sagte doch, dass es mir leidtut! Bitte, bleib und hör mich an!«

Sie schaute nicht zurück, während sie hinausstürmte. Im Gewächshaus war sie nicht mehr sicher, seit Milly sie dort gefunden hatte, und überall im Palast würde man sie aufspüren können. Damit blieb bloß noch ein Ort übrig, ein einziger ungestörter Ort. Elayne rannte schneller, als sie jemals gerannt war.

Ihre Fußsohlen schmerzten, ihr Atem kam stockend und stach in ihrer Brust. Aber unter dem dunkler werdenden Himmel gelangte sie zu dem Spalt in der Mauer, ohne Verfolger hinter sich zu haben. Falls Alesander ihr bis in den Garten gefolgt war, hatte er sie zwischen den Palmen und Sträuchern aus den Augen verloren. Flink huschte sie auf die Waldseite und sank ein wenig in die Erde, die hier noch getränkter vom vorübergezogenen Regenschauer war als drüben. Mit jedem ihrer Schritte begleitete sie ein Patschgeräusch, der Saum ihres Kleides sog sich voll mit Schlamm. Sie achtete nicht darauf, sondern lief weiter, tiefer und tiefer in den Olivenwald hinein und so weit weg von Alesander wie nur irgend möglich. Um Darian zu helfen, musste sie sich vollkommen von ihrer Umgebung abschotten. Kein deplatzierter Laut durfte ihre Konzentration stören, damit es ihr gelingen würde, Rabe zu rufen.

Schließlich erreichte sie Fenellas Hütte, warf einen knappen Blick auf den leeren Schlafplatz der Luchsdame Halynn und auf die überschwemmten Beete. Das Fenster war von Kerzenschein erleuchtet, doch Elayne rannte daran vorbei. Ihr Ziel war ein anderes.

Was, wenn es zu spät ist?
Darian, halte durch!

44

Feuchtigkeit sickerte von der Erde durch ihr Kleid und brachte Kälte mit sich. Über ihre Beine, die Elayne beim Hinsetzen in eine bequeme Position gebracht hatte, breitete sich eine Gänsehaut aus. Von dem Dach, das die Kronen der Olivenbäume über ihr bildeten, fielen hier und da vereinzelte Regentropfen herab. Nur selten landete einer davon auf ihrem Arm oder ihrem Gesicht und sorgte für einen kurzen Schrecken. Doch hören konnte sie jeden einzelnen von ihnen. Ohne Rhythmus und aus allen Richtungen, mal laut und mal leise, tropfte es. Wie nahende Schritte lösten sie Laute auf den Blättern, den Ästen und dem Waldboden aus. Die Geräuschkulisse fuhr Elayne unter die Haut.

Dieser Hügel, auf dem sie saß, war der einzige Platz, auf dem sie jetzt Konzentration finden konnte, das wusste sie. Hier hatte sie geübt und war fern von möglichen Beobachtern. Aber selbst dieses Versteck barg Gefahr. Alesander konnte sie dabei gesehen haben, wie sie durch den Mauerspalt geklettert war. Er könnte in diesem Augenblick auf der Suche nach ihr durch den Wald streifen. Sollte er sie hier entdecken, wäre es vorbei. Ihre Bemühungen, Rabe zu rufen, wären hinfällig und Darian dem Tod geweiht.

Wenn ich versage, wird er sterben!

Ihre Finger gruben sich in ihre Knie. Trotz der Stoffschicht dazwischen merkte sie, wie ihre Fingernägel dort halbmondförmige Kerben hinterließen.

Und wenn ich es schaffe, was dann?

Bis eben war sie besessen von der Idee gewesen, den Geist Gestalt annehmen zu lassen, der ihm schon einmal das Leben gerettet hatte. Auch jetzt wollte sie Rabe schicken, um Darian zu warnen. Dabei wusste sie gar nicht, ob es etwas nützen würde. Immerhin konnte es doch sein, dass er sich längst im Kampf mit dem Attentäter befand. Vielleicht lag er jetzt gerade unter ihm im Schmutz, wehrte seine Klinge ab, die gefährlich nah an seinen Hals kam. Oder er kauerte irgendwo an einen Baum gelehnt, hielt seine Hand auf eine klaffende Wunde gedrückt und tat seine letzten Atemzüge. Dann war das Letzte, das ihm helfen würde, eine jämmerliche Warnung.

Ihr blieb nichts anderes übrig, als es zu versuchen. Dennoch bissen sich Zweifel an ihr fest und ließen sich nicht abschütteln. Allein die Möglichkeit, dass sie scheitern und Darian für immer verlieren konnte, machte es ihr unmöglich, durchzuatmen oder gar zu meditieren.

Die Augen hielt Elayne weiterhin geschlossen, auch ihre Köperhaltung war tadellos – genau wie Fenella es ihr gezeigt hatte. Doch ihre Gabe funktionierte nur, wenn sie darauf *vertraute*, dass sie es tat. Wie sollte sie das in einem solchen Moment bewältigen? Bisher hatten ihre Fähigkeiten schließlich eher sie kontrolliert als andersherum. Rabe kam und ging, ohne dass sie bewusst Einfluss darauf nahm, und das Fenster hatte sie in einem Anflug von Wut zerschlagen.

So wird das nichts.

Elayne riss die Augen wieder auf und musste mit Erschrecken feststellen, wie schnell der Abend den Himmel verdunkelte. Zwischen den Baumkronen fand sich inzwischen mehr Schatten als Licht.

Am liebsten hätte sie laut geschrien und sich auf dem Hügel zusammengerollt. Aber das würde sie auch nicht weiterbringen.

Sie könnte die Waldfrau um Hilfe bitten. Ja, warum hatte sie das nicht eben schon getan? In Fenellas Fenster hatte Licht gebrannt.

Doch ein seltsam drängendes Bauchgefühl riet ihr, sich fernzuhalten. Ihr Gespür – die Gewissheit, was getan werden musste – hatte sie eben an Fenellas Hütte vorbeirennen lassen und sie allein auf den Hügel geführt. Dasselbe Gespür bereitete ihr jetzt Unbehagen bei der Vorstellung, zurückzulaufen und an ihre Tür zu klopfen. Elayne hörte auf ihren Bauch, auch wenn sie dadurch ohne Hilfe dastand.

Ein letztes Mal drückte sie ihre Augen zu, bettelte ihren Körper um Entspannung und ihren Geist um Zuversicht an. Doch die Aufregung hielt sie fest gepackt und ließ nichts von beidem zu. Als dann noch ihr entleerter Magen zu rebellieren begann und sie sich des säuerlichen Geschmacks in ihrem Mund bewusst wurde, konnte sie ein verzweifeltes Stöhnen nicht länger zurückhalten.

Er wird sterben.

Die Wahrheit zerrte und riss an ihren Nerven, die längst blanklagen.

Weil ich mich nicht im Griff habe, stirbt er. Das werde ich mir niemals verzeihen.

Es gab nichts, das sie für ihn tun konnte. Solange sie hier war und er fort, blieb sie absolut machtlos.

Solange ich hier bin und er fort ...

Damit war klar, wie ihr allerletzter Versuch, ihn zu retten, aussehen würde. Beim Aufstehen rutschte sie auf dem matschigen Untergrund aus und musste ihren Sturz mit den Händen abfangen. Kurz tat es weh, kleine Astsplitter in der Erde schoben sich in ihre Handflächen. Trotzdem zögerte sie nicht, sich wieder aufzurichten, und wischte den Dreck an ihrem Kleid ab.

Unbeirrt lief sie zurück in Richtung des Palasts, vorbei an der Hütte und bis zur Mauer. Dort spähte sie durch den Spalt, um sicherzustellen, dass niemand in der Nähe war, der sie aufhalten könnte. Die Luft war rein.

Von nun an machte sich Elayne die hereingebrochene Dunkelheit zunutze. Eins mit ihrem eigenen Schatten huschte sie durch den Garten. Sie passte auf, von keinem der wenigen Leute gesehen zu werden, die hier draußen den ersten kühlen Abend und den Duft genossen, der nach dem Regen in der Umgebung lag. Statt den kürzeren Weg durch die Palastgänge zu nehmen, wählte sie die mal mehr und mal weniger leicht passierbaren Wege, die draußen vom Garten aus um den Palast herumführten. Es war möglich, dass Alesander nach ihr suchte oder sogar die Dienerschaft beauftragt hatte, sie ausfindig zu machen. Auch wenn es sie Zeit kostete, einen Umweg zu gehen, war das Risiko zu hoch. Eingesperrt in ein Zimmer könnte sie nichts mehr ausrichten.

Immer wieder tastete sie innerlich nach ihrer Verbindung zu Darian. Noch war er am Leben, doch ihre Furcht davor, sie irgendwann nicht mehr zu spüren, wurde stetig größer.

Endlich kam sie dort an, wo all ihre Hoffnungen sie hingeführt hatten. Die Stallungen erweckten einen menschenverlassenen Eindruck, was zu dieser Stunde nicht unüblich war.

Schmerzhaft krampfte sich ihr leerer Magen zusammen. Dieser Ort wühlte alte Ängste in ihr auf, gegen die sie eigentlich noch nicht anzutreten bereit war. Doch sie erlaubte sich nicht, auch nur ans Aufgeben zu denken.

Mit zittrigen Fingern öffnete sie das Stalltor, zog es so leise wie möglich auf. Von drinnen schallten ihr Hufgescharre und träges Schnauben entgegen. Das Geräusch kroch ihr bis ins Mark. Unfähig, auch nur einen Schritt zu tun, starrte sie ins Dunkel, aus dem ihr wahrscheinlich sämtliche Pferde entgegenblickten.

Um die Reise nach Kree antreten zu können, hatte sie sich bereits dazu überwunden, sich den Tieren zu nähern. Während das für niemanden sonst ein Problem zu bedeuten schien, war es für sie die reinste Qual, in Reichweite ihrer Hufe zu sein. Den gesamten Weg über hatte sie mit ihrer Nähe zurechtkommen müssen, doch sie war mit Nia zusammen in einer Kutsche gereist und hatte bei jeder Rast einen weiten Bogen um die Reiter gezogen. Das hier war schon viel zu nah.

Es ist für Darian. Ich darf mich von meiner Schwäche nicht besiegen lassen!

In Wirklichkeit hatte sie keine Ahnung, was sie tun würde, wenn sie ihn oder den Attentäter – oder beide – tatsächlich einholte. Sie wusste nur, dass sie handeln musste.

Sobald sie mit einem Bein im Stall stand, schlug ihr sofort der Geruch von Heu entgegen. Gegen ihren Willen versetzte es sie zurück in eine Zeit, in der es für sie Normalität gewesen war, an einem Ort wie diesem zu sein. Als Kind hatte sie auf Pferden gesessen, sie gestreichelt, sie gefüttert und dann mit neugeborenen Stallkätzchen im Stroh gespielt.

»Was tust *du* denn hier?«

Beinahe hätte sie sich die Seele aus dem Leib geschrien, so sehr erschrak sie vor der Männerstimme hinter ihr. Doch Tazriel reagierte geistesgegenwärtig und presste ihr rechtzeitig die Hand auf den Mund.

»Schhht«, sagte er an ihrem Ohr. »Du willst doch nicht, dass dein niederträchtiger Verlobter uns hier findet.«

Nein, das wollte sie nicht. Alles, nur das nicht. Sie schluckte ihren Schrei herunter.

Erst da bemerkte sie die zweite Person, die mit einer Öllampe ausgestattet neben ihm wartete. Ihr Blick ging fragend zwischen den beiden hin und her.

»Oh, das ist Zedd. Der Kleine kümmert sich gut um die Pferde«, erklärte Tazriel. Er ließ sie los, sodass sie wieder frei atmen konnte. »Ohne ihn wäre Darian nicht auf Alesanders Hinterhalt reingefallen.« Sein Ton war mahnend geworden, doch dann klopfte er dem schlaksigen Jungen freundschaftlich auf

280

den Rücken. »Aber ohne ihn wüsste ich auch nichts von Darians Schlamassel und könnte ihm jetzt nicht den königlichen Hintern retten. Also los.«

Als stellte Elaynes Anwesenheit für ihn keinen Unterschied dar, nahm er Zedd die Lampe ab und eilte damit an ihr vorbei ins Innere des Stalls. Der Junge bedachte sie mit einem Seitenblick, bevor er etwas Unverständliches murmelte und verschwand. Sie sah ihm nach, drehte sich dann wieder nach vorn und erstarrte abermals.

Die neue Lichtquelle reichte aus, um die vielen Boxen und Pferdeköpfe sichtbar zu machen, die sich der eintretenden Gestalt zuwandten.

»Komm rein oder bleib draußen«, meinte Tazriel, während er Sattel und Zaumzeug griff und sie locker auf seinem Arm balancierte. »Aber steh da nicht einfach rum. Entscheide dich, bevor uns noch jemand erwischt.«

Elayne raufte sich zusammen und wagte sich noch einen Schritt tiefer hinein. Doch dann hörte sie etwas, das sie innehalten und herumfahren ließ. Vor dem Hintergrund des Palasts zeichnete sich ein weiterer Nachtschwärmer ab und bewegte sich rasant auf sie zu.

Es war Keira.

»Was soll das werden?«, schimpfte sie mit gesenkter Stimme, als sie den Stall erreichte.

Sie sah Elayne gar nicht an, sprach nur mit ihrem Bruder. Ihr langes braunes Haar fiel in Zöpfen über ihren Rücken. Ihr Gesicht war blasser als sonst und bedeutend zorniger.

Obwohl er sie gehört haben musste, vertiefte sich Tazriel weiterhin darin, eines der Pferde zu satteln. Gerade zurrte er den ersten Sattelriemen fest.

»Ich kann nicht glauben, dass du mir das antust – abhauen, ohne etwas zu sagen«, zischte Keira. Sie stapfte zu ihm und baute sich vor ihm auf, Elayne dicht hinter ihr. »Mir ist klar, was du vorhast. Nach allem, was der Junge uns erzählt hat, glaubst du, du kannst jetzt einfach verschwinden und mich hier alleinlassen!«

Jetzt sah Tazriel auf. Der Sattel saß fest. »Tut *mir* leid.«

»Das sollte es auch.« Seine Schwester seufzte. »Und jetzt hol mir den Sattel von da drüben runter. Ich brauche auch einen.«

»Was? Nein«, protestierte er. »Du verstehst das nicht. Ich muss auf ihn aufpassen.«

»Und wer passt auf dich auf? Ich komme mit und Punkt.«

»Ich ebenfalls.«

Damit zog Elayne schlagartig die Aufmerksamkeit beider Geschwister auf sich. Gut so. Die Zeit lief nämlich ab.

»Alesander ist meinetwegen so weit gegangen und außerdem ...« ... durfte sie Darian nicht verlieren. »Ich kann nicht untätig bleiben.«

Tazriel starrte sie mit unergründlicher Miene an.

Keira dagegen hielt nicht mit ihrer Meinung zurück. »Prinzessin, ich möchte gewiss nicht respektlos erscheinen, aber Ihr seht aus, als hättet Ihr heute Abend schon genug durchgemacht.«

Ihre verdreckte Kleidung. Für eine Königstochter gab sie wahrscheinlich ein besonders trauriges Bild ab. »Eigentlich bin ich ...«

»Das klären wir später«, übernahm Tazriel wieder das Kommando. Zügig legte er dem braunen Pferd, das er eben gerade fertig gesattelt hatte, das Halfter um. Dann führte er es aus der Box und drückte Elayne, die nicht schnell genug erfasste, was geschah, die Zügel in die Hand. »Hier. Du kannst ihn nehmen.«

Ihr Herz begann zu rasen. Ein ausgewachsener Hengst stand direkt neben ihr. Oder über ihr, so hoch wie er ragte.

»Sie darf mitkommen und ich nicht?« Keira war deutlich unzufrieden. »Darian ist auch mir wichtig.«

»Gerade deshalb musst du hierbleiben«, beschwichtigte sie Tazriel, während er eine schwarze Stute bereitmachte, die im schwachen Lampenschein für Elaynes Geschmack zu sehr mit der Dunkelheit verschmolz. Mehr beschäftigte sie allerdings das Tier, das sie selbst am Zügel hielt.

»Wie soll ich das verstehen?«, wollte die Schatzmeisterstochter wissen.

»Ich denke, ich sollte unser Prinzesschen hier rausschaffen. Genau wie Darian.« Was Tazriel da sagte, lenkte Elayne sogar von dem Hengst neben und über ihr ab. *Rausschaffen?* »Sie kann Alesander auf keinen Fall heiraten und Darian sollte sich genauso weit von ihm fernhalten. Er ist auf Mord aus und du weißt so gut wie ich, wie viel Macht seine Mutter innerhalb dieser Mauern hat.«

Keira öffnete den Mund, wollte ihn offenbar unterbrechen, doch Tazriel war noch nicht fertig.

»Wohin sich das alles entwickelt, kann ich noch nicht sagen. Aber vorerst verschwinden wir und wir brauchen hier jemanden, dem wir vertrauen.«

»Warum solltet ihr fliehen? Niemand von euch hat etwas verbrochen. Phelius wird Darian beschützen und Alesander bestrafen!«

»Ja, das wird er. Sobald die Wahrheit ans Licht kommt. Aber zuerst wird die kleine Mistmade ihre Schuld abstreiten, und das mit Jamalies Unterstützung. Zusammen haben sich die beiden noch aus allem rausgewunden.« Das schwarze Pferd war nun ebenfalls aufbruchbereit und er trat mit ihm vor. »Bis wir nicht absolut sicher sein können, dass Darian hier in Sicherheit ist, sollte er sich bedeckt halten. Du weißt, ich habe recht.«

Widerstrebend nickte Keira. »Gut. Ihr macht ja eh, was ihr wollt.«

»Du bist die Beste.« Mit entschlossenem Blick wandte sich Tazriel Elayne zu, die vor Anspannung fast verging. »Bereit?«

45

Sie umklammerte die Zügel so fest, dass ihre Knöchel weiß hervortraten. Ihren Kopf hielt sie so dicht an den des Hengstes, als könnte sie das vor einem Sturz bewahren. Ihr Atem hatte denselben Takt gefunden wie der Galopp ihres Pferdes. Elayne saß wahrhaftig auf einem Pferd. Nicht nur das. Mit dem Ziel vor Augen, Darian zu retten, ritt sie in einem Tempo, das sie sich selbst niemals zugetraut hätte.

Vor ihr preschte Tazriel auf der schwarzen Stute über die Straße. Im Licht des Mondes, der inzwischen über ihnen stand, behielt sie ihn im Auge. Gleichzeitig suchte sie die Umgebung nach Darian ab und versuchte krampfhaft, den Geschwindigkeitsrausch aufrechtzuerhalten, in den das Reiten sie versetzt hatte. An ihren angewinkelten Beinen spürte sie das Muskelspiel und die Stärke, die ihrem Hengst diese Geschwindigkeit erlaubten. Darüber, was eine solche Stärke gegen ein so viel gebrechlicheres Wesen wie den Menschen anrichten konnte, durfte sie nicht nachdenken.

Der Rausch. Sie brauchte den Rausch.

Und sie musste Darian finden.

Ohne Sonnenschein war es kaum möglich, frische Hufspuren zu erkennen. Fürs Erste hielten sie deshalb auf die Hauptstraße zu. Laut Tazriel war sie der einzige Weg Richtung Balezan.

In Sichtweite tauchte eine Gabelung auf, als Elayne von einem Ziehen in ihrem Bauch überrascht wurde. Erst fing es ganz leicht an. Je näher sie der Weggabelung kamen, desto stärker zog es sie jedoch nach rechts.

Tazriel überquerte sie vor ihr. Er machte keine Anstalten, sein Pferd in eine andere Richtung als geradeaus zu lenken – dorthin, wo die Hauptstraße lag.

Aber Elayne konnte sich dem Ziehen nicht verweigern und ihr ging auf, was das bedeuten musste.

»Warte! Hier entlang!«, rief sie, kurz bevor sie die Zügel nach rechts herumriss.

Ohne darauf zu achten, ob Tazriel ihr folgte, trieb sie den Hengst unter sich weiter voran. Sie lehnte sich in seine Bewegung, hörte sein energisches Schnauben, seine schweren Hufe und ihren eigenen Herzschlag. Alles war miteinander im Einklang.

In diesem Moment nahm sie die Verbindung zu Darian wahr wie eine pulsierende Ader. Wie einen Teil ihres Körpers, der außerhalb davon lag. Energie strömte in dem Rhythmus hindurch, der auf einmal alles miteinander zu verknüpfen schien. Dieselbe Kraft, die in ihr floss, ging auch von ihrem Pferd aus, von den Bäumen ringsherum und selbst vom Boden, über den sie wie im Flug rauschte.

Von einem Moment auf den anderen trug Elayne keine Ängste mehr in sich. Keinerlei böse Absicht war in der Energie des Pferdes zu spüren. Sie war so schön wie die der Bäume, des dunklen Himmels und der nassen Erde.

Als sie in den Sattel gestiegen war, hatte sie beschlossen, zu vertrauen, und genau das gelang ihr jetzt. Sie vertraute darauf, dass sie den richtigen Weg fand. Darum geschah es: Die Energie um sie herum schlug Wellen im Rhythmus des Galopps, ihres Herzschlags und Atems. Direkt vor Elayne nahm sie Rabes gefiederte Gestalt an und flog voraus. Der Energiegeist zeigte ihr den Weg, also hielt sie mit ihm Schritt und folgte. Dicht hinter Rabe preschte sie um eine scharfe Kurve. Darian befand sich ganz in der Nähe. Noch ehe sie ihn sehen konnte, spürte sie seine Anwesenheit. Ebenso wie die von Veron.

Die Straße wurde schmaler, holpriger und die Bäume dichter. Elayne verfolgte jeden von Rabes Flügelschlägen, bis sie in einiger Entfernung zwei Gestalten ausmachte. Für Freude blieb keine Gelegenheit, denn beim Näherkommen erkannte sie schnell die albtraumhafte Szene.

Veron – im Mondschein und in seiner dunklen Kleidung wirkte er wie ein Dämon – war über Darian gebeugt. Dieser lag rücklings auf der Erde und drückte seinen Angreifer von sich weg. Zwischen den beiden blitzte etwas auf, gefährlich nah an Darians Hals. Ein Messer.

Das Ziehen in Elaynes Bauch und der Drang, zu ihm zu gelangen, wurden schmerzhaft stark. Es blieb kaum noch Zeit.

Er wird nicht sterben. Ich lasse es nicht zu!

Schneller als der Wind über dem Ozean ritt sie auf die beiden zu und bereitete sich darauf vor, den verhüllten Mann von seinem Opfer wegzureißen. Rabe flog noch immer mit ihr. Nicht als Wegführer, sondern als Waffe, mit der sie angriff.

Er ist, was immer ich will.

Sowie sie es gedacht hatte, passierte etwas mit dem Vogel. Im Flug veränderte sich seine Form, sein gesamtes Aussehen nahm das eines anderen Tieres an. Er wurde größer. Seine Federn lösten sich auf und an ihrer Stelle spross durchscheinendes Fell aus seiner Haut. Wo eben noch Flügel prangten, verlängerte sich sein Rumpf und Beine kamen zum Vorschein. Noch in der Luft, kurz vor Darian und dem Attentäter, verwandelte sich der Geist in den Hund, der Elayne vor Alesanders Übergriff bewahrt hatte. Dann landete er auf allen vier Pfoten, um weiterzurennen.

Darian kämpfte um sein Überleben. Selbst wenn er nur für einen Moment nachließ, würde sich die Messerspitze in seinen Hals bohren.

Elayne wusste das. Deshalb legte sie all ihre Konzentration in die Kraft des Hundegeistes. Sie ließ ihn zum Sprung ansetzen und mit einem wilden Knurren auf seine Beute stürzen.

Von etwas gepackt, das er nicht sehen konnte, wurde Veron von Darian weggerissen. Er stürzte auf seine Schulter, rollte auf den Rücken und brüllte vor Schmerz.

Elayne brachte das Pferd zum Stehen. Ihr war bewusst, dass sie den Grund von Verons Leiden als Einzige sehen konnte. Niemand sonst nahm wahr, wie sich der Hund mit ganzem Gewicht auf seinen Brustkorb warf und die Zähne hineinschlug. Doch der Attentäter fühlte alles.

Seine Schmerzenslaute gingen Elayne durch Mark und Bein. Vor Schreck wandte sie sich ab und eilte zu Darian, um ihm aufzuhelfen.

»Elayne?« Benommen griff er nach der Hand, die sie ihm entgegenstreckte. »Du bist hier.«

»Bist du verletzt?« Besorgt suchte sie ihn von oben bis unten nach Blutflecken ab, aber bis auf einen Kratzer an seinem Arm, ein paar Schürfwunden an den Händen und den Schmutz überall fand sie nichts. *Den Göttern sei Dank.*

Ohne nachzudenken, lehnte sie sich vor und bedeckte seine Lippen mit einem Kuss, den er sofort erwiderte.

Hufgetrappel ließ sie zu bald wieder auseinanderfahren. Elaynes Blick fiel auf Tazriel, der gehetzt auf sie zugeritten kam. Statt sie beide beachtete er allerdings jemand anderen. Elayne fuhr herum und musste zusehen, wie sich Veron in den Sattel seines Pferdes zog. Vom Geist keine Spur mehr. Als sie sich Darian gewidmet hatte, musste er verschwunden sein.

»Du bleibst schön hier!«, brüllte Tazriel und rauschte an ihnen vorbei dem Flüchtigen hinterher.

Obwohl sich Veron eben noch vor Schmerzen auf dem Boden gewälzt hatte, machte er sich erstaunlich schnell davon.

»Dangus!« Vom Überlebenskampf noch immer außer Atem, rief Darian nach seinem Hengst.

Unweit von ihnen trat das Tier rastlos auf der Stelle. Es gehorchte dem Ruf und trabte auf ihn zu. Doch Tazriel kehrte schon wieder zu ihnen um.

»Nicht zu glauben, aber ich habe ihn verloren«, gestand er zerknirscht. »Er muss ein Geist sein. Niemand ist so schnell über alle Berge.«

Oder er ist einem Geist begegnet und konnte gar nicht schnell genug davonkommen.

Elayne behielt ihre Gedanken für sich. So wie Darian die Straße anstarrte, auf der sich der Attentäter vorhin gewunden hatte, würde sie es ihm ohnehin bald erklären müssen. Doch zuerst wollte sie fort von hier. Bevor Veron noch zurückkam, um sein Werk zu vollenden. Oder bevor Alesander ihnen mehr Männer nachsandte. Mehr *Mörder.* Wer konnte schon ahnen, wie weit er gehen würde, nun, da alle Karten auf dem Tisch lagen?

46

Dieses Gesicht. Die schönen Konturen und das Gold, das sie umrahmte. Die Handvoll niedlicher Tupfer, die der Sommer auf ihre Haut malte, und darunter das Rosa ihrer Wangen. Der Schwung ihrer Lippen, deren Weichheit er einmal gespürt hatte.

Alesander verehrte dieses Gesicht. Nicht jedoch den Schrecken, mit dem Elayne ihn angesehen hatte, bevor sie ihm entglitten war. Zurück blieben ein Gefühl der Leere und die Erinnerung an ihren entsetzten Ausdruck. Er schaffte es einfach nicht, ihr zu entkommen. Wie sehr er sich auch bemühte, sich abzulenken – die Befürchtung, er könnte einen unumkehrbaren Fehler begangen haben, ließ ihn nicht los.

Die Kerze auf seinem Schreibtisch war bereits zur Hälfte heruntergebrannt. Er saß dort über ein Buch gebeugt und versuchte lesend, die Nacht hinter sich zu bringen. Doch die Buchstaben verschwammen vor seinen Augen zu einer unlesbaren grauen Masse. Unentwegt wanderten seine Gedanken zu Elayne, die wahrscheinlich in ihren Gemächern weinte und ihm einen grausamen Tod wünschte.

»Den hast du dir verdient«, sagte er sich im Flüsterton.

Aber seine zweite Stimme, die seine war und dennoch nicht ganz ihm gehörte, widersprach. *Nein, nicht du verdienst es, zu sterben. Er. Er nimmt alles an sich. Du hast das einzig Richtige getan.*

Ja, ihm war keine Wahl geblieben. Schließlich hatte Darian Elaynes Geheimnis gekannt. Draußen im Garten hatte Alesander ihn mit seiner Aussage auf die Probe gestellt. Obwohl es ein Trick gewesen war, um ihn vom Palast wegzulocken, hatte er mit jeder Faser seines Körpers gehofft, es möge keine Wirkung zeigen. Doch wie es aussah, war die Verbindung zwischen seiner Verlobten und seinem Bruder nicht nur körperlicher Natur gewesen.

Sie hatte sich Darian anvertraut. Ausgerechnet ihm. Was war Alesander also anderes übriggeblieben als ...?

Eine Träne fiel auf die aufgeschlagene Seite des Buches. Regungslos beobachtete er, wie sie sich mit der Tinte zu einem schwarzen Fleck vermischte, bis das Wort nicht mehr zu entziffern war. Der Fleck würde für alle Zeit bleiben. Die Unüberlegtheit, mit der er ihn verursacht hatte, konnte niemals mehr ungeschehen gemacht werden.

»Hörst du mich nicht klopfen?«

Seine Mutter war vor ihm aufgetaucht, bedachte ihn mit Argwohn und Sorge. Hart und weich zugleich – wie immer, wenn sie ihn ansah. Dadurch wusste er um die Echtheit ihrer Liebe zu ihm. Normalerweise gab ihm das Halt. Heute nicht.

»Ich lese«, erwiderte er knapp, obwohl er nicht damit rechnete, dass sie ihm die Versunkenheit in ein Buch über Handelsrouten abnehmen würde. Zu selten belog er sie, als dass sie es nicht bemerken konnte.

Wie erwartet schnaubte sie zur Antwort. »Dann reden wir also nicht über den Auftrag, den du Veron erteilt hast? Den, der vorsah, dass wir statt einer Hochzeit einen Trauermarsch abhalten?«

Ein Kälteschauer durchfuhr ihn, gefolgt von wallender Hitze. »Woher weißt du davon?«

Statt gleich zu reagieren, ließ sie seine Frage ein paar Augenblicke lang im Raum stehen. Vielleicht wollte sie ihn zur Strafe für sein eigenmächtiges Handeln zappeln lassen. Oder sie versuchte bloß, seine Gefühle zu durchschauen.

Schließlich erhob sie jedoch die Stimme. »Veron. Du darfst eintreten.«

Er starrte auf die Tür, durch die sich der Mörder seines Bruders zu ihnen ins Studierzimmer gesellte. Den Kopf hielt Veron gesenkt, trotzdem erkannte Alesander die Veränderung. Der Attentäter sah aus wie jemand, der seit mehreren Nächten keinen Schlaf gefunden hatte. Sein Gesicht war aschfahl, was die kleinen und großen Narben darauf fast unsichtbar machte. Sein schwarzes Haar war ein heilloses Durcheinander. Er trug eine frische Uniform, doch darunter blitzte ein Brustverband hervor. Seine Schläfe zeichnete eine frische Kratzspur und außerdem trug er den Gestank von nassem Leder und Blut herein. Es hatte also einen Kampf gegeben.

Der Prinz stellte sich die letzten Augenblicke seines Bruders vor, wie er röchelte und um Gnade winselte. Wie er begriff, wer den Befehl gegeben hatte, der ihn schlussendlich das Leben kostete.

Richtig. Ich bin der Mörder. Ich bin es, der ihm den Tod schickte. Veron hat lediglich den Boten gespielt.

Auch der Kreatur in seinem Inneren konnte er keine Schuld geben. Sie mochte seinen Verstand mit grotesken Ideen vergiftet haben, doch verwirklicht hatte er sie selbst.

Das Ausmaß seiner eigenen Dunkelheit ließ ihn erzittern. Zwischen ihm und dem Jungen, der er einst gewesen war, und auch allen anderen Menschen, die er kannte, hatte sich eine Kluft aufgetan – zu groß, als dass er sie je überwinden könnte. Schon oft hatte die Einsamkeit ihn zerfressen, aber zum ersten Mal dachte er dabei, dass es ihm vielleicht bestimmt war, so zu leben. Dass es ihm nie gelungen war, auf der helleren Seite der Kluft Fuß zu fassen, weil er nicht dorthin gehörte.

Jetzt ist es zu spät. Darian wird nicht mehr wiederkehren und es ist besser so.

Er musste nichts weiter tun, als sein Schicksal zu akzeptieren. Wenn er die Dunkelheit zuließ, überschattete sie sein ganzes Selbst. Auch den Teil von ihm, der sich gegen den Einfluss der Kreatur wehrte. Den Teil, in dem all die beschwerlichen Empfindungen wohnten wie Reue und Scham. Ohne ihn wäre dieser Moment, wäre *alles* so viel erträglicher.

»Du glaubst doch nicht, dass du meinem treuesten Untergebenen Befehle erteilen kannst, ohne dass ich davon erfahre?« Die Königin verengte die Augen zu Schlitzen. Dennoch klang sie mehr forschend als vorwurfsvoll. »Veron kam zu mir, bevor er Darian verfolgte.«

Alesander taxierte sie unruhig. Sowohl Scham als auch Reue kratzten an seiner Oberfläche.

»Ja. Ich wusste von deinem Plan, deinen Bruder zu töten, und ich gestattete es.«

Sie war auf seiner Seite. Selbst jetzt, da kein Funken Licht mehr seine Seite der Kluft erreichte, blieb sie bei ihm. Die Einsamkeit ließ ein wenig nach, denn es gab jemanden, dem er vertrauen durfte.

»Darum haben wir nun *beide* die Konsequenzen eines gescheiterten Mordversuchs zu tragen.«

»Gescheitert?«, brach es aus Alesander heraus.

Mit einem auffordernden Blick gab seine Mutter das Wort an den

Attentäter weiter. Veron, noch immer weiß wie Salz, benötigte zwei Anläufe, bevor es ihm gelang, zu sprechen. »Eine Hexe, Hoheit.« Wieder versagte ihm seine Stimme und er schluckte. »Eine Hexe hat mich davon abgehalten, Euren Auftrag auszuführen. Fast hätte meine Klinge den Throndieb durchbohrt, aber sie ist aus dem Nichts gekommen und hat mich angegriffen. Ohne Berührung. Dieser Schmerz in meiner Brust. Das Weib wollte mich aufreißen.« Stockend tastete er nach seiner Brust, wiederholte mehr zu sich selbst: »Dieser Schmerz.«

»Verrate deinem Prinzen den Namen der Hexe«, verlangte Jamalie trocken.

»Hoheit, die Hexe war«, gehorchte Veron und fühlte sich dabei sichtlich unwohl, »die Prinzessin aus Balezan.«

»Lüge!« Alesander war aufgesprungen, seine Fingernägel kratzten über die Tischplatte. »Durch Märchen wirst du dein Versagen nicht aufwiegen!«

»Verzeiht mir.« Mit einer Verbeugung drehte sich der Attentäter zu seiner Königin, unterwürfig wie eh und je. »Ich würde es nicht wagen, in Eurer Gegenwart zu lügen.«

Jamalie verzog keine Miene. »Ich weiß.« Dann ging sie sogar so weit, diesem Verräter eine Hand auf den Rücken zu legen. »Zeig ihm, was du mir gezeigt hast.«

Gebannt sah Alesander dabei zu, wie der Mann unter Schmerzen seine Brust freilegte. Die unteren Schichten des Verbands waren rot durchtränkt, aber das wahre Grauen verbarg sich noch tiefer. Alesander wusste nicht, was er erwartet hatte, aber bestimmt nicht den Beweis einer Bestie. Doch nichts anderes als das hatte eine mächtige Bissspur mitten auf Verons Brust hinterlassen. Wie, bei allen Göttern, hatte er das überlebt?

»Geh jetzt und finde etwas Ruhe«, wies Jamalie den Attentäter an, und er fügte sich.

Gleichermaßen angewidert und fasziniert beobachtete der Prinz, wie er den Raum mitsamt dem blutigen Verband verließ. »Er lügt.«

Für Alesander war es vollkommen unverständlich, weshalb sich seine Mutter die Mühe machte, Verons entstellten Oberkörper zur Schau zu stellen. Die Wege vor der Stadt waren in vielen Nächten menschenleer. Das lockte wilde Tiere an und eines davon hatte zugeschnappt.

Über Jamalies Züge huschte Ungeduld. »Du übersiehst die eigentliche Information.«

»Welche Information wäre das?«

»Die Gemächer deiner Braut sind verlassen.«

Er fühlte sich, als würde er geschlagen. Dann war sie Darian also gefolgt? Wollte sie ihn denn so sehr?

Ohne es zu bemerken hatte Alesander seine Finger diesmal so tief in die Tischplatte gerammt, dass sich einige Holzsplitter in seine Kuppen und unter seine Nägel schoben. Er blutete und ein Brennen breitete sich über seine Hände aus.

Doch nicht einmal das war intensiv genug, um ihn von seiner Erinnerung an Elaynes entsetzten Gesichtsausdruck abzulenken. Für sie gab es nur einen Prinzen und er selbst bekam die Rolle des Bösewichts. Wenn er es recht bedachte, hatte er sie sogar perfekt ausgefüllt.

»Alesander! Was im Namen aller Götter tust du da?« Nun hatte er sogar seine Mutter so weit getrieben, dass sie ihn voller Entsetzen anstarrte.

»Was bleibt mir denn noch zu tun? Sie wird sich weigern, mich zu heiraten, und Darian weiß, dass ich es bin, der ihn töten wollte. Ich werde ...«

»... dich zusammenreißen«, unterbrach sie ihn. »Dein Vater ist der König. Benimm dich auch so, und hör mir jetzt gut zu. Veron hat noch jemanden gesehen. Darians unverschämten kleinen Freund, den Bengel von Schatzmeister Aurel.«

Das hätte er ahnen müssen. Im Gegensatz zu ihm war Darian nie wirklich allein.

»Zu unserem Glück war Aurels Tochter eben recht gesprächig. Das Leben ihres Vaters scheint ihr einiges wert zu sein.«

»Keira?« Auch um ihre Freundschaft hatte er seinen Bruder schon ein ums andere Mal beneidet. Dabei verhielt sie sich noch schlimmer als Tazriel, nämlich mit geheucheltem Respekt. Immer höflich, aber auf Abstand bedacht. »Wo ist sie jetzt?«

»Wieder weich gebettet in den Räumen ihrer Familie. Bitte, Alesander, wo sonst sollte sie sein? Für die Lügen, mit denen sie uns erst abspeisen wollte, gehört sie in ein Verlies. Aber wenn das Phelius zu Ohren käme, würde er Fragen stellen. Das kann ich unmöglich riskieren.« Sie seufzte gedehnt. »Zuerst ließ sich Aurels Tochter kaum von mir beeindrucken, das will ich ihr anrechnen. Bis ich ihr sagte, dass ich bereit wäre, auf die Dienste eines Schatzmeisters zu verzichten. Sie verstand wohl, wie ich es meinte.«

Ein selbstzufriedenes Lächeln legte sich auf ihre roten Lippen. Obwohl es mitten in der Nacht war, sah sie noch immer wie die makellose Königin aus. Lediglich die Ringe unter ihren Augen verrieten, dass sie bisher keinen Schlaf gefunden hatte.

»Es ist offensichtlich, dass Darian nach deinem Anschlag auf ihn nicht einfach in den Palast zurückreiten wird«, überlegte sie laut. »Aber wo können sie hin? Entweder sie bleiben unerkannt in der Nähe, verstecken sich im Feindesland oder fliehen in das Loch, aus dem die Hexe gekrochen kam.«

Erneut flammte Wut in Alesander auf. »Weder du noch Veron werdet je wieder so über sie sprechen!«

»Nimm sie nicht in Schutz. Mit ihrer Flucht ist ihr Anrecht auf ein Bündnis und deine wertvolle Zuneigung verwirkt.«

Doch für ihn war es nicht ganz so einfach. »Sie ist die, die ich will, Mutter.«

»Aber sie wird nicht zurückkommen, bloß weil du sie willst. Und auch Darian wird sich fernhalten, damit wir es nicht zu Ende bringen können.«

»Dann drohen wir jedem mit Krieg, der ihnen Zuflucht gewährt.«

Sie legte sich zwei Finger an die Stirn und schloss für einen Moment die Augen. Ob sie nachdachte oder seinetwegen verärgert war, konnte er nicht bestimmen. Darum hielt er sich zurück, bis sie etwas erwiderte.

»Du solltest es besser wissen, Alesander. Dein Vater spricht keine Drohungen aus, die er nicht wahrzumachen gewillt ist. Er gibt gern mit Eroberungen an, aber würde niemals leichtfertig einem Krieg zustimmen.«

Dann würden es eben keine leeren Drohungen bleiben. Er wollte seine Mutter wissen lassen, dass er nicht vorhatte, aufzugeben. Nicht jetzt, da er endlich bereit war, die Dunkelheit zuzulassen. Doch Jamalie ließ ihn nicht zu Wort kommen.

»Ihn zu überzeugen, wird nicht leicht. Wenn wir es falsch angehen, könnte es passieren, dass er nichts davon hören will. Denkt er aber, der Plan stamme von ihm selbst, lässt er sich womöglich darauf ein.«

»Manipulation.«

»Ja. Dumm ist er nicht, doch überheblich genug, um meine Pläne für seine eigenen zu halten«, erklärte Jamalie und blickte sich im Zimmer um, als überlegte sie bereits, wie sie es anstellen konnte. »Es wäre nicht das erste Mal.«

»Wohl wahr«, bestätigte Alesander. Er selbst hatte dafür gesorgt, dass Darian das Vertrauen des Königs verlor und in den Beinahetod geschickt worden war. Warum sollte es nicht noch einmal gelingen? Hauptsache, sie planten sorgfältig. Keine überstürzten Entscheidungen mehr. Damit hatte er Elayne heute in die Arme seines Bruders getrieben.

Einen Augenblick lang musterte seine Mutter ihn prüfend. »Ich bringe dir Ophenia zurück, keine Sorge. Überleg du lieber, was du vorhast, sollte sich die Hexe dir auch dann noch widersetzen.«

Alesander missfiel ganz und gar, wie abschätzig sie über Elayne sprach. Für die *Hexe* hätte er ihr am liebsten den Mund verboten. Verons Geschichte konnte sie doch nicht ernsthaft glauben! Dennoch musste er sich eingestehen, dass seine Mutter etwas Wichtiges vorgebracht hatte. Was würde er tun, sollte Elayne ihm nicht vergeben?

Die Antwort eröffnete sich ihm aus dem Dunkel seines Herzens heraus, klar und deutlich, da er sich endlich *vollständig* fühlte.

»Bin ich nicht der, mit dem sie glücklich wird, soll sie nirgends Glück finden. Erst recht nicht mit Darian.« Den Namen spie er aus. »Sie werden mich nie wieder übergehen, das schwöre ich.«

Der Tag, an dem die Grenzen fielen

Es gibt viele Überlieferungen darüber, wie Hydea einst die Länder des Kontinents vereinte. Sie alle könnten nicht unterschiedlicher sein und niemand wird je mit Sicherheit behaupten können, die wahre Geschichte zu kennen. Einig sind sich die Erzählungen nur in einem Punkt: Hydea verfügte über Fähigkeiten, die kaum jemandes Verstand zu begreifen vermag. Was immer sie an dem schicksalhaften Tag, an dem die Grenzen fielen, heraufbeschwor, war unsichtbar für die Augen der Menschheit.

Und es war gewaltig.

– Aus *Wissen aus dem alten Land*

DANKSAGUNG

Fünf Jahre. So lange ist es her, dass ich dieses Buch geschrieben habe. Zumindest die früheste Version davon. Nachdem ich (statt fleißig an meiner Abschlussarbeit zu schreiben) alle 63 Folgen eines chinesischen Liebesdramas inhaliert hatte, konnte ich die zwei Brüder und ihr Dilemma darin einfach nicht vergessen. Immer wieder fragte ich mich: Was wäre, wenn ...? Daraus entstand in meinem Kopf die Idee zu Hydeas Lied. Das Buch (und es sollte eigentlich nur bei einem bleiben) hieß damals noch Elayne und wurde von mir kapitelweise auf Wattpad veröffentlicht.

Ich erinnere mich gut an die Zeit nach der Abgabe meiner Abschlussarbeit. Zur Belohnung lag ich drei Tage am Stück auf dem Sofa und spielte Stardew Valley auf der Switch. Eine wundervolle Erinnerung, aber noch besser im Gedächtnis geblieben ist mir der Abend des dritten Tages. Genug für meine akademischen Mühen belohnt, griff ich wieder zum Laptop und stürzte mich endlich mit ganzer Seele ins Schreiben. Die Geschichte floss nur so aus mir heraus, die Zeit verging, ohne dass ich es bemerkte. Es war schon fast morgens, als ich mich losreißen konnte und zu meinem Freund ins Bett legte, doch an Schlaf war nicht zu denken. Ich lag da, mit wild klopfendem Herzen, und starrte an die Decke. In dem Moment wusste ich, dass sich so das Glück anfühlt.

Das Buchprojekt hatte mich danach fest im Griff. Nach der Arbeit konnte ich es kaum abwarten, nach Hause zu kommen und weiterzuschreiben. Jedes fertige Kapitel landete direkt auf Wattpad und bald bildete sich eine kleine Leserschaft um Elayne, Darian und Alesander. Mein erstes Dankeschön gilt denen, die online schon die Anfänge dieses Buches miterlebt haben. Eure Nachrichten und Kommentare haben mich nicht nur extrem motiviert – sie haben mir unfassbar viel Freude bereitet. Nach jedem Upload saß ich noch ein paar Minuten mit kribbeligem Bauch am Bildschirm, um die ersten Reaktionen zu lesen und live euren Lesefortschritt mitzuverfolgen. Danke, dass ihr eure Emotionen mit mir geteilt und damit meine eigenen zum Übersprudeln gebracht habt!

Dankbar bin ich auch meiner lieben Agentin Ebru, die mich nach dem Lesen der ersten Seiten des Manuskripts unter ihre Fittiche nahm. Du hast mein Vertrauen in mich selbst gestärkt – genau das brauchte ich, um das Manuskript von der Plattform herunterzunehmen und intensiv zu überarbeiten.

Ein besonderes Dankeschön geht an die Mädels, die sich als Testleserinnen geopfert haben: Becci, Schani, Nathalie, Laura und Lydia. Ihr glaubt gar nicht, wie aufregend es für mich war, eure Meinungen zu hören. Danke für die wunderschönen, ultralustigen und superhilfreichen (Sprach-)Nachrichten. Ihr habt mir so manchen Tag versüßt und seid mir eine große Stütze.

Freunden und Familie, die das Buch erst jetzt nach der Veröffentlichung zu lesen bekommen, bin ich ebenfalls dankbar. Eure Liebe und Unterstützung bedeuten mir die Welt. Chris, auch dir danke ich für deine Rücksicht an all den Abenden, an denen ich ins Schreiben versunken war, und natürlich für deine Inspiration.

Das Projekt war für eine Weile in der sprichwörtlichen Schreibtischschublade verschwunden, bevor ich es dem Wreaders Verlag zuschickte. Da ich hier bereits mein Debüt veröffentlicht hatte, wusste ich, dass die Geschichte ein wunderbares Zuhause finden würde. Ich danke dem Verlag von Herzen dafür, dass er es ihr gegeben hat.

Großer Dank gilt meiner Lektorin Hannah für die tollen Anmerkungen, aufgrund derer noch die eine oder andere Szene hinzugekommen ist, die ich mir im Nachhinein nicht mehr wegdenken kann! Ich habe gleich gemerkt, dass ich auf deine Einschätzung vertrauen kann, und bin so glücklich darüber, wie mir das Manuskript im Laufe des Lektorats einfach besser und besser gefiel. Vielen Dank auch an Sina für das Korrektorat all dieser Seiten. Ich kann nicht mal mehr zählen, wie oft ich mein eigenes Buch schon gelesen habe, und doch war ich so blind für meine eigenen Fehler. Dank dir kann ich jetzt beruhigt schlafen.

Ebenso danke ich Miri für das obergenialste Cover, das meine Erwartungen in den Schatten gestellt hat, und auch Jasmin für dessen Feinschliff, durch den es einfach perfekt geworden ist. Ihr habt mir wirklich den Atem verschlagen.

An dieser Stelle möchte ich mich außerdem nach all der Zeit noch einmal bei Leyla bedanken, die vor Jahren das Wattpad–Cover für Elayne und inzwischen einige andere Bücher aus dem Wreaders Verlag gestaltet hat. Verrückt, wie das Leben manchmal so spielt.

Triggerwarnung:

Dieses Buch konfrontiert Leser*innen mit folgenden Themen: Blut, Tod, (sexualisierte) Gewalt, Bodyshaming, Sexismus, Alkoholkonsum.